猫と騎士と巡礼の道

Chats, chevaliers et pèlerinages

山田正章

Yamada Masaaki

講談社エディトリアル

十一世紀も半ば近くのある日のこと、アキテーヌ公領界隈を遍歴していたひどいひもじさに悩む吟遊詩人が、とある館にやってくる。件《くだん》の吟遊詩人はそこで戦記物語や艶笑譚、とんぼがえりの曲芸などの披露に及べば、本格的な晩餐にあやかれるのではあるまいかと思う。あいにくのことに、領主は不在であり、奥方は長ったらしい戦記物語にはつくづくうんざりしている。このとき吟遊詩人はふと思うのである、もし奥方の美貌や貞節を称える歌をつくり、自分にどう映ったかを熱烈な言葉でうたえば、まんざら本格的な晩餐に招ばれぬものでもあるまい、と。この実験は功を奏し、まもなくこの吟遊詩人は、仲間に同じ手口を勧めることになる。やがて南フランスの諸侯の大広間は、豪勢な饗応を気前よく行なえる奥方たちの礼讃の歌でわき返ることになる。……それからある日のこと、生気盛んな、偉大な領主、ポアトゥ伯兼アキテーヌ公のギヨーム九世が、こうした歌のひとつに聴きほれて、自分でも恋愛抒情詩に手を染めて見ようと心に決める。……この強大を誇る封建大諸侯、フランスの三分の一の所領を支配する封建君主の詩的活躍は、まもなく流行のはしりとなる。南部の領主は、箔《はく》をつけるためには、女性礼讃の歌をうたうにしくはないと思うのである。もしこうした歌をうたうことが、力にあまると思うなら、せめてしがない詩人の庇護者になることぐらいはできるであろう。このようにして恋愛抒情詩をうたうことが一時流行する。諸侯と騎士がうたったのは、楽しく、流行だからであり、貧しい吟遊詩人がうたったのは、日々の糧のためであった。

シドニー・ペインター『フランス騎士道』（氏家哲夫訳）

猫と騎士と巡礼の道

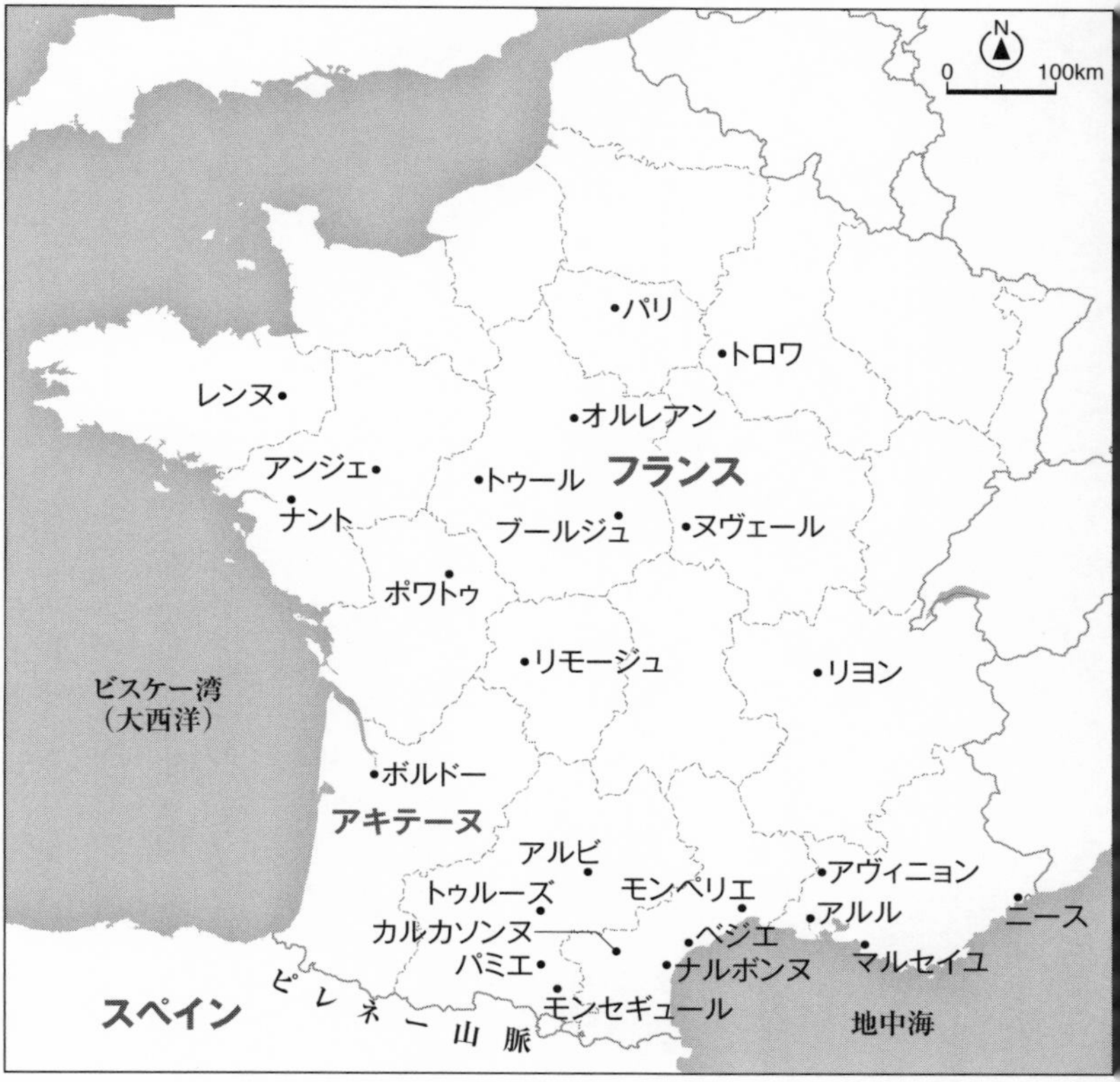
N
0
100km
パリ
トロワ
レンヌ
オルレアン
フランス
アンジェ
トゥール
ナント
ブールジュ
ヌヴェール
ポワトゥ
リモージュ
リヨン
ビスケー湾
（大西洋）
ボルドー
アキテーヌ
アルビ
アヴィニョン
トゥルーズ
モンペリエ
アルル
ニース
カルカソンヌ
ベジエ
パミエ
ナルボンヌ
マルセイユ
スペイン
ピレネー山脈
モンセギュール
地中海

装幀　大野リサ
地図　アトリエ・プラン

1

ブドウの木が根こそぎにされたことで、トゥルーズ伯レーモン七世はフランス王家に屈したというのは本当のことらしい。トゥルーズの市街地を遠巻きに包囲した王の十字軍は一向に攻め込む様子は見せず、近隣の農地を荒らし回って、収穫間際のブドウの木を手当たり次第に切り倒し、根こそぎにしたのだという。ブドウの栽培はこのラングドック地方の主要産業で、栽培はもちろん、醸造、運搬、樽作りなど、領民の生業《なりわい》の多くがブドウに関わるものであったことから、レーモン七世にとってみれば、急所を締めあげられたも同然だったのだろう。いったんは、王家を相手に奮起されたお方なのだが、急に意気消沈されたという。しかし、教皇インノケンティウス三世が異端カタリ派撲滅の十字軍をトゥルーズ伯領に向けられたのが一二〇九年。以来、二十年にも及ぶ教皇庁との争いに領民たちはもう疲れ果て、戦う気力が失せていたことは事実だろうし、フランス王母ブランシュ・ド・カスティーユがレーモン七世の従姉にあたられることから、王家との和睦の交渉を甘く見ての屈従だったという人もいる。とにかく、異端カタリ派を擁護したトゥルーズ伯は和議を乞い、世にいうアルビジョア十字軍はさし当り凱歌だけは揚げた。

さし当り、というのは、異端派の残党たちがモンセギュールの要塞を最後の拠点にしようと大挙して集まっていたからである。異端撲滅という目的はいまだ果たせずということだが、今度ばかりは教皇庁も考えたのだろう、時の教皇グレゴリウス九世は特使を派遣し、トゥルーズに公会議を召集された。一二二九年、十一月のことである。これまでの苦い経験に学んだに違いない、公会議では四十五もの決議がなされ、異端者の捜索から審問にいたるまでの一連の司法手続きが定められる。異端審問はもはや臨時の特別措置ではなく、制度として恒常化され、のちに、その実務はドミニコ会派など、説教修道会に委ねられることになった。つまり、異端排斥のための専従組織が制度的に立ち上がったということだ。その組織を以後は教皇庁が直轄する。

矢継ぎ早の、と思えるようなこれらの動きにわたしは徐々に浮足立った。公会議の定めにより、成人に達したトゥルーズの全住人は、二年ごとに、カトリックの信仰を堅持するという誓約を強いられ、異端者や異端幇助者の捜索から糾問、告発にいたるまでの執行を義務として課されることになったのである。これにより、教区司祭の下に公証人や書記などを加えた公的な自警団が立ち上がり、異端者の探索や告発に当たる一方で、報奨金をちらつかせ、人々に密告を勧めて回るようにもなった。この二十年の争乱を思えばあり得べき措置なのだろうが、わたしは、わたしに向けられる人々の眼が急に怖くなった。誰も彼もが悪意ある猜疑《さいぎ》の眼を向けているように感じた。もちろん、わたしは異端者ではない。しかし、異端者たちとの交遊で知られていた。トゥルーズの城に籠られた騎士身分の殿様方に、懇意のお方がどれほどいたか。和議のあと、多くは逃げてしまわれたが、いくら関わりがないと申し立てても、通用するものでもあるまい。わたしは、例えば祝祭日、大勢の群衆の中にあって、気分しだいで祈りはする。しかし、聖体拝受や告解のためカトリックの教会へ向かったことなど、ほんの二、三度、ヴィシーで世話になったお方のお供で、たまたまついていった時以外はなかった。事情を知る悪意ある人たちにすれば、そのことだけでも密告に足る十分な証しとなり得たに違いないのだ。わたしがこうまで怯えるのには理由がある。若い頃、わたしは卑賤の身でありながら近隣の領主の館に出入りし、高貴な人たち、とりわけ貴婦人方に取り入っては驕《おご》り高ぶり、武骨なだけの騎士たちを侮《あなど》っていた。そんなわたしの振る舞いに不快を覚えた人たちが、実際いくらもいたからである。どうせ、腕力以外は信用しない、その程度の人たちだろうが、悪意ある蔑《さげす》みの眼はいつも感じた。小さな悪意が神の正義にすり変わって、いつわたしを審問の場へ追い立てることになるか、安閑としてはおれないのだった。

サンティアゴへの巡礼を思い立ったのは、カタリ派の人たちが聖遺物への巡礼の旅を嘲《あざけ》り笑っていたからである。聖人や教父たちの骨のかけらに祈るべき何の価値があるのか。その時はそんな気がして、一緒になって笑っていたかもしれない。しかし今、カタリ派の人たちがそれほど嘲笑していたことなら、かえってそれは好都合だと気づいた。わたしは周囲の人たちにサンティアゴへの巡礼をいい触らし、七月の二十二日、聖マドレーヌの祝祭日に、知人から借り受けた馬に乗って、文字通りそそくさとトゥルーズの町を出たのである。

わたしは気づかずにいたのだが、聖マドレーヌの祝祭日といえば、二十四年前の南仏で、十字軍による最初の大殺戮が起きた日である。ベジエの町の住人二万が十字軍によってなぶり殺され、町は焼かれた。まさにその日の出立だから、あとになって気づいた時は、何やら因縁めいたもの、というより、わたしへの神の御意志すら感じるのだった。

それはともかく、わたしは七月のその祝祭日を選んで、フランス道のしきたり通り、最初にアルルの町へと馬を向けた。アルルへはサンティアゴとは逆向きの行程になるし、道もはるかに遠いものだから、わたしは大いに不審は感じつつも、人から聞いた通り、手抜かりなく進めるしかないと思った。七日目にやっとアルルにたどり着いたわたしは、その大聖堂に聖トロフィームの遺骸を訪ね、遠く拝跪《はいき》し、そして祈り、遅滞なく手順を踏むと、サン＝ジル・デュ・ガールに聖ジルの遺骸を訪ねた。トンボ帰りに、トゥルーズに戻ったわたしは、あらかじめ聖セルナンに祈りを捧げ、その足でサン＝ギレム＝ル＝デゼール修道院へ赴いて、真摯に、そして、旅の決意を伝えるように長い祈りを聖ギヨームの遺骸に捧げた。どうか、この身の罪が清められますように、異端の闇がこの世から消え失せますように、と。そして、再びトゥルーズを離れることになるのだが、わたしは最初、馬を返して巡礼道を歩くつもりでいた。しかし、炎天下、息をあえがせ道を行く自分を思うと、馬とは離れがたいとつくづく思った。ためらいはあるにはあったが、わたしは結局馬を牽《ひ》き、日照りの道を南西に採った。わたしは馬と一緒に歩きながら、そして、やはり息をあえがせながら、先ずはピレネーのソンポール峠を目指すのだった。一二三三年、八月の初旬のことである。

狼は出る、盗族は出る、時に命を落とすこともある巡礼道である。だからだろうか、思い出に残る人たちのことが、次から次へと、心を乱すように思い浮かんだ。しかし、そのまま二日三日と旅をするうち、旅の愁《うれ》いかどうか、俗な思いは風に消え、たとえ馬上にあったとはいえ、わたしはひとり道行く巡礼者の気持ちでいた。人の一生は善きことへ一筋につながる巡礼路、ありきたりだが、そのことが身に染みて感じられ、道行くわたしへの促《うなが》しのようにも感じられたのである。そんな気持ちでいたからだろうか、体が熱く熱を溜め、意識を朦朧《もうろう》とさせていることには気づかなかった。アルルへの行き帰り、あまりにもあわてて巡礼地めぐりをしたため、旅の疲れが出たのだろうと軽く見ていた。しかし、それはいきなりといっていい、急激な腹痛と吐き気に襲われ、馬上にあって何度も嘔吐を繰り返した。わたしは馬を降り、道端にうずくまった。体の倒し方ひとつで腹部に疼痛が起こり、四つん這いのまま喉元に込み上げてくるものを続けざまに吐く。しかし、吐き出せるものなど残っていないのだ。通りがかりの巡礼者はいた。声をかける者もいたが、そのまま離れたところを通り過ぎる者たちもいた。じっとわたしを見ていたのは、群れから離れた牛一頭。不思議な人がいる、とでも思っていたのか、それなら、それはわたしも同じ。わたしは一体どうなっているのか、頭をぐらぐらさせて考えていた。

半日近く、その場で動けずにいただろうか、ようやく日が暮れて、わたしは道の先にある四、五軒の集落まで何とかたどり着こうと思った。土台が石組みの道に面した一棟は巡礼宿のようなのだ。道は緩い上り坂で、宿の先で曲がっているが、そのまま丘の頂に続いているに違いない。だったら明日は丘を越える、そう思って気力を振り絞り馬を牽いて歩きだした。そして、いくらかは道を進んだはずなのだ。意識がかすみ、朦朧としながらも、わたしはゆらゆら道を歩いていた。しかし、不意にということもなく、すうっと重さが沈んでそのまま意識が消えてしまう。

人の声は分かった。何人か集まっているのも分かった。杖か何かで小突かれた時は、眼だけをはっきり開けたと思う。さっきと同じ人の声がまた分かって、わたしは開いた眼で何かを伝えた気持ちでいた。すると、不意に体が引きずられ、気が付けば、何かに載せられ運ばれているようなのだ。体が揺れているからか、いろんな音が交じったからか、急に耳が聞こえなくなる。わたしは眼を閉じ音も消して、腹部の疼《うず》き、そして吐き気に耐えていた。はっとしたのは体が宙に浮いたからだ。浮いたとたん、顔も体も地面にぶつかる。呻《うめ》く声のわたしに向けて、四方から干し藁《わら》の束が投げられ、干し藁に埋もれたわたしの耳に、人々の囁《ささや》く声が遠く聞こえた。それは晩鐘のひと時へ誘うような声にも聞こえ、やがて、人々の気配が消えると、意識がゆっくり遠のいていく。ただ、わたしが何《なに》で、何をしているのか、問いかけている気持ちだけはしばらく残った。

　わたしは野晒《のざら》しのまま丘の上に捨てられたのだった。次の日、陽が昇ってからそのことに気づいた。いつの間にだか、わたしはどうやら目覚めていて、閉じた目蓋《まぶた》に外の光を感じながら、眼でものを見る気力も意欲もないままでいた。外の気配が重さを加えてわたしに覆い被さっているような、そんな重苦しさに目覚めていた時、ひとりだろうかふたりだろうか、様子を見にきた者がいて、わたしがまだ生きているのを確かめてから足早に離れていった。そのあと、水を満たした木の椀を運んできたのは老婆のような印象の女だった。二度三度、声を掛けられてから、わたしは大きく眼を開けた。思った通り、わたしは丘の上の穴ぼこの底にいたのだ。

　わたしは、この丘の上で、思いもよらない出会いをするのだった。同時にそれは、わたしの過去へのながい問いかけでもあるのだった。

　次に女がやってきたのは、わたしが飲んだ水を吐き出してしまった時だ。女は黒塗りの小壺を抱えていたが、わたしの様子に怯えたのか、その壺を離れた所に置いた。やはり、流行り病が恐ろしいのだ。女は二言三言話しかけてきたが、わたしにはところどころの意味がつかめなかった。熱に魘《うな》され、体も震え、息絶え絶えの声しか出せず、自分が何と答えたのかも分からなかった。しばらく時間が経っただろうか、男がふたりやってきて、木炭タールが塗られた布をわたしに被せた。そして、その日もわたしは丘の上に捨て置かれるのだった。

うたた寝のような眠りだった。何度か眼は覚めたが、ほんとのわたしはそのまま眠っているような気分だった。しかし、何度目かに眼が覚めて、はっ、として身を起こしたのは、もう日が暮れていると分かったからだ。わたしは昼日中、タールの布を被されて、ずっと眠っていたのだろう。しかし、日暮れにひとりこうして目覚め、夜の闇をただ待つだけのわが身を思うと、迫りくる死に思いが向かわないわけがない。巡礼の野垂れ死になどよくある話なのだ。わたしはそんな死に怯えるからこそ、身に起きた異変を思い出し、その原因を一心に考えようとした。何を飲んだか、何を食べたか、誰の病が伝染《うつ》ったのか、いくつもの原因を今の自分に結びつけ、結びつけては解《ほど》いているうち、ふと、思い出したことみたいに、終油の秘蹟にあずかれず、誰に看取られることもなく、丘の上の穴ぼこに屍《しかばね》を晒す悲運に思いが向かった。それは、桃色の虫が這う腐乱した臓腑であったり、黒い甲虫《ちゅう》が潜り込んだ空ろな眼窩《がんか》といった細部まで思い浮かぶような悲運だったから、心弱りも手伝ったのだろう、ここにきてわたしはさめざめ泣いた。そして、涙の中で一途に神を思った。しかし、心はむしろ乱れに乱れる。これこそ、神をなおざりにした身の悲運ではないのか、と。生まれ育ちをいい訳にはしたくない。しかし、わたしは決して善きキリスト教徒ではなかった。

その日は夜になってもわたしは何度も闇の中に目覚めた。その度ごとに、神のご慈愛を失ったわが身の悲運を嘆き、夜の闇に眼を見開いて、ひたすら神の御名《みな》をあがめるのだった。しかし、その一方で、せっかく巡礼の旅に出たわたしの思いを、こうして挫《くじ》いてしまわれる神の御心《みこころ》がよそよそしくも冷酷にも感じたのだ。一体なぜ、わたしは巡礼の旅など思いついてしまったのか、そのことが身悶えするほど悔やまれる一方、せめてピレネーの山並みを越え、サンティアゴの聖堂を仰ぎ見るまで命をつながせてくださらないものかと、渾身の思いで願うのだった。神は、発願して巡礼の旅に出た者が、途上で果てるのを善しとされるはずはあるまい。悔い改めんとする魂を、堕ちるに任せてしまわれるはずがあるまい。神は必ずや救ってくださる。必ずや……。

そして、どれほどか時間が経ったのだろう。ふと気づくと、辺りで夜が白み始めている。頭の芯の疲れが不思議に消えているから、わたしはわずかの間とはいえ、ぐっすり寝込んでしまっていたのだろう。忘れていた欠伸《あくび》が出そうなくらい気だるく力がほどけて、戯れに、小さく声を出してみる。出た声に喜び、そして驚き、わたしは、神のご加護を思うより先に、やっと病気の峠を越えたと思った。しばらくは安堵の息を吐き、白みゆく高い空に眼を向けつつ神の御名をあがめるのだが、それは、症状がまた急変することがないよう、用心のための念押しであった。

やがて、あたりの物のかたちが分かるようになって、わたしは体をもたげて周りを見た。舞うように風が吹く、開けた草原《くさはら》にわたしはいた。丘の頂の草地にしては不自然なくらい平らな地面で、何のためかは分からないが、人の手で整地された草地のようだ。体を捩《よじ》って道の反対側に眼を向けると、崩れた石組みの砦のような建物が分かった。鋸壁《きょへき》の一部は残っているが、多くの部分で崩れた石が積み上がっている。周りに木はなく、剝き出しの地面に大きな石材や朽ちた木片が散らばっていた。山塞か物見砦か、建物の全体の大きさはまだ暗いせいで分からない。分かったところで仕方がない。ただ、わたしが気になったのは、わたしの脇のほんの近くに人の長さの盛り土があることだ。見れば見るほど、行き倒れの人の墓のように思えてきて、そうと分かると、わたしはおかしくなってつい笑った。人々は、わたしが死ねば、そのまま土を被せて墓にするつもりでいたに違いないのだ。ふたつ並んだ墓の光景が、今ここに、見えるもののように眼に浮かんだ。そして、なるほど、そういうことか、と納得したような気分になる。巡礼たちは、丘の上で一息ついて手を合わせて祈るのだろう。わが身の幸いを感謝しつつ、道の先へと思いを向ける、巡礼道にこれほどふさわしい光景があるだろうか。そう思う一方で、わたしはまた笑うつもりで口を歪める。いずれ時が経てば、ふたつの墓はただの草地に変わってしまう。誰に知られることもなく、景色の中に紛れて消える。花でも咲けば目出度いくらいだ。

わたしは、ふふ、と心の中で自分を笑った。いつもの皮肉な自分が戻ってきていた。

辺りはまだ薄暗い。しかし、もう巡礼たちは道に出ていた。夜明け前の涼しい時間に坂を登ってしまいたいのだろう。それはいいが、この薄暗がりで不意にわたしが動き出せば、巡礼たちは声を上げて驚くだろうし、声を掛けてもくるだろう。わたしはそんな注意を引きたくなかった。だから、飲みたい水も飲まずに、しばらくはじっとしていた。そして、ようやく辺りが白んで、巡礼たちがいなくなると、わたしはあれっと思って首を上げた。

馬がいない、馬に載せておいた荷物もない。貴重なものは胴巻きと一緒に締め込んでいたが、荷物の中には着替えがある。今身につけている服は上も下も汗と藁くずと嘔吐物にまみれているから、着替えがどうしても必要だった。みすぼらしいというより、汚らしいし、その臭いだけでまた嘔吐を繰り返しそうなのだ。わたしはゆっくり立ち上がった。馬や荷物は巡礼宿にあるのだろうか……。

見たところ、巡礼宿には誰もいないようだった。わたしはふらつく体を運ぶように、慎重に足元を確かめつつ宿に近づいていった。すると、いきなり男が飛び出してきて、手を振り上げ威嚇の素振りをする。そして、「来るなーっ」と一声大きく叫んだ。わたしは驚いてしまった。その形相《ぎょうそう》はまさしく恐怖に引き攣《つ》っている。むろんたじろぎはしたものの、巡礼にこの扱いはないだろう。きっとまだ流行り病を疑っているのだろうが、今のわたしは立ち上がって歩いている。ほんの二日三日で快復する流行り病があるだろうか。わたしは、離れた場所から抗弁した。巡礼を思い立ってから、せめて小《しょう》斎《さい》くらいは自分に課そうと、肉は断ち、魚ばかり食べてきた。腐った魚を食べてしまっただけのことだ、と。これは、朝になって自分が納得できた原因である。

男は何かを考え出したようだった。わたしは背筋を伸ばして、見よこの姿、とばかりに胸を張った。もちろん、今のわたしに見せかけ通りの元気はない。背伸びをやめたとたんに腰が砕けて、その場にすとんと座り込んでしまった。何をぐずぐず考えているのか、男はへたり込んだわたしに何の反応も見せない。しかし、同じことをもう一度大声出して繰り返す元気はなかった。男はわたしの憔悴ぶりだけは理解したのか、曇ったような顔になって、後ずさりしながら宿の中へと戻っていった。代わって出てきたのは、老婆のようだと思った女だった。その女は全然老婆のようではなかった。四十半ばの、袖まくりした、とび色の眼がよく動く女だった。

女はためらわずわたしの方へ近づいてきた。そして、二言三言わたしに声を掛けてきたのだが、早口というわけでもないのに、この女の話す言葉はところどころが分からない。具合を尋ねられたに決まっているから、大丈夫と頷きながら立ち上がろうとすると、女は今度もためらわず、よろめくわたしに手を貸してくれた。よくできた女だと思う一方、さっきの男の腰抜けぶりに改めて腹が立った。額が狭く、頭に猪のような剛毛を密集させている男だった。

女は宿の中にわたしを請じ入れようとしたのだが、またその男が飛び出してきて、裏へまわれと指図をする。顔にはまだ恐怖の色が残っていた。女との間でひと悶着はあったものの、わたしは結局、宿の裏の、積み上がった薪のすき間に放り込まれることになった。

「ちょっとの間だけだから」

囁く声で女はいって、裏口の重い戸を軋《きし》ませて中に入った。しばらく経って出てきた女は、わたしに野菜を煮込んだ濃い汁を飲ませた。わたしは指を使って柔らかい野菜を口の中に入れた。そして、すぐに薪のすき間で寝てしまった。


不覚にも、と思えるくらいわたしは眠った。わたしはさっきの男に足を蹴られてやっと眼を覚ましたのだ。しかし、不意に蹴られて驚いたし、巡礼を足蹴《あしげ》にするとはけしからんとも思ったから、濁った声を出して睨みつけてやった。男は不承不承みたいに離れていったが、さっきからの憤懣《ふんまん》もあってむっとしながら見ていると、男は戸口の脇の木桶を取ってそのまま中へ入っていく。中で女の声だけがして、すぐに木桶を持った男が出てきた。男はわたしの前に水を張った木桶を置いた。わたしはあわてて目礼をした。

男は、「さあさあ」といって置いた木桶を両手で抱えた。さあさあ、は服を脱げということらしい。わたしは下穿き以外の服は脱いで男の前に跪《ひざまず》いた。自分ではもう気づかないが、わたしの体は相当な異臭を発していたはずなのだ。湿った藁の中で寝ていたから、体中どこもかしこも痒《かゆ》い。憎たらしい男だが、頭から水をかぶって許してやる気になった。男は空になった木桶を持って、また宿の裏口の中に消える。そしてすぐに、さっきの女と一緒に出てきて、わたしに二度目の木桶の水をあびせかけた。女は、男を追い払うような仕草をしてから、わたしに粗織りの布を拡げて渡してくれた。わたしは感謝と感激を見透かされないように、さりげなく女に目礼をし、馬は、馬を牽いてきたはずだが、と尋ねた。

「あんた、ひとりでふらふら歩いてきたんだ」

女の後ろに退いた男が憎々しげな声を返す。

「いや、馬を牽いてきた。馬の背にわたしの荷物があるんだ、着替えもあるんだ」

わたしは自分がいってることにもう自信がなかった。

「あんた、ひとりで歩いてきて、わしの顔見て、ぱたりと倒れた。泡吹いて、白眼剝いた」

わたしはもういい返さなかった。男のいう通りだったのだろう。馬はどこかへ逃げた。そして荷物も消えた。わたしは途方に暮れた。このまま巡礼を続けるべきか、出直すべきか。

女が小走りで宿の中に戻り、何やら厚手の肌着のような服を拡げて戻ってきた。手渡されたのは、茶色と黄色の合わせ生地の服で、筒袖の幅が広く、襟元を結ぶ紐は飾りになるように赤く染められている。細かい青や緑の刺繍がふんだんにあり、どう見ても、普段人が着るような服ではなかった。しかし、いつかどこかで見たような、むしろ見慣れた服のような気もしていた。

「それは昔、立派な騎士が着ておられた服だ、どこかのご領主様だった」

男がぽつりとつぶやくようにいった。声の調子が思い出話の始まりのようにも聞こえた。

しかし、騎士と聞いて、わたしは嫌な気がした。手負いの騎士は、村人たちに襲われて、身ぐるみ剝がされて殺されてしまう。それが習いだ。何も村人たちが悪いのではない。騎士の行いが眼に余るのである。とはいえ、わたしはいい気がしなかった。村人が、なぜ騎士の服を持っているのか腑に落ちない。わたしは、殺された男の服だろうと思いつつ、眼の前に拡げて見た。

果たして、それは見覚えがあるどころではなかったのだ。紐の先のブドウの房を模《かたど》った小さい鋲留め、間違えようがない。薪の上に座っていたからよかったものの、病み上がりの身、立っていたら、さっきみたいに、腰からすとんと地面に落ちてしまっただろう。いや、意識すら失ったかも知れない、それほどの驚きだった。あれからもう二十数年、こんな時に、こんなところで……夢の中でも、あり得ないことだ。

「この人のは、さっきまとめて洗ったばかりで、そんなのしかないんですよ。巡礼宿でしょ、着替えを置いとくと、誰かが持ってっちゃう。それしか残ってなくて……そうそう、小さな鉄の輪をいっぱい縫いつけた胴衣のような服ならあるんですが」

わたしの異様な反応に気を揉んだ女がいった。わたしは、そうか、胴衣もあるのかと思った。

「その鉄の輪には四弁の小さな花の刻印がなかったかね」

「あら、そういえば、持ってきましょうか」

「いや」と返したきり、わたしは話を続けなかった。わたしは遠い記憶を探っていた。むしろ、記憶の中で立ち暮れていた。驚きのせいか思い出せることが何もないのだ。

女は、どうしたものか、と困ったような顔をしている。わたしは、短い溜め息をついてから、女に向かって微笑んで見せた。それが微笑みに見えたかどうか、女は一層困った声で、

「昔、十年か、もっと前かしら、騎士のお方が立ち寄られて、矢傷を負っておられて、お亡くなりになったのですが、そのお方が遺していかれた服なんですよ。今はそれしか」といって口をつぐんだ。

「そうか、ここで亡くなられたのか」

わたしは深く息をついてから、ゆっくり答えた。自分の声ではないような声だった。

「わたしは知ってたんだ、その人のこと。わたしには、大切なお人だった」

思いもしない、大切、という言葉が自然に出た。そのことに、わたしは驚き、また戸惑ってもいる。忘れたことはない、大切といえば、大切な人だ。しかし、気取ったいい方をするなら、わたしの心を闇の中に閉ざしてしまわれたお人だ。憎悪と怒りが渦巻いた黒々とした深い闇、わたしは今もその闇の中に立ち迷うことがあるのだ。

それなのに、なぜわたしは、大切、などと応えたのか。

女はやはり勘違いをしたようだ。「まあ、それは」と、憂いが一度に晴れたような、まるで朝の日

覚めのような顔になって、わたしにではなく、男の方に顔を向けた。喜びをふたりで分け合うような様子に見えて、わたしは意外というより嫌な気持ちがした。

「あんた、お知り合いだったのかね、ええ、そりゃあ不思議だ」と男が応える。

「いやもう、こんな不思議はないくらい不思議だ。あんたね、丘のてっぺんで、その大切なお人の墓の横で寝てたんだよ。それも二晩、ということは三日間ってことだ、ずっと隣で寝てたんだよ。なあ、夢を見なかったかい、あの人、夢の中に入ってこられなかったかい」

わたしは驚きもしたし、気味悪いことをいわれた気もして、すぐに返事ができなかった。夢なら確かに見たのだろう。しかし、熱に魘されつつ見た夢だ。暗く濁った夢の中に誰がいたのか、いなかったのか。

わたしの返事を待ちかねたのか、男は女の方に顔を向けて、

「お前、あのお方が出てくる夢を見たんだよな」といった。

「そりゃあずっと昔の話ですよ、亡くなられたちょっとあとのことですよ」

「そうだな、十年くらい前のことだものな。しかし、生き返ってこられるなんて騒ぐから、わしはもう、怖いやらうれしいやら」と男はいって、瞬時、感慨に耽《ふけ》るかのように口をつぐんだかに見えたのだが、すぐさま「いや、ほんとは怖かったよ。暗がりからふらっと出てこられる気がして」とひとりつぶやくやいなや、「不思議だなあ、こんなことは、あるこっちゃない」と大袈裟に声を上げ、わたしの方に顔を向けた。わたしは、確かにそうだ、ということを、曖昧《あいまい》に笑うことで伝えたが、ひとりで何を興奮しているのか、気ぜわしい男だと思った。

「十年か、もっと前に死んだ人だよ。うーん、やっぱりそうだよ、あの人がずっとあんたを呼んでおられたんだ、あんたがここに来るように。な、偶然なんてものじゃない、あんたが病気になったのも、宿の手前で倒れたのも、あの人に呼ばれていたからだ。神様はこんな気味悪いことはなさらない。だって、気味悪いじゃないか。ああ、そういやぁ、わしだってそうだ。丘のてっぺんまであんたを運んだのはわしだよ。下《しも》の方の原っぱに捨てることもできたんだ。その方がよっぽど楽だった。しかし、そんなことは思いもしない。わしは、なーんも考えず、丘の上へ運んだんだ、あのお方の墓の隣りへ。リゴーたちに手伝ってはもらったが、そりゃあ苦労したよ。穴だって、掘ったのはわしだものな。わしもまたあの人に動かされていたんだ。やっぱり、あの人はそういうお人だったのだよ。墓の中から、わしらを操っておられるんだ」

女は両手を頬に当てて、「まあ」といった。男は、「そういうお人だった」と感銘を受けたかのように繰り返して何度も自分に頷いている。

わたしはというと、男の話に歯の根も合わないほど動揺していた。きのう、そして、その前の日の記憶がまったく違う風に甦ってきた。にわか病の苦しみなどなかったことのようだった。わたしはあの人に呼ばれてここに来た。それは、あり得ることなのだ。偶然がいくつ重なれば、このような出会いがあるだろうか。これまでの何もかもが、わたしをここへ呼び寄せるために仕組まれていたに違いないのだ。このわたしが巡礼の旅を思い付くなど、まったくわたしらしくはないのだから。だとしたら、なぜ、何のためにわたしは呼ばれてきたのか。それを思えば、背筋が凍りつきそうなくらい怖ろしいが、きのうまでのわたしの状態を思えば、わたしはあのまま丘の上で死んでいてもおかしくはなかった。あの人がそれを望めば、わたしは死んで、ふたつ、墓を並べることになったはずだ。しかし、わたしは死ななかった。なぜだろう、わたしに伝えておきたいことがあったのだろうか。だったら、それは何だろう、何をわたしに伝えようとされたのか。わたしは、動揺のあまり気が遠くなりそうなくらいだった。

「この服だがね……」と、わたしは動揺を隠すため、ふたりの注意を服に向けた。

「これは、ロベール様がフランス王家への使いに立たれた時に着ておられた」

わたしは濡れた体にその服を被った。女があわてて脇に置いた粗織りの布を取った。わたしはその布で濡れた頭と顔を拭った。しかし、あの人が着ておられた服を、今のわたしが着ていると思うと、体ごと包み込まれるような不思議な戦慄を覚える。やはりわたしは呼ばれていたのだ。

「お尋ねしてもいいかしら、あのお方とどういうお知り合いだったのですか」

ようやく腰を上げたわたしを見上げて女がいった。話してみたいことならいっぱいあった。しかし、すべてを秘密にしておきたい気持ちの方が強くあった。わたしは、「若い頃、あのお方にお仕えした」とだけ答えた。

「あら、ご家来でしたか」

「ああ、家来というわけではないが、お仕えはした」

「それより、どこのご領主なんだね、わしらには話してくださらなかった」

「ヌヴェール伯領のラシャイユとサン・ウリエル、オーヴェルニュ伯領のシュールコサードに領地を持っておられた。それと、ルヴォージュ、ルヴォージュにも小さな城を構えておいでだった。シャルル大帝の頃から続く古い家柄のお方だ」

さしたる反応を見せなかったところを見ると、男にはラシャイユもサン・ウリエルも、ましてやルヴォージュがどのあたりか、見当がつかなかったのだろう。知ったところで意味はないが。

わたしは女に促されて宿の裏口から中に入った。中は梁が剝き出しの広間になっていて、戸口の片側に食料の袋や水甕、様々な大きさの壺がならんでいた。使い込まれたテーブルとふたつの椅子は戸口から遠い部屋の隅の方に寄せてあって、奥の壁沿いの敷き藁と藁布団を隠している。わたしのための配慮なのだろう。炉は敷き藁の壁の向かい側にあったが、長く使われた様子はない。見上げる高さに、煙を出すためだろうか、横長の穴が壁にあって、朝昼の部屋の明かりはそれだけのようだった。

わたしは男と向き合う形で椅子に腰をかけた。女は、水甕の水を汲んで水桶の中に入れ、わたしが脱ぎ捨てた服をその中に漬け込んで外に出した。腕まくりして女が戻ってくると、男は女を制するように目配せをした。話すのは自分が先だと気負い込んでいるのだろう、男は顔を上げ、もったいぶった上からの目線で、

「巡礼たちが泊まる広間は出入りが多くて落ち着かんだろうし、二階は床が抜けるから危なくてな。まあ、むさ苦しいところで申し訳ないが、今日はここで」と話し始めた。すると、

「この人はいつも巡礼さんたちの広間で寝ますよ。だから、ここの方が落ち着きます」と女がいって、男の話に口を挟んだ。

心遣いはありがたいが、わたしは寝場所の心配より、どうしても聞きたいことがあるのだ。あの人がなぜここに来て、なぜ死んでしまわれたのか。ここで一体何があったのか。話を聞けばふつうに答

えが返るだろう。なるほど、そうか、と思うだろう。それでも不思議でならないのだ。こんな田舎の巡礼宿に、騎士がふらりと立ち寄ることがあるのだろうか。その宿に、病んだわたしが行き着くことがあるだろうか。ほんとに訊きたいことはそのことだが、答えはないと分かっていた。それでも、わたしは急《せ》いた気持ちで、

「ロベール様のことだが、あの人、なぜここへやって来られたんだろう。矢傷と聞いたが、矢傷を負っておられたのか、そのせいで亡くなられたのか。ここで、何があったのだろう」と矢継ぎ早に訊いた。

「ああ、そのことだがね」と男が応える。

「十年以上も前のことだが、秋の終わり、いや、冬の初めといった方がいいかな、その頃になると、巡礼の数もめっきり減って、ほれ、ピレネーの峠越えさ、道は凍りつくし雪は降るし、でまあ、宿も暇でね、退屈ばかりしてたんだが」

「よくゆうわあ」と女が弾んだような声をあげた。

「あんた、秋の終わりになると修道院の参事のお方のお供をして、狩りに出掛けてばかりじゃないの。宿の番はわたしに任せっきり。何もかも放り出して出掛けていっちゃう」

わたしは、ふふ、と笑った。年の差はあるようだが、夫婦だとしたら、いい夫婦だと思った。

「そうか、狩りか。ここでは、修道院の役持ちでも狩りに出るんだね」

「そりゃあね、フランドル伯につながりのあるお方だよ。遍歴修道士館を任されておいでだ。アジュネの十字軍に加われて、無傷で戻ってこられた。それだけに、狩りの腕前ときたらさすがだった。昔

は三日くらいは野宿をして狩りに出たもんだよ。今はもう年を取られてなあ」

「自分だってそうでしょ。この人ね、サン・セミエルの修道院からこの宿を任されているんですよ。なのに、宿のことは放ったらかし。何でわたしが留守番なの」

わたしはまた、ふふ、と笑った。そうはいいながらも、女は巡礼たちに奉仕するのが喜びなのだろう。さっきは、よろめくわたしの体を抱き上げるようにして支えてくれた。その確かな力、迷いなく健康に生きていく女に違いないと思った。わたしは心が明るくなって、

「そりゃあひどい亭主だ」と笑いながらいうと、女は眼を剝き、叫び声を上げそうな顔になった。

「亭主って、こんな亭主があったものですか。伯父と姪の関係ですよ」

そばで男が笑いだした。そして、「小さい頃は、可愛かったが」と聞こえる声で独りごとをいった。

「まあ、それはともかく、あの時は退屈してたんだ。退屈まぎれに、外に出てぶらぶらしてると、昼過ぎ頃かな、五十騎ばかりの騎馬隊が下《しも》の方から登ってくるんだ」

「またもう五十だなんて、二十そこそこでしたよ。どこからそんな数字持ってくるのかしら」

「あのな、歩いているやつらや荷車を牽いているやつらも入れれば五十はいたさ。お前ね、途中で口を挟むんじゃないよ。この人、あ、名前聞いてなかった、何て呼んだらいいのかね」

「はは、わたしか、わたしはギロー、カンブレーのギロー」

「ほう、カルブレって名前のやつが近くにいるよ。わしはマルタン、サン・マルタンのサンなしマルタン、はは。こいつはエルムリーヌ、リーヌと呼べばいい、その方が楽だ。こいつ、行儀を知らんやつだから、困ったもんだ。お前ね、そんな風に話の邪魔ばかりするんじゃないよ。でな、五十もの騎

馬隊がやって来たんで、わしはあわてて中へ逃げた。騎馬隊はそのまま通り過ぎたんだが、ほれ、この道だが、ピレネーの峠を越えればその先はもうバルセロナさ。モンセギュールとは逆向きだよ。今もモンセギュールの要塞にはカタリ派の騎士たちが集まってきていて、十字軍を迎え撃つ備えをしてるらしいわ。なら、何で逆向きに行くのかねえ。アラゴンの王家に雇われて行くのか、ミュレの戦さでペドロ二世が討ち死にされてから、うまく王国が治まらなかったのかねえ。教皇様から随分お叱りを受けたっていうじゃないか。それともあれかな、またイスラムの蛮族が攻めてきたか。ペドロ様が蹴散らしておしまいになったはずだが」

「話、ごちゃごちゃ。あんたねえ、話をどこへ持っていく気なの」

わたしも同じことを思っていたから、女の方に笑いかけると、

「わしはいつもお前に、あんた、と呼ばれるのが気に喰わんのだ。昔は、おじさん、と呼んでいただろ」と男が不平を鳴らした。

「じゃあ、おじいさん、そんな年でしょ」

男は相手にならず、急に厳粛な顔になってわたしを見る。わたしは浮かべた笑みを消した。

「あのお方がやって来られたのは、その翌日の日暮れ時だった。その時も、わしは外でぶらぶらしてたんだが、下《しも》の方から従者を連れた騎士がゆっくり坂を登ってくる。従者がたった一人でも、相手は騎士だ、わしは宿の中に逃げ込んだ。そりゃあそうだろ、騎士が身をやつして巡礼旅に出るならいいよ。従者を従え槍をおっ立ててくるんだもの、そりゃ恐いわ、早く通り過ぎろって祈るしかない。ところがどうだ、せっかく締めておいた戸を両開きにしてだよ、従者の若いやつがいきなり入ってき

た。そして、休ませてくれ、なんて無茶いうんだ。わしは返事もそこそこ、宿を飛び出してこの女を呼びにいった。冬は、こいつ、日が暮れるとすぐに家へ帰ってしまう。まあ、巡礼はいないし、用事もないからそれはいいが、騎士が剣をぶら下げたままやって来て、休ませてくれ、となると、わし一人じゃ手に負えない。それで呼びにいったが、こいつ、嫌だといって、梃子でも動かん。亭主も一緒になってわしを追い返そうとする」

「だって、わたしはあの時三十を出たばかりですよ。ひと気のない宿に戻って、乱暴者の騎士を相手にできますか」

「わしがおったじゃないか」

「よけい危ないわ」

ふたりの掛け合いはおもしろいのだが、病み上がりの身である。濡れた体に温かみが戻ってくると、一緒にだるい疲れも戻ってきて、目蓋のあたりが重たくなった。

「その騎士というのがロベール様だったよ。従者ってやつは、トマって名さ。まだ髭すら生えてないやつだった。偉ぶりたい年頃だ。そういうわけで、わしはこいつら夫婦に追い出された。そりゃあもちろん、そのまま逃げようか、どうしようか、迷いはしたよ。迷いはしたが、仕方なく宿に戻ると、あの方は壁ぎわの椅子に腰を掛けておられて、わしがいつも座る椅子には、従者の若いやつが座っておった。従者が騎士よりいい椅子に腰掛けていいのか。そういってやろうとは思ったのだが」

「あらあ、すみませんねえ」

女に声をかけられて、はっとした。目蓋がとろんと下がっている。わたしはうとうとし始めていたのだ。

「あんたの話は、人を疲れさせるんですよ。この人、朝の早い巡礼さんたちにもこうなんですよ。ほんとに、ちょっとお休みになったほうがいい。もうすぐ巡礼さんたちがやって来て、あわただしくなりますから」

　わたしは椅子から立ち上がった。

「口の中に、何か入れた方がいいですよ」と女がいうと、

「そうそう、それがいい。きのうの残り物だが、夏は、物を置いておくと腐る」とよけいなことまで男がいった。

　わたしはさっきと同じ野菜を煮込んだ汁を飲んだ。少しの野菜も口の中に入れた。しかし、パンは喉を通らなかった。

　わたしは女に促されるまま、テーブルの向こう側の寝床で横になった。そんなわたしをテーブル越しに見た女は、

「あなたがその服を着て、そんなふうに寝てらっしゃると、ロベール様がいらっしゃるみたい。しばらくの間、そこにおられたのですよ」と、夢見るような声でいった。

　もちろん、わたしはびくりとしたが、女の後ろにいた男が、

「何で、あの人はずっと若かったじゃないか」と、明け透けなことをいう。それで面目を施したつもりなのだろう、男は女を脇に押しのけると、

「ところで、あんた、いくつなんだい」と嫌なことを訊いてきた。

「ああ、歳かい、歳はね、五十七、もうすぐ八だ」

「何だ、じゃあわしとあまり変わらんねえ。わしは六十一。知らん間に、六十一も押し付けられとったわ。はは、こいつだけは減らしようがないからな」

わたしは小さく笑いながら頷いて見せた。そして、減らしようがないなあ、と思いつつ、ゆっくり眼を閉じた。いい人たちにめぐり合ったと思いながら。


その日は終日藁の寝床にいて、何度もうたた寝をした。何度目かに目覚めた時、夜更けの終課だろうか、修道院の鐘の音を聴いた。深夜の闇の中で目を凝らしたわたしは、自分がどこの誰でもなく、どこかへ運ばれているような、ふわりと浮遊している感覚だけの自分でいた。しかし、そんな微睡《まどろみ》の中にいたのはほんの束の間、記憶のどことどこがつながったのか、不意に、動悸と一緒に、あの人のことが思い浮かんだ。それは、眼の底で何かが一瞬きらめいたかと思えるくらいの記憶の甦《よみがえ》りで、わたしは闇に向かって眼を見開く。動悸も息も切迫して、じっとしたまま身悶えしている気分だった。

あの日、わたしはあの人に、あなたは狂ってしまわれた、といった。恐ろしい人だ、ともいった。あの人と最後に会って、別れた日のことだ。自分を悪だといいながら、そのことを悪に加担するいい訳にされた。卑怯な男、ほんとに狂っているとしか思えなかった。大切な人を見殺しにして、まだ人殺しを続けたいのか。人の心を失ったのか、血に飢えた野獣同然ではないか。わたしはそうもあの人にいった。

あの人は拗《す》ねたように黙ったままで、わたしの足元を睨んでおられた。その姿すらも、恐ろしい魔物の姿に見えた。いいたいことがあるのに、意固地になっていおうとされない。わたしを撥ねつけるような、有無をいわせぬ姿のまま黙り込んでしまわれたのだ。わたしは怒りに眼がくらんだ。立っていられないくらいだった。

あの日、わたしは予想もしないことを伝え聞いて、何度も何度もあの人を問い詰めたのだった。それこそ、血が噴き出さんばかりの声になって。どうして、そんな卑怯な振る舞いができるのか、理由があるなら、理由が知りたい、と。しかし、いくらいい方を変えて問いかけても、いい逃れにしか聞こえない、気のない返事しか返らなかった。わたしにすれば、知った以上、捨て置くわけにはいかない。わたしの悲しみ、そして怒りも手伝って、なおも同じことを問いかけると、業を煮やされたのか、はあーっ、とあたりを掃き散らすような息を吐き、眼を逸らし、顔と一緒に体までも背けてしまわれた。わたしはもう、獣《けだもの》だ、と思うしかなかった。人間は、そこまで堕ちてしまうのか。憎らしさが耐えがたいまでに高じてきて、飛びかかって殴り殺したい衝動が確かにあった。抑えようのない衝動だった。

別れ際、わたしはきっぱりいった、あなたには絶望した、あなたは化け物だ、と。心根の優しい人だと思い込んでいた。立派な騎士になられるお方だとも思っていた。だからこそ、絶望といった、化け物だといった。しかし、ほんとはあの時、わたしは何に絶望したのだろう。憎悪と怒りが渦巻いて、あの日のわたしの記憶は確かではないのだ。

あれから二十年、いやそれ以上の歳月、思いを残して死んだ人が、時を隔て、はるばるわたしを呼び寄せる。あの時わたしに話されなかったこと、沈黙の中に閉じ込めてしまわれたことを、今、わたしに伝えようとされるのだろうか。そのために、わたしは死なずにいるということか。だとしたら、何をわたしに告げようとされるのだろう。

わたしは闇の中で眼を見開き、同じ問い掛けを続けるしかなかった。

2

朝の光が入り、人の声や物音がすると、眼から耳から雑念が紛れ込むのか、きのうの物思いの深刻さが軽く透かされ、あきれたことのように思えてしまう。ほんの少しの眠りでも多少は元気も回復するのか、突発的に力も湧いて、わたしは思い切り体を軋ませ伸びをする。やれやれ、とあきれた声も一緒に出てきそうだ。もちろん、きのうの思いはそのままに、心のどこかに闇はある。しかし、朝の光の中、汗の臭いや肌の痒み、肘のしびれに気づいてしまうと、遠い日々の悲痛な記憶が遠いまま、どこか向こうに留まってしまったように感じる。わたしは巡礼旅の雑多な記憶を追いながら、馬を失い、荷物まで失ったことを悔やみ始めた。馬も荷物も失って、わたしは先へ進めるのだろうか、戻るとすれば、アルルからまたやり直しか、そのことを考えていた。

サンなしのマルタンがわたしのいる奥の土間にやって来たのは巡礼たちを送り出したあとのことである。わたしは脱いでいた服を着て、寝床の中で身を起こしていた。驚いたことに、やって来たマルタンは真っ赤に染めた鞣革《なめしがわ》の派手な服を着ている。夏に鞣革は暑かろうと気を揉んだが、やはりマルタンにしても耐えられなかったのだろう、わたしに見せたとたんに脱いでしまった。いくら朝とはいっても、下にも服を着ていたから我慢ができなかったようだ。

「これはサン・ソルナン修道院からの戴き物だ、狩りに出る時に着る」

マルタンはそういって、ふうーっと吐息をついた。

「ロベール様がおられた頃は緑色のお仕着せだった。勢子《せこ》をしてると、緑は木とか草の色に紛れていいんだけど、間違えられて矢が飛んでくる。道化じゃあるまいし、緑は危ないんだ」

「バカでしょ、この人」

エルムリーヌはひと言そういうと、そのまま前の部屋へ戻っていった。空の籠を置きにきただけのようだ。

エルムリーヌがいなくなったのを見届けると、マルタンがそっと顔を近寄せ、

「あんた、狩りは好きかね」と、男同士の秘密の話をするみたいに訊いてきた。

正直、わたしは城館に出入りして宴席で楽器を奏でたり、歌を唄うくらいがせいぜいだったから、狩りが好きかどうかなど訊かれたことがない。返事の仕方に迷ったものの、いったんは思わせぶりに首を傾げて、はにかむ笑いを答えにした。

「何だ、そうかい。わしは狩りが生き甲斐なんだよ。若い頃からそうさ。この血がな、湧き立つ。狩りの季節は、地面の底で太鼓が鳴って、わしは太鼓の音に心躍らせて目覚めるんだよ。分からんだろうが、心が躍る。角笛の音、猟犬の吠える声、馬の嘶《いなな》き、老いたとはいえ、力が漲《みなぎ》る、湧いて出る。ははは、わしは素手でイノシシと闘っている夢を見るよ」

マルタンは熱心に話を続けるのだが、わたしがあやふやに笑って聞いているだけだから、

「狩りに出ればな、たまに獲物を分けてくださる」と取って付けたようなことをいってわたしの気を引こうとした。しかし、狩りのことなど考えたこともないわたしである、やはりあやふやに笑って見

せるしかなかった。マルタンはどうやら話を続ける気を失くしたようだ。急に用事を思い出したかのように離れていった。

入れ替わりにやって来たエルムリーヌは、擂《す》り潰した空豆を牛乳と何かの脂身で煮込んだ粥のようなものを運んできてくれた。わたしのために特別に作ってくれた料理だと分かったのだが、多くを食べ残したことでエルムリーヌに詫びねばならなかった。今も続く腹部の膨満感は腐った魚のせいとは思えなかった。もうこの歳、腹の中に病気を抱えていても不思議はないのだ。

エルムリーヌがいったん家に戻るといって宿を離れてから、わたしは丘を登るために宿を出た。とたんに、どこからかマルタンが姿を現す。わたしを待っていたのか、不思議な男だが、宿にあった巡礼の杖を黙ってわたしに手渡してくれた。わたしはその杖を頼りに息をあえがせ坂を登っていくのだが、マルタンはそんなわたしに手を貸すではなく、声をかけるでもなく、わたしの歩みに合わせてすぐ後ろをついてくる。いいのかな、と思った。巡礼宿は放りっぱなしだ。

坂の途中で立ち止まり、振り返って丘のすそ野へ眼を向けると、礼拝堂の尖塔とそれを取り囲む高い壁やいくつもの頑強そうな建物が見えた。きのうも眼にした光景だろう。しかし、きのうは全然気づかなかった。取り立てて荘厳な印象はないものの、見晴るかす周辺の農地は見事に整地され、三圃《さんぽ》式《しき》に区切られた農地を隔てるように果樹園らしい一画もある。三つばかりの作業所や穀物倉庫、四、五十ほどの家々が水車が並んだ用水路に沿うように散らばっていた。

「サン・ソルナンの修道院だよ、ここいらの男たちはたいがい修道院の作男だ。若い頃はわしもそうでな、親父が死んだあと、この巡礼宿を引き継いだ。ここいらの人間は、男も女もたいがい読み書きができるよ。修道院で習うんだ」

「そうか、修道院か。来る途中、白い僧衣の人たちを見かけた。シトー会かな」

わたしは、どうでもいいと思いながら応えた。

「爺さんの頃はベネディクト会だった。ここからは見えないが、あの川のずっと先にグランギアという農場がある。シトー会になってからのものさ。よく働く人たちだよ」

「……そうか」

わたしは遅れて気のない返事をした。夏の太陽の下、影のない広い景色の中に一人の男の死が納められている、そのことの非現実さ、そのことを思っていた。ここに来て何の感情も湧きおこらないのは、そのせいだろうか。

わたしは息を継いでまた丘の頂を目指した。

あの人の墓は思った通りにあった。そして、わたしが二晩を過ごした藁の寝床も。木炭タールの布は取り払われていたが、ほかの何かのために役立てるのだろう。流行り病の怖ろしさから、村人たちは、被せたタールの布に火をつけて、わたしを燃やしてから土を被せるつもりだったのだろう。それは賢明な判断に違いなかった。

「冬だったよ、亡くなったのは」

ぽつりとそういって、マルタンが話を始めた。

「二度目の冬が越せなかった」

マルタンは草生《くさむ》した盛り土の墓を見ていた。そして、次のような話をした。

十二、三年前の初冬のある日、ヌヴェール伯の封臣、旗騎士のロベール・ド・ラシャイユが従者一人を伴い男の宿を訪れた。迎え入れた男は、騎士が脇腹に深い矢傷を負っており、その傷口が開いて新しい血が噴き出ているのを見て肝を冷やす。サン・ソルナンの修道院に傷口をよく治す修道士がいることから、呼びにいってきてもらうと告げたが、騎士は頑《かたく》なにその申し出を拒んだ。騎士は、傷が癒えればすぐ出ていくと男に告げ、男の手に、見たこともない金貨をひとつ握らせた。男は初めての金貨に驚いてしまった。もともと、この巡礼宿の諸経費は修道院への喜捨《きしゃ》の一部で賄《まかな》われていて、もてなしは粗略でも、礼金は一切受け取らないのが決まりだった。男が金貨を拒まなかったのは、それがことのほか珍しいものに思えたからで、金銭だという感覚はもとよりなかった。男はあとで、修道院の聴罪司祭に悔悟の告白をすることになる。

さて、騎士たちの扱いに窮した男は、取りあえず狭い方の巡礼部屋にふたりを通した。食べ物や飲み物の場所だけ教え、そして、自分は戸口にいちばん近い、ふたりからいちばん遠い寝床に移った。その日はひとりの巡礼客も訪れなかったことから、男は服を着たまま寝床に入り、祈りは三度繰り返して、早早にその日を終えた。

翌日、ふたりの部屋を覗《のぞ》いてみると、騎士は肌衣の上から傷口に布を圧し当てていた。滲み出た血を見て、男はまた肝を冷やす。どう処置をしていいやら、うろたえもし、怯えもしている男に向かって、従者の若者が、しばらく世話になる、と高飛車な声で告げた。思わず平伏の姿勢を見せてしまったものの、男は追い出す口実を考えていた。やがてやって来た姪のエルムリーヌは警戒心を解かなかった。探る眼つきで宿の中を確認すると、そのまま家に帰ってしまった。男は、男が使った言葉でいうと、犠牲にされたも同然と思った。

その日の夜のことだ、騎士が急に熱を出した。騎士にして魘されるくらいの高熱だった。心配よりも、迷惑この上ないと思った。朝になると、男は修道院に駆け込む。急ぎやって来た修道士は長い時間をかけて騎士の治療をした。男は三度湯を沸かした。修道士は浮かぬ顔で自問自答しているようだった。声を掛けて騎士の容態を訊けるような雰囲気ではなかった。応急の治療を施した修道士は、帰り際、肺か内臓を包む膜に炎症があるようだ、動かせる状態ではない、と男に告げた。男は、黄色味を帯びた血を見せられて、ひえーっ、と声を出し、よく分からないが大変なものを抱え込んでしまったと思った。

次の日は修道士がふたりやって来て、前の日よりも長い時間をかけて騎士の治療をした。男はやはり湯を沸かしたが、湯が沸くのを待つ間、やはり、ここで死ぬのかなあ、と思った。それは、死にそうな人に、死ななければいいが、と願うごく自然の思いも混じっていた。だから、修道士たちが帰ったあと、男はあえぐ息の騎士に近づき、十字を切って祈りもした。それはもう、面倒を避けたい気持ちからではなかった。

その次の日は、泊まったふたりの巡礼客が去ったあと、最初の修道士だけがやって来た。傷口を確かめ、何度か首を傾げただけで帰っていった。そして、その日からは、姪のエルムリーヌが騎士の面倒を見た。熱は少し下がったようで、姪と短い話をするようになった。姪との話声が聞こえると、男は駆け寄ってふたりの話に割り込もうとするのだが、騎士にはふたりを相手に話すだけの力はなかった。そんな日が何日か続いた。修道院の副院長がやって来られたのは、騎士がようやく身を起こせるようになってからである。お付きの侍僧を人払いして騎士とふたりだけで長い間話をされていた。副院長は、宿を立ち去る時、身分の高い立派な騎士であるから、十分にお世話するように、と男にいった。男は、いわれなくても分かっている、と心の中で思った。騎士の名前を知ったのはその時である。そして、もらった金貨のことだが、相手は副院長、男はついいいそびれてしまった。後に、聴罪司祭に告白するのだが、金貨は修道院の預かりとなった。

それからは、男も献身的に騎士の世話をした。大好きな狩りの声がかかっても、迷いなく断ることができた。しかし、姪のエルムリーヌの方が献身的であったかも知れない。いくら男が献身的な気持ちになっても、細かい気配りは男にはできなかった。エルムリーヌは幾分か打ち解けている様子で、やっかみだろうが、男はそんな女をたしなめることがあった。相手は騎士のご領主様だ、と。修道院からは時折り、珍しい鯨肉の燻製や生きたままの鯉が旗騎士ロベールのために届けられた。新しく役持ちになった修道士も挨拶のためにやって来た。

ロベール様が、なぜこの道をたどって来られたのか、どこへ行こうとされていたのかについて、男は不審でならなかった。熱のせいでまだ伏せっておられたため、最初は従者の若者に尋ねた。若者は首を傾げて、知らない、といった。本当に知らないようなので、ずっとあとになってから、ロベール様に直接尋ねた。ロベール様は答え方を決めておられたみたいに、道に迷った、とすぐに答えられた。どこへ行こうとされていたかについても、それもずっと迷っていた、と返事をされた。どういうことか、考えると難しそうなことに思えて、男はもう訊くのはやめた。いいたくないのだと理解した。

　冬の間、ロベール様は床を離れるのがままならない状態だった。二度ばかり、高熱を出され、うわ言を話されることもあった。治療をよくする修道士は三日に一度くらいの割合で様子を見にきた。その度に、蛭に血を吸わせた。時々は、膏薬や煎じ薬の種類を変えることもあった。しかし、いい方に向かっているのか、悪い方に向かっているのか、男には分からなかった。

　やがて、春が近づくと、巡礼客の数が増えてくる。教会や聖人の記念日が近づくと、一気にその数が増した。となると、宿の寝床が足りなくなるし、あの頃は反乱軍の勢いが強くて、いつ何時、この辺りを荒らしにくるかしれない状況。領主格のロベール様をおかくまいするには、人の出入りが多い巡礼宿では危ういということになった。ロベール様たちは、今わたしが寝ている奥の土間に移ると同時に、丘の上の物見砦を修復整備して、そこに仮の住まいを作ることになった。今はもう廃墟のようになってしまったが、当時はまだ人が住める区画があった。修復には修道院からたくさんの修道士や修練士たちが来た。身分の高い役持ち修道士たちや、どこやらの聖堂参事の人もやって来た。物見砦は十日ほどで修復整備ができた。

　あの人たちが物見砦に移られてからは、若い従者が食糧や水を取りにきた。男は自分から水や食料、灯りの油を運ぶこともあった。頻繁に修道院から人が来て、何かとお世話をしているようだった。春もたけなわという頃には、ロベール様の具合もよくなり、人目を避けつつ、ぶらぶらとあたりを歩かれるようになった。男はいつも駆け寄って、その後ろを歩いた。しかし、日暮れ前の多くの時間、ロベール様は鋸壁に上がる階段の先に腰を掛け、陽がピレネーの山の向こうに沈んでいくのを眺めておられた。そんな時、男はそばに近寄らなかった。

夏になって、若い従者がいなくなった。人に訊けば、昼日中、ロベール様の馬に乗って堂々と坂を下りていったのだという。男は最初、従者を使いに出して、お迎えを呼ばれたのだろうと思った。しかし、あとになって、従者は自分の馬にロベール様の兜や鎖帷子《くさりかたびら》を載せて牽いていったと聞いたもので、男はあわてて丘を上り、ピレネーの山影を眺めておられたロベール様に、従者をお使いに出されたのか、と訊いてみた。ロベール様は、いや、帰りたいというから帰らせてやった、とおもしろそうに笑っていわれた。しかし、周りは敵だらけ、馬も鎧兜もなく、一振りの剣だけで、ご自分はどうやって出ていかれるのか心配にはなった。

それからは、物見砦に独り住まわれた。去っていった従者の代わりみたいに、世話をする若い修練士が頻繁にやって来た。体は随分快復されて、食糧や水の運搬に手を貸されることもあった。時折は宿の方まで下りてきて、男と話をされるようにもなったが、たいがいは、女の方が上手に相手をした。女は、蠅が飛んだくらいのことでも話しかけていくし、眼をこすったくらいで、顔拭きを濡らして渡す。「どうでもいいが、世話焼き女は暑苦しい」と憎たらし気に洩らしたのは、今朝、女に「バカでしょ、この人」といわれたことへの意趣返しだろう。わたしは、額の汗を拭いながら、いい人たちに最期を看取ってもらえたことが、あの人にとってこの上なく幸いなことであったと、安堵と憎悪が入り混じった複雑な気持ちで思った。

やがて秋になると、男は普段着を緑の勢子のお仕着せに変える。そして、十日に一度くらいの割合だが、遍歴修道士館をあずかるお方のお供をして、ほんの近場へ狩りに出かける。キノコ狩りだというのは、エルムリーヌの悪口だが、冬になって、獲物のキノコはなくなっても、声がかかれば狩りに出た。ただし、丘の上の寒風に晒《さら》された砦の冬は厳しい。男は、冬場だけでも宿の方に移られるようお願いしたが、ロベール様は謝意は述べられるものの、動こうとはなさらなかった。仕方なく、男は干し藁を石壁のすき間に詰めたり、床に厚く敷き詰めたり、薪をふんだんに運んだりした。ロベール様が変わりなく冬の日をお過ごしなのは、暖炉から登る煙で分かった。朝、宿の前に出て、丘の方を見上げると、かすかだが砦からの煙が見える。男は、今日も変わりなく元気でおられると、立ち登る煙で確かめてから巡礼宿の一日を始めるのだった。しかし、風のある日は暖炉の煙が分からない。また、暗い雲が垂れこめている日も煙の見分けが難しかった。男は心配になって丘を駆け登ることはあったが、たいていは、元気な朝の挨拶をされた。男はこの日常が続くのだろうと思っていた。

しかし、その日は前触れもなくやってきた。それは風もなく、空も澄み渡った冬のある日のことだ、丘の上の物見砦に煙はなかった。おや、と気にはなったが、冬にしては珍しくうららかに陽は照り、遠い春を思わせる陽気だったことから、男は宿の寝椅子を日向《ひなた》に出して、長々と体を伸ばした。しかし、昼を過ぎた頃、急に雲が垂れこめ、凍えるような風が吹きすさんだ。日暮れ時には細かい氷のような雪も降って、男は早早に宿の戸を閉めた。翌日も嵐は吹きすさび、雪も本降りになってその日は宿に閉じこもるしかなかった。そして次の日、久々の朝日に心を躍らせ男は宿の外に出た。物見砦を見上げたとたん、胸騒ぎがして、雪でぬかるむ坂を駆け登った。

あの人は、藁の寝床の上で仰向けになって寝ておられた。髭やまつ毛に白く霜が降りていた。

以上が、マルタンの話のおおよそである。おおよそ、というのは、マルタンの話が脇の方へ逸れていったり、急に時間が戻ったりして、筋道を理解するのに骨折ったからである。病み上がりの憔悴から、わたしも注意力が散漫になっていたことはあるが、マルタンの方も、記憶の整理がつかないのだろう、話がもつれそうになると、脈絡を無視して違う話を続けるから、ん、と首を傾げることが何度かあった。前の副院長の名前を必死になって思い出そうとしたり、鯉の養殖池を拡張してふたつに分けた苦労話もおもしろく聞かせてはもらったが、何より持て余したのは、あの冬の晴れた日、砦には煙ひとつ立たなかったのに、なぜすぐに駆け付けなかったか、マルタンはそのことを今も深く悔やんでいたから、弁解とも後悔ともつかないことをくどくどと繰り返すのだ。おかげで、マルタンがあの人の死を悼む気持ちはよく伝わったが、その分、わたしは憤懣を溜めた。最初から気づいていたことだが、マルタンはおしゃべりなのだ。

話の途中から、わたしは道端の草地に腰を下ろしていたのだが、ひと通り話は聞いたし、長話を聞く疲労も限界に来ていたので、マルタンを促し坂を下りることにした。わたしは立ち上がって、あの人の盛り土の墓と廃墟になった最後の住まいにそれとなく頭を下げ、神の御名をあがめ短く祈った。しかしそれは、巡礼旅の自分を思い、何はともあれ祈ることが巡礼の勤めであると心得ていたからこその祈りだったし、マルタンの手前、知らんふりもできなかったからである。

「そうそう、ロベール様だが」

急に、何を思い出したのか、坂の途中で、マルタンが後ろから声を掛けてきた。わたしは立ち止まって振り返った。

「猫を飼っておられた。春の終わり頃かな、ほら、あんたが寝てた裏の薪置き場で野良猫が五匹も子供を産んだ。猫の世界にもこういうことはあるんだね、母猫は三匹だけを連れていって、あとの二匹は置いてけぼり。かわいそうだしね、ロベール様が引き取って大事に育てておられた。二匹とも雌猫でね、薄い茶色の斑の子猫だった。わしにはどっちも同じに見えた。その猫たちだが、二匹とも、あの日、あの方と一緒に死んでいたよ。生まれて半年とちょっとの子猫だったから……。仕方ないわ、あの寒さだから」

「猫か、猫と一緒に亡くなられたか。それって、何かこう、おそまつじゃないか。騎士の最期とは思えないな」

わたしはもちろん嘲るような声でいった。しかし、マルタンはわたしのいい方が大いに不満だったらしい。

「でも、可愛がっておられたんだ。小さな子猫たちだよ、せっかく生まれてきて、かわいそうだよ」

と熱心にいい張る。わたしはからかうような声で返した。

「そうか、かわいそうか」

猫のことなど、どうでもいいのだ。わたしは、あのロベール様に、たとえ盛り土の墓であっても、墓があること自体が腹立たしかったのだ。この宿に来るまで、わたしはあの人の最期を、手足や首のない死体と一緒に大穴に投げ込まれて朽ちてしまわれたか、荒れ野に斃《たお》れ、屍を狼や野犬に食い散らされてしまわれたか、そんな風にしか想像していなかったから、期待外れというより、道理に合わない、と神の御前であれどこであれ、訴え出たいくらいだった。あんな卑怯な振る舞いをしておきながら、猫と遊んで死んでいかれたとは。道理に合わないどころか、ふざけた話だ。わたしは、捨て台詞のように、「へっ、猫なんかとねえ」といって、鬱憤《うっぷん》晴らしをした。後ろで、マルタンがどんな顔をしたのかは知らない。

宿に戻って、わたしは早い昼食を食べた。朝、わたしが朝食にほとんど手を付けなかったことを心配したエルムリーヌの心遣いである。食卓には、朝と同じ擂《す》り潰した空豆の粥に茹でた腸詰め肉、山羊の白いチーズに胡桃《くるみ》を練り込んだパン、そして、スグリの香りがする葡萄酒が並んだ。わたしがこのような格別の歓待を受けるのは、ロベール様に仕えていたことと大いに関わりがあるのだろう。ふたりは、十何年も前の客人をわたしを通して懐かしんでいるのだ。いくら修道院の副院長の言葉があったからとはいえ、ほんの一年と数ヵ月世話をしただけのこと。それなのに、ふたりは今もあの人の記憶を心の中で温めている。おかげで歓待されるのはありがたいが、どう考えても腑に落ちないのだ。相手は、好んで人を殺しにいき、わが身可愛さに、大切な人を見殺しにした卑劣極まりない男だ。

せっかくの心遣いだったのに、わたしは粥とパンを二欠けばかり食べただけでもう音を上げた。腹に膨満感と吐き気が甦って息が苦しい。わたしは、しばらく休ませてほしい、とふたりに告げた。夏の陽射しに眼が眩《くら》んだままだったし、たくさんの話を聞いて、頭が芯から疲れてもいた。わたしは服を着たまま藁の寝床に横たわった。ながく寝付けなかったのは、マルタンの話で知ったあの人の最後の月日が途切れ途切れに思い浮かんで、動悸が高ぶっていたせいだろう。

いつからそこにいたのか、眼が覚めた時、テーブルの向こう側の椅子に、マルタンが足を組んで座っていた。干し肉か何かを噛んでいるのだろう、口をもぐもぐさせている。わたしが目覚めたのに気づくと、待ちかねたとでもいうように、「おう」と声を掛けてきた。

「気分はどうかね」

わたしは伸びをして、「おかげで」と短く応えた。

「ここは食糧の貯蔵部屋だったらしいが、修道院てのは、ふつうあれだろ、清貧とかいってさ、結局ケチだから貯蔵するほど食糧をくれない。わしが無駄食いすると思ってるんだ」

返事のしようがないので、わたしは黙っていた。

「ほら、あんたが今寝てるところで、ロベール様も寝ておられたのさ。不思議だねえ、あんた、何でここに呼び寄せられたか、心当たりはあるかね」

眼が覚めて、いきなり応えられるような話ではない。わたしは首を振って応えた。

「ほかの誰でもない、あんたが呼ばれたんだ。不思議じゃないか、あの方の服を着て、あの方と同じところで寝て……な。何か、心当たりはないのかい。

「ところであんた、ロベール様にお仕えして、何のお役をしてたんだい。で、何で辞めたんだい、辞めさせられたのか」

マルタンは、自分の話はさっき終わった、次はお前の番だ、とでもいいたげな態度だった。巡礼客に対して、いつもこんな調子なのだろう。

「んー、わたしはね、ただの慰み役だ。いや、つまらない遊戯やお話の相手、といった方がいいかな」

わたしはまんざら嘘でもないことを答えた。

「遊戯って、一緒に遊ぶのかね。宮廷では遊ぶのかね、何をして遊ぶんだい」

「いろいろだよ、いろいろ」

わたしが遊戯といったのは、宮廷風恋愛という騎士社会の軽薄なお遊びである。どうせお遊び、説明する気にもならないから、話を逸らせるために、

「ただし、狩りには行かないよ。見送るだけだよ。獲物がその日の皿に載るんだから、あらかじめ腹をすかせて見送る」といって、のっそり寝床から身を起こした。

「でも、宮廷の人たちと遊ぶということは、あんた、相当な血筋の人なんだなあ」

「何をいってる。そんなこと、よく思いつくわ。いっておくが、領主の城館だよ、宮廷とはいわんよ」

わたしはきっぱり間違いを正したはずだが、マルタンには通じない。

「そりゃあ、ロベール様の宮廷だものな、エルムリーヌもいってるんだ、立派な血筋のお方だって」

「おいおい、それはないって。わたしはただの古物商だ、何が血筋だ」

相手が誰であれ、わたしは出自《しゅつじ》のことを詮索されたくはなかった。この巡礼旅も、ずっとトゥルーズの古物商で通してきたのである。ところが、思いもよらない、ロベール様の着衣をあてがわれてしまったため、隠しておきたいことが隠せなくなった。せめて血筋のことだけでも曖昧にしておかな

いと、次から次へと問いかけが続くだろう。わたしはそんな気配のマルタンから顔を背け、それきり口をつぐんだのだが、相手はマルタン、嘆息ひとつついたかと思うと、

「宮廷の狩りって、相当なものなんだろうなあ」と、うっとりとした声を上げた。

はあっ、と思わず声が出た。血筋の話はどこへ消えた。ほっとしたことは事実だが、狩りなど興味がないわたしである。急に話すこと自体が億劫になった。夏の陽にながく照らされたせいか、あの人の最期の日々を聞いたせいか、悪い熱が溜まったみたいに体が熱い。わたしは息苦しさにあえぐような声を作って、

「そりゃあ、相当なものだが、それより、少し、気分がよくない。さっきから、汗が、出ないんだ」

といった。実際、わたしは暑いのに寒気がして、汗が出ないのが心配だった。

「汗が、ええ、それはいかん、ゆっくり休むがいいよ。まだしばらくは巡礼客も来ない」

そういって、マルタンは立ち上がった。わたしは藁の寝床に体を伸ばし、相当な血筋か、どこをどう見ればそう見えるのだ、とあきれつつマルタンの後ろ姿を眼の端で追った。

＊

わたしは大道芸人の一座に生まれ育った。一座といっても、決まった人たちの集まりではない。行く先々で人は変わった。母はいた、父かと思う人もいた。その人は、いたり、いなくなったりした。母は二年おきにひとり子供を産んだ。うまく育たなかった子供もいたが、わたしには弟がふたり、妹

がひとりいた。わたしたちは主にシャンパーニュ伯領やブルゴーニュ公領の北側の町々を旅して歩いた。市《いち》が立つ町や守護聖人の祭りがある町を順番に巡っては大道芸を見せて回った。たまに、騎士たちの野試合があれば、その原っぱへも行って、野卑な寸劇や曲芸を見せることもあった。幼いわたしは、肩の関節をはずして、小箱の中に納まったり、小さい樽の中に納まって、母親の足芸の道具になったりした。五、六歳の頃からはいろんな楽器を習い始めた。一緒に俗謡も習った。誰の勧めであったかは知らないが、口が達者で覚えも早かったわたしは旅の歌唄いジョングルールの修行も始めていた。もちろん、鞭の音に怯えながら。

どの町へ行っても、それが守護聖人の祭りの日であっても、わたしたち旅芸人は教会に入れなかった。わたしたちは、むしろ教会から追われた。着飾った聖職者たちは、浮かれた芸を売って旅をする者たちを悪魔の道連れであるかのように説き、罵《ののし》り、呪詛《じゅそ》の言葉を浴びせかけた。わたしたちは、祈る人でも、戦う人でも、働く人でもない、神がこの世に予定されなかった人種だった。のちになって、わたしが領主たちの城館に出入りするようになっても、たいていの礼拝堂付き司祭はわたしを悪魔の手先であるかのように扱った。むろん、礼拝堂へは近付けない。わたしを見ると、十字を切って逃げた司祭もいた。しかし、母は十字架の首飾りを隠し持っていたし、そっとお祈りをする姿も記憶している。わたしにしても、神を信じないわけではない、ただ、神は、おられるとは思えないくらい、わたしの遠くにおられた。のちに幸運が訪れたのは、神のご加護で、とかいいたい人はいうかも知れない。しかし、わたしのような境遇に育つと、神のご加護など思いもつかない。傲慢にも、幸運を招き入れたのは自分の技量だと思っていた。

あの頃のシャンパーニュ地方、特にトロワの町を中心とした地域は、フランスでも指折りの宮廷文化が花開いた地域だった。アキテーヌのアリエノール様がおられたポワトゥの城館が廃《すた》れたあとは、トロワこそフランスでも随一の典雅を誇るお館《やかた》であったと思う。シャンパーニュ伯妃マリー様がアリエノール様の実の娘ということもあるのだろう、母君と同様に文芸に心寄せられ、トルバドゥールと呼ばれる吟遊詩人たちを厚遇された。わたしのような身分の卑しいジョングルールといえども、その演ずるところはトルバドゥールとさして変わるところはないのだから、トロワ近辺に集まる優れた恋歌唄いたちの技を盗み、それらしく工夫を凝らして、いっぱしのトルバドゥール気取りでいた。当時、わたしはまだ十三、四だっただろうか、若さ、むしろ幼さを武器に、町の広場や豪商の館、稀には領主の城館の大広間で俗謡や武勲詩、トルバドゥールの恋歌などを唄い、また朗誦しながら芸人一座と旅をした。そして、傲慢というほかないが、わたしは自分の技量を過信し始めていたのである。

というのは、あの頃のわたしは決して聴衆に媚びなかったのである。幼さの残るわたしの歌に、聴く人は最初から見下しているか、恩着せがましい眼を向けてくるか、どちらかしかなかった。わたしは虚勢を張った。生意気で、ふてぶてしい不遜な態度で聴衆に向かい、わざと幼い子供の声でながったらしく難しい歌を好んで唄った。当然、聴く人の多くを不愉快にさせただろうが、そのことで逆に不思議な評判も得ていた。子供のくせに、通人好みの歌を唄うという不思議な評判である。通人というのは不愉快を喜ぶ人たちなのだ。とにかく、わたしは毛色の変わった唄い手であった。果たして、何がどう伝わったのか、そんなわたしの悪評判が、当時、ロートリンゲン公国のシェンゲンに滞在しておられた大領主ギヨーム＝レーモン・デクセルモン様のお耳に届き、直々のお召しを受けて、そのまま御恩顧をこうむることになった。ちょうど十五になったわたしは、常にお側にいて、時に楽器を弾き、時に唄い、まれには話し相手にもなってギヨーム＝レーモン様の日常をお世話することになったのである。わたしの生まれ育ちを思えばこれは異例の扱いである。

　そのギヨーム＝レーモン様だが、第二次の聖地十字軍で赫赫《かくかく》たる武勲を挙げられた高名なお方であった。惨憺たる負け戦さ続きで、乾坤一擲《けんこんいってき》のダマスクス攻略にも失敗した十字軍が総退去をする際、最後まで撤退を肯《がえ》んぜず、ギー・ド・シャティオン様と共に殿《しんがり》を受け持って交戦を続けられた。結果、相当な数の部下を死なせたわけだから、たとえ陪臣に当たるとはいえ、フランス王ルイ七世からも神聖ローマ帝国のコンラート三世からも、使者を通じてねぎらいの言葉があったという。わたしが仕えた頃、そんなギヨーム＝レーモン様ももう七十を超えておられただろう、馬に乗られることもなく、杖を頼りに歩いておられた。お歳のせいもあるのかどうか、性は狷介《けんかい》にして不羈《ふき》、といえば聞こえはいいが、わたしなりにいえば、へそ曲がりのあまのじゃく、といったところか。人々は扱いに窮してわたしを充《あ》てがったのだろうが、旅芸人という育ちを思えば、へそ曲がりやあまのじゃくの相手など日常茶飯、苦にはならなかった。

　わたしが幸運というのは、元来、貴人の身辺にいて介添えをするのはこの上ない名誉なことで、普通なら、相当な血筋の者しか許されないのである。どうせ気紛れでわたしを召されたに違いないと分かっていたから、ほんの二月《ふたつき》か三月《みつき》、長くて半年もすれば追い出されるだろうと思ってはいた。しかし、背後に有力な縁故を持たないわたしは、かえってそれが幸いしたのか、側役並みの衣服を給され、始終ギヨーム＝レーモン様のお側に仕えることになった。大袈裟でも何でもない、これはもう人間の格が上がったということで、他人のみならず、わたし自身の立ち居振る舞いさえ自然に変わってしまうくらいのものなのである。当然、側近の騎士たちは、表向き丁重な態度をとるが、それはわたしの告げ口を恐れているからで、本当は、誰からも好かれていないのは分かっていた。いや、わたしはむしろ憎まれていただろう。ギヨーム＝レーモン様は、わたしが仕えて三年と少しで亡くなられたのだが、とたんにわたしは着の身着のまま、エクセルモンの城を追い出されてしまった。

ギヨーム＝レーモン様はトゥルーズ伯レーモン五世の封臣に当たられるお方で、北オクシタン地方やオグー川沿いの一帯、そして南仏のモンペリエ近郊にいくつもの城や領地を持っておられる大領主であった。御子息のうちのどなたかが母方からアルル地方の領地と子爵の爵位とを相続されることになっていて、その関係から、神聖ローマ帝国のホーエンシュタウフェン王家にも近く、諸侯並みに振舞っておられた。お歳のせいか、冬場は居城があるエクセルモンよりは、南仏モンペリエのリュネルのお館に過ごされることが常で、夏場、エクセルモンには戻られるが、トゥルーズ近郊の領主たちの館を訪ねられることはあっても、トゥルーズの市壁内に足を踏み入れられることはなかった。理由はあるようでないのだろう、ギヨーム＝レーモン様はトゥルーズ伯レーモン五世とは十以上年の離れた従兄に当たられるのだが、なぜか一方的に毛嫌いしておられて、レーモン五世がカトリックの信仰が篤《あつ》い分、異端カタリ派への思い入れを強くされていた。エクセルモンの城館に、当てつけがましく、カタリ派の完徳者たちを招いたり、トゥルーズ伯領やオーヴェルニュ伯領の異端者の家々を、これ見よがしに訪ねて回られた。もちろん、わたしも同行する。おかげで、わたしはカトリックの教義より、異端カタリ派の教義の方に馴染んでしまった。あの頃は、異端者の家々がヨーロッパの至るところにあったようだが、とりわけ、トゥルーズ伯領のあるラングドック地方では目立った。ひとつには、この地方を管轄するナルボンヌ大司教ベランシュが、信仰よりも放埒と蓄財を尊ばれるお方で、異端者の取り締まりなど意に介されなかったからだろう。おかげで、この地方の異端者たちは、カトリックの人たちと激しく反目し合うこともなく、他のどこよりも平穏に暮らしていた。のちに、ベランシュは罷免《ひめん》され、信仰心の篤いシトー会大修道院長アルノー・アモリーが半ば強引に大司教座に就くことになる。そして、ラングドックの人たちが大勢死ぬことになる、女も子供も。

カトリックが正統を掲げる以上、正統以外はすべて異端、許すわけにはいかないのだろう。教会の歴史はそのまま異端とのながい闘いの歴史であって、聞けば、聖アウグスティヌスの生涯はマニ教だか何だか、異端の宗派との闘いですらあったそうだ。とりわけ、カタリ派のように、聖体の秘蹟や幼児洗礼、キリストの受肉や受難による贖《あがな》いなど、ことごとく否定するような宗派の存在は断じて許し難い。カトリックの拠って立つ基盤を根こそぎくつがえしてしまいかねないのだから弾圧するしか方途はないのである。カタリ派への弾圧は、北フランスや神聖ローマ帝国内でとりわけ無慚なものであったらしい。ソワソンやリエージュ、トリアーでは火刑台が立ったというし、ケルンでも十人ほどの異端者が火刑台に送られたそうだ。わたしの知らないところで、幾人とも知れぬ人たちが生きたまま燃やされていたということだ。

ギヨーム＝レーモン様は、一一九五年にこの世を去られた。お年は七十五、六におなりだっただろうか、長寿を賜ったことより、トゥルーズ伯が世を去られたあとも生き長らえていることを大いに喜ばれていたのだが、その喜びは一年と続かず、翌年に亡くなってしまわれた。トゥルーズの伯爵家を継がれたレーモン六世は、亡き父君とは逆に、異端に対して大いに寛容であられた。理由はいろいろあるかもしれない。しかし、信仰の問題ではないのだろう、父君への反発だけでもないようだ。これはわたしがいうのではない、人から聞いた話である、伯爵は南仏の特異な気風に迎合された。つまり、権威に靡《なび》かず束縛を嫌う不抜《ふばつ》な気風はこの地方に際立っていて、強大なカトリックの教権は大いに疎《うと》まれていたことから、伯爵は南仏のそんな気風に阿《おもね》られたということらしい。ほんとかどうか、何とでもいいようはあるのだろう。それはそれとして、わたしはギヨーム＝レーモン様が亡くなられたあと、大道芸の一座には戻らず、そんなトゥルーズに居場所を変えた。ギヨーム＝レーモン様のお引き立てのおかげで、近隣の有力な人士に知己が多かったからである。わたしはそれらの人々の館を訪ね歩き、楽器を奏で、歌を唄って日々の生計を得ていた。カトリックであれ、異端者であれ、わたしを招く家があれば隔てなく訪れた。そんな生活を、七年、八年と続けただろうか。

ロベール様と出逢ったのは、セルミニャックという町の小領主の館であった。宴席のあと、ロベール様の方から声をお掛けになった。わたしに会うのは二度目なのだ、と。昔、小姓としてヌヴェール伯のお城に上がっておられたロベール様は、何かの祝いの宴席でわたしの歌を二晩に亘《わた》って聴かれたのだという。確かに、わたしは軽業師たちの一行に紛れ込んでヌヴェール伯のお城を訪れたことがある。しかし、それはギヨーム＝レーモン様にお仕えする前、十年以上も昔のことだし、いくら二晩唄ったからといって、軽業の合間に短く歌を披露《ひろう》しただけ。爵位のあるお方の御前で歌芸を披露するなど、あれが最初で最後だからよく覚えてはいるが、お小姓のことなど、いたかどうかも覚えてはいない。あの頃はまだ、貴族の宴といっても杯盤狼藉の野盗の酒盛りと大して変わるところはなかったから、残飯掃除の豚やらニワトリまで広間に紛れ込んでいたのである。

もちろん、正直はいえないものだから、わたしは眼を見開いて、これは奇縁、そういえば確かに、とか、いうべきことをいって容姿や身なりの品定めをした。そして、すぐに思った、若いなあ、と。騎士叙任式を済ませたばかりのような初々しさが残っていて、こんな駆け出しの騎士を相手にしても得にはなるまいとすぐに落胆したと思う。今から思えば、三十年近くも前の話、もちろん、その日の記憶はあやふやである。わたしの自作の歌を誉めていただいたようにも思うが、社交の場ではありきたりのこと。ただ、歌の話はされた。しかし、ほんとに話したいことは隠して、別の話をされているような、何やらもどかしいものを感じていた気がする。とはいえ、お誉めのお言葉をいただいたわけだから、今後のご贔屓を願いつつ、バカ丁重に謝意を伝えた。ロベール様はもっと話すことがおありのように見えたのだが、不意に眼をお逸らしになると、黙ってわたしから離れていかれた。肩透かしをくらった感じだが、このような気紛れのような扱いを受け、最後にぽいと突き放されるのは、城館を渡り歩く恋歌唄いのわたしにはよくあることだ。しばらく経って気づいた時、ロベール様は遠くの長椅子に腰をかけぼうっと宙を見ておられた。変なお人だと思って、わたしは顔を背《そむ》けた。ところが、二、三日してからのことだ、セルミニャックの館に居すわる理由がなくなると、ロベール様からルヴォージュにある自分の持ち城へ招く旨の使いが来た。行く先の当てのないわたしにはありがたいお招きだから、ふたつ返事で飛び付いたのだが、驚いたことに、わたしに馬車の用意があった。もちろん、警護の騎兵もふたり。わたしはむしろ竦《すく》み上がってしまった。

こうして、わたしはロベール様から格別のご厚誼《こうぎ》をいただくことになる。ちょうど、教皇インノケンティウス三世が聖座に就かれて五、六年経った頃、一二〇四年か五年のことだった。教皇は、その在位中、異端撲滅の企てに倦《う》むことなく、フランス国内に向けて十字軍を発せられることになるのだが、ロベール様の異様な恋の顚末とその短い生涯は、南フランスを吹き抜けたその惨劇の嵐の中のほんの瑣末《さまつ》な出来事でしかない。巡礼道の丘の上の草生した盛り土以外、あの人の何が残っているだろうか。やがてはそれも、景色の中に紛れて消えるものだけれども。

＊

「あらあ、そんなところで」

エルムリーヌは驚いたようだが、わたしはいつものわたしの寝床にいた。日が昇ってしばらく経つからだろう、部屋の空気が暑気を帯び、わたしは籠る暑さにめげていた。

「きのうは大変だったのではないですか。夏の巡礼客は町に住む商人や職人さんたちが多いんですよ。町の人たちって、よく騒ぎますからね。おじさんも一緒になって騒ぐから、大変だったでしょ」

「ああ、どうかな」

わたしは体を起こして答えた。

「秋になると、農家の人たちが増えてきますよ。今、繁忙期というんですかね、夜明け前から陽が落ちるまで、ヒツジの毛を刈ったり、干し草を作ったり、春小麦を収穫したり、みんな大変だわ。でも、農家の人たちはあまり騒がないんですよ。町の人たちって、特に職人さんたちは、ほんとに騒ぐんですよ」

おかしな話だが、わたしは昨日の夜のことがはっきり思い出せないのだった。いろんなことが散り散りに思い浮かんでながく寝付けずにいたのだが、巡礼部屋が騒がしかったかどうか覚えていない。

「うん、それほど騒がしいとは思わなかったが」

どうでもいいことだから、わたしは思った通りを答えた。

「そうかしら、この宿はお城みたいな石造りでしょ。だから大部屋の声はあまり届かないのかもしれませんね」

「そうだね、あんたの笑う声はよく届く」

さっき、エルムリーヌが最後の巡礼客を送り出していた時、何かいわれたのだろう、弾けるような笑い声が聞こえた。そのことを、その通り答えた。

「まあ」といいながら厨房に戻った女は、巡礼客に出すのと同じ葡萄酒とパンと野菜のスープを手際よくテーブルに並べた。わたしの具合が快方に向かっていることから、待遇がほかの巡礼客並みになってしまった。しかし、それだけの食事でも、わたしはほとんどを残してしまうのだ。

「ゆっくり、時間をかけて食べてくださいな。おじさんなら、しばらく戻ってきませんよ。今日は養魚場の水草取りの日だから。大好きなんです、あの人。頼まれもしないのに。水遊びと思ってるんでしょょ。自分のこと、いくつだと思ってるのかしら」

エルムリーヌはあきれたようにいったが、ほんとはわたしに訊いてみたいことがあったのだろう、わたしの方に身を寄せてきた。

「あのね、さっきおじさんから聞いたんだけど、あなた、ロベール様の宮廷で遊戯のお相手をしてたんですって、ほんとですか。遊戯って、どんな遊戯かしら。宮廷にはお遊戯の役って、あるんですか」

そんな役、あるわけがないのだが、なぜだろう、わたしは急にこの女をからかってみたくなった。舌の使い方がおかしいのか、言葉が時々聞き取りにくいし、年の割にその声が娘っぽく聞こえるのだ。わたしはエルムリーヌの眼を捉えて悪人みたいな顔を作った。

「さあねえ、くだらない、無聊《ぶりょう》をお慰めするだけの役回りさ」

「ぶりょう、ですか」

「ああ、退屈なさらないように、楽器を弾いたり、歌を唄ってさしあげたり、お話の相手になってさしあげる」

「まあ、大事なお役じゃないですか。お話って、どんなお話をなさるのかしら。一年と半年くらいお世話させていただいたんだけど、ご自分のことはほとんどお話しにならなかったんですよ。宮廷では、どんなことを話されるのかしら」

「はは、宮廷ねえ。まあありきたりだよ。人の殺し方、人の裏切り方、愚弄の仕方、偽りの仕方、そんなとこだ」

「本気にはしませんからね」

エルムリーヌは唇を尖らせて首を傾げている。わたしは、反論するならしてみろ、と戸惑った様子のエルムリーヌを薄笑いしつつ見上げた。

「でも、歌でお慰めするんでしょ、どんな歌かしら」

戸惑い隠しか、エルムリーヌは話を逸らせる。わたしは畳みかけるようにいった。

「そりゃあ悪い歌に決まってるよ。行儀の悪い人たちだから、悪い歌が合っているのさ」

「またもう。領主様の宮廷でしょ、悪い歌、唄うんですか」

「悪いよ、人の心に悪い思いを植え付ける、罪深い、悪い歌だ」

決して、からかい半分の悪ふざけではないのだが、それだけに、エルムリーヌは言葉を返せずにいる。戸惑いを隠すみたいに微笑んではいるが、よく動く眼があちこちしていた。しかし、質素な生活に心を安んじ、行き交う巡礼たちに奉仕する、その喜びを疑いすらしない女、そんな女に、悪い歌、以外のいい方があるだろうか。

「あの、宮廷では、トルバドゥールの歌を唄うんでしょ。わたし、タルブの町で聞いたことがあるんですよ。あれ、悪い歌なんですか」

「悪いよ、トルバドゥールの歌がいちばん悪い。人間のいちばん悪い発明だよ」

「でも、恋の歌ですよ」

「だから悪い歌だよ。害毒をまき散らす、人に感染《うつ》す」

「感染すんですか、歌が」

「ああ、心が感染《かんせん》する。そして心が病んでしまう」

「まあ、からかってるんでしょ。今度聞かせてくださいな、恋の歌なら聞いてみたい」

「おいおい、だからいってるのに、ほんとによくない歌だ」

エルムリーヌは返事をせずに隣りの厨房へと戻っていった。ひとりになったわたしは白黴の浮いた石壁に眼を向けながら、恋の歌か、とつぶやいている。そして、遠い昔の自分を探す気分でいる。しかし、それは気分だけで、記憶はもどかしいほど遠くにあった。とりとめのない思いが、とりとめもない雑多な印象を集めてくる。

しかし、なぜだろう、不意に悪意を覚えたわたしは、それらしい人を記憶の中に探し当てた。四十年も前の苦い記憶。お顔はおぼろげながらも覚えている。十七、八の若いわたしを「恋の指南役」などといってからかった人だ。どこのお屋敷の広間であったか、わたしは着飾った数人の貴婦人方を相手にしていた。うしろに不意の気配を感じ、わたしは貴婦人方への笑みのまま、多分、おっとりと振り向いたのだが……。

その人は、ふんと鼻から息を吹かれ、「さっそく恋の指南か」、と疲れたような声でいわれた。黒貂《くろてん》の毛皮をしどけなく肩から垂らしておられるお方だった。周りにおられたお仲間たちに、「恋の指南役だよ、こいつ」と笑いを含んだ声でいわれると、そのまま一緒に広間を出ていかれた。異端カタリ派の信者で、のちにベジエの城詰めになられた上級騎士のお方だった。あの戦争が始まって、多分、まっ先に死なれたお方だろう。

「恋の指南役」、後ろ指で囁かれ、笑い物にされたわたしだったが、ギリシャ・ローマの恋物語から、ヨーロッパ各地の恋愛譚、アラブの恋歌にトルバドゥールの歌の数々、わたしは多くを諳《そら》んずることができたし、多くを唄い語ることもできた。わたしが鋤鍬を持つことなく、腰の曲がった職人みたいに疼く体に苦しむこともなく、ぬくぬくと生きてこられた所以だ。

とはいえ、どうせ習い覚えた決まり文句、歯が浮くようないい回し、意味をもつれさせたり剝がしたり、思えば、わたしは何に驕り、何を誇って恋歌を唄っていたのだろう。「恋の指南役」などと声を掛けられ、嘲り笑われながら。

しかし、たとえ笑い物にされようと、飽きればすぐに追い出されようと、わたしは重宝されもしたのだ。思いの女《ひと》に恋焦がれ、かなわぬ思いに身を焼いて、憂いに沈む騎士の姿、通り一遍のありきたりだが、それが流行り、気取った騎士の意に沿うのだった。

ひたむきな自己卑下と遠い女《ひと》へのかなわぬ恋、なるほど、騎士は雅《みや》びな心を知ったかも知れない。礼節を学んだかも知れない。しかし、人殺しが騎士の本性、この二十年の戦火の中で、どれほどの人を殺してきたか。恋を知り、恋に憂う騎士の仕業《しわざ》は、町人《まちびと》を皆殺しにし、男も女も、子供までも焼き殺すことだった。

そんな騎士たちの歌など、エルムリーヌには聞かせられない。まともな人なら嘲り笑う恋の歌など……それより、あのロベール様のことだ。何と恋歌が似合うお人であったか。

記憶はもちろん不確かだし、違う記憶も紛れ込む。しかし、薄れゆく記憶の数々を尋ね、空想で紡いだ糸でつなぎ合わせて、かつてのわたしを甦らせることはできる。記憶は都合に合わせてすり替わるし、もともとなかった嘘の記憶も呼び寄せてしまう。捨て去りにした記憶は姿もそのまま戻ってくるし、化け物のように姿を変えて、わたしに迫る記憶もある。

それでもわたしは、そんな記憶の数々に、眼を凝らし、耳を澄ませて、遠く過ぎた日々のわたしを思い出そうとしている。それが、思わぬ足止めをくらった今のわたしの巡礼旅であるように思っている。

3

わたしが「恋の指南役」などと陰口をたたかれていたのは、ギヨーム＝レーモン様のお供をして、トゥルーズ近郊や南のアルル地方の領主たちの館を訪ね回っていた頃のことだ。老いてますます傲慢になられたギヨーム＝レーモン様は、みんなが楽しくしているとご機嫌が悪くなり、みんな塞《ふさ》いでしまうと、もっとご機嫌が悪くなった。人に好かれようとは思われないお方で、人も好こうとは思わない。反感だけを買っておられたが、その反感のとばっちりはもっぱら素性の怪しいわたしに向かうのだった。しかし、「恋の指南役」とからかわれることで、わたしは蔑まれながらも人から注目されてはいたのだろう。ギヨーム＝レーモン様がお亡くなりになられたあと、わたしを招いてくださるお方があちこちにおられたのはそのおかげもあるかと思う。とはいえ、あの頃は、炎天下の一本道を当てどなく歩いたり、畜舎の隅の湿った藁に埋もれてその日を終えることもしばしばあった。飽食《ほうしょく》の日々はあるにはあったが、ひもじさに泣き暮れる日々がなかったとはいわない。だから、あの時、ロベール様のお招きに飛びついたのだが、招かれたルヴォージュの城へは馬車に揺られて丸二日かかった。驚くほど古びた小さな城塞で、濠割に水すらない。城壁だけが高く、日が暮れただけで闇が拡がる。正直、城というより牢獄だった。ただでさえひと気のない城の広間は背中が不安になる程閑散として、この日のために必要な調度だけを緊急に取り揃えたみたいだった。灯りはふんだんにあっても空虚な広がりを照らすだけで、気が付けば、宴席のテーブルに陪席者の席もない。わたしはとんだ所に連れ込まれたと思った。三つの隅に五人ばかりの男たちが寝転ぶだけの城の広間で、わたしは対面でロベール様と向き合うのだった。

さすが、古い家系の領主の育ち、ロベール様はこの貧相なもてなしに一切弁解をなさらなかった。綺羅《きら》を飾った大広間であろうが陰鬱とした廃城であろうが、自らの品位を疑わない人にとっては頓着がないのだ。わたしは決してそうではないから、とんでもないことになったと落ち着きを失っていた。そんなわたしにも無頓着で、ロベール様はいきなり亡くなられたギヨーム＝レーモン様の話をされた。わたしの家は、昔、あのお方と領土のことで争ったのだ、と。父君がアリエ川の支流の流れを変えて湿地帯を耕作地に変えられたそうだが、土地の豪族のなにがしが領土権を主張して、それになぜかギヨーム＝レーモン様が加担され、はるばる南から兵を送られたそうだ。二度ばかり争いがあって、耕作地の四分の一が盗られ、残りは共同統治になったのだという。もちろん、土地を争った元の豪族は追い出して。

なるほど、若い頃のあのお方なら、それくらいのことはやられただろう。老いてなお、腕白なお方であった。

「しかし、以後は昵懇《じっこん》の間柄だったというよ。何せ、共同統治者だからね」

ロベール様は笑っておられた。笑う話だったと分かって、わたしも笑った。

「ところで、あんたを招いたのはほかでもない」

ロベール様はわたしとの話が、終わるのを待たずに話を継がれた。

ーモンカロンのオード様を知っているだろう。今、町はずれのネージュのお館に叔母様方と一緒に暮らしておられる。この近くだ」

えっ、と小さい声が出た。いきなりその名を聞くとは思わなかった。心臓がどきりと躍《おど》って、一緒に体が弾んだ気さえした。わたしは思いもよらない土地に連れてこられたのだ。

オード様とは、昔、ギヨーム＝レーモン様のお供をしてカタリ派の信者の家々を訪ねて回っていた頃、何度もお会いしていた。母君がご病弱で、南仏のモンペリエ近郊のお館で療養しておられた。オード様はそこで幼少期を過ごされたのだが、ギヨーム＝レーモン様がモンカロンの家の方々とは懇意にしておられたこともあって、モンペリエのお館へは回り道になっても立ち寄る感じで訪ねていかれた。お目当てはもちろんオード様、いつも膝に抱いて、ふたり切りのお話をされるのだった。当時、オード様はほんの子供、七歳か、もう八歳におなりだったか。ささやかな夜の宴会が始まると、いつも広間の隅の物陰で、わたしの歌を盗み聞きされた。決まってあくる日、オード様はご褒美を持ってお出でになる。わたしは、林檎酒になる前の甘い汁に蜂蜜を混ぜた飲み物を飲ませていただくのだ。飲んだが最後、オード様は、自分の前でまた唄え、と拗ねたようにお命じになる。ほんとは、わたしの唄い方、唄っている時の顔や仕草がふつうじゃなくておかしいからだ。わたしは頭を搔いて勘弁願う。わたしは、オード様のお気に入りだった。

わたしは笑い方をそっと変えて、知っていると身振りだけで伝えた。

「以前、わたしがまだ従者をしていた頃、リモージュ子爵の居城で初めてお眼にかかった。神々しいまでにお美しかった。わたしは息を呑んだ、瞳に気高く尊い光があって、聖母様の娘時代を思わせるような、この世のものではない美しさだった」

わたしは返事ができなかった。体温がすうっと引いたように感じた。いとけない少女の面影がゆっくり思い浮かぶ。いつの日の面影か、外の扉を大きく開けて、暗い階下の土間にいるわたしの方へ歩み寄ってこられた。光を背に、小さいそのお姿を影絵にして。しかし、いくら取り澄ました顔をされても、見上げるその眼は悪戯っ子の眼、わたしは髭もない、剣も持たない、おかしなことをおかしな風に唄う人。女官たちに囲まれて、恭《うやうや》しく育たれたあの少女にとって、わたしだけがからかいの相手だった。仕方なく、唄ってさし上げると、手を叩いて喜ばれた。恋歌ではなく、にぎやかな俗謡をわざとおかしな風に唄うからだが、ヴィオルを奏でるわたしの仕草や奇声交えのわたしの声を上手に真似て喜ばれた。その少女が、今は若い騎士の心を悩ませている。恋歌を唄うわたしが、どうして心を乱さずにおれようか。

「母君のジャンヌさまがお亡くなりになったあと、オード様は叔母にあたられるブレダ様のお館に身を寄せておられるのだが……」

ロベール様はそういって溜め息をつかれた。

「あんたは知らんだろうが、異端カタリ派の完徳女で、その影響か、頑なな心をお持ちなのだ。母君を亡くされたお悲しみに、ブレダ様がつけ込まれた……そうは思いたくないが、それにしても、あまりに純真というか、世間知らずというか、おっしゃることが、理解できない」

わたしはやはり返事をしなかった。わたしはカタリ派の人たちに少なからず好意を持っていたし、司教下クノック牧走にしても、どうせ良家の少女は女子修道完に閉じ込めて世間知らずにしてしまう、じてはないかと思ったからだ。それに、何よりわたしは、あのあどけないオード様の面影を逃さぬように追っていたから。

「ああ、どうしたら、あの頑なな心をわたしの方に向けてくださるか、わたしの気持ちのいくらかでも受け入れてくださるか。家格や資産に引けを取るとは思えないのだ。何より、ヌヴェール伯がこの縁組が成ることを望んでおられた。リモージュ方面へのいい足掛かりになるからだろう。オード様は父君が遺されたリモージュ子爵領のヴィニャックに領主権をお持ちなのだ……ああ、それなのに、なぜだ、なぜ真心込めた想いが伝わらないのか、どう伝えればいいのか。あのお方のためとあれば、罪人を運ぶ荷車に乗る恥も厭《いと》わぬ、サラセンの国に囚われ人となる苦しみをも辞さぬ。ただ願うのはあの方の愛のまなざし、それすらかなわないなら、むしろ死を選ぼう。死ねとおおせなら、わたしは死んでもいいのだ。ああ、わたしは光に誘われ炎に飛び込む、憐れな夜の蛾、神もわたしをお救いなさらぬ……」

話の途中で突然始まったこの慨嘆、むしろ泣き言は、途切れることなくもっとながく続いた。最初は何事かと驚いて身を引いたくらいなのだが、よくよく聞いてみると奇妙なのだ。これはもうトルバドゥールの恋歌そのものではないか。ロベール様は恋歌を型通りなぞって、わざとのようにのぼせあがっておられる。言葉のひとつひとつが恋歌や恋物語から盗んできたに違いないのだ。こんな調子はずれの恋男をどう相手にすればいいのか。

ふつうの恋男が相手なら、わたしは切ない恋歌を余韻《よいん》嫋嫋《じょうじょう》と唄って聞かせるところだ。自己憐憫に惑溺しただらしない男の心をまどろむように甘たるく唄ってやる。過剰を与えてやると、恋男は落ち着くのだ。しかし、わたしは唄えなかった。わたしは一緒になって悩み苦しむふりだけした。いや、それはふりではない、実際、気持ちの乱れに体がゆらゆら揺れ、そうと気づくと、もっと揺れた。遠い、忘れていたはずの面影が、なぜこうも湧き出るように甦るのか、わたしはそのことに怯えるような気持でいた。のぼせ男の恋などで、汚したくない面影だった。

いいたいことはいい終わった、そんな感じで口を閉ざされたロベール様は、話の効果を探るようにわたしの方を見ておられた。わたしは試されているような、嫌な気がして、「ご所望の歌でもありましたら」と、わざと見当はずれのことをいった。歌のひとつでも披露して、さっさと退散したかったのだ。すると、ロベール様はふと立ち上がり、「今日はいい」と意外なくらいそっけない声を返された。

「遠くまで呼び付けて、あんたも疲れているだろう。ゆっくり休んでくれ」

確かに、わたしは疲れていた。しかし首をひねった、一体、どういうことか、と。

わたしは隅にいた男たちに促されて広間を辞した。垂れ幕を出しなに振り返ると、ロベール様はまた椅子に腰を落とされ、背もたれに体をあずけて眼を閉じておいでだった。

翌朝、遅い朝食のあと、わたしはロベール様の姿を探した。男ばかりの古城には武器と食糧の備えがあるだけで、階下には腰を休める椅子もなかった。城守りの老いた騎士にロベール様の居場所を尋ねると、老騎士は背筋を伸ばし、貴人に向かうように正対して、「川の方へ行かれました」といって、わたしに向かって低頭する。思わず後ずさりしたわたしだったが、馬車に乗り、騎兵に守られて到着した客人たから、甚道いするのも無理はないと思った。
わたしは城を出て、いわれた通り裏の川の方へ向かった。この城は川を濠と見立てた辺境の守りの城であったようだ。しかし、もう捨てられた廃城ではなかったか。橋が架かった人里までは相当な距離があった。

裏手に回ると、ロベール様の姿はすぐに分かった。わたしが近づくのに気づかれたはずだが、ロベール様はわたしのために振り向くことはなさらなかった。わたしは声かけをすべきかどうか迷っていた。そんなわたしの困惑ぶりにも気づいておいでだったに違いない。ロベール様は憂いに沈んだお姿をわたしに見せておいてから、話をされたかったのだろう。聞こえるような溜め息をつかれたあと、ロベール様はわたしに背を向けたまま、顎をしゃくるような動作をされた。

「向こうはリモージュ子爵のご領地だ。この川が隔てている。あの木々の向こうに、たったひとつ離れて建つお館がある、ネージュのお館……オード様はそのお館に住んでおられる」

とっさの返事ができないまま、木々の向こうへ眼を上げると、ロベール様は足元のゆったり流れる川に眼を落とされた。

「川を渡る橋がない、あの方の心に架ける橋がない」

何の話か、最初はわけが分からなかった。すぐに、なるほど、と気は付いたが、あまりにもつまらない、取って付けたような比喩だと思った。この調子で、昨夜のような突然の慨嘆でも始められたらお手上げだと恐れていると、ロベール様はくるりと身を反転されて、わたしの方に向き直られた。そして、

「これから行くところがある。同道してくれるか」と、まるで予定を告げるかのようにわたしにいわれた。

それはもう、と揉み手で承服したのはいうまでもない。しかし、やっぱり、そういうことか、とは思った。名のある恋歌唄いはいくらもいるのに、若い大道芸人上がりのわたしがなぜ呼ばれたのか。それを思えば、もう行き先は分かっていた。困惑というより、大いに不愉快だった。

ロベール様は、さっそく、という感じでわたしを促されると、先に立って城の方に向かわれた。城門の前には、もう馬車がしつらえてあって、見送る形で七、八人の男たちが並んでいた。馬車に警護の騎兵はなかったが、御者はロベール様の近習《きんじゅ》の騎士に代わっていた。

馬車であれ何であれ、貴人と席を並べて座ることなど論外で、ギヨーム＝レーモン様も許されなかった。わたしは歩くべくして生まれた人間だった。だから、ロベール様と並んで座って、わたしは縮こまってはいたが、このような並はずれたわたしへの処遇は狎《な》れ親しみではないと分かっていた。人の気持ちに無頓着なだけなのだ。近間とはいえ、わたしはおとといきのうの長旅よりはよほどの疲れを覚悟した。

馬車はそんなわたしたちを軽快に運び、さびれた町中をしばらく進んで橋を渡った。石造りの立派な橋で、下を広い川がゆったりと流れている。川に橋が架かっても、心をつなぐ橋はない。それはそうだろう、しかし、わたしが橋の役をさせられる。役に立たない恋歌唄いにお役がひとつ舞い込んだ、それだけのこと。わたしは顔を伏せ、周りの景色を見るのを拒んだ。

橋を渡った馬車はまた少し進んで森の中の道に入った。まだらに木漏れ日が落ちてくる道だった。

森を抜けたところで顔を上げると、はるか遠い丘の上に城館らしい建物と丘の居りを二重に巡る城壁が見えた。城壁の外の民家の拡がりは道の起伏のせいか見えなかった。馬車はモンカロンの町とは逆の湾曲した川の方へと道を逸れ、しばらく進んでネージュのお館が遠く見渡せる高台に停まった。とうとう来たか、と、わたしはかくりと肩を落とし、ゆるゆると溜め息をついたと思う。

そんなわたしに、ロベール様はいきなり熱のこもった声でいわれた。

「わたしはルヴォージュの城に来ると、雨の日も、風の日も、毎日ここへ来て、あの方のために祈る。そう、祈るために来る。恋しさはつのる、ひと目お目にかかれたらとは思う。しかし、その願いがかなわなくとも、あの方への想いは変わらない。わたしは、わたしのすべての幸いをかけて、あの方のために祈る、その喜び、そして苦しみ。あんたなら分かるだろう」

今も思うが、何とも聞くに堪えない告白ではないか。とっさに、はい、とお答えしたが、そんな自分に虫唾《むしず》が走る。わたしの返答などはどうでもよかったのだ。仕組んだ通りに段取りを踏まれただけのこと。だからだろう、ロベール様はわざとらしい間を置かれると、今度はわたしの機嫌を取るようなねっとりとした声でいわれた。

「そこで、あんたに頼みがある。オード様がまだリモージュ子爵の城に上がっておられた頃、時々、あんたの話をされた、うれしそうに。あんたに会うのが楽しみだったそうだ。頼みというのは、これからあの方を訪ねてみてほしい。あんたなら、会ってくださるだろう、わたしはもう会っていただけないのだよ」

「え、わたしひとり、ひとりで」

わたしは飛び上がって応えた。

「あの方に伝えてほしい、わたしは今も変わらぬ思いでいることを。いや、わたしの思いなどはどうでもいい。あの方に、何としても受け取っていただきたい手紙がある。大事なことを書いておいた。ほんとに大事なことだ。この手紙だけは、いいか、何としても受け取っていただけるように」

そういって、ロベール様は御者役から受け取った革張りの平たい小箱をわたしの膝に載せられた。小箱には小物が一緒に入っているようで手紙だけの重さではなかった。それにしても、何もかもお膳立てが調っていたことに、わたしは返事もできないほど不快な気分でいた。


馬車はロベール様だけをその場に残して緩い坂を下りていった。馬車が下った先は二十足らずの貧しい家々が集まる古い時代の寒村のようだった。その家々のはずれから一筋の並木道が続いていて、その道が途切れるあたりに門衛所のような建物があった。しかし、人はおらず、門そのものもなく、崩れた低い土塀だけがあった。オード様のお館は、その先のいくつかの作業所のような建物が寄り集まった中にあった。黒い木組みの柱と白っぽい土壁でできた窓の多い広壮なお館だった。入り口の脇で四、五人の男たちが樽に羊毛を詰め込んでいたが、馬車を降りて歩み寄るわたしの方に眼を向けただけで、会釈するでもなく、注意を振り向けるでもなく、同じように樽詰めをしていた。

鉄板の貼られた黒い扉におとないを入れると、垂れ頭巾の若い男が出てきた。わたしは名を名乗り、ロベール様の名前も出して、オード様にお目にかかりたい旨《むね》を伝えた。男は、わたしの名やロベール様の名を復唱することもなく、黒い扉を閉ざしてしまった。そして、その場で待たされることになった。

不思議なことをいうようだが、わたしはこのまま会わずに戻ってしまいたかったのである。御者役の騎士がわたしを見張ってなければ、わたしは会えなかったことにして帰ってしまっただろう。わたしは時の流れに怯えていた。どのようなお姿になられたか、それを知るのが怖かった。心に納めた面影を失うことになりはしないか、怖気づいたようにそう思った。

わたしはどれほどながく待たされただろうか。黒い扉の前にはいた。しかし、そこからの記憶がまるでない。誰が扉を開けてわたしを中へ請じ入れたか、中でわたしを誰が迎えたのか、そのあたりの記憶が途切れている。わたしの記憶は、紡ぎ車を脇に置いて、立ち上がられたオード様のお姿へと、いきなり飛ぶ。おそらくは、二言三言、最初に声を掛けていただいただろう。しかし、その記憶もない。あの時のわたしの記憶は、「お美しくなられました」と、胸を詰まらせていったわたしの言葉に始まる。確かに、そして怖れていた通り、オード様はお美しかったのである。

周りには羊毛を梳《す》く者たちや、梳いた毛を紡ぐ女たち、紡がれた糸を巻く女たちがそれぞれの場所で働いていた。広い土間の作業場で、合わせると、十人近い人たちがいただろうか。オード様はひとり立ち上がり、記憶の中の若いわたしに向き合っておられる。

お美しくなられた、それはもとから用意していた言葉。それが喜びではなく、悲しみの声のように思えた。いったあとで、わたしはそのあとにいうべき言葉を失くしていた。

「わたしは、見た眼の美しさなど蔑んでいます。そのようなものに、心を捉われてしまう人も。でも、あなただから許しましょう。わたし、あなたにはお詫びしないといけない。子供の頃、あなたをからかって随分嫌な思いをさせました。からかって楽しむなんて、残酷でしたわ」

ああ、と嘆息しながらきいただろうか。笑いを含んだオード様のお声。

「いや、楽しんでいたのは、わたしも同じ、でした」

わたしは声を上ずらせていった。

「モンペリエのお館には、同じ年頃の女の子がいませんでした。男の子たちは別の遊びをしていました。あなたは、ほかの人たちよりずっとお若かったし、お若いのに変な歌を唄って、女たちには威張っておられて、ほんとですよ。あなた、ずっと年上の女たちにも随分偉そうなことをいってらしたわ……だから、おかしかったのです。お詫びしますわ」

わたしはあわてふためいた時の身振りで応えた。

「あなたはまだあのような歌を唄っているのですか。ごめんなさい、嫌なことを訊きましたか。きっと、とてもお上手になられたでしょうね。でも、もうおねだりはしませんよ」

そう、おねだりだった。わたしが言葉を失い、出る声も上ずってしまうのは、おねだりをする少女の面影が、あの時もまだオード様に残っていたからだ。周りの人たちと同じ垂れ頭巾に髪を隠し、粗織りの粗末な衣装に身をやつしてはおられるが、利かん気の利発な眼をした少女の姿が記憶の中より確かな姿でわたしを見上げておられた。わたしは、あの頃のおねだりの少女に向き合っていた。おかしな歌を唄う人。嘘泣きしたり、空威張りしたり、拗ねたみたいに唄う人。「じゃあ、今度はロバの声で唄って」「ははは、それは難題」わたしはいろんな声音を工夫して唄う。ヤギの声、カラスの声、お望みのまま。わたしは、あの少女の前でのみ、素直に喜ぶわたしでいた。わたしは、わたしを喜んでいた。

言葉を失ったわたしだったが、失ったのは言葉ではないと分かった。そのことが、なおさらわたしの言葉を奪う。わたしは、あの頃の、あの時のわたしを失っていた。

「幼い頃の、いろんな楽しい思い出がよみがえってきましたわ。訪ねてくださったこと、礼をいいます。お詫びすることができて、よかった」

気づけば、オード様は少女の時とはまるで違う笑みを浮かべておられた。わたしは、あっ、と小さく声を出した。とっさに返事もできなかった。

「ラシャイユのロベール様から、預かりものが、オード様に」

わたしはあわてて用向きを伝えた。オード様は霞の向こうの人のようにわたしに向き合っておられた。

「それは受け取れません。理由はロベール様に何度も申し上げました。これ以上、わたしを困らせないでいただきたい、そうお伝えください」

それで終わった。ほんのつかの間のことだった。

この別れをわたしは悲しんだだろうか。淋しさと一緒に記憶に留めただろうか。悲しみ、淋しさは人の記憶を彩《いろど》るもの。心のどこかにもとからある。今も確かにいえることは、わたしはなぜか安堵していたということ。用向きはすませたのだし、ロベール様のことは終わった話。もう近づこうとはさるまい。そっとしてさしあげること、それがいい。来た道を戻る馬の蹄が、行きと帰りで何と違う音を立てていたことか。

気楽な「恋の指南役」のわたしだから、ロベール様にどう向き合うかは腕の見せどころのはずであった。どうせありふれた恋のいきさつ、そして、ありふれたその結末。いく通りもの慰め方や嗾《けしか》け方を、わたしは心得ていた。しかも、事はオード様に関わるのだから、わたしはほくそ笑む思いで、ロベール様をいいように操ってやる気でいた。

ところが、当の相手は思いの外に荷厄介《にやっかい》な男だったのだ。

ロベール様は腰掛けておられた岩から立ち上がって、ゆっくり歩み寄ってこられた。わたしは馬車から降りて、手紙は受け取っていただけなかったことだけを伝えた。それですべてをお察しになったロベール様は、くっと顎を上げ、体を震わせて泣いてしまわれたのである。これに異変を感じたのか、そばで馬が暴れる。御者役の騎士があわてて馬を抑えた。それでも、ロベール様はぐうっと声を振り絞って泣かれたのである。人の噂で聞いたことはある。叙任早々の新米騎士だけに、あり得ることだとは思った。待っておられる間に、感情を高ぶらせておしまいになったのだろうが、実際、こういう人を見るのは初めてだから、どう相手にしたものか、わたしはたじろいでしまった。ふつう、恋歌に耳を傾ける宮廷人なら、多少とも雅びな心を気取っているものだが、このような荒くれ騎士の激情に出会ってしまうと、わたし程度の歌唄いでは手に負えない。かといって、放っておけるものではないし、次に何をなさるか予想もつかないものだから、オード様のためにも、眼を離してはいけないとだけは思った。しかし、こんなありふれた恋の失意に、人前で声を上げて泣くような甘たれ男を、もっと観察してみたいという興味半分の思いもあった。珍しい男だと、ある意味、感心したのである。もちろん、大事な手紙のことなど眼中になかったから、わたしは役目を一応果たしたつもりではいた。

こうして、わたしは傷心のロベール様につけ込み、ほぼ四年つきまとうことになる。

＊

夏の巡礼宿は朝が早い。大半の巡礼客は星明り月明かりを頼りに暗いうちから道に出る。マルタンは明るくなる前に起き出して、修道院の一時課の私誦ミサに顔を出す。戻ってくると、残りの客の見送りに立ったり、立たなかったり。客が全部いなくなると、マルタンは敷き藁を外に運んで陽に乾かす。もちろん全部の敷き藁ではない。広間を四つの区画に分けて、その一区画の藁だけ干す。ひと汗かくようだが、簡単な作業である。水を運ぶ作男たちは勝手を知っているから放っておく。あとは修道院からパンや野菜、葡萄酒などが届くのを待つだけ。届いた野菜は、昼前にやって来るエルムリーヌが厨房で料理する。朝、外に出した敷き藁は、陽が傾くまでに取り入れればいいから、しばらく、というより、陽が傾くまでマルタンに用事はない。用事がないのはありがたいが、退屈だけは御免なのだろう、わたしが起き抜けに外に出ようものなら、嗅ぎつけたみたいにやって来る。

「気分はどうかね、まだ食が進まんのかね。修道院に腹のことをよく診る人がいるよ。診てもらうかね」

マルタンはさほど心配そうにではなく、朝の挨拶みたいな声でいった。

「おかげで、随分いい。食は戻らないが」

「喰えない男は警戒されるよ、ははは」

たわいない軽口に、わたしも一緒に笑うことができた。どうやら、快方には向かっているのだろう。わたしは、「そうだね」と答えて宿の外に出、丘の頂への緩い坂を登り始めた。もちろん、マルタンは後ろをついてくる。ついてくるのはいいが、黙ってはいない。

「あんたの馬やら荷物はこのあたりにはないようだ。多分、巡礼だろう。あんたね、宿にくる客たちをいい人ばかりと思っちゃいかんよ。裁きを受けて、巡礼を命じられた罪人も来るんだ。わしが見るとすぐに分かる。気持ちがな、喜んでないんだ。顔に出るよ。巡礼道は遠い先で神様につながる道だ。善い人間になるはずのものだよ」

「そうだね、遠い先ではそうだね。善い人間にはね」

わたしはふつうに納得して答えた。人の一生を巡礼道に譬えるなら、善い人はその道の遠い先で神に出会うだろうなと思った。投げ遣りな、願望みたいな思いではあったが。

「そうそう、巡礼道には天使がおられて道案内に立ってくださる、なんていった人がいたよ。わしよりもっと年寄りだったから、ほんとに天使に案内されて逝ってしまうんじゃないかってな、心配したわ」

わたしは、「そうだね、天使ならそうだね」とマルタンに話を合わせただけのつもりだった。しかし、いったとたんにわさわさと鳥肌が立つのが分かった。わたしは思わず振り返ってマルタンを見た。この丘へ、わたしを案内した天使のことがふと頭をよぎった。

いきなりわたしが振り返って眼を丸くしたマルタンだが、もう別のことを考えていたみたいだ。まったく違った向きへ話を拡げる。

「この道だが、昔、バルセロナのペドロ様の軍勢が通ったことがある。ふつうないんだ、この道は近道なんだが狭いから。大勢の兵隊が通るのは修道院の向こう側の道さ。この道は巡礼のための近道、平和の近道、ま、たまに軍隊も通るってこと。修道院の領地を除けば、このあたり一帯はフォア伯様のご領地で、バルセロナのアラゴン王家が宗主権を持っておられる。ほれ、あの森のずっと先まで。その先はガスコーニュ公のご領地だ。あっちに、ほら、まっすぐに北へ流れている川があるだろ、アドゥール川だよ。あのまままっすぐ北へ流れる。あのあたりの川はたいてい北に向かって流れるよ、不思議だろ。この前、ミランドへ帰る巡礼客に、何でだろって訊いたら、知らんといわれた。そうそう、ペドロ様だがね、あの十字軍との戦争に巻き込まれてしまわれてな、討ち死にされたよ。知ってるかね、もう二十年も前の話だ。勇敢なお方で、ミュレの野で十字軍を迎え撃たれた時、ペドロ様は第二陣の前まで自ら馬を出されてな、ふつう、王様は第三陣の後ろに構えるものさ。しかし、相手が相手、勇猛なシモン・ド・モンフォール様の軍隊だろ、引けは取らんとばかりに勇み立ってしまわれたんだな、十字軍の第二陣が寄せてくると、戦場は混乱して、それを見られたペドロ様はわずかの親衛隊を率いただけで、雑兵が入り乱れる中へ飛び込んでいかれた。そういうお人だよ。そりゃあ勇敢に闘われたが、敵味方相乱れる中、ペドロ様、何を思われたか、『我こそ、王』と叫ばれたらしい。無礼者、控えよ、という意味だよ、考えれば分かることだ。しかし、相手は雑兵、作法を知らん、とたんに槍で突かれた。まったくもって、無礼だ……しかし、もう二十年になるんだなあ、ペドロ様のご遺体は四年経ってやっとバルセロナへお戻りになった。わしらはヴァリアの先まで出かけていって並んでお迎えをした」

ここでマルタンは思い入れたっぷりの溜め息をつく。わたしはおかしくなった。

「しかしだ、知ってるかな、ペドロ様はもともと、あの戦争を止めさせようとされたお方だよ。ローマの教皇様の御前にまで行かれて、これ以上の戦争は避けるよう願われたんだ。ペドロ様とトゥルーズ伯とは義兄弟の間柄だし、トゥルーズ伯の嫡子レーモン七世はペドロ様の父アルフォンソ様の義理の弟、あるんだよ、こういうこと、王家だものな。一方の教皇様も戦禍のあまりの拡がりに心を痛めておられたのか、ペドロ様の願いは聞き届けられた。和議は成るかと思われた。しかし、転がり出した石はもう止まらん。何せ、それ以前もペドロ様は教皇庁と異端者たちとの間を取り持って、和解のために奔走されたんだ。国許でアラブの軍勢をくい止めながら、二度もこっちにお越しなって和平のためにお働きになった、それでも駄目だった」

「そうだね、駄目だったね。転がり出すと、もう止まらんのだね」

わたしは、よく知ってるなあ、と思いながら鸚鵡《おうむ》返しに応えた。いつも、宿に泊まる巡礼客からいろんな話を聞くのだろう。しかし、その後の戦乱を思えば、もう遠い話だ。あれもこれも、今となっては年寄りの昔語り、わたしは時代の変転を茫然と思い、噂ひとつに怯えた以前のわたしを思い出すこともなかった。

やっと丘を登りきって、わたしは人の長さに盛り上がった塚を見た。しばらくじっと見ていたのは、息を整えていただけで、祈っていたわけでも、死者を悼んでいたわけでもはなかった。夏の朝の

光の中　それにあくといまではただの土の盛り上がりであった

「ロベール様もあの戦争に出られたんだろ。わしらには話してもらえんかったが、修道院の人から聞いた。あんたも、一緒に戦争に行ったのか」

「わたしは遊戯のお相手だからね、退屈しのぎにお呼びがかかる。戦争は退屈じゃあるまい」

「ん、どういうことだ、戦争に行ったのか」

「いや、行かない」

わたしはきっぱりと嘘をいった。わたしは戦場で闘いはしなかったが、戦場には出た。そのことが悲痛な記憶につながっているから嘘を答えた。

「ロベール様は、それはもう立派な働きをされたそうだ。あの矢傷が証拠だって。そういわれても、よく分からん。役持ちの修道士様ならご存じだろうが、あんた、知ってるんだろ」

立派な働き、それはそうかも知れない。しかし、それなら別の葬り方があったのではないか。道端に、捨てるように葬るだろうか。気にはなるから、

「いや、それより、なんでこんな寂しいところに、行き倒れの墓みたいに、盛り土だけの墓なんだろう」とマルタンに訊いた。

「ああ、それ、それには事情があってね、あの頃はちょうど異端派の軍勢が勢いを盛り返していてさ、あんた、知ってるだろ、トゥルーズの城から飛んできた投石機の石が、十字軍を率いておられたシモン様の頭を砕いてしまった。もう十何年も前の話だ。そうそう、その投石器だがね、女たちが操っていたというよ、ほんとかねえ」

「それはまあ、どうだろ」

「ほんとじゃないか。あの時シモン様は、矢傷を負って落馬された弟のギー様を助けようと、馬から降りられたところだったらしい。ちょうどそこへ、石が飛んできたってわけだ。降りてみたら中《あた》った。やっぱり、女たちだよ、頭に命中だもんな。さあ、十字軍は大混乱、形勢は大逆転、わしらはずっと息を潜めておったよ。というのは、異端派のフォア伯レーモン＝ロジェ様がこのあたりまで軍を進めてこられてな。ガスコーニュ公領の領主たちもトゥルーズ伯の支援に回っていたから四方八方敵だらけだ。修道院の方では、ロベール様のことを秘密にしておきたかったのだろう。かくまったと思われたら最後だ。そんなわけで、お気の毒だが、まあ、こうなった」

マルタンはここで話を止めたくなかったようだ。

「ここは、アラブの兵がピレネーを越えて攻めてきたら、狼煙を上げて知らせるために開いた空き地だ。大昔の話だがね。あの砦に守備兵たちがいて、見張っていたらしい。わしらの巡礼宿は、もとは砦の厩舎だったところだ。狼煙を上げてから、相手の様子を逐次馬で知らせる。今、巡礼客がざこ寝している広間は馬の糞が転がってた場所さ、だから臭う、ははは。結局、狼煙は一度も上がらなかったし、馬だって、年がら年中、つながれたままだったらしい」

「そうかい、それはよかったじゃないか」

どうでもいい話だから、どうでもいいように応えたが、マルタンはすぐに別の話を拾ってくる。

「この墓、見たら分かるだろ、巡礼たちに踏んづけられないように高い盛り土にしたんだ。丘の上だからね、たまに腰を下ろして一服するやつらがいるんだ。時々見にきて追い払うんだが」

え　尻を載せられるのだ、そうだ」

わたしはおかしくなった。隣にわたしの墓が造られていたとしたら、死んだわたしは尻の重さで圧し潰されるわけだ。

「立派な働きをされたお方なんだろ。しかも、ご領主様だ。尻を載せるなんて、罰当たりな……なあ、ほんとにあんた知らないのか。役持ちの修道士様たちがみんないってる、立派な働きをされたって、あの矢傷が証拠だって、そういわれてもなあ。あんた、ほんとは知ってるんだろ」

わたしはマルタンの問いかけを無視した。本当のことなどいいようがないし、いったところで、信じはすまい。わたしはあやふやな顔をマルタンに見せて、砦の方に眼を向けた。今も原型を留めているのは、鋸壁へ登る十四、五段ばかりの階段と、それを支える石組みの土台だけなのだが、辺りに積み上がった石材の量から見て、かなり堅牢な砦だったことが分かる。こうして無駄に造られ、打ち捨てられる。墓も同じ、どうせ打ち捨てられて、消えてなくなる。わたしはしばし人の行いの虚《むな》しさに思いを向けていたと思う。

しかし、そこはマルタンだから気遣いがない。

「ほら、あの階段を上ると、ピレネーまでの巡礼道がよく見えるよ。ピレネーもあの上から見れば相当なもんだよ。じゃまっけだ、なんて巡礼たちはいうがね。そうかも知れんが、ロベール様は日が暮れると、決まってあの上から陽が落ちるのを見ておられた、子猫たちと一緒にな」

「子猫たちと一緒にか、はは、そりゃ珍妙な光景だ」

また猫かい、とあきれつつ、わたしはマルタンに応えた。そのいい方が気に障ったのか、

「珍妙って、それ、猫が嫌いなのか。ロベール様は猫と遊んでおられる時だけ、子供に返ったようなお顔をされたよ」とマルタンは詰め寄ってくる。わたしは、身を反り返らせて、

「その、子供に返ったような、というのも、もっと珍妙だ。どうもね、わたしには想像できない。随分お世話になったのだが、あのロベール様が猫と遊ぶ、そりゃ珍妙だわ」と返した。

いくら二十幾年の時が経っても、わたしはロベール様のことを、大事な人を見殺しにした卑怯な男と蔑んでいたし、憎悪、恨みは根深く心に残していたから、猫を可愛がるような姿は想像したくなかったのだろう。お世話になったのは事実だし、ともすれば、心を許した友のように接してもいただいた。もちろん、得難いことだと思いはする。この芸人上がりの歌唄いに、身分を超えた信頼のようなものさえ寄せてくださったとも思うのだ。しかし、その正体は、人の姿をした化け物、血に飢えた獣。その思いがどうしてもわたしから離れない。

「そうかい、やっぱり猫は嫌いか。まあ、そんな人もいる。ところで、あの階段の上だが、何度か、といっても二度か三度、ロベール様と一緒にあそこに座って、日暮れの空を眺めたことがある。わしはすぐに飽きたがね。しかし、いいもんだよ。何かこう、気持ちがね、広々としてね。日暮れ時がいいんだが、どうだい、今からあの上へ登ってみるかい」

「いや、今日はよそう、実は、少し疲れてきた。宿へ戻ろう」

わたしは、ほんとは階段を登って、巡礼道の行く先を見てみたかった。そのつもりで坂を登ったのだった。丘の上からでは巡礼道は木立に隠れて見渡せないのだ。しかし、ほとんどものを食べていないせいか、眼の前が霞んでいくようなおぼつかなさがあった。ここはゆっくり体を動かし、坂を下

　宿の前の道に出て、腕まくりしてふんぞり返っているのは、もちろんエルムリーヌである。それを見たマルタンがわたしの後ろで唸《うな》るような声を出した。あらかじめ、不服の声を出したようだ。しかし、忍び足でも始めたのか、マルタンは自分の足音を消している。

　エルムリーヌはあきれたような顔をしていたが、出た声はたいそうな剣幕だった。

「あんた、敷き藁、外に出したのっ。あんたの仕事でしょ」

「また、あんたか。伯父だよ、わし」と後ろに隠れたマルタンがそっとつぶやく。

「今からでもいいから、外に出して干しなさいよ」

「今日はいい、雨が降ったと思えばいい。それより、あれだ、ロベール様は猫を可愛がっておられたよなあ」

「話をすり替えないでくれる。あんたの用事、それだけでしょ」

「それだけでもない。一度、肢《あし》の白い方の猫が病気になって、何か悪いものでも口に入れたのか、そりゃ分からんが、ロベール様、たいそう心配されて、そうそう、ロベール様は猫に名前をお付けにならなかった。二匹いるのに、不便だよな。どっちも似てんだ、それが」

「何の話してんのっ。もう相手にできないわ……ああ、いつもこうなんですよ」とエルムリーヌが急にわたしに向かっていった。

「ギローさん、きのう、約束したでしょ。今日はトルバドゥールの歌、聞かせてもらえるんでしょ。

さっきから待ってたんですよ」

「えっ、約束、しないよ。だってあれは、善くない歌だ、だから、善くないんだ」

わたしはあわてて応えた。すると、

「おいおい、それはないよ」とマルタンが口を出す。

「約束したんなら、聞かせてもらわないと。あんた、宮廷の歌唄いだったんだろ、考えてみりゃあすごいことじゃないか。そりゃあ聞かせてもらわないと」

「おいおい、ほんとに、約束はしていないって。だって、つまらない歌だよ。楽器もないし」

「あんた、軽業はしないのか。ほら、ナイフ投げたり、空中で輪潜りしたり。ああ、じゃあ、歌でもいい」

「困ったな。ほんとはね、お世話になっているから、そのうち、とは思うんだが。どうもね、今は気分がよくない。陽に当たり過ぎた。少し休みたい」

もちろん、その場しのぎの口約束である。わたしは唄うつもりなど全然なかった。

「そうか、しかしあれだよ、巡礼宿をしてるとな、よく旅廻りの歌唄いがやってきて、武勲詩やら流行り歌を唄うよ。あんたみたいな宮廷の歌唄いとは違って、薄汚い放浪者って感じ、そりゃあ、ひどいのも中にはいる。そうそう、巡礼客の中にも、土地の歌を唄うやつらがいるんだ。たいがい四、五人で連れになってやって来るやつらだ。調子に乗って、お国自慢みたいに大声で一斉に唄う。するとまた、別の四、五人が別の土地の歌を唄う。巡礼宿で、神様そっちのけのふざけた歌だ。いやもう、ひどいも何も、司教様や司祭様を発情した猿扱いにしてるな。修道士となりゃ、ま、そこは想像しろや。しかし、朝になって、黙々と道を行く巡礼たちの後ろ姿を見送っていると、ああ、神様はああいうことも許しておられるんだ、そう思ってありがたくなる。巡礼宿をあずかるわしだもの、『信仰の弱いものを受け入れなさい』な」

「またもう、何を受け入れる気なの。あんたの話、意味が分からないわ。どうせ一緒になって唄ってるから、神様のお許し、なんていうんでしょ。あんたの話は聞いて損する話ばっかり。あのね、トルバドゥールの歌は、宮廷の愛の歌ですよ、あんたが喜ぶような歌じゃないですよ、規則作ってほしいわ、マルタン爺さんは聞くべからず……じゃあ、ギローさん、今度こそ約束しましたよ。きっとですよ」

わたしは大袈裟にうなずいて、先に宿の中に入った。外ではふたりがまだ何かいい合いをしているようだったが、急にエルムリーヌの笑い声がした。マルタンがまたおかしなことをいったのだろう。

わたしは土間の隅の敷き藁の寝床に倒れ込んだ。


はっとして眼が覚めたのは、人の気配を感じたからだ。気だるい体をもたげるとマルタンがテーブルの向こう側の椅子に座ってわたしの顔を覗きこんでいた。

「もう、巡礼たちがやって来たよ。今日は多い方だな、喰い物でもめるわ」

わたしはかろうじてマルタンの話の意味を捉えた。しかし、そんなことをわたしに聞かせてどうしたいんだ。わたしはしかめ面をしたと思う。

「ちょっと気になってね、嫌なことを訊くかも知れんが、あんた、かみさんはいるかね」

はい、とか、いいえ、で収まるような問いかけではあるまい。返事の仕方に迷ったのだが、「びっくりした、藪から棒に」とそのままを答えるしかなかった。

「わしにはいたよ、いたけど、ちょうど二十六年前にね、死なれちゃったよ……修道院の裏側の墓地に墓がある。四人目の子が難産でな、かみさんも子供も助からなかった……今も夢かと思う時があるよ。何でだろう、わしはこんなに元気で生きているのに……あいつはね、子供の時から、わしに嫁ぐことが決まっていた。仲良しだったよ、子供の時から。会ったり、話したりすることは滅多になかったが、どういえばいいか、子供だろ、どんなことにも大きな決まり事があると思っていた。わしは神様がお決めになった事かな、って勘づいてはいたよ。しかし、神様はあの礼拝堂におられると思っていたから、不思議な気はした。子供の頃は、礼拝堂が、何かこう、怖くてなあ。途方もなく大きな、高い建物だろ、子供の眼からすればさ……ただ、今もわしは思うよ、わしはその決まり事に従って、あいつのために生まれてきた、って。あいつもそうだよ、こんなわしのために生まれてきた、な、そうだろ。しかし、それがもういない、わしを置いて、先に死んでしまった。思えば、それが決まり事だったよ……」

「なあ、思い出は年寄りの味方のはずだろ、しかし、味方の数は減ってしまう。昔は、ふとした弾みに、いろんな思い出が次から次へ思い浮かんだものだが、年を取るにつれて、そんな思い出の数が減ってしまう。思い出なんて心細い、さびしい味方だ……わしはね、あいつに申し訳なくてなあ、思い出を失くしてしまったこと……わしは修道院へ出掛けるたびに、あいつの墓へ行く。そして、来たよ、って声掛けするんだ。バカなジジイと思うだろうが、出てこいよ、なんて声を掛けたりもする。

そしたら、あいつ、返事をしてくれるよ、あんたが来なさいよ、って。ほんと、分かるんだ、そうだな、って思うもの……こうして、年を取って、思い出すことが減ってしまって、面影もいつの間にか遠くなってしまって、それなのに、恋しくてなあ……そりゃあ、今もあいつのことは感謝してる、感謝しかないさ。あいつは、神様からのお恵みだものな。しかし、大勢の巡礼客を相手に騒いだりしてるとね、ふと気が付くんだ、あいつ、いないんだなあ、って。ほんと、いい年をして恥ずかしい限りだが、こんなわしでもかみさんが恋しくなる時もあるってことだ。なあ、さっきエルムリーヌがいってたんだが、あんたのトルバドゥールの歌は会えなくなった恋しい人のことを唄うんだってな、わしみたいな男の気持ちをさ」

「ああ、そりゃあ、通じるものはあるよ」

わたしは、そういってやれば黙るだろうと思っていった。面倒だったからではない。寝起きの頭で、このような情のこもった告白にまったく対処ができなかったからである。マルタンは安心したのか、「そうか」とあっさりいうと、気が済んだみたいに表の広間の方に戻っていく。わたしはあっけにとられた。一体、何をいいにきたのか、首を傾げつつ満足げなマルタンの後ろ姿を眼で追い、改めて首を傾げつつ、何だ、あいつ、と思って、藁の寝床から身を起こした。眼の前のテーブルには、パンと残り物の野菜スープの皿が載っている。マルタンが今運んできたのだろう。しかし、いつものスグリ風味の葡萄酒がないことに気づいて、実際、飲みたいわけでもないのに、わたしは急に憤然となった。

通じるもの、そんなものあるはずがないのだ。気のいいマルタンに突っかかるわけではないが、出てこいよう、などと墓に声掛けするバカがどこにいるか。おしゃべり男は墓まで話し相手にしてしまう。何が神様からのお恵みだ。実際、女房が産褥《さんじょく》で死んだくらいのこと、寝つきを襲って聞かせるような話なのか。あんな額の狭い武骨男が、恋しいなどという言葉をよく吐き出きだしたものだ。顔を見ながら聞いていて、体中がもぞもぞした。そもそも、真率《しんそつ》な偽りのない心の思いから自然に育つものは恋とは別物なのだ。恋は、いろんな約束事や決め事の型に沿わせて、工夫を凝らした言葉の織物に織り込まれるものだ。恋は歌の中に創り出される。学習から生まれても、真率な心からは生まれ出ない、それをごっちゃにされてはわたしの立場がない。もともと、王侯貴族の夫婦の絆が領地領土のやり取りや家門の利益打算に基づく以上、恋愛は成就されてはならないのだ。恋が勝手気ままにかなうものなら、貴族社会の秩序が崩れる。だからこそ、美しいかなわぬ恋、それは所詮貴人貴婦人方の雅びな遊戯。純朴で偽りのない心では、恋は遊戯どころか、出てこいよう、などと墓に向かってとぼけたような声をかける、まとも過ぎて話にならない。気がいいだけの粗忽者には分かるまいが、すんでのところが偽りだから、恋はふた心ない永遠《とわ》の誓いとか、尽きせぬ命の泉とか、どんな虚言をいっても許されるのだ。墓に言葉をかけるようなバカ正直な男の心に、恋の何たるかが分かるものか。恋に何を期待する気だ。

　さてさて、何のためのこの悪態か、わたしは自分でも分かっていない。寝つきを襲われ機嫌が悪いだけではないだろう。つまらない話と分かっていて、なぜこれほど悪態をつくのか。理由があるのかないのか、それすら分からないから、わたしは余計憤然としている。おかげで眠気が吹っ飛んでしまった。

どっちにしても、善人マルタンのことはいい。どうせ恋歌が似合う相手ではないのだから。それより、あの悪人ロベール様のことだ。邪悪な、卑怯な恋男のこと……。

4

誰はばからずいってしまおう、あの日のわたしは世界でいちばんの幸福者だった。ほぼ十年ぶりでオード様にお会いできたこと、何より、わたしとの幼い日々を忘れずにいてくださったこと、そのオード様に邪《よこしま》な想いを抱かれたロベール様が大泣きされたこと、わたしは秋を知らせる高い空の雲の流れと一緒に、あの爽快な、歓喜の一日を思い出すのだ。しかし、そんな喜びを感じる分、肩を落として黙りこくってしまわれたロベール様に多少の後ろめたさも感じていたのだろう。だから、ルヴォージュの城に戻り、動いている馬車から飛び降りられたロベール様にならって、わたしもあわてて飛び降りたのだ。わたしは、意地っ張りみたいに足早に立ち去っていかれるロベール様を追いかけて、

「いかがでしょう、わたしの歌が慰みになりますようなら」とお声がけをした。弱みに付け込む下心がなかったとはいわない。そんなわたしの声を振り切るように、ロベール様は、

「いや、今はひとりになりたい」とおっしゃって、居室への階段を駆け上がっていかれた。

わたしはひとり取り残されて、急に不安な気持ちになった。歌は暴れる思いをどう秩序付け、どう導いてどう収めるか、決め事の韻律に合わせてしっとりと教え諭すものだ。だから、人は歌で恋する作法を学習する。わたしは、ロベール様がひとり自室にこもって、バカな考えに凝り固まって、騒ぎを起こしてしまわれないか、そのことが気に掛かった。さっきは馬を脅《おびや》かすくらい立かれたお人だか

ら、オート様がお困りになるようなバカな振る舞いをなさりはしないか、そのことが心配だったのである。わたしは高い天井の靴音を聞きながら、何としても、この恋男からオード様をお守りせねばと思っていた。

わたしは雇われ騎馬兵たちや使用人たちに混じって、階下の土間の広間で、干し肉とパンと葡萄酒だけの昼食を摂った。所在なく、片隅の敷き藁の上で寝転がっていると、使いの者が降りてきて、ロベール様の居室へと導かれた。わたしはヴィオルとリュートを携えていったのだが、ロベール様は結局歌を望まれなかった。前の晩と同じように、テーブル越しに向き合うだけだった。

とはいえ、わたしは恋歌唄い、

「お望みは、どのような歌でしょうか。今はセルカモンが流行りのようですが」と訊いてはみたのだった。すると、見るからにしおたれたご様子のロベール様は、

「歌はいい。今となっては、もう分からない。望みはすべて断たれた」と返事のしようのない言葉を返してこられた。

わたしは見せつけがましく顔を歪めたと思う。歌唄いを相手に、歌はいい、といわれ、肩を落として黙り込んでしまわれたら、歌唄いのわたしはどうすればいいのだろう。差し出がましいことをいえば、ご機嫌を損ねてしまうだろうから、うかつにものがいえない。わたしはロベール様が次に何をおっしゃるか、じっと待つしかなかった。わたしはいろんな土地の城館や裕福な商人宅の大広間で、かれこれ十年、恋歌などを披露してきたが、こういう相手は初めてだった。もちろん、そんなロベール様のことを頭から侮ってはいたが。

ロベール様は拗ねたように眼を脇に逸らしておられたのだが、わたしからの働きかけを待っておられる様子にも見えた。これでは埒《らち》が明かないと思ったから、わたしは戯れにヴィオルの弦を指で弾《はじ》き、

「もし、お望みなら、もう一度使いに立ちましょうか」といってみた。

「それは……どうしたものか」

ロベール様は、最初からわたしを再度使者に立たせることを考えておられたようだ。そのような返事のされ方だった。わたしにすれば、またオード様にお会いできるわけだし、結果は分かっていることだから、急に乗り気になった。

「造作もないことです。あなたの思いの深さを、わたしが真心こめてお伝えしましょう」

ロベール様は一度顔を上げ、わたしの眼を見て、はーっ、とながい息をつかれた。

「しかし、それはむしろ、オード様のお気持ちをかえって損ねることになるかも知れない。いや、きっとそうなる。ますます遠くへ行ってしまわれる」

それが分かっているなら、もう歌で気持ちの始末をつけるしかないのだ。こんな様子でおられては、恋歌唄いのわたしが居室に呼ばれた意味がないし、それより何より、オード様に関わる話は聞くだけでも不快だった。わたしはまた膝のヴィオルの弦を爪で弾いた。ロベール様は、それを合図と思われたのか、書き上げた文面をこっそり読み聞かせるように話を始められた。

「もう四年になるか、リモージュ子爵のエクシドゥユ城で、わたしは初めてオード様にお会いした。それ以来、幾度となく語らいの時を持った。わたしたちは城の外に出て、野原の小道を歩いたり、澄

んだ鳥の囀く声に耳を寄せたり、束の間、漂う雲に心をあずけた。そしてああ、誰が知る、ものいわず語り合うひと時を……あの頃のオード様の美しさは、異教の女神たちさえ顔を隠して逃げてしまうと思えるほどだった。その物腰の優美さ、眼差しに浮かぶ気品、気高さ。それでいて、微笑まれる時の、夢に潤んだかのような瞳、愛くるしい唇に天の蜜が滴るような……あのようなお方が、異端の信仰に心を奪われておしまいになった。野に咲く花を喜び、川面に踊る陽を喜び、小鳥たちのさえずりを喜ばれたあのお方が……春の妖精のように風と遊び、木漏れ日のいたずらに眼を細めて、夢の敷物を歩んでおられたあのお方が」

果たして、ロベール様が実際このような陳腐な比喩で語られたかどうか、もちろん記憶はあやふやである。確かなことは、聞くも愚かな世迷《よま》い言《ごと》にわたしは辟易《へきえき》したということだ。わたしがあの時思ったのは、ロベール様のお小姓時代に問題があったに違いないということだった。十三、四の若者が貴婦人方や女官たちに囲まれて恋歌などに聴き耽っていたとすれば、甘たれた願望やらあこがれやらが未成熟の頭に巣食って、挙句は恋を恋する仕儀《しぎ》に陥る。恋をする願望だけの恋心はなり振り構わず相手を求め、手近に手頃な相手を探し当てては、運命《さだめ》の女《ひと》と祭り上げ、あとはもう、見るもの、聞くもの、夢心地、下世話にいえば、未熟者の熱の病というしかない。たいていは一過性で済むものだが、頭が熱でやられてしまえば早期の治癒は困難である。しかも、事はオード様に関わるのだから、わたしはロベール様をもっと追い詰めてやるしか手はないと思った。

「それほどまでの思いが遂げられないとなれば、愛の女神こそが顔を隠して恥じねばなりません。しかし、この女神はいたく気紛れ、人々に愛の息吹きを吹きかけて、愛ゆえの嘆き悲しみを喜ばれる。

ご用心なさってください。愛の女神のお供物はかなわぬ願いと届かぬ想い。ロベール様、この女神に何を願ってしまわれたのでしょう」

自分でも、歯が浮くような軽薄なせりふだと思った。これでは、いくらのぼせ男でも不誠実を感じるだろうと危ぶんだのだが、ロベール様は素直に答えを返してこられた。

「願いか、願いは何だろう、わたしは、もう分からなくなった。あの方をお守りしたい、ただそのこと……いや、わたしは……その願いがかなうなら、世界を擲《なげう》ってもいい。わたしは、婚姻の秘蹟を受けて、あの方を正式に迎え入れたい」

ロベール様は確かにそう答えられた。

おっと、という感じでわたしはロベール様のお顔に見入ったのだ。何と素直なお方であるか。わたしの誘う言葉にすんなりと乗ってこられた。しかし、いくらのぼせ上がっておられても、婚姻の秘蹟がどうとか、正式に迎え入れたいだとか、旅回りの恋歌唄いにふつうそこまでいうだろうか。お門違いはもちろんだし、下賤のわたしがどうこういえる立場にない。軽率なのか、純朴なのか、不思議なお人だとあきれたのだが、誰かに洗いざらいを話さないと収まらないくらいの思いでおられたということだろう。いろんな感情が渦巻いて、はちきれそうになっておられるのだ。となれば、突けば何か出てくる、つけ入るすきがあるということだ。

仮にも、恋歌唄いのわたしだから、かたちはどうあれ、結ばれてこそが恋の願望であることは百も承知。しかし、それが果たせないのが世の事だから、恋歌唄いは百の手の工夫を凝らす。かなわぬ想いかに甘美であるか果たせぬ恋の苦悶と焦慮がいかに人の心を陶酔させるか恋歌唄いは韻律と音楽と言葉を捏《こ》ね上げ、まことの愛を耳に囁く。しかし、わたしの狙いはそれではない。恋歌は、その実、偽装された欲望なのだ。韻律や言葉や音楽は、所詮肉欲の成就を目論む遠回しの技芸といってもいい。女性への讃美は脈打つ色情に発するものだし、恋しい人への自己卑下はねじ伏せたおのれの色欲の恨み節なのだ。できるなら、わたしはそのことをこの憂い顔の騎士の耳に囁いてやりたい。そこで、わたしはいった、

「あなたの願いは真っ当でしょう、それ以外、何を求めましょうか。しかし、それがかなわぬゆえの悲しみに、この先どう耐え忍んでゆかれるのか。異端の女との婚礼を教会が祝福することなどあり得ません」と。

「それは……しかし、あの方はほんの二年前まで、あのようではなかった。ご親族に幾人かカタリ派の方々がおられたが、エクシドゥユの城におられた頃は、礼拝堂の司祭から祝福を受けられ、聖体拝受の式にも出ておられた」

「だから、カトリックに戻られると」

「いや、もうそれはないだろう。こちらに移られてから何度かお会いして、その度に改宗をお願いした。わたしは必死になって、ひれ伏してお願いした、どうかわたしに、生きる喜びをお与えくださいと。しかしもう、お会いすることすらかなわない」

わたしは、ロベール様のお顔が紅潮しているのを見た。悲しみよりは、憤りに見えた。わたしは薄ら笑いを浮かべた。騎士などというものは、何事も暴力で片を付けるのが習性だから、総じて単純直

情。一方のわたしはといえば、口先と歌とできわどい世渡り。叙任早々の若い騎士など扱いやすい相手だから、さほど苦心しなくとも狙い通りに操れそうだと思った。狙いというのは、ロベール様のお気持ちを、オード様から引き離してしまうこと。いやむしろ、邪《よこしま》なその思いのゆえに、おのれ自身を疑い、おのれ自身を嫌悪させてしまうこと。

わたしは真顔に戻り慎重な物腰で口を開いた。

「ロベール様、わたしはあなたのその恋を、全《まっと》うしていただきたいと切に願います。しかし、まことの愛は、結婚で成就されるものではありません。あらかじめ、断念することで愛を成就することこそ、まことの愛、恋する男の本懐だと思います」

すると、はじき返すようにロベール様が応えられた。

「まことの愛、美しい言葉だ。知らないわけじゃない。しかし、わたしの願いは美しい言葉ではない。言葉を操りいくら美しい装いに見せかけようとも、心が渇望しているものは別だ。わたしは、あの方を迎え入れたい、共に暮らし、共に老いる……わたしは、生涯を共にしたい」

驚くより先に、わたしはたじろいでしまった。いやしくも「恋の指南役」のわたしに対して真っ向から反論されたのである。体《てい》よく操れそうなお人だと軽く見ていただけに、美しい装い、とか、見せかけ、とか、そんな言葉を返されて、わたしは次にいうべき言葉を失くした。とはいえ、口達者なわたしである。屁理屈のひとつもこねて相手を引きずり込めばいいだけのこと。さて、とわたしは考えた。

一差し出がましいものいいをお許しいただきたいのですが、ロベール様、あなたは使徒パウロ様の『コリント人への第一の手紙』をご存じでしょうか」

ロベール様は眼を丸くされた。いきなりの聖書であるから無理もないが、わたしにしても自分の話の先行きが不安でもあった。

「も、もちろん、それは、知っているとも……しかし、パウロ様は結婚は罪ではないと……認めておられた、はずだ」

ロベール様はくぐもった声でお答えになった。わたしはロベール様が混乱してしまわれたのが分かって、やっと気持ちにゆとりができた。

「はい、罪ではありません、しかし、結婚を勧めてはおられません。パウロ様の『手紙』にはこうあるそうです。『未婚者たちとやもめたちとに言うが、わたしのように、ひとりでおれば、それがいちばんよい。しかし、もし自制することができないなら、結婚するがよい。情の燃えるよりは、結婚する方が、よいからである』と。では、その、情が燃える、とはどのようなことでしょう。また、情が燃えるよりはまだまし、とされる結婚とは」

「さ、それは、恋しい思いがつのり、高まり……激しい情熱をもって愛する、ということ……違うか。だから、結婚は……燃え上がった恋心を鎮《しず》め……しかし、そのパウロ様の『手紙』は、昔の話ではないのか」

「いえ、『聖書』の話です」

「しかし、それは、主にお仕えする者のみが……」

「では、主にお仕えしない者は許されると……ロベール様、そのように、難しくお考えになるようなことではありません。ほんとはお分かりになっておられると思います。男と女が心を通わせる恋など、使徒の昔から、そう、今に至っても認められておりません。それこそ罪への誘《いざな》いにほかならないのですから。あなたの願っておられることは、パウロ様の意に背くものでしょう。あなたは激しくオード様に恋をしておられる。自制がおできにならない。そんな思いのまま結婚を望まれるとなれば、罪を招き入れることになりましょう。よくお考えください、パウロ様は、結婚は燃える火を消すようなものとされました。そうです、結婚とは、卑しい譬《たと》えになりますが、発情した犬に水をぶっかけてやるようなもの」

わたしは、このあたりでもうロベール様の思考を支配したと分かった。ロベール様は、これまで見たことがない真剣な顔で考え込んでしまわれたのだ。こうなれば、ゆっくり、遠回しに追い詰めていけばいい。わたしは呼吸をはかったうえで、さも気遣わしげに口を開いた。

「ロベール様、先ほどあなたは結婚の秘蹟を語られました。その秘蹟について、わたしはこう聞いております、キリストの恩寵の徴《しるし》は、結婚が悪からの保護を約束することに表われるものだと。結婚に付随する肉欲という罪を、霊的な慈愛の絆へと高めること」

「話が、よく分からないのだが」

「教会が結婚を祝福するのは、肉欲の罪に堕ちないように、夫婦が肉の歓びに耽ることがないように、霊の内に存在する絆によって男と女を結びつけるから、と聞いております。夫婦にアダムとイヴが犯した罪を繰り返させてはならない、と——

「わたしが、罪を繰り返すとでも、いいか、キロー、そんなこと、思ってもおらんわ」

「しかし、あなたは結婚を願われたその思いの中で、われ知らず、神の恩寵を遠ざけ、オード様を汚してはおられませんでしょうか。もちろん、肉欲自体罪ではないでしょう、子供を産むため神から授かったものだと思います。しかし、肉欲を歓ぶ、となれば話は別です。ましてや、その歓びに誘《いざな》う恋心を募らせるなど……かつて、聖アウグスティヌスは、ご自身の信仰の妨げとなった最たるものが、女への断ちがたい思いであったと告白されました。以後、アウグスティヌス様は情欲の病なしに子供を産むことがいかにすれば可能であるか、そのための方策に苦慮されたと聞いております。そして、今もまだ、高位の聖職者たちは同じ問題に頭を抱えておられる。日曜日、水曜日、金曜日は夫婦の交わりを慎むべし、とか、復活祭が始まる前の四十日は、夫婦の営みは控えるべし、とか。いうも愚かなことかもしれません、しかし、あなたのそれほどまでの思いの激しさは、禁忌を冒し、罪を招き入れる危うさを感じさせます」

「いっておくが、わたしは罪深い心であのお方をお慕いしているわけではない。婚姻の秘蹟といったのは、別の考えがあってのことだ、そう、あのお方をお守りしたい、ただ、その一念……いやもう分かった、もういい。どうせかなわぬ願いだ。受け入れてはもらえまい。しかし、罪深い気持ちなど、それは、金輪際」

「ロベール様、むしろ結婚そのものが罪深いとお考えください、そうすれば心を安んずることができましょう。大教皇グレゴリウスは、夫婦となった者たちが教会という神聖な場所に立ち入るのをよしとされませんでした。いかなる夫婦の結合も快楽なしに行われることがないからです。今でも、教区によっては婚礼の式は教会の入り口で執り行われます。汚れを教会の中に入れないためです。神に仕える者たちがなぜ独り身でいるか、そのことも」

「もういい、分かった」

そういって、ロベール様はそっぽを向かれた。しかし、わたしの思惑通りに混乱しておられたようではなかった。ここで退くわけにはいかないから、わたしは最後の仕上げだと思って、強引な小理屈で追い討ちをかけた。

「わたしは卑しい恋歌唄い、そんなわたしに何がいえるでしょう。ただ、思いますのは、恋の願望ゆえの罪深さ……これが例えになりましょうか、ペリゴールのアルノー・ダニエル様は、身分の高いある奥方に恋をなさいました。アルノー様はこのように唄い出されます。『小鳥たちの甘いさえずりとかん高い鳴き声、／哀れ誘う声、歌う声、唱和する鳴き声が／つがいとなる相手にかれらの言葉で／愛を求めているのが聞こえる、／ちょうど私たちが想いを寄せる女性にするように』いかがでしょう、アルノー様は小鳥たちの鳴き声に果たして何を聞かれたのか、清らかな、まことの愛でしょうか、それとも、官能を刺激する恋の疼きでしょうか。あの時、アルノー様の胸に満ちた思いは、遠いはるかな人への汚れない思いだったのか、遂げられることのない悦楽への願望だったのか。さあ、どうなのでしょう。あるいはまた、有名なヴァンタドールのヴェルナール様が、『ひばりが陽の光に向かって／よろこびにあふれて羽ばたき舞い上がり／心に満ちてくる甘やかな思いゆえに／われを忘れて落ち来るのを目にするとき、／ああ、恋の歓喜に浸っている人が／なんとこの身にはうらやましいことか』と唄い出された時、ヴェルナール様は、飛翔し、落下するひばりの激しい動きに何を見られたのか。甘やかな思いに飛翔し、われを忘れる歓喜と共に落下する……いかがでしょう、そこには罪深い歓びへの願望に激しく衝き動かされ、それゆえに傷ついた男がたたずんではいなかったでしょうか。恋の願望は常に後ろめたい。恋する男は、その願望ゆえに心を傷つける。疼く情欲と、遠いはるかな人への思い、その間で引き裂かれ、おのれを蔑む哀れな男」

どうせ、たいした意味もない思いつきの小理屈である。これ以上、話の進めようがないと分かったので、わたしはここで言葉を切った。ロベール様はかくりと肩を落とされ、壁の灯りの方をぼんやり眺めておられる。わたしの話にはうわの空でおられたことが分かった。混乱しておられるのだ。そう、混乱させてやればいい。混乱して、途方に暮れて、そしてわたしに寄りかかってくる、わたしはそれを目論んでいた。

翌日、ラシャイユの居城に戻られるロベール様が、わたしに同行を求められたのはいうまでもない。

三十年近くも前の記憶である。過去が記憶通りであるはずもなく、記憶もその時々の印象の小さな燃え残りにしかすぎない。しかし、あの時のわたしはロベール様を混乱させて、うまく丸め込んだつもりでいた。わたしは肉に喰いつく虫のように、鉤爪《かぎづめ》でロベール様の心に取り付き、すきを見て毒針を突き立てたのだ。あとは、甘い毒を吹き入れてロベール様を操るだけ。わたしはまんまと事が運んだことに、ほくそ笑んでいたに違いない。あの時のわたしなら、きっとそうだ。

わたしが招かれたロベール様の居城ラシャイユは、アリエ川の支流を少しさかのぼった山間の交易市であった。北側の旧市街は交易市特有の商家や倉庫群が建ち並んでいたが川を挟んだ南側の新市街は、入り組んだ区割りの中に、印象がほぼ均一の家屋宅地が並んでいた。城郭はそんな家屋群を見下ろす高台に、突き出た岩塊のように厳《いか》めしくそびえ、城門脇にせり出した望楼がひときわ高さを誇っていた。城壁は土地の起伏に沿って巡らされ、市民の家々は城壁内にも多く集まっていた。城館は川の北側の旧市街の川べりにもあって、昔は交易船の関所になっていたのだろう。なぜか左半身が不自由になってしまわれた父君は、用務をすべてロベール様に任せ、その城館に隠棲しておられるのだという。もともと、船着場や荷上げ場は北側の旧市街の方にあるので、父君のおられる北側には商業都市のようなにぎわいと華やかさがあった。

わたしの生まれ育ちを思えば、ラシャイユでのわたしの扱いは破格とはいえるのだろう。城の広間の垂れ布で仕切られた一隅を与えられたのである。居室の真下、宴会が開かれる広間である。しかし、宴会は開かれず、わたしはロベール様に恋歌を唄ってさし上げる機会も、あの当時は一度もなかった。ロベール様は、ラシャイユに戻られたその日から、吹っ切れたかのようにお城の仕事をなさり、恋歌や余興なしに気の知れた側近の者たち七、八名と居室で食事をされた。頻繁に来客もあり、またご自身も七日八日と城を空けられることもあった。そんなロベール様のことを、わたしは最初、痛んだ心をほかへ向けようと、わざと忙しくされておられるのだと思っていた。もちろん、それならそれで好ましいことなのだろうが、わたしにすれば、もっと傷つき懊悩して、精気を失くされたロベール様を見てみたかった。正直、透かされたような気持ちはあったが、それよりむしろ御用のお声がかからないのが不思議だった。恋歌は癒えた傷を優しく撫でて、心地よい疼きを感じさせるものだから、いずれわたしの出番が来るはずだと、新しい歌の工夫だけはしていた。しかし、いくら待ってもお呼びがない。早朝のミサを済まされた時など、表に控えるわたしには一瞥《いちべつ》もなく去っていかれる。あとを追ったくらいでは振り向こうともされない。それに加えて、ラシャイユの城壁内は人が多く、そんな中、ロベール様の姿を見かけることは稀であったし、見かけても、近習の者たちに囲まれ、一瞥くらいは頂戴できても、お言葉のひとつもいただけない。無視されているとまでは思わないが、わたしはここで何をしているのだろうと、自分を不安に思うことはあった。わたしには、終日、何もすることがなかったのである。

以前、ギヨーム＝レーモン様のお側で介添え役をしていた頃、扱いは下僕並みとはいえ、裏ではちやほやされたのである。何しろ、気紛れで身勝手なお方であっただけに、わたしを介して取り入る魂胆からだろう、近習の人たちは平素からわたしの機嫌取りをするのだった。しかし、このラシャイユの城では、わたしは得体の知れない、うさん臭い客人であった。わたしが恋歌唄いであるということを知っている人たちがどれほどいただろうか。わたしがひとり楽器を弾いていても、近づいて耳を傾ける人はまずいない。うめき声が気がかりで階下の地下牢を覗き込んでも、誰も何も教えてくれなかった。ただ、厩舎や鍛冶場で働く汚《よご》れた男たちだけがぶっきらぼうな声をかけてきた。もちろん、じゃまだ、とか、危ないぞ、とか。

そんな生活が三月《みつき》くらいは続いただろうか、四、五日城を空けておられたロベール様が戻ってこられた。ご帰還を知らされなかったわたしは出迎えにも立てなかったのだが、その日、就寝前の時間になって、急に居室へ呼ばれた。そして、ルヴォージュの城でのように、大きなテーブルを挟んで、対面で向き合うことになったのである。

「気にはしていたのだが、忙しくしていて」

そうおっしゃったロベール様は、天候の話に始まり、井戸に落ちた城の鍛冶屋の子供の話や家臣の誰それが歯を傷めて顔が歪んだ話など、打ち解けた物腰で取り留めのない話をながながとされた。就寝前に呼び付けてする話ではないだろうと思いつつ、作り笑いで聞いているうち、ロベール様の声の調子が急に変わった。わたしは、はっ、として顔を上げた。

「ずっと前から、あんたにいってみたいことがあってな……こんな夜更けになってしまったが……あんたは、どう思うだろう、わたしは、この世に、美しいものがあるのがうれしいのだ。空や山の景色も、稔りの秋の丘の景色も、その時々に美しい。人々の憩う家、たどる小道、ヤギやヒツジの群れる野原、神が手を添えてくださったとしか思えない、わたしには、人々の営む世界も美しいのだ。あんたは、この前、小鳥たちの鳴き声やひばりが空高く舞い上がるのを見たり聴いたりすると、心は疼き、後ろめたさに心は傷つく、といった。悦楽への願望とか罪深い官能の悦びとか、いろいろいった。あんたにはそうかもしれん、しかし、それでもわたしはうれしいのだ、小鳥たちの鳴き声や舞い上がるひばりが。恋をすればこそ、なおさらそれは美しいのだ」

繰り返すが、わたしはずっとロベール様を侮っていた。恋の失意に人前で泣くような男である。しかも、恋の成就が婚姻の秘蹟にあずかることだと、旅回りの歌唄い相手に告白するような軽率な男、そんな男がまさかわたしの「恋の指南」に、真っ向から反論してくるとは思わなかった。驚きはしたが、同時に挑発されたようにも感じて、いいたいだけいってみろ、と薄笑いしつつ、自信なさげなロベール様のお顔を見上げたと思う。

「わたしがそういうと、多分、あんたはこう思うだろう。小鳥たちは心地よい歌を唄っても、気味悪い毛虫や土の中の虫を食べる、鮮やかな羽毛を誇り空に舞い上がっても、雨や霜に痛めつけられ、やせ細り干涸びて、やがて地に落ちて虫たちの餌になる。この世の美しさの膜を剝がしてみれば、醜い姿が見えると。あんたのいう、罪深い官能の悦びこそがそうだろう。心の暗い奥底を覗いてみればな。確かに、この世は醜い、人の営みも、同じだ。しかし、わたしはね、醜いこの世に透き通った美しい膜を被せてくださるのは神だと思う。神は、醜いわたしたちに、美しさを喜ぶ心を与えてくださった、そんな気がする。昔の話になるが、わたしは幼い頃、どこかの大聖堂でステンドグラスの輝きに照り映えた祭壇を見たことがある。様々な色の光が氾濫し、金銀宝石の祭壇が虹色の光りの束で輝やいていた。そう、虹色の輝きは空気すら色で染めて、鮮やかな色とりどりの刺繡の模様を浮かび上がらせてもいた。わたしは息を吞んで祭壇の十字架の人を見上げた。そして、ああ、この人だと思った、この輝きに満ちた美しさを、わたしに見せてくださったのは……神は、この世に儚《はかな》くあるものに、美しさを添えてくださる」

わたしは出かかった言葉を吞んだ。相手は貴人、思ったことを口には出せない。しかし、この人は本当の醜さを知っているのだろうかとは思った。美しいものは独占して、この世の醜さを生み出している張本が貴族や騎士たちではないのか。強欲、悪辣、残忍、背徳、言葉が足りないくらいだ。とはいいえ、そんな貴族貴人に取り入って食にありついているわたしである。どれほど愚鈍な相手でも、貴族貴人となれば話は別、ご恩顧を頂戴しないと街角の物乞いにまで落ちてしまう。ただ、聞いていて、気持ちがねじ曲がった。バカバカしい、子供が考えるようなことだ、と。

「なあ、ギロー、なぜカタリ派の人たちは、この世にかたちのあるもの、いや、この世すらを悪魔の創造というんだろう。この世に儚くかたちを成して、もろくも崩れ、亡びるものを、なぜ悪魔の創造物と断じて退けるのか。美しさ、それは人への神の慈しみ、それこそ神の人への御標《みしるし》ではないのか。あの人たちは、神の御標などこの世にはないというのだろうか」

ちょっと驚いた、話はそっちへ行くのか、と。わたしは反論され、挑発されていると思っていたから、カタリ派と聞いて拍子抜けの気分さえした。しかし、ギヨーム＝レーモン様のご庇護を受けたせいもあって、わたしはカタリ派の人たちに対してむしろ好意的なのである。それに、迫害をする側よりも、される側に心を寄せるのが、芸人育ちのわたしには性に合ってもいたからだろう。わたしは急に弁解したい気持ちになった。

「さあ、それは……しかし、わたしが知っておりますカタリ派の人たちは、ただ慎ましく、キリストの使徒様たちが暮らしたであろう暮らしに倣《なら》い、それに満足しているだけのようです。人には何も求めず、慈しみ深く、『新約』の教えにある通りの生活に戻ろうとしている、ただそれだけの人たちのようです。信者でもないわたしがいうのは出過ぎたこととは思いますが、悪がこれほど繁盛しているのを見れば、この世にはもう神の御標はないかと」

口から出放題にいいはしたが、わたしは控え目に、しっかり反論したつもりだった。しかし、ロベ

「あんたのいいたいことは分かる。今でこそカタリ派の人たちとの交遊を避けてはいるが、そんなわたしにも、質素に満ち足りて生きておられる帰依者の知人友人は何人もいる。わたしの遠縁には、カタリ派の救慰礼《コンソラメント》を授かり安らかに逝かれた懐かしいお方もいるのだ。正直をいえば、わたしはむしろ、この世に権威を振るおうとする教会の高位聖職者たちに対して、ほかの領主たちと同じ、反感も反発もあるのだよ。多くの方々は、わたしたち領主よりもはるかに裕福、放埒な生活を恥じてもおられない。しかし、さっきもいったが、神の真の被造物はかたちなき霊的なもの、この世にかたちあるものは悪の原理によって成るもの、というカタリ派の人たちの考えはどうなのだろう。わたしはあの人たちの考えを詳しく知っているわけではないが、かたちあるこの人の世に神の栄光は顕現しない、むしろ、この世は悪の実現する場と唱えるなど、妄言とまではいわないでおこう、しかし、わたしは善き人々のためにも、そうであってはならんと思うのだよ。こんなことをいうと、礼拝堂付きの司祭がのけぞって反論してくるんだが、わたしは、神は人に喜びの心をお恵みくださったのだと思う。神を喜ぶ心、それは神が創造された万物を喜ぶ心ではないのか、万物のその美しさを……うちの司祭は、神のご慈愛よりは地獄の恐怖や悪魔の策謀を語るのが好きな男でね、わたしは、ははは、大いに嫌われているよ。しかしわたしは、万物を喜ぶ心こそ神のご慈愛の賜物だと思う」

どうだろう、多分わたしは感じ入ったような顔をして、ロベール様を見上げたのではなかったか。しかし、顔と心を別にするのが身についたわたしの習い。わたしはむしろ、叙任早々の薄皮被った騎士のくせに、偉そうなことをいう、とでも思っていたに違いない。どうせ騎士などというものは、総じて無教養で自堕落な男たちだと決めつけていたはずだから。

ロベール様は眼を宙に泳がせておいでだった。何も考えてはおられない様子に見えた。神がどうとか、万物がどうとか、わたしは半ばうんざりしつつ、とろんとした眼でロベール様を見ていたはずだが、そんなわたしの眼に気づかれたのか、ロベール様が重い口を開かれた。

「ただね、ギロー、カタリ派の人たちのことを考えていて、わたしにも疑念は浮かぶのだよ。いや疑念というより、わたしはまったく逆のことを思ってしまう、まったく逆の……。というのは、この世が神の被造物なら、人間がその長たるものなら、なぜ神は、労苦に喘ぎ、老いさらばえて、やがては醜く死ぬようなこの肉体を造られたのか。腐敗し悪臭を放ち、生温かく溶解して虫を集めるだけの汚れた『物』、なぜ神はそのような朽ちゆく『物』でこの世を満たしてしまわれたのか。この人の世は神のものではなく、ほんとは悪魔のものではないのか……」

誰にともない問いかけだろう。わたしは返事を考えなかった。ただ、この人は一体何をいってるのだろうと、あきれた気持ちでいた。何のために、こんなもつれた話をされるのか。わたしは返事の代わりに、そろそろ解放してくれ、とばかりにわざと腰を浮かせて身じろぎをした。すると、ロベール様は急にまた口をつぐんでおしまいになる。焦れたわたしがまた腰を浮かせて身じろぎをすると、そんなわたしを制するかのように話を続けられた。

「もし、神が全知全能なら、無限の善の原因なら、神の被造物であるこの世になぜ悪が存在するのだろう。そこに悪が存在するなら、この世は神の被造物ではない、ということになりはしないか。わたしは以前、カタリ派の完徳者だというお方の話を聞いたことがある。短い立ち話だったから、その場

「そのお方がおっしゃるには、あの『創世記』に、神は『地の上に人を造ったのを悔いて、心を痛められた』とある、『人の悪が地にはびこっている』のを見るに堪えぬと思われたからだ、ならば、その『人の悪』はどこから来たのか、もともとなかったものを、人が造り出したものなのか、仮にそうなら、なぜ善の原因である神が悪を成す自由と意志を人に許されたのか。神は誤ちを犯されたのか。そのお方は、最後にそう問いかけられた……なあ、なぜだろう、全知全能のわれらが神はやがて地にはびこる人そのものに、悪を予知予見されなかったのだろうか……悪を成し得る人間を、神はなぜ生み出されたのか。その悪は果たしてどこから来たのか……。

「教会は、天使の叛乱を説く、アダムとイヴの原罪を説く。しかし、神に対して素直でいたいわたしなのだが、神話まがいの原罪を素直に受け入れない気持ちがある。なぜ神は、万物の創造に先立って、人を原罪へと誘う堕天使ルシファーをお生みになっていたのか。この世の創生よりも前に、そして人が造られるよりも前に、悪はもう存在していた、そうではないのか。反逆の天使ルシファーは人より先に、そしてこの人の世が成る前に、もう天上の神のお傍《そば》にいたのだよ、人を罪に誘い、人を悪に染めるために……ならばどうだろう、神は、この人の世に、罪が必要だとお思いになっていたのだろうか。そのために、反逆の天使ルシファーが控えていたということなのだろうか……楽園にあって、アダムとイヴは罪を知らず清浄に暮らした。おかげでふたりは神から不死を賜った。しかし、堕天使の誘惑に負け罪を犯したことで、ふたりは楽園を追われ、死を賜る。しかし、ギロー、人が死を賜ったことで、逆に増えたのだよ、人が。罪を得て、なお悪を成す死すべきわれらが、楽園ならぬこの世に栄え、満ちてしまった。なあ、どういうことだろう。これが神のご意志なのか、悪を栄えさせるということ……それとも、神の御業《みわざ》よりも大いなる悪の力があるのだろうか。いくら大洪水を起こされようと、人をみな硫黄の炎で亡ぼそうとされようとも、人はまた立ち上がって悪を成し、この世に悪を栄えさせる……神のご意志はどこにあったのだろう。悪魔こそ、人の友なのだろうか」

ロベール様はいったん口を閉ざされた。そして、こくりと喉を鳴らされると、ご自分を笑うように笑われた。くだらない話をした、そう思っておられるような笑いだった。しかし、わたしは徐々に不安になった。この話、黙って聞いていていいのだろうか、と。

「さっき、わたしはこういったね、神によって成る万物を喜ぶ心、それこそ神の人への慈しみではないか、と。わたしはまたこうもいった、この世にあるものは、その時々にみな美しい、と。季節の終わりと共に萎れ、枯れ落ちる花も、老いて日なたに憩う人たちも、苦役に汗する人たちさえも、時に、わたしには美しい……。

「しかし、わたしは同時に、それこそが悪魔のまやかしなのだと思えてならない。『地にはびこる人の悪のたくらみを思うにつけて、神ならぬ悪魔がほくそ笑んでいる気がする……なあ、ギロー、悪魔が人に近づく前、この人の世に美しさはあったのだろうか。人の世の儚い美しさは、人が悪魔と出会ってからのものではないか。わたしはね、最近、ふと思うのだよ、この世に生を受け、醜く年老い、そして汚れた死を迎える、悪魔が仕組んだこの本源の悪の中に、美しさが潜んでいるのではないのか、と。罪深いこの人の世を惜しむ気持ちと、美しさに心惹かれる気持ちは別ではない気さえするのだ……そしてこのことは、不思議な気持ちで、この悪の世にいることをしみじみ納得もしている。

を麦のようにふるいにかけることを願って許された』……わたしもまたふるい落とされた悪なのだよ」

度肝を抜かれた、とまではいわない。しかし、真正直にもほどがあると思った。黙って聞いていれば、とんでもない、これはもう聞いてはいけない告白だろう。どう返事をしたものか、とっさに判断もしかねて、あやふやに笑って見せはしたが、異端者と指弾《しだん》されても仕方がない危険な告白に違いないのだ。わたしはどこまでロベール様に狎《な》れ親しんでいいのか分からなくなった。

「いや、つまらない話をしてしまった。こんな話、誰にも話したことがない。話しているうち、どうやら途方もないことを口走ってしまったようだ。どうかしているね、わたしは……つい最近になってからだよ、急にこんな風にものを考えるようになった……なあ、ギロー、ひとつ疑えば、その疑いはすべてに及んでしまう。そして、闇に堕ちてしまう、闇の中にな……いいたいことは、そういうことだ。

「ははは、何だその顔、つまらない話を聞いて困惑しておるようだな。こんな話、近習の者たちに聞かせても、どうせ分からん。かえって、わたしに不信の眼を向けるだろうよ。ましてや、うちの司祭などに話そうものなら、鐘を鳴らして大騒ぎするに違いないわ。あんたにも、こんな話をするつもりはなかった。悪魔ならぬ、死神が暴れだそうというこんな時に……」

そうおっしゃって、いったんは顔を背けられたロベール様だが、不意に睨む眼つきで真正面にわたしを見られた。わたしはあわてて膝元に眼を落としたが、息を呑む思いがした。

「本当のことをいおう、以前、わたしがあんたに会うのは二度目だといったこと、それは嘘だ。実は、あの時会ったのが最初だった。わたしはあんたの歌を聞いたことがなかった。ただ、オード様のお気に入りの恋歌唄いだと知っていたから、わたしはあんたを探した。そして、いろいろ調べた。あんたを使いたいと思ったからだ。わたしはギヨーム＝レーモン様を存じ上げない。ひと昔前の話だが、当のギヨーム＝レーモン様に兵を向けられ、開拓地の過半を強奪されたという領主の話を聞いた。それをそのままわたしの父のことにして、あんたに話した。わたしはあんたが育ったトロワの方へも使いをやった。あんたに楽器や歌を教えたというエリアスという男や、あんたの妹と一緒だった男のところへも行かせた。三月《みつき》かけて、あんたをいろいろ調べた。そうそう、セルミニャックの城へは、あんたが招かれていると聞いて、わたしの方からあわてて押しかけていったのだよ。あんたを使うしかないと思ったからだ……あんたが最後の望みだった。

「覚えているだろう、以前、わたしはあんたに問われて、婚姻の秘蹟などと望むべくもない願いを打ち明けたことがある。あの時は、つい心からの願いが口に出た。しかし、秘蹟などはどうでもよかった、仮の婚約者としてでもわたしとのつながりができれば、それでもいいと思った。父があのように不自由な体になって気弱になっておられる。父の養女、わたしの妹としてでもいい、わたしの庇護が及ぶところに来ていただきたかった。わたしのほんとの願いがかなわなくとも、わたしはオード様をお守りしたい、ただそれだけが願い。しかし、もうその願いは……」

いた、そのこと以外は考えていなかった。今度はわたしがうなだれる番なのだった。

ロベール様は今呑み込んでしまわれた言葉を胸に収めておられるような気がした。しかしわたしは、どんな言葉を呑み込まれたのか気にもならなかった。わたしはただ意固地になって顔を伏せ、うなだれたままでいた。

そして、ふと眼を上げたわたしに、ロベール様は、投げやりな、蔑むような語り口で、思いもしないことを話されたのだ。

「教皇インノケンティウス三世だが、異端撲滅に執心《しゅうしん》されていることは知っているだろう。教皇はフランス王フィリップ様に書簡を送られた、五月の末のことだ。トゥルーズ伯領の異端者たちに向けて兵を出すよう督促されたらしい。それを知って、わたしはあんたを探したのだ、いろいろ手を尽くしてな。教皇は南仏の領主たちに異端の取り締まりを励行するよう何度も特使を派遣しておられたが、領主たちは聞く耳を持たなかった。業を煮やされたのか、教皇は王を動かす気になられたようだ。あんたも知ってるように、フィリップ様は今、アンジュー伯領をめぐってイングランド王と戦っておられる。しかも、フィリップ様はもともと、王侯たちの俗権にカトリックの教権が介入するのを嫌っておられるから、教皇の督促を握りつぶしておられる。それを見越しておられたのか、教皇はフィリップ王に急ぎ直々の特使まで派遣された。あのシトー会の大修道院長アルノー・アモリーだよ。教皇は特使を通じても確約されたらしい、異端者、またその幇助者たちの領地資産は没収してよい、出兵に際しては罪の赦免状が与えられる、つまり、十字軍を臭わされたのだよ……」

ロベール様はふっと息を抜かれると、さらに、畳みかけるようにいわれた。

「教皇の特使は同時に北フランスの諸侯たちにも働きかけた。ヌヴェール伯、そしてブルゴーニュ公にも出兵を促す使者や書簡が届いたそうだ。ヌヴェール伯はフィリップ様のご意向を伺うため、いや、出兵の許可を願われるために使者を派遣される。わたしも随行することになった。明日、わたしは父が隠棲しているアザミの館に立ち寄る。古くからの家臣たちは向こうの館に詰めているのだ。あとの始末を頼んで、そのままヌヴェール伯の使者に同行してパリに向かう。ながく留守をすることになるが、あんたはこのままここに留まっていてほしい。夜更けに呼び付けて済まなかったが、そのことがいいたかった。あんたには、いずれまた働いてもらうことになる。わたしのためではない、オード様のために」

これが、あの日の夜の一部始終である。わたしは最初からロベール様に手玉に取られていたということだ。当然、体が熱くなるような屈辱感はあったが、それを媚び笑いに変えてしまう卑屈さは、芸人上がりの歌唄いに身についた習い性、ただし憎悪は溜める。不確かとはいえ、今こうして事細かくあの日の記憶をたどれば、思いのほか深刻な話をされたような気にもなるが、以前、わたしが逆にロベール様を手玉に取ろうと、聖アウグスティヌスや使徒パオロの『手紙』などを持ち出したことから、何やら勘違いをされたのだろう。あれはわたしの職業上の方便で、何もかもが聞きかじり、深く考えたこともない。そんなわたしの話に張り合うみたいに、くどくどと怪しげな理屈を捏ねられたか。神か悪魔か。せんじ詰めれば、ありきたりの話であったように今も思う。美しいものか悪魔のまやかしであることなど、田舎の司祭でもいいそうなことなのだから。予想される南仏の戦乱についても、ロベール様は、暗雲が近づくような、切迫した感じで話されたが、わたしは最初から疑ってかかっていた。教皇はつい先ごろの第四次聖地十字軍が、目的を違《たが》えコンスタンティノープルの略奪に走ってしまったことで、多少とも懲りてしまわれたと思っていたのだ。お怒りのあまり加担した全員を破門されたと聞いていたから、まさかすぐに別の十字軍を起こされるなど思いもしなかったし、フランス国王に自らの封臣の領地へ軍を向けるよう迫られるなど途方もない話だと思った。どっちにしても、手玉に取られたわたしだったが、すぐに平素の自分を取り戻し、心と顔は別々にしてロベール様の御前を辞したと思う。

翌朝、わたしは城壁の東の櫓《やぐら》から、丘を下って去っていかれるロベール様の一行を見送った。そのお姿が鮮やかに思い浮かぶのは、わたしが着ている刺繡だらけの服を、あの時のロベール様がお召しになっていたからだろうか。果たして、そのお姿でフィリップ様との謁見に臨まれたかどうかは知らない。それはどうあれ、城に詰める騎馬兵たちのほぼ全員、五十に近い騎馬隊の行列だった。その行列が遠くなっても、撥ね橋につながれた猟犬たちが吠え続けていたのを覚えている。

王家への使者に随行されたロベール様は、十月の半ばになってやっとラシャイユに戻ってこられた。ほぼひと月、城詰めの騎馬兵共々、居城を空けておられたことになるのだが、陽が落ちてからのご帰還だったこともあり、にぎにぎしい出迎えの人だかりはなかった。すでに城内では、王家は教皇の教唆《きょうさ》に乗らず、封臣たちにもうかつな行動を厳に戒めておられたという噂が知れ渡っていた。恐らくは、そのことが人々の気持ちを冷やしてしまったのだろう。出迎えに人は集まらなかった。何事も起きないなら集まって騒ぐこともないのだ。わたしも、水場の物陰にいてわざと迎えには立たなかった。

ロベール様は、戻られたその二日後に、王家に謁見を許された慶事を祝うおつもりか、広間に宴席を設けられた。しかし、まだ正式に家督を継いでおられないこともあって、この城内では身分ある廷臣の数は少なく、着飾った貴婦人方はもっと少ない。譜代のご家来衆は川向うのアザミの館におられる父君のお側に詰めておられることから、代わりに、城壁内の富裕な商人たちを招けばいろんな面で好都合ではあるのだろうが、ロベール様はそれもなさらなかった。そんなせいか、華やかさのない宴会で、余興に楽士たちの演奏だけがある。ということは、わたしは宴をにぎわす芸人ではなく、客人扱いなのである。わたしは賓客席にいちばん近い平場のテーブルの隅っこに席をいただいた。周りはわたしよりひと回り体の大きな騎士たちばかり。初めてのことで、わたしは落ち着きを失ったが、卑しい旅廻りの歌唄いが領主様のお気に召し、騎士に取り立てていただいた例が稀にはある。そのことを、瞬きする数と同じくらいの回数考えていた。もちろん、考えただけで終わったことだが。

広間でのそのような宴会は守護聖人の祝祭日を加えても、覚えている限り五、六度くらいしかなかった。持ち城を巡回されたり、アザミの館に逗留されたり、わたしには知り得ない用向きで留守にされる日が多かったせいもあるが、今思えば、出陣に備えて何百もの傭兵や荷役人夫たちを雇い入れ、それぞれに武具を与え、食事をさせるためにも莫大な金が必要だったからだろう。戦さの分捕り品ま期待できても、宴会などで散財するゆとりはあるまい。それに加えて、どうやらロベール様は一堂に会してのにぎやかな食事よりも、居室で気の知れた少数の側近たちと食事を摂られるのがお好きであったようだ。当時、ロベール様は二十二、三、この城に詰めていた騎士や騎馬兵たちは三十、四十のつわもの揃《ぞろ》いだったから、多分、気後れしておられたのだろう。もちろん、これはわたしの邪推である。わたしも、階下の土間で使用人たちと食事をしたり、休んだりする方が気が楽だった。

何もすることがなかったラシャイユでの記憶は希薄である。決まった相手と双六をし、チェスをし、相手も飽きれば、わたしも飽きた。時の経過が弛《たる》みきって、記憶に残る出来事もない。これまでのわたしの境遇を思えば、眠る場所があり、たらふく喰え、何をするでもなくその日をかき暮らす日々など贅沢の極み、それこそ天国の日々といいたいほどだが、一年、二年と経つうちに、何かがわたしに欠けていると感じるようになった。気取ったいい方はしたくないが、人が活動をやめてしまうと、不自由なのだ。ひもじさでもいい、貧しさでもいい、人に活動を促すもの、それを失ってしまうと、精神が緊張を解いて弛緩する。動かないのは、肉体ではない、荷厄介な精神なのだ。わたしは日常のあらゆることが疎《うと》ましく、ものを思うことすら億劫で、異端排斥の騒動にしても、習い覚えた恋歌にしても、他人事であるかのように関心を失くしていった。何を命じられることもなく、年中、放し飼いにされていただけのわたしは、放浪癖もあったのだろうか、元の旅回りに戻ろうと思う時さえあったのだが、思っただけでは弛んだ気持ちが動かない。何を、どれだけ思おうと、本気になれない日常だった。ただ、オード様への思いだけで、弛みきった精神を現実の日々につないでいた気がする。いつか、お役に立てる日が来ると。

しかし、いったん動き出した異端者殲滅の勢いは、わたしが関心を失っていた間に、まるで急湍《きゅうたん》を流れ落ちる水のようにしぶきを散らし、やがては堰を破って大地を侵《おか》すような事態さえ予想させてはいたのである。

あれはいつの頃だろうか、季節も忘れた記憶なのだが、わたしはやはり夜更けになって居室に呼ばれた。あの日はとりわけ部屋の灯りが暗く、近習の者たちは部屋の四隅《よすみ》で影になっていた。わたしはいつものように、大きなテーブルの下座に座って、ロベール様と向き合うのだった。そして、何の話の途中だったか、ロベール様は、ルヴォージュの城の空濠に水を入れたとおっしゃった。要領を得ない話に、大袈裟な相槌を打つと、ロベール様は、「もしかのことがあれば、オード様をあの城におかくまいする」と近習たちにも聞かせる声でおっしゃった。

もちろん、わたしは動揺した。

「もしかのこと、それは……」

「もしか、だよ。その時はあんたにも働いてもらわなければならん。あんたはまだ知らんと思うが、教皇はとうとうトゥルーズ伯レーモン六世を破門されたよ。その上で、フランスの有力な諸侯に向けて、トゥルーズ伯領の領地掠奪を許す旨の書簡を送られた。もちろん、国王フィリップ様へも。破門なさるのは教皇の勝手。しかし、領地の処分まで勝手をなさるのは筋違いというもの。フィリップ様はトゥルーズ伯領の宗主権をお持ちなのだ。フィリップ様はうかつな行動を諸侯たちに戒めておられたが、大いにご立腹だ。しかし、これに奮い立たない諸侯はいまい。異端者、またその協力者の領地資産掠奪の許しが、あの広大なトゥルーズ伯領に下りたのだからな。それにしても、強硬な手段に打って出られたものだ、教皇は諸侯たちに手ずから餌を撒かれたのだよ。しかも、十字軍に許される免罪規定をちらつかせて。やはり、来るものが来た」

話のおおよそは分かった。わたしはそのあとのロベール様の話は聞き流した。そして、別のことを考えていた。要は、オード様の身に危機が迫っているということなのだ。ルヴォージュの城におかくまいするにしても、わたしは何をすべきか、そのことを考えた。たとえ濠に水を張ったにしても、容易に落ちる城だとわたしにも分かった。となれば、オード様に改宗をお願いするしかない。異端を棄てれば許されるのだ。何としてもお願いする、そう心に念じながらも胸が塞いだ。無力感さえあった。いくらお気に入りの歌唄いであっても、改宗など聞き届けていただけるような願いではないのだ。

多分、その頃のことだろう、わたしは、教皇がオスマの司教ディエゴ様や聖堂参事のドミンゴ様たちに、トゥルーズ伯領の異端者たちを平和的に改宗させる支援を約束されたと聞いていた。その一方で、教皇は諸侯たちに特使を送り異端殲滅の兵を向けるよう働きかけておられることもロベール様からお聞きしていたから、ディエゴ様やドミンゴ様たちの活発なお働きに少なからぬ希望を託してはいたのである。しかし、今度のトゥルーズ伯破門の一件で、懐柔か強硬か、教皇のご意向がどちらにあるか、明らかになったということだろう。確かに、来るものが来たのだ。

たまらず、わたしは声を上げた、

「アラゴンのペドロ様が」と。わたしは南仏に宋主権をお持ちのアラゴン王ペドロ二世が、和解に向けて奔走されていたことを随分以前から知っていた。

「宗派間のわだかまりを解くため、カルカソンヌで各宗派を集めた大集会を開かれました」

それでどうなのか、何がいいたいのか、わたしはすぐにつまらないことをいったと思った。あの時わたしは、ロベール様が話されたことをすべて否定したかったのだ。なぜ急にそんなことになってしまうのか、断じて承服できない気持ちでいたのだ。

「それは二年も前の話だろう。この時節、二年昔は大昔さ。この二年で、教皇の目論見が露見したよ。あの教皇だが、異端をただ排斥することを目論んでおられたわけではあるまい。教皇は王侯貴族たちの暴戻《ぼうれい》に抗しておられる。キリスト教世界の平和安寧のためには、王侯たちの俗権よりも教権を優越させねばならんとお思いなのだ。よくいえば、そういうことだろう。十字軍を動かすのは、飽くまでも信仰の大義、聖職者が統率し、軍人は従う。諸々の王侯たちの俗権を、唯一にして聖なる教権に従わせキリスト教世界を統一せねばならない、それがあの教皇の野心なのだよ……あんた、あのカノッサでの出来事を知っているだろう、教皇グレゴリウス七世が、神聖ローマ帝国のハインリッヒ四世を破門された。屈辱を与えられた。あの教皇も同じことをなさりたいのだ。教権の優越を示す、トゥルーズ伯を破門して……そういうことだ」

「しかし、教皇様にそんな野心がおありなら、その野心が多くの人を死なすことになります」

わたしは、オード様の身の上を思って、分からないながらも声を上げた。教権にも俗権にも縁のないわたしは、どっちもどっちだ、と思っていたし、どっちがどうなろうと構わない。しかし、オード様の身の上だけが心配だった。わたしはつい声を荒らげた。

―王侯か教皇庁か、どっちが上かの争いで、人が無駄に死ぬのでしょうか。たまったもんじゃない、それじゃあ、まるでとばっちりだ」

ロベール様は気色ばまれたご様子で、わたしを睨むように見られた。いやむしろ、蔑むような眼を向けられたと思う。わたしは肩をすくめて顔を伏せた。

「違いない、人は死ぬ。しかし、すべては神の御心が定めをつけてくださる。人の死は神の御心の内にある。いかに多く死ぬことになろうとも」

ロベール様はわたしを教え諭《さと》すようにそういわれた。


さあ、今のわたしならどうだろう、どう言葉を返しただろう。あの時のわたしは、ロベール様がいわれた言葉に素直に応じて、高ぶった気持ちを鎮めたのだ。それはそうに違いないと、わたしはむしろ納得していた。

しかし、今のわたしはロベール様に素直ではない。人の死は神の御心の内にある、バカげた話だ。なぜあの時、わたしはロベール様に反駁しなかったのだろう、なぜやすやすと納得してしまったのか。鼻を削いだり、眼玉をえぐり出したり、女子供をなぶり殺しにする男たちに、神の御心がどのようにあったのか。ご自身の残忍な殺戮のいいわけになるとでも思っておられたのか。今になって思い出す、御前を辞す時、ロベール様は、誰にともなく笑っておられた気がするのだ。

5

空耳のような気もしたが、多分、修道院の讃課の鐘の音だったのだろう。

旅回りをしていた若い頃は、夜更けに近くで鐘が鳴っても眼を覚ますことなどなかった。病気のせいもあるのか、鐘の余韻に揺り起こされたかのように、わたしはふわりと眼が覚めた。余韻は闇に馴染んで居残っているのだろう、頭の芯が今も気だるい音を感じている。わたしは気持ちを静め、暗闇を探る眼を閉じた。こんな時のわたしには就眠のための儀式がある。年を取って眠りが浅くなったわたしは、夜中にふと目覚めてしまうと、決まってある光景を誘い出すように思い浮かべる。それは煌々と灯りに照らされた礼拝堂の内陣。香煙の漂う祭壇の脇で、僧衣に身をやつした男たちが唄い継がれた聖歌を唱和し、つつましく祈る、そんな光景である。眠りを誘うためだから、わたしはつられて祈らない。しかし、世界は祈りに満たされている、と心静かにいい聞かせる。わたしは安堵の息を吐きながら、暴れ出しそうな気持ちを宥《なだ》めて、息の数を数えるのだ。呪文のように数える数だが、数える息のひとつひとつが祈りといえば祈りなのだろう。どうかつらい記憶が蘇りませんように、そして、あの憎いお顔が思い浮かびませんように……それでも一度、わたしは暗闇に眼を凝らし、激しい息を吐いたのだった。人の死は、神の御心のうちにある、そういって黙り込まれたロベール様のお顔、こともなげなあのひと言に、人の心はないと思えた。

眼が覚めたのは、胃に灼けるような痛みと吐き気があったからだ。わたしは裏戸の脇の水甕へ走った。蓋を取り、顔を沈めて水を飲んだ。そして、土間に座り込んだ。きのうの夜更けのことがぼんやり思い浮かんだ。目覚めたばかりで、何の感情も湧き起こらなかった。テーブルには巡礼客への朝のもてなしの残りだろう、パンと野菜の汁の皿がわたしのために置いてあった。わたしはゆっくり立ち上がり、立ったままパンをちぎった。わたしはパンも野菜の汁もそれぞれ半分くらいは口にしたが、食べたしりからもう胃がもたれた。吐き出せば楽になると分かっていた。

わたしは宿の裏口から外に出て、建物の周りを回り、宿の正面の入口から中に入った。中にはエルムリーヌだけがいて、土間の敷き藁を隅のひとつ所に積み上げていた。これはマルタンの仕事のはずであった。

「あら、お加減はどうですか、おじさんが心配してましたよ」

「ああ、だいぶよくなった」

人の声を聞くと元気が出るものだ。しかし、元気な声が出たわけではなかった。

「声を掛けても、起きないって。ほんとに大丈夫ですか」

「ああ、きのう、遅くまで起きていたから、眠れなくて。それより、マルタンはどうしたんだろう、いないのかい」

「あの人、バカだから、ピブラックの村まで猫をもらいに行きましたよ。ちゃんとした血筋の猫じゃないと駄目なんだって。わざわざ隣村まで。考えてること、分からないわ」

「猫、猫をもらいに、それは……」

何と、分からん男である。宿をほったらかしにして、隣村まで猫をもらいに行ったか。わたしは何ともおかしな場所に迷い込んでしまった気分がした。

「あなたがここに来られて、ロベール様のことを思い出したんでしょう。猫を可愛がっておいででしたから。だから、立派な血筋の猫がいいって、おかしくないですか」

「ああ、まあそうだね。立派な血筋か、そうか、猫か」

「でしょう。でもね、わたし思うんですよ、ロベール様がおられた時は、あんなバカじゃなかったんです。あの人、すぐ人のいうことを真に受ける人だから、巡礼客にからかわれてバカばかりするんだけど、ロベール様がおられた頃は、顔つきもきりっとしちゃって別人でしたよ。今みたいに、ひょこひょこ歩いてなかったわ」

「ふふ、歩き方まで。さすが、騎士は偉いもんだ」

わたしはマルタンの歩き方を思い出して、思わず顔をほころばした。年のわりに軽快な歩き方をする男だが、ひょこひょこといわれれば、まさにその通りの歩き方だった。

「あの頃は反乱軍の勢いが強くて、この辺りはフォア伯様の領地に囲まれていますでしょ、おじさん、ロベール様をお守りしなければって、張り切ってましたわ、巡礼の杖振り回して、ほほ」

「んー、確かに杖じゃねぇ。相手も杖ならいいんだが」

「でしょう、バカなんだから。でもね、わたしも覚悟したんですよ。修道院が襲われることもあると

「そうかね、まあ祈禱書のほうが杖よりは安心できるね」

わたしは逆をいうつもりでいたのだろう。いや、いってから、それは逆だと気づいたのか。

「わたしたちがびくびく怯えているのがお分かりになるんでしょうね、物静かに、かえって平静を乱さないようにしておられました。おかげで、わたしたちも落ち着いて生活できましたが、わたし、思うんだけど、ロベール様、静かに神様のお召しを待っておられるような、もう、お召しの声を聞かれたような、そんな感じがしたんですよ。お側にいると、わたしまで安心な気持ちになりましたわ。うまくいえないけど、偉い修道士様が最期をお迎えなさる時ってあんなかしら」

「ほう」

わたしはあきれた声でいった。あきれるしかない話なのだ。わたしを立派な血筋の者と勘違いしたままのふたりだから、人を見る眼がないのだろう。もし仮に、ロベール様の矢傷が癒えて元気溌剌、また人殺しに出掛けて行かれたら、ふたりからどんな話を聞かされていただろう。案の定、死んだ相手だからいえることだ。マルタンにしろ、エルムリーヌにしろ、いい人たちだとは今も思うし、最後にこのような人たちにめぐり合ったことは、ロベール様にとって幸いなことであったに違いないが、偉い修道士の最期とまでいわれると、それは絶対違うと抗弁したい。わたしからすれば、犯した罪に打ちひしがれて、地獄へ堕ちてゆく人だ。

「でもね、身分の高いお方でしょ、最初、ご領主様のお血筋とは知りませんでしたが、やっぱり気を使いましたよ。あまりお話もされないし、頼み事もされません。こっちが気を使ってあれこれ、そりゃあ、ほかの巡礼さんたちには不便もかけました。でも、ロベール様の方がもっと気を使っておられたと思いますわ。いつも眼だけで礼をされているみたいでした」

「そうだね、口数の少ないお人だったな。ぼうっと宙ばかり眺めておられた。しかし、血筋が血筋だ、口で礼はおっしゃらないさ。そういうことは思いつかないお人だよ」

「でもね、猫を可愛がっておられる時は、人が違ったようなロベール様でしたよ。それはもう、うれしそうなお顔、こっちまでうれしくなって。ほんとは最初、取っつきが悪いというか、こっちが妙にかしこまってしまうものだから、どこかよそよそしい感じがしたんだけど。でも、子猫たちが来てから、それがまあ、何という変わりよう。一日中、子猫たちのお世話をなさって」

「ふーん、それでマルタンが猫をもらいに。よく分からんが、なるほどね」

つまらない、猫のおかげか、とわたしは思った。もし母猫が裏の薪置き場で子猫たちを産まなければ、取っつきの悪い、扱いにくい殿様で終わったはずだ。当然のことだ。

「ね、バカでしょ。何で急に猫をもらおうなんて、ほんと、何考えてんだか。叱られますよ、修道院から。それより、何かお召し上がりになりますか、残り物しかありませんが」

「いや、大丈夫。今、朝の残り物をいただいたばかりだ。それで、ちょっと丘を登ってみようかと思って。向こう側の巡礼道を見てみたい」

「それはいいですね、暑くならないうちに。ロベール様はいつもピレネーの山の向こうに陽が沈むのをご覧になっていましたよ。ほんとは夕暮れがいいんだけど」

そういって、エルムリーヌは敷き藁干しの仕事に戻った。

二年も前の矢傷が因《もと》で死ぬことがあるのだろうか、わたしはそのことを考えていた。血が徐々に濁って毒を溜め、体も心も蝕んでいく、そんな最期を待っておられたのだろうか。

エルムリーヌの話を思い出しながら最初に眼に浮かんだ情景は、生きることを望まれないロベール様の物静かなご様子。すると、気持ちが徐々にざらざらしてきて、丘に登るのが急に嫌になった。わたしはほんの二、三十歩進んだところで、やめた、と決めて立ち止まった。宿の方を振り返ると、エルムリーヌが表で熊手の手を休め、わたしの登る姿を観察している。わたしは苦笑いして、曖昧な目配せの合図をした。登るといった手前、登らないわけにはいかないようだ。しかし、偉い修道士のご最期とか、物静かなご様子とか、そんなロベール様を想像させられてしまったため、墓まで登る自分のことが大いに不愉快、むしろ、腹が立ってきた。照りつける太陽に苛立っていたせいもあるだろうが、あのロベール様に、何が神のお召しだ、最期まで、あんな気のいい人たちを騙し通してしまわれた、絶対いつか、その正体を洗いざらい暴露してやる。吐く息ごとにそう思いつつ、わたしは杖に頼らずまた登った。不愉快で感情が高ぶってしまえば、こんなに元気が出るものなのか。それならついでに、あの人の墓に向かって、唾を吐くとまではいわないが、冷たい一瞥くらいはくれてやる。わたしは気負ったように気持ちを励ませ、道の傾斜に抗《あらが》って丘の頂きを目指した。

しかし、陽に照らされた頂上の空き地など、一瞥にすら値しないのだ。草生した人の長さの盛り土と、その脇にわたしのために掘られた窪地、ただ煩わしいだけの光景で、わたしは改めて不愉快になった。ここに一人の男が埋もれていて、脇に自分の墓まで用意されているのに、わたしはこの光景に何の感情も湧かないし、何の意味も探れない。一体、何のために登ってきたのか。意味など持とうともせず、わたしの関心すらも寄せ付けず、夏のまぶしい陽射しの下にただあるだけの煩わしい光景、もう、たくさんと思った。

　わたしは道をはさんだ向こう側の砦跡へと足を運んだ。足場の悪さはいいとしても、人が住んだとは思えない廃墟で、転がる石材の間から旺盛な蔓状の植物が伸びていた。それは鋸壁に登る階段にまでその手を伸ばしている。わたしは、暑気に喘ぐ息で階段を昇り、ロベール様が腰を掛けられたであろう石板に腰を下ろした。夏の陽に灼けた石はすぐに背中を汗ばませ、こめかみに汗の流れをつくる。わたしは立ち上がって、ピレネーの山々へと続く巡礼道を眼でたどった。道は丘を下って西へ大きく湾曲し、ピレネーの裾野に広がる遠い森の中に消えていた。それは、予想した通りの、どうということもない平原と森と道だけの陰影のない景色だった。ただ、ピレネーの蒼い山岳だけが威容を誇るかのように北へ連なってはいる。しかし、ピレネーの山脈《やまなみ》など、トゥルーズを少し離れただけで同じように見えるのだ。思い出すのは、旅回りをしていた子供の頃、ブザンソンの東、モンベリアールの近郊で見たジュラの山々。子供のせいもあったのだろう、わたしはジュラの黒い森と黒い山塊に、神の眼が届かない、悪魔悪霊がさ迷う魔境の姿を見たのだった。怖くて、わたしは誰かの足にしがみついた。それを思えば、巡礼が通うただの山道、ピレネーなどは平凡な景色の添えものにしかすぎなかった。

　わたしはもう戻ろうと思った。あの人が眼に収めた光景が、ありふれた、つまらない景色であったのだ。そうではないのだ。ここがあの人の最期の場所。苛烈な歳月を駆け抜けて、行き着く先のつまらない死。あれだけの裏切りをした人だ、何の不足があるだろうか。

わたしは、石段をひとつ降りるたびに姿勢を整え、足場を確かめてからまたひとつ降りた。夏の陽射しをじかに受けていたせいか、眼が眩んで転げ落ちそうな気がした。旅で鍛えた足腰だが、宿までの緩い下り坂が、今度は逆に杖なしではおぼつかないくらいだった。わたしは宿の表からではなく、裏口に回って、わたしの寝床がある奥の土間に戻った。しばらくは、テーブルの椅子に腰を掛け、足を投げ出して荒い息を吐いた。閉じた眼の中に夏の光の残像のようなものが浮遊して、椅子から滑り落ちてしまいそうだ。

どれくらいか時間が経ってから、わたしは水甕の水を飲み、顔と胸を水で濡らしてそのまま藁の寝床に体を休めた。意識したつもりはないのに、物見砦から見たありふれた景色が閉じた眼の奥に甦る。別の景色とすり替わっても、気づかないような森と平原。わたしは、これまでの旅のつれづれに見たいろんな土地の光景と重ね合わせて見ていたかも知れない。そして、わたしは空腹でいるのに気づいた。しかし、ものを食べる気はしないのだ。

＊

ラシャイユでのわたしの日常に何の変化もなかった。しかし、ロベール様がいわれた、もしかのこと、は遠い地鳴りのように感じていた。それはいつか大地を揺らす。わたしはものに急かされたように人々の間を歩き回るのだが、城の中も城の外も、人々の様子に普段と変わったところはなかった。それは城を守る兵士たちも同様で、厩の裏ではいつものように賭け事の喚声が上がるし、浮かれた兵士は川向うのいわく付きの家へ忍んでいった。そんな城の日常の中へも、時折り、ブルゴーニュ公に雇われたならず者たちの一団が南下している、とか、異端者の巣窟ファンジョーでは、周辺の聖職者たちを襲うため暗殺団が組織されたとか、ありそうな、しかし、根も葉もない噂が飛び込んではきた。しかし、人々が浮足立つようなことはなく、自分たちには関わりがないと、一斉に安心を決め込んだかのような様子だった。ただ、城の鍛冶屋だけが朝から夜通し働いていた。

ロベール様はほとんど城を留守にしておられた。ヌヴェール伯の意を受けて、十字軍編成のために奔走しておられたことはあとになってから知った。しかし、わたしは最初からそんな気がしていた。ロベール様はフランス王家の御意に逆らい、もしかのこと、を起こそうと奮闘されていたわけだ。今思えば、何ともおかしな筋書きである。今にオード様をお救いする。子供でも騙されない、よくできた騎士道物語ではないか。加害者側と被害者を同時に演じて物語を紡ぎ出す、何ともあきれたご都合主義、しかし、あの時は、わたしも物語に加担することにためらいはなかった。

そして、事件は一二〇八年一月十四日の早朝に起きる。トゥルーズ伯領のサン＝ジルに滞在されていた教皇特使ピエール・ド・カステルノーがローヌ川を渡る直前に暗殺されたのである。当然、疑惑の眼はトゥルーズ伯に向かう。たとえ直接の指示がなかったにしても、寵臣の誰かが手を下したことの地鳴りは二十年止むことはなかった。

特使暗殺の知らせは翌日の日暮れ前にラシャイユの城に届いた。九時課の鐘が鳴って、程なくして、礼拝堂に早鐘が鳴り響いた。集まった多くの人たちは、もっと差し迫った別の危機を予想したのか、遠くで特使が死んだくらい、たいした事件とは思わなかったようだ。礼拝堂付きの司祭が卒倒しそうなほどの声を張り上げ、世の終わりを告げるかのように、暗殺者たちを呪っていたが、わたしは、「ありゃ寝付くよ」とからかう人の声を聞いた。司祭は寝付かなかったが、翌朝、何かの相談だろう、どこかへあわてて出掛けたまましばらく戻ってこなかった。

特使の暗殺がどのような意味を持ち、どう波及するかは誰もが予想できなかったにしても、司祭が姿をくらまし、城主がいまだ戻らないとなると、城内外にただならぬ空気が漂う。人々は、胸壁の警護兵の数が増え、夜間の伝令に備えて篝《かがり》火《び》の数も増えたことに、気づかぬふりで怯えていた。そんな人たちを尻目に、わたしは奮起一念、覚悟は決めた気持ちでいた。いよいよその時が来たと思ったのだ。しかし、司祭はやがて戻ってきたのに、ロベール様の消息がいまだ知れない。二月になり、三月になっても、帰還の知らせはなかった。わたしは何度か城守りの上級騎士に尋ねてはみたのだが、その度に「いずれ戻ってこられる」とぞんざいな返答を受けた。もともと胆力などは持ち合わせていないわたしである、気力が萎えたとしても不思議はない。どうせ口先だけを動員して、あることないことをいい募《つの》り、オード様に改宗をお願いするだけの役回り。最初から、自信がなかった。

そして、三月もいよいよ半ばを過ぎようとする頃、教皇による十字軍決起の勅令が発布されたとの知らせが届く。それとほぼ時を同じくして、長く留守をされていたロベール様が戻ってこられた。夜中に、松明《たいまつ》を掲げてのご帰還だったそうだ。わたしにすれば、ラシャイユの城に居着いて三年近く、陽が落ちれば眠るしかない毎日だったから、ロベール様の居室の真下に眠りながら、戻られたことにまったく気づかず朝まで眠った。今は眠りの浅いわたしなのだが、あの頃は旅廻りの習慣からか、いつでもどこでもぐっすり眠れた。目覚めがいいのも旅廻りの習いだが、足早に階下に降りて、土間に二十ばかりの騎馬兵たちが寝転がっているのを見て事情が分かった。十字軍決起の勅令のこともあったし、常ならぬ夜中の急のご帰還と知って、わたしはその場でおろおろするしかなかった。

　わたしは近習の騎士がふたり階段を昇っていくのに合わせ、そのあとを追った。居室への階段手前で立ち止まったのは、許しがないと居室には入れない身分だからである。用があれば呼ばれるのだから、ここで待っていても仕方がないと分かっていた。しかし、知りたいことがいっぱいあった。知らないために、よくないことを想像した。想像を打ち消すような、露骨な事実が知りたかった。だから、その場を立ち去りかねた。

　思いの外、時間が経ってからだと思う、ロベール様は五、六人の近習の者たちを引き連れ階段を降りてこられた。わたしは退き下がって顔を伏せた。随分お疲れのような足取りだった。わたしが控えているのに気づかれたロベール様は、人払いしてわたしに近寄ってこられた。

「あとで人を遣って、あんたを呼ぼうと思っていた。あんたにも、いよいよ働いてもらわなければならん。向こうの様子は城の者から知らせがあるのだが、もうおちおちしておれん情勢になった。今日

「それはもう、今日のうちにでも」

わたしはもうその気でいた。そのためにこそ、今のわたしがあると思っていた。

「今から発っても、向こうに着くのはどうせ明日の夜更けだ。明日、朝早くでいい。ところで、あんた、馬に乗れるんだろうな」

「いえ、それは……でも、わたしは夜通し歩くことに慣れております」

「そうか。しかし、歩くと三日四日はかかる……あんたも知ってると思うが、教皇が異端者討伐の勅令を発布された。今頃は、フランス中の領主や騎士たちに届いているだろう。一刻を争うわけではないが、無駄にできる時間はない」

そして、わたしは時を措《お》かずラシャイユの城を発ったのである。もちろん歩いて。

ロベール様は無駄にできる時間はないといわれたが、十字軍が大挙してトゥルーズ伯領に押し寄せるまでには随分無駄にできる時間はあった。しかし、あの時のわたしは一刻を争っていた。わたしは血相を変えて野盗や狼に襲われそうな危ない近道を急いだ。ところが、ほぼ三年ラシャイユの城で無為徒食をもっぱらにしていたことから、思いのほか足腰が弱っていたし、途中、雨に降られたり、月明かりも星明りもなかったりしたことで、夜の歩行も困難だった。わたしは泣きたい気持ちで懸命に道を急いだのだが、途中で道に迷ったりもして、ルヴォージュの城に着くまでにきっちり四日かかった。飲食の時間も惜しんで歩き続けたわたしは、息絶え絶えになって声も出ず、城に着いたとたんにへたり込んでしまった。

城の警護の兵士にすれば、城門の前でへばった男は胡乱《うろん》な輩《やから》に違いない。わたしは、事情の知らない城の兵士に槍で小突かれ追い払われそうになった。しかし、城守りの老騎士の名前を覚えていたので、打ち身のふたつ三つはもらったものの、大袈裟に介抱されて城内に入った。入ってすぐに気づいたことだが、城壁内に人が多い。以前、わたしがこの城に馬車の迎えで招かれた時、城の守りは十に満たない兵士たちと老騎士がひとりという心細さであった。それが今は、見たところ、五十を超える騎士や兵士たちが守りに就いていた。ロベール様の指図だろう、濠の幅は拡張され水も引き込まれて、二百、三百の加勢があれば容易に落ちそうな城ではなくなっていた。わたしは心強く思って、その日は体を休めることにした。

　しかし、あの日、あの時、わたしはどのような気持ちでいたのだろう。四日間の闇雲な道中、わたしはオード様をお救いするその一念に燃え上がっていたのだろうか。改宗が拒絶されると分かっていて、それに望みを託す無益さに打ちひしがれていたのだろうか。オード様を思う時、わたしの記憶は散り散りに逃げていって、本当のことが分からないのだ。いや、本当のことを隠すため、記憶が散り散りになってわたしをかき乱すのか。ただ、あの日、わたしは明日に怯えて眠った。何もかも、明日分かってしまうことが怖かった。

　次の日、昼を過ぎた時刻になって、わたしは以前と同じ馬車に乗ってオード様のお館へ向かった。橋を渡った先の古びた寒村に変わった様子はなく、牛たちはのどかな草原に群れ、草原は色とりどりの花の季節で、遠くの畑に春小麦の芽欠きを確かめる農夫もいた。わたしは初めてこの地を訪れた時のことを忘れずにいたから、その農夫が以前もそのままそこにいたかのような印象を受けた。わたしは、何も変わりがないと思いたかったからだろうか。

しかし、異変はあったのだ。お館に近づくにつれて、それが分かった。何人もの人たちが立ち働いていた建物の周りに今はもう人影もなく、羊毛の脂抜きのための大鍋が、ながく使われた様子もないまま地面に転がっていた。きのうの夜から怯えていたことが現実のものになっていたのだ。わたしは、血の気が引いて小さく震え出したのが分かった。事態は思いのほかさし迫っていると考えるしかなかった。

わたしは馬車を降り、恐る恐る小道を歩いてお館の扉口に立った。ためらいはないと心に確かめ、黒い鉄の扉を叩きおとないを入れた。人の訪れを警戒していたのだろうか、すぐに扉が動き、垂れ頭巾の若者が開いた扉のすき間から顔の半分を覗かせた。あわてて用向きを伝えると、返事もなしに扉は閉ざされ、わたしは閉ざされた扉に向き合って立つのだった。しばらくそうして待つ間、中でどのようなやりとりがあったのだろう、二度目に開いた扉のすき間からは、同じ垂れ頭巾の初老の婦人が顔を覗かせた。そして、オード様はお会いにならない、とだけ告げられた。わたしは、予想した通りの返事に、なぜかほっとしていた。

わたしは扉口を離れ、脇に積み上がった木樽のひとつに腰を下ろした。わたしがロベール様からの使いである以上、オード様は決して会ってはくださらない。しかし、待つ身のわたしを憐れんでくださることも分かっていた。何日も、これを続ければきっと会ってくださる。しかし、会ってくださることが、そのまま断念を迫られることにつながることも分かってもいた。いくらお気に入りのわたしだったにしても、わたしの願いに応えて異端の信仰を棄ててくださるのか。お会いすればむしろ断念を迫られるだけ。わたしは悲痛な思いで立ち去らねばならないだろう。お会いしない方が気が楽、わたしはずっとその思いでいた。それでもその場を立ち去れなかったのは、扉の向こうにオード様がおられる、そして、わたしが扉の外にいることを知っておられる、その思いがわたしをその場に留めたのだった。

わたしは陽が傾くまで、ほとんど動かずその場にいた。そして、今さらながらに気づいたのは、昼過ぎにわたしがここに着いてから、お館を訪れる人も、出掛ける人もいなかったことだ。中の様子は伺いようがなかったが、ともすれば人がいないと思えるほど、不穏なくらい静かだった。

ふつう、カタリ派の完徳者や完徳女の家では、信者同士が集まって慎ましく手仕事に励みながら、他宗派の人たちとも分け隔てなく暮らしているものだ。このお館にも、以前はカトリックの信徒らしい人たちも含め、お館の内外《うちそと》で二、三十の人たちが仕事をしていたし、人の出入りもあった。しかし、陽が傾いた今、オード様のお館は周りの景色の中に孤絶して、暗く沈んでいくかのように見えた。わたしはまた身が震える思いがした。いや、最初に感じた悪い予感が影になってしのび寄り、景色も何も、わたしまでもを、影の底に沈めるもののような気もした。いたたまれず、わたしは立ち上がって黒い扉に身を添わせた。

やがて日が暮れ、ひとり帰路に就く時、振り返って見たお館は、暗い水面に映る影そのもののように見えた。

次の日も、わたしは同じ刻限に、馬車に運ばれてお館へ向かった。同じようにおとないを入れ、同じような応対をされて、扉口の脇の木樽に腰を掛けるのだった。わたしは今日はまだお会いできないと思い続けていたから、しばらくは緩慢で退屈な時間が流れた。わたしが親しんだ恋物語では、恋しい人の窓辺を見上げて立つ恋男は、幾夜となく通い詰めるのが通例だ。それと同じとまでは思わないが、きのうの今日、お会いできるなどとは思わなかった。わたしは四日間歩き続けた疲れをほとんどそのまま残していたし、オード様をお救いするという逸る気持ちをこらえ続けて、気力がもうもたなくなっていたから、春の陽射しの中でうとうとまどろむような気分でいた。だから、重い扉が軋む音を立て、ふと見た先にオード様がそのお姿をお見せになった時は、まさに、あんぐりと口が開いた。

驚きは、そのあとで来た。

それから先のことを思い出すのは苦痛でしかない。予想していたことではあっても、今もまだあの時のままのわたしが記憶の中に留まっていることがつらい。

オード様は髪を短く切っておられた。髪の色が褪せたような白っぽい麦穂色に見えた。幼い頃の面影は探しても見つからなかった。そして、何より、わたしを嫌う表情を浮かべておられた。気が遠くなったのは、急に立ち上がったからに違いないが、オード様のわたしを見る眼に、血の気が引く思いがしたことも確かだ。わたしは、声が出せなかった。

「ご心配されているのだと思います」

それは、最初から突き放すような声だった。

「でも、わたしたちに構わないでください。わたしたちは心静かに祈り暮らしています。どうか、わたしたちの祈りを乱すようなことは、なさらないでください」

　わたしは思わず顔を伏せた。あの時のオード様にわたしが怖れすら感じたのは、疎《うと》ましくわたしを見上げるお姿に、美しい冷たい人を見た気がしたからだろうか。

　そして、やはり突き放す声でこういわれた。

「わたしたちは聖なる供え物として主に捧げた身、生きるにしても死ぬにしても、わたしたちは主のものなのです。あなたも主の御霊の現れを賜っておられるはず。わたしたちのことがご心配なら、あなたは、あなたの御霊に祈ってください。御霊は同じ、すべてのことをなさる神は同じである、とパオロ様は申されております。あなたの祈りは、同じひとつの御霊に届きましょう……どうか御霊によって歩まれますように。わたしも、あなたのために祈りましょう……だからもう、構わないでいただきたい」

　今も思う、冴え冴えとお美しいオード様だった。しかし、それは以前、この場でお会いした時のオード様ではなかった。三年近い月日が、そして、迫り来る迫害の予感がオード様の顔形をすっかり変えてしまっていた。返す言葉が、もうわたしにはなかった。

「どうか、お引き取りください」

　……終わった。一瞬の、かすめて過ぎたような時間だった。

　最初から、改宗をお願いしても無駄なことは分かっていた。それならせめて、このお館を引き払い、ルヴォージュの城にお移りいただくよう説得するために来たのだった。わたしは大事なその用向きも果たせなかった。口の達者なこのわたしが、何もいえずただ気ぜわしく息を吐いていただけ。眼の前で、今何があったか、それすら気づかず、わたしは閉じられた黒い扉の前にただ立ち尽くした。そして、それからあとの記憶はない。

あの日、わたしは聖句を交えた短い言葉で、体よく追い払われてしまったのだ。返す言葉もないままに小道を戻るわたしだったが、そんなわたしはわざとあの日の記憶を偽っている。オード様がわたしのために祈るとおっしゃったこと、それは、わたしがあの時、あの小道で、記憶の中に紛れ込ませた願いだった気がするのだ。本当に、オード様がそうおっしゃたのか、そうでないのか、今となってはもう分からないが、分からないままで済ませたい。動揺していたわたしが、おっしゃったはずのことを聞き洩らしたのかも知れないし、逆に、そのお言葉を喜ぶあまり、本当のこととは思えなかったのかも知れない。しかし、たとえ記憶が偽りでも、オード様は、心の中では、きっとわたしのために祈る気持ちでおられたのだと、今も信じるわたしがいる。

あの日がオード様との最後の別れ。たとえ記憶を偽っても、偽りにすがりつくしかないわたしなのだから。

ともあれ、ルヴォージュの城に戻ったわたしは、次の日、決然とした面持ちで槍を取り、剣を握るのだった。たとえ冷たく追い払われようと、悲しみに沈んでおれるような状況ではないと分かっていた。御霊によって歩んだところで、迫害は受けるのだ。

わたしは、わたしを変えねばならない。

わたしは楽器を扱う必要から、指や爪を何より大事にしてきた。無駄に腕力がつくことも努めて避けてきたのだ。しかし、楽器では迫害に立ち向かえない。ならば是非もないこと、楽器は捨てる。恋歌唄いのわたしにすれば、これは大袈裟にいってみたいくらいの決断で、自分では、眼つき顔つきすら変わったくらいに思ったのだが、だからといって、急に槍や剣が扱えるだろうか。見よう見真似で剣を振り上げても、体が腰から砕けた。始めたとたん、これは無理だと分かったので、わたしは剣の代わりに、鉄の鋲が打たれた棍棒を握った。しかし、それすらもわたしには扱いかねるのだった。ただ、弓だけは大道芸を仕込まれていた子供の頃に習い覚えていた。だから、的には中る。しかし、人の体を貫く強さで弓を引くことができなかった。わたしは、棍棒を振るうのにも、弓を引くのにも地道な鍛錬が必要なのだった。

それなのに、わたしの悪い性格だろう、慢心が身をもたげたのだ。とぼとぼと道を行くのが習いのわたしが、馬に乗ることを考えたのである。騎士や騎馬兵たちが怖ろしいのは、馬に乗って槍や剣を振るうからだ。立派な働きをするためには、馬を操ることが何より大事、わたしは騎士に倣《なら》わねばならない。

わたしは勝手にひとり驕り高ぶり、歯を剝き出して笑う馬にひるむことなく向き合うのだった。とはいえ、荷馬車の荷台しか知らないわたしである、最初は馬の背に乗り駆歩するだけで体が攣ったし、人の心を読むという馬が、わたしをなめて振り落としてしまわないかと本気で怯えた。しかし、並み足やごく足で馬をどうにか操れるようになると、た。目くるめく思いのわたしに、馬を駆って城を出、蹄の音も高らかに石の橋を渡る。そしてロベール様がいつも通われたオード様のお館が遠く見えるあの高台へと馬を向ける。おかしな成りゆきになってしまったが、わたしは以前ロベール様がなさったことと同じことを、同じ高台でするのだった。わたしは、わたしの幸いのすべてをかけて、オード様のために祈る。大きな不幸が、代わりにわたしに襲ってきますように、ただそのことだけを心に念じて……日暮れ前のほんの一刻、わたしは歌物語の騎士であった。

そんな日々が何日か続いた。そして、それは何日目のことであったか、わたしはいつもの通りの道をたどって、高台のいつもの通りの場所に馬を停めるのだった。しかし、なぜだろう、その日は不思議な予感があった。胸騒ぎというのではない、どういえばいいのか、やわらかな春の風とでもいっておこうか、わたしはやわらかな春の風に誘われて、高台からお館の方へと馬を進めた。思いもしないことを、わたしは心に決めていたかのように、ためらいもなくしているのだった。

春の花々はオード様のお館の周りに色とりどりに香っているのだった。あの時、花の香りに気づくのは当然のこと。オード様が花々の中にたたずんでおられたのだから。馬上にあって、わたしは震えはしたが、驚きはしなかった。不思議な予感の正体が分かった。馬がゆっくりわたしを運ぶ。蹄の音が胸の鼓動に重なり、わたしは歓喜に眼も眩む思いだ。なぜなら、近づくわたしに気づかれ、驚かれたオード様のお顔には、忘れもしない、幼い日々の面影があったのである。いたずらを見咎められた時のような。わたしのリュートを雨水溜めの水に浮かべて遊んでおられた時のような。

馬を下りたわたしは、戸惑い恥らうご様子のオード様に、思いも寄らないことを話すのだった。

「ながくお引きとめはしません。ですから、どうかお聞きください。あなただけにしか話す人がいない、わたしは、わたしを話したいのです。

「わたしは卑しい生まれです、旅から旅の遊芸人の子として生まれ、育ちました。父が誰だか知りません。ギローの名を誰が名付けたのかも知らない。家はない、荷車の下が普段のわたしの寝床でした。母に急かされ、酔いどれの男たちから、大道芸を習う毎日。しかし、雨が降る日、町の人たちに追い払われた日、大道芸の仕事にあぶれた日には、母は物乞いに出ます。わたしは、母の物乞いの相棒でした。幼いわたしは本気で衰弱を装うために、毒の茸を食べることもあった。何もかも吐いて、しびれた体を震わせて、弟たちを抱いた母と一緒に物乞いに出るのです。母は善い人たちにつけ込みます。そして、物や作物を盗みます。わたしは母の盗みも手伝いました。大事な母、わたしを愛してくれたたったひとりの人。しかし、わたしや弟たちを見知らぬ人に任せて、いなくなったりもしました。腹立ち紛れに、わたしを殴ることもあった。泣いているか、怒っているか、そのどちらかしかない母でした。

「わたしには少年時代がなかった。子供であった時代はありません。幼い頃から大人たちの中に交じって、ずる賢く立ち回ることしか学ばなかった。わたしは、折檻《せっかん》を避けるため、食べ物を取り上げられないため、人を騙します、人を陥《おとし》いれます。心根の卑劣なわたしは、今も、口先と歌と楽器で人の心につけ入っている。しかし、嘲りに慣れ、冷遇に甘んじ、屈従に耐えるためには、卑劣な心を育てな

「しかし、あなたのお相手をする時だけ、わたしは、わたしの知らない子供時代のわたしでした。それは多分、わたしが知らずにいた、ほんとのわたし。ほんとのわたしが、わたしに分かった。狡猾で、妬み深く、嘘で塗り固めただけの卑しいわたしが、あなたの前では、邪気を知らない子供のように、素直に喜ぶわたしでいることができました。それはきっとほんとのわたし。わたしは、あなたによってほんとのわたしを見つけました。

「あなたにもしものことがあれば、わたしは、せっかく見つけたわたしを失ってしまう。心の卑しい遊芸人でしかなくなる。わたしは、あなたを失うわけにはいかない。それは、わたしを失うこと。あなたを失えば、わたしも同時に失ってしまう。どうか……」

このあたりで、いつもわたしは溜め息をつく。これが五十七の齢《よわい》をかさねたぶざまなわたしのありさまである。一体、何が春の風か、何が一体花々の香りか。ありもしないこれらの記憶を、何度甦らせれば気が済むのか。その度ごとに、涙を浮かべ、気弱な時は、嗚咽《おえつ》さえするわたしは一体何者なのか。

＊

どれくらいかは眠ったのだろう。しかし、起き上がる気力はなく、眼を閉じたまま藁の寝床でじっとしていた。そのうち、寝ぼけ頭の幻覚だろうか、わたしは、ありもしない記憶の中のわたしが本当のわたしで、むず痒い背中を捩って痒みに耐える寝床のわたしは、本当のわたしではないような気がしてきた。それは、夢とうつつを行き来するような気分で、わたしはそんな気分に甘えるように気だるい微睡《まどろみ》の中にいた。しかし、こらえ切れない背中の痒みは、ありもしない記憶の中のわたしの姿を、吐息と一緒に吹き消してしまう。わたしは、荒い息で眼を開ける。きっとなって開いた眼は人を睨みつける眼。だらしない、ありもしない記憶にすがって生きる男、わたしはその男を睨んでいる。

そして、溜め息。

それにしても、とわたしは後悔するのだ、一体なぜ、こんな巡礼旅を思いついてしまったのか。おかげで、人に借りた馬を失くすし、巡礼の荷物も失くした。思わぬ病に倒れ、厩造りの巡礼宿に足止めをくらった。なぜ、こんなことになってしまったのか、何もかもが腹立たしくて、動悸が乱れ息もあえぐ。わたしは、母のたった一つの思い出の品、白いレースの布の切れ端を、巡礼の荷物と一緒に失ったことまで思い出して、口惜しさと苛立ちのあまり、身を捩り悪い汗さえかいていたのだ。そんな乱れた気分でいた時、おそらくマルタンだろう、無遠慮な足音がわたしの方に近づいてきた。わたしはあわてて眠ったふりをしたのだが、マルタンはそんなわたしから離れていこうとしない。それどころか、徐々にわたしの方に顔を近づけ、こそばゆい息を吹きかけてくるのだ。わたしはおかしくなって噴き出してしまった。

「何だ、生きてたのか。死んだかと思った」

いきなり何をいい出すやら、わたしは一度に毒気を抜かれた気分になった。

「あんた、息してたか、ひやっとしたよ」

マルタンは本気で心配していたみたいだ。本当にひやっとした時の声でいうから、わたしはもっとおかしくなった。

「息の自覚はないなあ。それよりあんた、猫をもらいにいったんじゃなかったのかい」

「猫が嫌いなんだろ、あんた、そういったよ」

「そんなこと、わたし、いったか」

マルタンはわたしの問いかけを無視して、塗りの剝げた黄色い木地の椀を差し出した。

「いったかなあ」

わたしは不審を訴えつつ、寝たままその椀を受け取った。

「それ、修道院の薬草に詳しい人からいただいた薬だ。あんたみたいに、腹具合が悪くて、ものが喰えなくなった人にいいらしいわ。今、煎じたばかり、熱いよ。あんた、一日ごとに痩せていくから心配でな」

マルタンらしいぶっきらぼうな親切である。それだけに心に沁みた。

「ああ、それはすまない、面倒ばかりかける。ほんとにすまない。よくしてもらって感謝しているんだ、いずれ何かでお礼をしないと」

「礼なんかいい。ここでくたばってもらっちゃあ、それこそ迷惑だ。しかし、似合わないねえ、わしの服。やっぱり、ロベール様の服が似合うよ。お側にお仕えしてたら、そうなるんだよ」

感謝しているところなのに、気に障ることをいう男である。わたしは苦笑いして、肩口の袖をつまみ腋の下に風を入れた。

「そうかね、気に入ってるんだが、あんたの服。この歳だよ、ロベール様のは派手過ぎるわ。さっき、エルムリーヌさんが洗濯するからって、脱がされてしまった。ところで、今日で何日目だろう、厄介になって」

「さあ、四、五日くらいか、いや、もっとだ」

わたしは身を起こし、マルタンから受け取った煎じ薬の椀を両手で包んで匂いを嗅いだ。意外に甘い香りを喜びながら時間をかけて飲みほした。さっきまで、わたしは苛立つ思いでいたはずなのに、なぜだろう、マルタンの不愛想な親切に涙が出そうなほど感激していて、飲みほした煎じ薬はわたしの涙の味も混じっていた気がした。

「どうだい」

「うん、これはいいみたいだ。もっと苦いかと思っていたら、そうでもない。腹の中で突っ張っていたものが緩くなってほどける感じがする。飲み続けると、ほんとにいいみたいだ。何という薬草なんだろう。簡単に手に入るのかな」

薬草の名前などどうでもいいのだ。わたしは、わたしの感激を悟られないように、話を振ってみただけのことだ。

「聞いたんだけどな、忘れた。今度また聞いといてやるよ」

「ああ、すまない、お願いするわ。でも、あんた、猫をもらいにいったんじゃなかったのか」

「もらってきたさ、表でエルムリーヌが相手になってる。見にいくかい」

そういうや否や、マルタンは腰かけたばかりの椅子からひょいと立ち上がった。

「いや、いい」と、あわてて応えたものだから、煎じ薬に噎《む》せて大いに咳き込む。マルタンは、わたしが息を整えるのを見届けてから、

「なんだ、やっぱり猫が嫌いじゃないか」といった。

「そうじゃないよ。じゃあ、見にいくよ」

わたしはゆっくり立ち上がった。

「修道院の人たちは、猫を飼うの、喜ばないだろうな。猟犬ならいいという人、いるんだけど」

「そうか、猟犬はいいのか」

「分からんが、多分な。しかしまあ、猫が勝手に居着いたっていえばいいんだ」

マルタンのあとについて、巡礼たちが寝る表の広間から扉の外に出てみると、外の日陰の腰掛けに猫を抱いたエルムリーヌがいて、わたしたちに顔一面の笑顔を向けた。

「うわ、でかいな」

「でかいし、重いし、暴れるし。連れてくるのに苦労した。袋、破るんだよ、こいつ」

「それより、相手もよくくれたねえ、飼い猫だろ」

「こいつの方から、わしに近づいてきたんだ、待っていたぞ、そんな感じで。子猫は雌だった」

エルムリーヌは立ち上がって、わたしたちの方に近づいてきた。警戒しているのか、猫はわたしにばかり眼を向けた。

「この人、雌猫が不満なんですよ。おかしな人。でもね、雄猫はさみしがり屋で、かまってあげない

といけないから面倒なんですよ」

「ロベール様の猫はどっちも雌だった。かわいそうに、へしゃげたパンみたいに縮こまって死んでたよ。だから、雌の子猫は、なんかねえ、つらいわ」

マルタンが急に喉に絡んだような声でいった。不思議な男である。子猫の雄と雌に区別があるのか。

「あの子猫たち、ロベール様が亡くなったのを見て、跡を追ったんだわ。ロベール様の御伴をしたかったんでしょうね」

「違うね、あの寒さだ、猫の方が先に死んでる。猫が死んだのを見て、ロベール様は神様からの合図と思われたのだよ。神様の御手にお委ねする、そうつぶやいておられるような死に顔だった。葬儀の司禱《しとう》を読みにこられた修道会の方が、そんな風なことをいってた。安らいで死を迎えられたんだよ」

「ほんと、静かに、眠っておられるようでしたね」

何をいい合っているのか、わたしは聞いていて大いに不愉快だった。わたしは、ロベール様に、そのような安らぎの死を迎えさせたくはなかった。むしろ、死んだ眼で虚空を睨むような死に顔こそ、あの人にはふさわしいのだ。猫を可愛がるとか、安らぎの死とか、あの人には望むべくもないはずなのだ。

「あんなにながくお世話した方は初めてでしたから、身内を亡くしたみたいな気持ちでしたわ。巡礼宿ですから、人は来て、すぐ去ってゆきます。お客が少なくて、忙しくない時期は、寂しいものですっ。だって、この広さでしょ、誰もいないとねえ、怖いくらい」

マルタンは別のことを考えていたみたいだ。

「ご領地から遠く離れたこんな場所で、まさかのご最期。あんな風にしか葬ってさし上げられなかったのがお気の毒で、せめて猫を飼ってやろうと」

「意味分からないわ」

きっぱりと撥ね返されて、マルタンは明らかに気分を害した。エルムリーヌから猫を取り上げるとマルタンはわたしの方に向き直った。そして、

「抱いてみるかい」というやいなや、猫をわたしに押し付けたのだが、急に邪慳《じゃけん》に扱われた猫はわたしの腕の中で暴れた。腕を爪で傷付けられたわたしは、わーっ、と声を上げて猫を下に落とした。逃げた猫をエルムリーヌが追ってゆく。そんなエルムリーヌのあわてた姿を眼で追いながら、マルタンはそ知らぬ風に、

「副院長様がおっしゃるには、ロベール様は勇猛なお働きをされたそうだね。しかし、どうなんだろう、ロベール様はアラゴン王のペドロ様と戦われたのだろうか。ペドロ様はカトリックのお人だが、信義を重んじられて十字軍と戦われた。あのシモン・ド・モンフォール相手に。シモンの軍勢なんか、貧乏領主たちの寄せ集めだよ。だから、強欲なんだ。強欲なやつらは強いわ。以前、いったろ、このあたりはアラゴン王家に宋主権があってね、ペドロ様はわしらの王様さ」と、以前聞いたことがあるような話をした。わたしが思わず笑ったのは、最後になって急に誇らしげに、ペドロ様はわしらの王様、とマルタンが胸を張っていったからだ。

「しかしなあ、あんな風に討ち死にされるとは。わしはその知らせを聞いた時、泣いたよ」

何だ、泣いたのか、と返事をしそうになった。王が死ねば領民は泣く、不思議な話だ。しかし、もう昔の話。ペドロ二世は討ち死にをし、シモン・ド・モンフォールも石に頭を潰されて死んだ。あの狂信者アルノー・アモリーもインノケンティウス三世もこの世にいないし、レーモン六世もフィリップ王もみんな死んだ。一時《いっとき》、騒いだ人たちはほつりほつりとみんな死んだ。南仏を大きな惨禍に巻き込んで……しかし、それはまだ終わらないのだ。

マルタンは続きをもっと話したかったのだろうが、エルムリーヌが猫を抱いて坂を登ってきた。そのすぐ後ろを、今日の最初の巡礼客が巡礼の杖をついて登ってくる。マルタンは、「お気の毒だ、ロベール様は」とその場を取り繕うようにいうと、巡礼客ではなく、猫を迎えに坂を下りていった。今、ペドロ二世の話をしていたはずなのに、いきなりロベール様の名前を出すから、わたしはあっけにとられ、坂を下りていくマルタンの姿を眼で追った。

何がお気の毒なものか、と思いながら、わたしは宿の奥のわたしの寝床へ戻った。猫を嫌ったわけではない、巡礼客に顔を見られるのが嫌だったのだ。わたしは、ペドロ二世が討ち死にされたミュレの戦いに、ロベール様が加わっておられたかどうかは知らない。ヌヴェール伯はとうに軍勢を引き上げておられたから、本当なら加わっておられるはずがないのだ。しかし、ロベール様は騎士の栄誉のためではなく、領土領地の簒奪《さんだつ》のためでもなく、ましてや、神の正義のためでもなく、ただ殺戮のためだけに戦さ場を渡り歩いておられたお方だ。こうして記憶をたどり始めてからも、そういうお方だったという思いがますます強まる。もともとは、そんなお人だとは思わなかった。調子はずれの恋男くらいに思っていた。南仏の大きな惨禍がロベール様を狂わせてしまったからだろうか。それとも、異様な恋のせいなのだろうか。

どっちにしても、なぜ猫をもらいにいくまでして、ロベール様を懐かしむのだろう。マルタンに、はっきりいってやろうか、化け物だぞ、あのお人は、と。

6

わたしがロベール様の命を受けてルヴォージュの城に戻り、いい付けられた役目を果たせぬまま、オード様のお館を遠く眺めて祈るだけの日々はひと月くらいは続いただろうか。一月に教皇特使が暗殺され、三月には十字軍決起の勅令が下されて事態の急変が予想されたのに、祈ることしかできないわたしは、馬を駆ってあの高台にたたずみ、憂いに沈んだ騎士の夢をわが身に添わせていただけなのだ。きっぱりとわたしを撥ねつけられたオード様を思うたびに、馬上のわたしは肩を落とし、深く溜め息をつくのだが、それはさながら歌物語。恋歌唄いのわたしだから、悲しみの騎士の姿を真似るのはうまい。

ルヴォージュの城守りの老騎士は、ロベール様が以前になさっていたことを、わたしが今代わりにやっているのだと勘違いして、昼下がりになると厩番にわたしの馬の用意をさせた。追い立てられるようで嫌な気はしたけれども、お館に異変があるかないか、そのことだけでも確かめたかった。わたしは馬にまたがり出掛けるのだが、そんなある日、厩から馬を牽いて出てくると、先触れの騎馬兵二騎が撥ね橋をのんびり渡ってくるのが分かった。ほどなくして、槍や斧を持った見るからに領民らしい男たち二、三十を引き連れたロベール様が赤い乗馬マントを翻し、城門を潜ってやって来られた。

わたしはさっそく、与えられた役目が不首尾に終わったことをお伝えした。棄教のお願いところか退避のお願いすらも口に出せないまま終わったことも正直にお話しした。ロベール様はこれまでにない険しい眼でわたしを睨まれると、

「容易なことではないと分かっていた。仕方がない。もし不穏な動きになるようなら、力ずくでもこの城にお連れして、あの方たちを幽閉する。それで事を収めるつもりだ。リモージュの司教は難しいお人だが、あの方たちはモンカロンの領主のお血筋、とやかくいわれまい。捕縛したといえば、その場はしのげる」と早口でいわれた。

わたしはすばやく一礼してロベール様の前を離れた。

わたしはロベール様が話されたことに希望を託すしかないとは思った。しかし、それで事が収まるようには思えなかった。あの方たちを改宗させるか、教皇庁が十字軍などといった強攻策を棄てるか、どちらかが果たされなければ、ロベール様がいわれた通り、その場しのぎで終わるだろうと思った。わたしは深く考えないようにした。考えれば、怖ろしい予測に行き着いてしまう。ただ、神ならぬ人の思惑ならころころ変わる、何が起きるか分からない、わたしはそのことに望みをつないだ。

それから二、三日経った頃だ、ロベール様はラシャイユの居城へ戻られるおつもりらしく、城内がにわかにあわただしくなった。そんなあわただしい人たちを尻目に、わたしは厩からわたしに馴染んだ馬を牽き出し、濡れた布で体を拭ってやっていた。すると、たまたまだろう、ロベール様が通りがかりにわたしを見掛け、何やら思いつかれたかのように、わたしの名を呼ばれた。わたしは馬をそのままにして、ロベール様の許へ小走りに駆け寄った。

「明日、ここを発つ。ラシャイユに戻る。あんたにも一緒に戻ってもらおう。というのは、近々ラシャイユにヌヴェール伯からの使者がお見えになる。宴席でもてなすことになるやも知れん。あんたの歌もながく聞いてない、久しぶりに、聞きたくなった」

わたしは大いに戸惑い、大いに反発も感じた。今になって、歌が何の役に立つのか。わたしは、馬の疾走には臆しても、棍棒や槍、もちろん弓も上達していた。剣で渡り合う稽古もしていて、いっぱしの戦士気取りでいたのだ。オード様のためには命も惜しまん、芸人上がりの恋歌唄いが悲愴な決意に奮い立ち、そんな自分に興奮して、わたしは戦士の誇りすら感じていたのである。しかし、ロベール様の何気ないひと言で、そんなわたしは一介の恋歌唄いに転落した。どうせわたしは馬には乗れない、とぼとぼと道を行く人間なのだ。

そして翌朝、空の荷馬車の荷台に乗って、わたしはロベール様の居城ラシャイユへと向かうのだった。

ヌヴェール伯が教皇特使の説得を受け、フランス国王に出兵の許可を願われたことはラシャイユの町の誰もが知っていたし、ロベール様が国王の御意に逆らい、十字軍編成のために奔走されていることも噂されていたようだ。教皇の勅令が下ってもうふた月を超えたこの時期だから、使者御来訪の趣きが何であれ、南仏への侵攻が迫ってきていると人々は勝手に感じ取り、景気のいい戦争を予感して集団的な高揚感に浮かれているようだった。

わたしは、といえば、元の芸人上がりの恋歌唄いに戻っていた。人々が噂話に沸き立つ中で、わたしはなかく触れることのなかった楽器の音色合わせに余念がなかった。しかし、余念がなかったのに暗い部屋の片隅のひとりの楽器いじりだけ。わたしは歌に対する興味も愛着すらも失くしていた。新作の披露など思いもつかない気分だったし、唄い慣れた自分の歌の詩文さえおぼつかないありさまでいたのだ。自暴自棄といっていいのか、何もかも投げ捨てて、どこかへ逃げてしまいたい衝動がなかったはずはないと思う。

ラシャイユの城に移って四、五日くらい経った頃だろうか、たった五騎ほどの騎馬兵に伴われてヌヴェール伯からの使者がやって来られた。お名前は忘れたが、ヌヴェール伯のお側役のお方だそうで、わたしはじかにお目にかかってはいない。理由は分からないが、城では使者を迎えて饗応もなかった。お見えになったその日は、教区司祭や市参事会の方々と城の外で会合を持たれ、翌日もロベール様を伴って、川船でどこかへ去られた。その翌日の夕刻に御一行は戻ってこられたが、宴席は開かれず、次の日の朝、十ばかりの荷車と一緒に戻ってゆかれた。あっけにとられるような滞在で、それだけに事態は切迫しているのだと思った。わたしのことなど構ってはおれない状況だったのだろうが、歌の披露をさせられることは免れたのだから、わたしは胸をなでおろしはしたと思う。

ヌヴェール伯のご使者がラシャイユを発たれたあとも、わたしはやはり忘れ去られていた。ひと月近く手持ち無沙汰でいたところ、急に、わたしはロベール様の居室に呼ばれた。暗い階段を昇り、使いの者の後ろで畏まっていると、わざとらしく書見をされていたロベール様が思い出したかのように席を立たれ、単刀直入、急ぎ、ルヴォージュへ戻るように、と険しい声でいわれた。そうはいわれても、恋歌の披露のために連れてこられたわたしである。もう用はないと反故にされ、さっさと戻れというのはあまりに身勝手。屈辱には慣れているわたしだが、顔色が変わったと思う。

ロベール様は身分違いの人の気持ちに頓着されるようなお方ではないが、わたしの使い方は心得ておられるようだった。

「向こうでは、さしたる変化はないようだ。モンカロンの町にも不穏な動きはないらしい。しかし、リモージュのあたりは異端に厳しい。司教が油断のならないお方だからな。いつ、何が起きるか、予断を許さぬ状況だ。もしかの時、あんたがルヴォージュにいてくれると、オード様も安心されるだろう」

わたしは素直に納得し、低頭して、その日の午後にラシャイユを発った。もちろん、今度は馬にまたがっての出立である。剣や盾の代わりに、役目がなかったリュートやフィドルを馬の鞍に吊り下げて。

それにしても、家来でもないわたしに対して、こっちへ来い、あっちへ行け、人を何だと思っているのか、と今になっても思う。

ルヴォージュに戻ったわたしはすぐに恋歌唄いから戦士に戻った。馴染みの騎馬兵相手に槍や剣で渡り合ったり、弩弓《どきゅう》を矢継ぎ早に放つ訓練も続けた。そして、日暮れ前には厩へ向かう。わたしはその日の終わりの儀式のように、オード様のお館が見渡せる高台へ馬を駆って出掛けるのだった。わたしはいつもの場所で馬を停め、日が暮れるまでのしばしの時間、その高台に留まる。何を思うわけでもなく、わたしは夕暮れの影になったお館の姿だけを意識している。それは、オード様の住まいを遠く願うわたしの姿であったり、身を棄ててお守りすると決意した悲愴なわたしの姿であったりした。夕暮れにひとり高台にいて、わたしは芸人上がりの恋歌唄いではなかった。つかの間、わたしは貴いお方をお守りする騎乗の戦士なのだった。

　オード様が川向うのモンカロンの町とその一帯を治める領主の家系であったことは、この地に来て初めて知ったことだ。先君であられるオード様の父君が亡くなられたあと、男系が絶えたモンカロンの家を叔父君のアデマール様が継がれたらしい。アデマール様はもともと異端カタリ派の信仰をお持ちであったが、早い時期にカトリックに改宗され、異端者を排斥する側に回られていた。しかし、亡くなられた父君をしのぶ人も多かったのだろう、モンカロンの町には叔母君やオード様を陰で支援する人たちがいくらもいた。そんな人たちのお館への出入りは夜間に行われているようで、わたしが高台にいる間は人の出入りどころか、人の気配さえも消えていた。日が落ちて、戦士を気取るわたしはやるせない思いで高台を去るのだが、誰に知られることもないそんな日々が続くうち、雨の日や暑さの厳しい日以外にも、高台へ馬を向けない日々が多くなった。飽きたというい方はしたくないが、夜に追われ悄然《しょうぜん》と馬を還《かえ》す自分を思うと、戦士を気取る前に気持ちが萎《な》えた。

　ロベール様が次にルヴォージュに立ち寄られたのは、やっと八月の末になってからである。秋を呼ぶ風が土埃を巻き上げる中、二十ばかりの騎士や騎馬兵を伴って、うち萎《しお》れたご様子で城門を潜《くぐ》られた。恐らくは、どこやら知れぬ国々を駆けずり回っておられたのだろう、戻られたその日と次の日、ロベール様は居室にひとり籠られて体を休めておいでだった。三日目、昼を過ぎて居室を出られたロベール様は、城の守りを検分しながら、矢場にいるわたしのところまで足を延ばされた。

「あんた、弓を引くのか」

ロベール様は、驚き半分、あきれ半分の声でいわれた。わたしはなぜか恥じ入った。そして、

「い、いいえ」とあわてて答えを返した。

「さっきからあんたを探していたんだ。今夜、久しぶりにあんたの歌を聞こう」

それだけ告げて、ロベール様は近習の騎士たちを引き連れ去ってゆかれた。わたしはラシャイユで恋歌唄いの役目を解かれていたから、その埋め合わせかと皮肉な笑いを浮かべて弓の的をねらった。

久しぶりの夜の宴席は、広間ではなくロベール様の居室にこぢんまりと設けられた。居並んだのは騎士身分の者たちのみ、わたしはその中にいた。男ばかりのルヴォージュの城に楽士などいるはずがない。二十に足りない男たちが、控え目に騒ぎ、つまらない慶事を持ち出しては一斉に乾杯の声を上げた。にぎやかな宴会はロベール様がお嫌いなのを心得ている者たちばかりで、酔いに崩れる者もいない。それでも宴会はながく続いた。

宴席にだらけた声や間延びしたやり取りが目立ち始めると、近習の誰かがラシャイユの家の長久と神を讃えて酒杯を干す。それで宴会はお開きなのだが、何人かは居残る。わたしの歌の出番は宴のあとの侘しさがしっとりとあたりに馴染む頃合いである。それがロベール様のお好みなのだが、下級騎士の多くは恋歌などまっぴら、戯《ざ》れ歌か武勲詩以外、聞く耳は持たないのである。

わたしはロベール様のご所望で、最初に『心地よいそよ風が……』で始まるセルカモンの歌を唄った。以前、唄って差し上げたのを、思い出されただけだろう。歌の途中、『あの方がこのわたしを狂

わせ／阿呆さながらに空しい期待をもたせなさるのに』の箇所に来ると、最後の時と同じように
わたしは眼の端でロベール様のご様子を盗み見るのだ、阿呆さながらと。これは何もロベール様に限ったことではない。若い頃のわたしは、気分によっては、聴衆たちを見下して唄うことがあった。とりわけ、若くもない貴婦人方が夢見がちの眼をして、とろんとわたしを眺めておられる時は。

わたしは自分が作った歌を唄いたくなかった。思いつくまま勝手にふたつか三つ恋歌を唄ううち、何やら急にこみ上げてくるものに、わたしは眼を潤ませてしまった。学僧アルノー・ド・マルーユの『身の内に備えたもう、こよない美しさ』で始まる歌の途中では、なぜかオード様の面影が重なって、ところどころで声も震えた。ありふれた『気高くまた慎み深い貴婦人よ、わが心を／あなたに捧げまする』という愚にもつかない一節には声が詰まって、息継ぎでごまかしたのである。何年も唄わなかった恋歌である。唄い方を忘れてしまったのか、まごついているうち、わたしはオード様を意識してしまったのだ。誰の恋歌であれ、歌の中の恋する男はわたしである。恋するわたしを演じるわたしはオード様を思って唄っていた。それに気づいて、わたしの楽器は変な音を立てた。唄い終えることができなかった。

ロベール様はゆっくり体を起こされて、

「弓の稽古が忙しいか」と笑いながら嫌味をいわれた。陪席の六人ばかりの騎士たちも冷ややかな笑いを浮かべていた。わたしは返事ができなかった。

ロベール様は手にしておられた酒杯を卓上に置き、それを脇へと遠ざけておしまいになった。それを合図に、居残っていた者たちが居室の隅に居場所を移すと、ロベール様はわたしの方へ身を寄せて

こられた。そして、「なあ、ギロー」と声を落としてわたしの名を呼ばれた。

「わたしは、この城に来ると気が急く、いたたまれない気持ちになる。近くに、ほんの近くにあの方がおいでになる。あんたの歌を聞きつつ、ほんとはそのことばかり考えていた。今頃は、すやすやと寝息をたてておられることだろう、わたしはね、あの方の柔らかい息をこの頬、この肌に感じるのだ。きのうも、そしておとといも、わたしは頬にさわるあの方の息を感じて眠りに就いた。つらい眠りだ。わたしはあの方を引きずってでもここにお連れしたい。まさに狂気のような感情が湧くのだ。どうすればいいのか、苦しくて、ならない」

顔が熱く火照《ほて》った。わたしはくっと息を呑んで、「わたしの下手な歌のせいで」と、わざと返事をはぐらかし、見た目は恥じ入るように身をすくめた。

ロベール様は戸惑ったような顔をなさった。そして、わたしを睨みつけられた。

しかし、わたしも同じです、などと答えられるだろうか。ルヴォージュの城にいて、近くにオード様がいらっしゃる、そう思ううち、いつしか気持ちが騒いでわたしは落ち着きを失うのだ。時折、わたしは城壁を上る。上っただけで、そのまま下りてしまうこともあったが、なぜか怯えつつ、わたしは鋸壁から身を乗り出して、オード様のおられるあたりに眼を向ける。やがて、怯えた通りに動悸が高鳴り、同時に息も詰まって、眼がもう何も見ない。わたしは壁に手を沿わせて上ったばかりの階段を下りる。一体、何がしたいわたしだったのだろう。見咎める人がいるみたいに、わたしは努めて人目を避け、独り弓を射、気が向けば、厩に馴染みの馬を訪ねる。馬を出す日も出さない日も、日が落応えなかったが、広間で最後の灯りが消えると、わたしはその日の眠りに就く。眼を閉じていろんな思いに身をゆだね、やがて、あのお館の景色が遠く思い浮かぶと、ああどうか、そのお眠りが安らけくありますように、とそっと祈る。そんな時、わたしはいつもオード様の柔らかい寝息を、耳に傾に感じるのだ。わたしはそれを、オード様の身の上を案じているからだと思っていた。つらい眠り、それは幼いオード様の面影を惜しむせいだと思っていた。それは、そうであったと思うのだ。

翌朝、ロベール様はルヴォージュの城を発たれラシャイユの居城に戻られた。それからの三ヵ月ばかり、食糧や物資を運ぶ荷車はやって来ても、ロベール様はルヴォージュには来られなかった。ふつと消息が途絶えたわけだが、どこで、何をなさっているのか、わたしはもう考えることもなくなっていた。戦乱の予感に張り詰めた日々が日常になって、わたしはそんな日々に慣れ切ってしまっていたし、高い城壁に囲まれて生活していたせいか、気持ちが重く沈み込んで何をするにも煩わしさがついて回った。それでも、わたしは日暮れ間際に馬を出し、オード様のお館が見える高台へは行く。以前ほど頻繁に向かったわけではないし、つかの間、様子を窺ってそっとその場を立ち去るだけだが、あの高台に立たないと、わたしがルヴォージュの暗い城に留まる理由が納得できなかったからである。いつになっても異変の知らせは届かず、目覚めて眠りに就くまで、ただ待機するだけの毎日。どこで、何が起きているのか、何も分からなかった。

今思えば、川の流れが急に澱《よど》んで暗い深みを覗かせたまま滞留しているような時期だったのだろう。三月に十字軍決起の勅令が発布されたあと、半年をとうに過ぎても事態の進行を告げる知らせは届かなかった。もちろん、陰謀や密約などが入り乱れているのだろうとは思っていたし、やがて来るものは来る、と怯えてもいた。しかし、何事もない日々が続くと、どうせ何も起こりはしないと投げ遣りな気分になって、根拠も何もない期待だけを漠然と抱くものだ。わたしは、バルセロナに帰還されたアラゴンのペドロ様がまた南仏に戻って仲裁に立ってくださるのではないか、事と次第によっては、フランス王フィリップ様が教皇の企てをねじ伏せてしまわれるのではないか、あり得ないことではないだけに、そんな空想を追うこともあった。わたしは、もしかの事が起きれば、命さえ投げ出す決意でいただけに、そんな期待を抱くことが、心弱りのきざしのように思えて、騎士ならぬ歌唄いふぜいのわが身を恥じるのだが、今、どこで、何が起きているのか分からないまま、事態がただ遅延されていることに耐えられずにいた。

とはいえ、冬が近づくこんな時期に、兵を動かす領主などいないということは、あとになって知ったことだ。草木が芽吹きうららかに陽が照ると、人は戦争の準備をする。凍てつく冬だと野営もできないし、雪解け道は糧秣の運搬もままならない。そんなことは、歌唄いに分かるはずがない。

あれはもう十一月も半ばを過ぎた頃だっただろうか、ロベール様が久々にルヴォージュの城に立ち寄られた。以前のように、近習の騎士たち十騎ばかりを引き連れてのご帰着であった。先触れもない、不意のご帰着だったが、ロベール様がどこで、何をしておられたか、何のためのご帰還なのかはもはやわたしの関心事ではなかった。わたしは教皇庁やトゥルーズ伯、そして何より、フランス王フィリップ様の動静が知りたかった。教皇特使が暗殺されてほぼ一年、十字軍決起の勅令が発せられているのだ。それらしい動きは何もないことが不安というより不思議だったし、それならむしろ、このまま何も起きないでほしいと願っていたからかも知れない。ご帰着早々、ロベール様は雨水溜めの石組みに腰を掛けて休んでおられたのだが、わたしはためらわず駆け寄り、「教皇様、そして、フィリップ様は……ご出陣されるとしたら」とまったく要領を得ない訥弁《とつべん》の問い掛けをしたのだった。ロベール様はそんなわたしの問い掛けを頭から無視されて、逆にオード様のご様子を尋ねられた。虚を突かれた形だが、わたしには取り立ててお伝えすべきことはなかった。わたしは、オード様のことより、オード様の身をお守りするわたしの覚悟のあり方に気を取られていたのだ。命に代えて、とまでの悲壮な思いが、日々遅延されていくことで、わたしは臆病になっていたに違いない。まごつくわたしの様子をどうご覧になったのか、ロベール様は口をつぐんでしまわれた。いたたまれなく、その場を去ろうと後ずさりを始めると、「何も、変わりはせんさ」とロベール様が蔑むようにいわれた。

「フィリップ様は今も教皇の企てを突っぱねておられる。教皇は十字軍の戦列に、フランス王旗がはためくことを強く望んでおられるのだよ。そのための工作に腐心しておられるわ、王太子ルイ様のご出陣まで願っておられるようだ。そりゃあ、青地に白百合をあしらった王旗だ、戦さ場にはためくかと思えば、わたしですら心が逸《はや》る、それはもう、格別のものだよ。だがね、教皇には下心がおありなのだよ。十字軍の旗標《はたじるし》の下、荘厳な装いの聖職者たちに率いられた戦列に白百合の王家の旗がはためくことで、カトリックの権威は王権に優越することが世に示せるとお思いなのだ。以前、あんたにも話したと思うが、あの教皇は、王侯貴族の俗権はカトリックの教権に従ってこそ、ヨーロッパのキリスト教社会は宥和《ゆうわ》できる、いや、そうすべきとお考えなのだよ。フィリップ様はそうした教皇の目論見を見透かしておられて、家臣たちが十字軍に加担することさえお許しにならない。聖地十字軍ならいざ知らず、自らの封臣であるトゥルーズ伯の領地へ勝手に教権を発動されるなど、俗権への無法な介入とお考えなのだから」

「ということは、フィリップ様は、教皇様の決起の詔勅は無効である、と」

おそらくもうこの頃には、わたしはロベール様のことを侮れないお人だと思うようになっていたはずである。五つか六つは年下のお方だが、身分が人をつくることはあるのだろう、その居ずまいや話しぶりに、わたしは威圧されることが多くなった。わたしの受け答えが妙に的をはずれたのはそのせいだろう。

ロベール様は皮肉っぽい笑いを浮かべられたと思う。

「そうだな。しかし、異端者の排斥はインノケンティウス三世が聖座に就かれた時からの宿願だからな、ちょっとやそっとで退かれはせんさ。今に始まったことではないが、教皇は繰り返しフィリップ様に書簡を送り、特使も派遣し、また一方では、諸侯たちを手なずけてフィリップ様の説得に当たらせるなどして、手を変え品を変え工作しておられる。わたしもそのお先棒を担ぐひとりさ、ヌヴェール伯のご意向でな……悪だくみに長けたお方だ」

あきれたようにそうおっしゃると、ロベール様は今度は苦笑いをされた。わたしはその苦笑いに誘われて、「悪だくみですか」と笑いを含んだ声でいった。

「ふふ、悪だくみさ。あんたは知らんだろうが、教皇はトゥルーズ伯領に十字軍を向ける勅令を公布される一方で、当のトゥルーズ伯には書簡を送られていたそうだ。聞いた話では、特使暗殺にまで及んだ異端者幇助の罪を悔い、カトリックの教会に恭順して、異端者撲滅の戦列に加われば、すべての罪を許し、伯領を安堵する、とか何とか。一見、戦禍の拡大を防ぐため、寛恕の意を表されたようにも見えるが、よくよく考えれば、悪だくみさ」

教皇の悪だくみなど、ふつうの人なら思いもすまい。しかし、わたしは、カタリ派の人たちとの交遊のおかげで、かつての殺人教皇セルギウス三世の行状や、教皇の愛人マロツィアの周囲で繰り広げられた淫行や裏切り、そして暗殺の数々。また、ラテラノ宮殿を売春宿にした教皇ヨハネス十二世や墓暴きの教皇ステファノス六世など、悪名高い教皇たちについて余計な知識をふんだんに持っていた。しかし、ロベール様の手前、教皇たちの悪行について出過ぎたことはいえない。だから、「まさか、そんな」と声を上げ、愚鈍な驚きの表情だけは作った。ロベール様はそんなわたしの様子をご覧になっていい気になられたようだ。

「あの教皇は聖座に就かれると、早々にスポレート公やトスカーナ辺境伯の領地を教皇の直轄領にしてしまわれたよ。智謀に長《た》けたお方だ。あんたは知るまい、つい先ごろのことだが、神聖ローマ皇帝にホーエンシュタウフェン家のフィリップ様が推戴《すいたい》される運びになっていたのだが、教皇はその勢力の拡大を危惧されて暗殺にも手を染められた。怖いお方だ。その教皇の悪だくみさ。教皇は、トゥルーズ伯ご本人を、異端を奉じるご自身の家臣たちと戦わせることで、仲間割れを画策しておられる。実際、トゥルーズ伯は異端の幇助者で知られた甥御様、ベジエ、アルビ、カルカソンヌの子爵レーモン＝ロジェ・トランカヴェル様と教皇の親書についての話し合いをされたが合意はなく、おふたりは共闘のための歩調はとられなかった。教皇は異端者の勢力がおのずから分裂するよう目論んでおられる、あわよくば、仲間同士で戦うように」

「それで戦いの収束が早まることになりませんか、少しでも災禍が少なければ」

見当はずれのことかもしれないが、わたしはふと思いついたことを話した。わたしは、どっちが勝とうが負けようが、戦火が早く収まって、人々が血走った思いから抜け出してしまえば、希望はあるかもしれないと思っていた。

「さあ、それに越したことはないが、それより、心配なのはヨーロッパ中に拡がった異端排斥の気運だ。不寛容という気風を教皇は人々に根付かせてしまわれた。いろいろな土地を回り、いろいろな人たちと会い、糧秣《りょうまつ》の手配や兵士たちの徴募などに奔走していたのだが、気が塞《ふさ》ぐものだよ。村々では、もう異端者排斥の機運が燃え上がっている。火の手はロマの人たちやユダヤの人たちへも及んでいるようだ。異質者への不寛容、狭量な同族意識がいともたやすく憎悪に変わってしまう……もはや信仰の問題ではない」

わたしは黙っていた。ふと、気がかりなことが思い浮かんだからだ。わたしがこのルヴォージュに移る前、ラシャイユにやってきた顔見知りの遊芸人から、母や弟たちが身を寄せている大道芸の一座が、イングランドへ渡ったと聞いた。教皇が荒い心を煽り立てておられるからか、身辺に危うさを感じたのだろう。怪しいものを売りつけたり、人のものをかすめ盗ることはあるにしても、大道芸で身を養う者たちは、ただでさえ不寛容な町人《まちびと》たちから理不尽な扱いを受けるのだ。わたしたちは町中《まちなか》を通り過ぎない。時に、石で追われることがあるからだ。わたしの知らない頃の話だが、ムーランの近くの村で、占いをよくする仲間の老婆が村人たちに石で追われて殺されたらしい。今に始まった話ではないだろう、ずっと昔、人間の始まりからきっとそうだ。異質な者は石で殺す。

いずれにしても、教皇の悪だくみは功を奏した。あとで知ったことだが、一二〇八年十二月の末になって、トゥルーズ伯はローマの教皇に向けて使者を送られ恭順の意を表された。結果、異端勢力はもはやトゥルーズ伯を中心に糾合することはなく、それぞれが城砦にこもって、やすやすと各個撃破されていく。さすが、その政治力で聖座にまで登り詰めたお方、それくらいの悪だくみは容易に画策されただろう。ロベール様がいわれた通りだった。

ご帰着早々のことではあるし、お疲れのご様子に見えたので、わたしはお側を離れようと、小さく低頭した。すると、ロベール様は、「明日の朝、ラシャイユに戻る。この先のラタンベールで徴募した男たちを迎えに出ねばならん」と溜め息混じりにいわれた。

わたしはなおのこと、お側にいてご休息の邪魔をしてはいけないと思った。再度、わたしは低頭して引き下がろうとしたのだが、ロベール様はまだ話し足りないご様子だった。しかし、実際お話しになるまで、息詰まるような沈黙があった。

「この数ヵ月、わたしは駆けずり回って二百に近い新規の募集兵を集めた。領民たちだけではない、盗賊まがいの男たちや素性の怪しい浮浪人、悪事を問われた罪人も中にはいると思う。わたしは躍起になって人を集めた。しかし、わたしのしていることは、あの方の身を害することだ。それが分かっていながら、わたしは躍起になった。もちろん、躍起になればなるほど、わたしは深く傷ついていた。心をえぐるような痛みがあった。しかし、その傷……その傷の疼きに、わたしはうっとりとなることがあるのだ。なあ、ギロー、わたしは、あの方の細い首に手をかけ、その息の根を止めるようなことをしている。わたしは、この手にあの方の首を絞める必死の力さえ感じる。すると、なぜだろう、あの方の愛おしさが、わたしを呑み込む奔流のようにうねり高まるのが感じられるのだ。あの方を害すればこそ、わたしはあの方がかつてないほど愛おしい、この命、共に果てよ、とさえ思う。不思議だ、わたしは悦びに身震いさえしてあの方を害している」

　あとになって、あの時のロベール様の歪んだお顔を思い出すたび、わたしは心に闇を覗く思いがした。実際、それは暗く歪んだお顔だった。しかし、あの時はまだ、狂っておられるとまでは思わなかった。オード様への激しい思いが、騎士としての名分、封臣としての忠誠、善きキリスト者としての信心に対して、ことごとく抗うがゆえの錯乱だろうと思っていた。というより、そう思うしか理解できない話だったし、どうせあの時、わたしが聞きたかったことはそのような難しい話ではなかったのだ。

「ロベール様、あなたはこの城にオード様をかくまうとおっしゃいました。オード様をお救いになるため、城の守りを固めると。補充の兵士たちはこの城にも、もっと大勢お集めになるのでしょう」

　ロベール様はぴくりとお笑いになっただけで、返事はなさらなかった。

　次の日、朝早々にロベール様がルヴォージュを去られ、鬱屈した日々がまたわたしに戻ってきた。そんな澱んだ日々の中で、なぜか記憶に残る光景がある。これまでも、わたしは時折城壁の外に出て、裏の川のほとりを歩くことがあった。川の向こうのはるか先にはオード様のお館がある。わたしは川の流れに沿って歩きながら、時々は川の向こうへ遠い眼を向けるのだった。

それはロベール様が去られたあと、四、五日くらい過ぎた頃だろうか、空には雨を呼ぶ低い雲が垂れ込め、人は帰り道を急ぐような、そんな日のことだった。わたしは、なぜかその日、城の裏へは回らず、逆に野原の中の道を歩いた。野原といっても、どこまでも平たんな休耕地である。雨模様の空の下、わたしはなぜが憑かれたかのように、広い野原の中の道を行くのだった。やがて、道は枯れ草に紛れ、わたしは野原の中に迷い込んでいる。どうしたものかと思いつつも憑かれたように野原を進むと、いきなりわたし目掛けて風が立ち、冬の野原の真ん中にわたしはひとり棒立ちになった。

遠くに森や緩やかな起伏があるとはいえ、眼の届くはるか先まで平たんな野原である。小麦の収穫が終わり、落ち穂で肥え太った野ネズミなどを狙って、ノスリだろうかハヤブサだろうか、一羽の猛禽が灰色の空を舞っていた。広い野原の中にいて、わたしはわたしで、体の中を風が吹き抜けたかのように心細く、徐々に不安な気持ちになっていく。戻らなければ、と思った。さあ戻ろうとわたしはわたしを促すのに、気が急くだけで、体は野原に棒立ちのまま。わたしは、何か大きな力に押し止められているような気がしていた。そんな時、眼の前を不意に空の猛禽が降下して、わたしは一瞬、生き物の鋭い鳴き声を聞いた。わたしは息を呑んで空を見上げた。野ウサギだろうか、野ネズミだろうか、鉤爪で捕獲されたか弱い獲物が猛禽と一緒に飛翔してゆく。

われに返ったわたしは、感動に震えるように震えた。わたしには、優美な飛翔の猛禽が神の御姿のように思えた……万物の盟約はこのようにある。

わたしは瞬く間に姿を消した猛禽をなおも灰色の空に探すのだった。

7

おかしなことをいうようだが、さっきから、わたしは猫に見られている。わずらわしくて、わたしは眼を逸らせたり、顔を背けたりするのだが、猫は姿勢を変えることはあっても、水甕の蓋の上を離れず、じっとわたしを見ているのだ。気になって仕方がないのだが、追い払うだけの意欲が湧かない。昼を過ぎると猫も暑いのだろう、開け放たれた裏戸の脇の水甕のあたりは涼しいのだ。だから、涼しい顔でわたしを見ている。いや、わたしは見られている。

今朝、わたしの尿に血が混じった。漏れるように落ちた尿は途中から鮮血に変わった。わたしは気が遠くなった。体中の力が抜け、立つことも容易ではなくなった。わたしは、おずおずとマルタンの名を呼んだ。そして、その場にへたり込んだ。

マルタンは修道院へ走った。ほどなくして、そのマルタンは荷車に乗せてもらって戻ってきた。その荷車には年老いた修道士も乗っていた。昔、ロベール様を介抱した修道士であったのかもしれない。もしそうなら、十年前もこの修道士は今と同じくらいの老人だったのだろう。こめかみに黒味がかった肝斑《かんぱん》のある、節くれだった指の修道士だった。その指で、わたしの腹部を圧してはいろいろなことをわたしに訊いた。答え方が難しいことも訊かれた。

老修道士はわたしに、今のうちは急に悪化することはないといった。

「しかし、ほれ、この上の臓腑に癒着した塊があって水が溜まっておる。血尿の心配よりも、そっちが心配じゃ。これが腹の臓腑から肺に移って脳に飛べばもう終わり。それが、何ヵ月先か、一年か、二年か、それは分からん。急激に悪くなって、その時はもう治療も無駄じゃ」

マルタンは水甕のそばで泣きそうな顔をしていた。修道士はマルタンの方に近づき、用意されていた水桶で手を洗った。そのあとで、マルタンとふたり短い話をした。耳をそばだてれば聞こえる話だったが、わたしは聞くことができなかった。打ちのめされていたわけではない。正直、わたしは薄ら笑いを浮かべていたと思う。切羽詰まったこういう時は、わたしはいつもそうだ。ただ、気持ちがわさわさ騒いだ。ばらばらに飛び散ってしまいそうな気持ちだった。

ふとまぼろしのような影に気づいた。年老いた修道士だった。わたしのそばで、わたしを見下ろして立っていた。わたしは薄ら笑いのまま凍りついていた。

「よろしいか、ありがたいのは神のご慈愛、巡礼道のはるか先であんたを招いておられる、そうとも、はるか先であんたを迎え入れてくださる。そのためにも、たゆまず神に近づく道をたどりなされ」

「可能であれば、旅を続けて聖ヤコブ様のご遺骸にお祈りなさるがよい。しかし、ただ道を進むことが巡礼の旅ではない。神に近づき、神のご慈愛に浴す、その一念こそが巡礼旅じゃ」

そういうと、修道士は胸に十字を切った。わたしはもう、死の宣告をされたのだなと思った。

「よろしいか、巡礼の道はあんたの心の中にある。人はみな、生まれた時から心の中の巡礼道をたどっておる。人それぞれがそれぞれの巡礼道をな。ひたむきに神を思い、神に愛されようと努めることが道を行くこと、その道をたどりなされ」

老修道士はさらに言葉を続けたのだが、わたしが拾えた言葉はそのあたりまでだ。

話し終えた修道士は、わたしの額に手を置いて、ながい祈りの言葉をラテン語で唱えた。わたしはラテン語の響きに誘われて、あきらめか、安らぎか、どちらかの細い吐息を洩らしていた。

マルタンは荷車に乗って老修道士と一緒にサン・ソルナンの修道院へ行った。わたしのための薬をもらい受けるためだ。すぐに戻る、といいながら、なぜかわたしと眼を合わさなかった。思いつめた顔ではなく、むしろせわし気に眼を顔を動かしていた。エルムリーヌのいない今、マルタンは気も動転して、どのような顔をわたしに見せればいいのか分からないようだった。

ひとり残されたわたしは、高い天井の梁のあたりを見ていたが、見上げる先に神を求めていたわけではない。運命というものがあるなら、わたしはもう絡み取られてしまったのだと思っていた。この丘の、あの盛り土の下で、ロベール様がわたしの身に起きた一連の出来事を操っておられるのだ。わたしをこの宿に引き寄せ、わたしの記憶にとり憑《つ》き、わたしに死の宣告を下しておしまいになった。この寝床、この衣服、そしてわたしのための墓穴、何もかもがロベール様によって用意されていたに違いない。わたしは、この丘、そしてこの宿に、ロベール様の死霊が大きく被さり、宿ごと、丘ごと、無辺《むへん》の彼方へ運び去ってしまわれるような気がした。そしてわたしは、遠く運ばれていくその感覚をもう感じてしまっているようなのだ。それは、言葉を繕《つくろ》うつもりはないが、あらかじめ死を感覚しているような感じだった。

猫に見られていると分かったのはその時だった。猫があくびをしたのだ。気配でそれが分かった。わたしは首をもたげて出口の脇の水甕の方に顔を向けた。すると、いつの間に蓋の上に載ったのか、灰色の大きな猫がくつろいでいる。そして、わたしは見られている。何の不思議もないことだが、わたしは心の居住まいを正す気持ちにはなった。それは、猫ごときに見くびられてなるものか、というバカげた虚勢であったというしかない。生き死にの切羽詰まった思いのわたしが、くつろいだ猫の眼にどう映っているのか、そんなつまらない、どうでもいいことに気持ちが引っかかった。一体、何が死霊なのか。くだらない、わたしは何を考えているのか。猫が二度目のあくびをして、それでもわたしに眼を向けるのだが、わたしは心の中を覗かせてなるかと、顔を背ける。しかし、眼の端で猫の様子を探ってみると、やはりわたしは退屈そうな猫に見られているのだ。愉快なはずがない、むしろ苛立ちがあった。しかし、追い払う気力がなくて、わたしは猫に見られるままでいた。

マルタンはひとりで大騒ぎして戻ってきた。その騒ぎぶりが不自然で、マルタンはあの老修道士からわたしが聞いた話より、もっと深刻な話を聞いたに違いないと思った。声を弾ませ、眼を輝かせ、もらった薬の効能や煎じ方や飲み方をくどくどといい聞かせるのだが、それが不自然なくらい陽気なのだ。わたしは、ありふれた接骨木《にわとこ》の樹皮や竜胆《リンドウ》、そして鹿の子草など、大騒ぎするほどの効果はないと知っていたから、かえって気持ちが落ち込んだ。マルタンがいうには、何日かすれば、別の薬も届くという。一緒に飲めば、相当な効果が期待されるといった。マルタンは、わたしの病気は治るものと思い込みたいようだった。

すがる思いのわたしだったが、マルタンのわざとらしい陽気さに返す言葉が探せずにいた。やっと、マルタンが話を切り上げ腰を上げようとした時に、「迷惑をかけて申し訳ない」と、わたしは気弱な病人の声でいった。

「いやなに、わしの方が申し訳ない気持ちでいるんだ。わしは、ロベール様に申し訳ないことをした。悔やんでも悔やみきれない。あの時は、つい億劫になった、面倒になった。心配はしたんだ、あの雪の日、嫌な予感もあった。それなのに……いいかい、これからはあんたがロベール様の代わりだ、わしはあんたで償いをする。わしが償いをするために、あんたはロベール様に呼ばれてきたんだ、違うか、わしはそう思うよ。だって、あんたがそうしてそこにいると、まるでロベール様が十年ずっとそのままそこにおられたような気がするんだ。あんたはロベール様だよ、そう思って世話をする。気遣いはいらない、償いができてうれしいくらいだ」

そりゃあ、自分はうれしいだろう。しかしこんな話にわたしはどんな顔を見せればいいのか。似ているといわれるならまだしも、あんたはロベール様だよ、とまでいわれてしまうと、自分のことが気味が悪いし、縁起の悪いことをいわれた気にもなる。大いに不愉快なのはもちろんだが、マルタンの気持ちだけは素直に伝わるから、善人には勝てないなと思いつつ、さっきと同じ気弱な声で、「すまない」とだけ応えた。

「いや、なに」とマルタンも気弱な声を返してくる。そして、ふっと溜め息をついた。

「ほんと、静かなお人だったよ。わしはアジャンの聖堂で見たキリスト様の眼を閉じたお顔に似ているなと思った、苦しみを静けさに包んでおられるような、そんな感じ……あんた、ローマ兵のロンギヌスの槍を知ってるか」

　いきなりのロンギヌスには驚いたが、包んで、とはどこで覚えたいい回しだろう。わたしはふふ、と鼻で笑いながら答えた。

「ロンギヌスか、キリスト様の脇腹を突き刺したあの槍のことだね」

「何だ、知ってるのか、物知りなんだな」

「だって、聖槍だろ」

「いや脇腹の傷だよ。ほら、ロベール様は右の脇腹に矢傷を負っておられただろ。十字架のキリスト様も聖槍で右脇腹にふかい傷を負われたんだ。罰当たりなことをいうが、静かに痛みを受け入れておられる、決して苦しげではなく、苦しみを静けさに包んでおられるような、そんなお姿がね、アジャンのキリスト様とね、似ていると思ったのさ」

　またもう、何をいい出すことやら。マルタンには正直感謝しているところだったし、純朴な田舎者のことだから、わたしは顔には出さなかった。しかし、本当に罰当たりだとは思った。あのロベール様をキリストのお姿になぞらえるなど、悪党でも思いつくまい。修道院に出入りしながら、今まで知らずにいたのだろうか、そもそも、聖槍による脇腹の傷はキリストが亡くなったかどうかの試し突きの傷ではないか。静かなご様子は亡くなっておられたからだろう。それともあれか、キリストならば、死んだあとでも、人が犯す罪の痛みを感じておられるとでもいいたいのか。なるほど、それはそうかもしれないが、それならもっと罰当たりだ。ロベール様の矢傷など、悪行の報いとしかいいようがない。裏切りも人殺しも、ためらうようなお人ではないのだ。それにしても不思議でならない、エルムリーヌにしろ、このマルタンにしろ、なぜロベール様のことをこうまで慕い続けるのか。

マルタンがわたしの前に広げた薬草や丸薬などを両手で抱え、厨房の方に向かったので、当然、昼の薬が用意されるのだと思った。マルタンはすぐに厨房から戻ってきたのだが、何やら粘っこい塊を指につまんでいる。猫の餌だった。いつの間にか、猫がわたしの寝床のそばまで来ていたのだ。

マルタンは猫を抱き寄せ、赤ん坊をあやすようにして餌を与えようとした。しかし、猫はマルタンの手から餌を奪い、口にくわえてどこかへ消えた。

「あんた、猫が嫌いなんだろ」

「いや、ふつうだ」

わたしは少し考えてから答えた。

「あいつ、もう宿の人気者だよ。ちょっと気紛れもので、下手にかまうと前肢でひっぱたかれるが、それもまた愛嬌だ。そうそう、あの猫の名前だがね、ロベールにした。エルムリーヌのやつもそれがいいって」

その日から二、三日、血尿は続いた。病状は進行しているはずだから、次は体のどこが異変を起こすか、その予兆を捉えようと神経を張り詰めていた。ここ何日か腹部に痛みや疼きなどはなかったのである。ただ、食が細り、極端に疲れやすくなっていた。体の不調は自覚していたが、血尿が出るとは思わなかった。血を見たわたしは本当に気を失いかけたのである。

わたしにもロベール様の記憶をたどれずにいた。病気の因がロベール様の記憶そのものであるような気がして、わたしが記憶を手繰れば、こうして死を引き寄せてしまう、それがあり得ることのように思えた。死への怯えはあったのだろう。恐怖すら感じていたかもしれない。しかし、それよりむしろ、自分に落胆したような、気落ちした気分で、高い天井の梁ばかり眺めていた。数ヵ月後か、一年後か、二年後には死ぬわたしは、わたし自身に執着がなかったような気さえする。どうせすぐ死ぬ、そんなわたしがどうあったところで、やはり死ぬのだ。せめて、そんなわたしに微笑むくらいのこと。わたしは、身近に死を意識した数日の間、不思議な笑みを浮かべていたに違いない。もちろん、そのこと自体、死の恐怖に打ちのめされていたことの証しかもしれないが……。

ところが、マルタンのいった効果のある薬が届く前に、わたしの病状は一転快方へ向かったのである。わたしは空腹を訴えるようになった。そのことを喜ぶよりは不思議に思ったくらいだった。経過の観察に来た老修道士も、わたしの回復ぶりにはまず首をかしげた。急に難しい顔をして処方した薬を点検すると、節くれだった指で、何度も何度もわたしの臓腑を押さえてわたしの反応を見た。そして、何をどう納得したのか、ふーん、とあきれたような声を出す。

「どの薬がよかったのかのう。あんたの臓腑の具合から見て、すぐに効き目が表れるとは思えないが……んー、薬のおかげというより、特殊な例かも知れん。が、まあよかった。薬はこのまま続けなされ。しかし、このまま快方へ向かうか、やがて、薬も何も効かんようになるか、それは分からん。今は滋養が大切じゃ、それと、体を動かしなされ、寝てばかりはよくない」

老修道士は、来た時よりも難しい顔をして、お付きの若い修道士に伴われて帰っていった。病状の予測がはずれたことで、考え込んでしまわれたのだろう。わたしは、それこそおずおずとだが、このまま快方に向かうのでは、と祈る気持ちで思った。しかし、それを期待すれば油断を見せることになる。絡められた運命には油断も隙も見せられないのだ。わたしはかえって死を意識した。自分を保つためには、過度の期待はしないほうがいい。わたしは、老修道士の診断をほんの気休め程度だと思い込もうとした。

とはいえ、老修道士の診断をいいとこ取りで喜んだのはマルタンだったし、戸口の外にいたエルムリーヌだった。

「あの修道士様は、ロベール様が矢傷の毒で苦しんでおられた時、聖地の方におられてな、アラブの医術も心得ておられる。金持ちよりも貧乏人の方を熱心に診てくださる」

「聖人様におなりになるわ。診てもらった人、みんないってますよ」

「バカ、異教徒に殺されないと聖人にはなれないんだ。殉教というんだ。信仰のために死ぬんだ」

「あら、そんなことないですよ。貧しい人を助けるんだって、神様はお喜びになるんだから。キリスト様は貧しい人をお助けになったお方ですよ。治らない病気の人もお治しになった」

「ああ、そうか。そうだったな、なるほどな」

このやりとりに、わたしは思わず顔をほころばした。わたしはこの人たちにどれほど救われているだろう。

いをロベール様の死霊が宿っているかのように思った。それはそうかもしれないが、その後も体調が順調に回復するにつれ、わたしは旅立ちへの希望を持つようになった。神は旅の途上にあるわたしをここで見捨てたりはなさらない。そんな祈りにも似た希望が、知らぬ間にわたしの表情を穏やかにしたのだろう、猫のロベールがわたしにすり寄ってくるようになった。わたしは一層穏やかな気持ちになるのだが、マルタンは、わたしが滋養を摂るためいろんな食材を食べていることに猫が気づいていて、残り物を狙っているのだという。それはそれで当たっているかもしれなかった。

そんなある日のこと、わたしは巡礼客が発ったあと、丘の上のロベール様の墓へと向かった。体を動かせ、という老修道士の言葉に従ったまでのことだが、わたしは宿の壁の十字架を外して懐に抱き、巡礼の杖を突きつつ坂を登った。徐々に身が引き締まるのを感じるのは、丘の上でロベール様の霊と対決し、墓の中に封じ込めるという子供じみた思いに奮い立っていたからである。それはロベール様の呪いを封じる祓魔師《ふつまし》の闘い、十字架を捧げ持って墓を見下ろし、呪文は知らないが、神の御名を何度も何度も繰り返して邪気を祓《はら》う。わたしはそれで病に打ち勝ち、巡礼道を先へ進む。愚かしいとは思いながらも、真剣な面持ちでいるわたしのあとを、そうとは知らぬマルタンが、そして猫のロベールがついてきているのだった。

「こいつ、名前をもらったお礼にいく気かな」

マルタンが後ろから声をかけてきたが、わたしは返事をしなかった。それより、丘に上って驚いたのだが、ロベール様の墓のあたりの雑草がきれいに刈り取られている。盛り土も整えられて、崩れた個所は新しい土で補強がされていた。わたしははっきり不快の声を上げた。

「草、刈ったのか」

「ああ、放っといても冬になれば枯れるんだがね。あんた、そっち、足の方だよ」

「ん、何のことだ」

わたしはロベール様の墓に向かい、冷たく蔑む眼を投げかけていた。そんな時、足がどうのといわれて、思わずマルタンの方に向き直った。

「ロベール様の頭はこっち側だ」

「え、道の方に頭があるのか、逆だろ、ふつう」

「頭が西を向くように葬って差し上げたのさ」

マルタンはさも得意げな顔をわたしに向ける。しかし、わたしは訳が分からない。

「え、何で、巡礼たちはあの人の足に向かって手を合わせるのか。おかしいよ」

「ああ、実はね、ずっと以前、旅回りの歌唄いが宿にやって来て、ブリトンのアルチュール王の最期を唄《うた》ってくれたんだ。その歌唄いによると、アルチュール王は勇者の憩う島アヴァロンで最期をお迎えになったらしい。その死んだ勇者の島ってのが遠い西の彼方にあるらしいわ。だから、西向き」

「え、西、しかし、ここからだと、北にならんか」

「いや、遠い彼方では結局西になる。遠くへ下がって、隔たったふたつのものを見てごらんよ。隔たりは縮まるよ」

「え、そういうことか、よく分からんが、そうか」

「この巡礼道はな、ピレネーから先は西に向かっているんだよ。神に近づく恩寵の道は、死んだ勇者の島の方向さ」

「あのな、いっちゃあ悪いが、滅茶苦茶な話を聞かされている気がする」

「何で、ロベール様にぴったりだろ、勇者も通《かよ》う巡礼道。あんたも、その穴に西向きに寝かしてやったよ」

わたしは苦笑いして、この男には勝てないと思った。いろんなことを考える男だ。

「猫のロベールが帰ってしまったね」

わたしはわざと話を逸らせた。

「わっ、何だあいつ、気紛れなんだよ」

死んだ勇者の国、そんなものがあるのか。わたしはむしろ昏《くら》い瘴気《しょうき》が垂れ込めた亡者たちの冥府を思い浮かべた。蒼ざめた英雄アキレスが堕ちた冥府。西にあるのか、東にあるのか、それは知らない。

マルタンは猫が気になるのか、あたりに眼を向けながら先に坂を下り始めた。わたしはロベール様の墓に興味を失くしてしまったから、十字架を懐にしたままマルタンのあとを追った。

*

ロベール様を勇者としておこう。大勢の人を殺せばたいがい勇者だ。第三次の聖地十字軍で大勢の異教徒たちの首を撥ねたリチャード様は騎士の鑑、勇者の中の勇者。褒めたたえる人たちが跡を絶たない。それなら、ロベール様を褒めたたえよう。大勢の異端者たちをその手にかけた勇者の中の勇者。歌唄いのわたしだから、褒め歌くらい唄うべきところだ。

勇者ロベール様は、一二〇八年の十一月半ば、ルヴォージュの城に立ち寄られてから、年が明け、三月四月になってもルヴォージュに来られることはなかった。どうせ兵隊集めや教練や、巡察にかこつけた糧秣の徴発など戦争に必要なことをなさっておられたのだろう。最初、セルミニャックの領主の館でお目にかかってかれこれ三年、初めの頃ののぼせ男の印象がすっかり変わって、今思い返せば、槍の穂先のような眼を周りの者たちに向けておられた印象がある。領主格のロベール様にすれば、戦時の峻厳《しゅんげん》さは身に負った責務、ロベール様の指図ひとつで、家門の盛衰のみならず、配下の者たちの生死が決まる。あの頃のわたしは責務に鍛えられた立ち居振る舞いをロベール様に見ていたように思う。むろん、感心はしない。しかし、見方は変わっていた。そして、変わらないのはわたし。時の流れが滞留した高い城壁の中にいて、わたしは弛んだ時の囚われ人みたいに、いつとも知れぬ異変の知らせをただ待つだけの身、外の世界で何が起きているのか、知ることはほとんどなかった。

ルヴォージュの城は辺境の備えのための孤城だったようだから、普段なら、城守りの老騎士ひとりと、使用人を兼ねたような兵士が十名くらい詰めている程度なのだが、そこにもう百に近い騎士や兵士が集められていた。そんな兵士たちの多くはにわかに召集された近隣の領民たちで、奇妙な話だが、誰も彼もが、南から異端者たちが攻め寄せてくるのを防ぐための籠城だと思っていた。異端者をかくまうためと知っていたのは、老騎士と加勢に来た騎士たち四、五人くらいだろう。むろん、士気は上がらず、毎日、同じ場所の同じ日向《ひなた》にうずくまって寒さに震えていた。

トゥルーズ伯が教皇に対して恭順の意を示されたのは一二〇八年の年の瀬だが、その知らせは、年が明け、一月の半ばになってルヴォージュの城に届いた。しかし、その後何の音沙汰もなかったことから、これを機に、十字軍の決起は沙汰止みになるという噂も城内に流れた。とはいえ、わたしは以前ロベール様から教皇の悪だくみについて聞いていたから、十字軍の侵攻準備はむしろ着々と進んでいるものと思っていた。そうこうするうち、フランス王フィリップ様が、諸侯たちに十字軍に参加することだけはお認めになったという知らせが入る。三月も末のことだ。とすれば、十字軍は実際決起したはずで、教皇の執拗な督促に、とうとうフィリップ様も根負けされたということだろう。誰が、誰から聞いていい出したことなのか、決起した十字軍はすでにローヌ川沿いを南下してリヨンに向かっているという。城内に動揺が走ったことはいうまでもない。召集されたにわか兵士たちは一時《いっとき》上気し、そのまま奮い立つかに見えたのだが、二日たち、三日たち、十日、二十日とたつうちに、もとのように陰鬱なだけの男たちに戻ってしまった。もちろん、それはわたしも同様である。前年の七月、わたしがこのルヴォージュの城に詰めてからもう九ヵ月が経とうとしていた。オード様のために命を擲つとまでの決意が、時の流れに錆びつき、色も失い、物語で読むほどの高ぶりもない。どうせわたしは旅回りの恋歌唄い、たまにオード様のお館を遠目に見るため出かけることはあっても、城壁の下の干し草の山で日がな一日ふてくされる肝の据わらぬ据え物同然、髭だけが惨めに伸びた。

そんなわたしがルヴォージュの城を離れたのは五月も末になってからである。誰の指図があったわけでもない。わたしが勝手に決めた。

五月の末、ラシャイユのロベール様の居城から五名ばかりの騎馬武者が来た。兵員と荷役のための人員が不足したというのだ。ルヴォージュに補充兵として集められた領民たちの中から七、八十ばかりを連れていくという。ということは、大半がいなくなるということだ。

どんな気持ちが働いたのか、鬱屈した日々への不満はあったのだろう、しかし、それよりむしろ、祭りの行列についていくような、浮かれた気分が確かにあった。わたしはついふらっと兵士たちのあとを追い、まあ、いいか、と自分にいい聞かせた。わたしは十字軍のあとを追う荷役兵たちの中に紛れ込んだのである。持ち場を離れたみたいだが、ルヴォージュの城でも、わたしは客人扱いであったし、ロベール様は出陣されたか、出陣の準備だかでご多用中、さしあたり、ルヴォージュでのわたしに役目はないと思った。もちろん、オード様のことは気がかりだったが、戦争ははるか南で起きること、過激なカトリックの戦士たちはみんな南へ出払っているはずなのだ。だから安心とまでは思わないが、わたしひとり留まったところで、お役に立てるものでもない。そうと分かれば、情勢の見聞くらいはしてみたかった。どこで、何が、どう起きているのか、あの頃のわたしには見当もつかなかったのである。ちょっと出かけて見てみよう、多分、その程度の気持ちで騎馬兵たちのあとを歩いたのだと思うし、実際、そうとしか思い出せない。

ラシャイユのロベール様の居城に立ち寄ったわたしたちは、荷台の長い十四もの荷車に糧秣や武具を積んだ。城内の兵士たちはほとんどいなくなっていたが、城壁内にも城壁の外にも人々の陽気な賑わいがあった。戦争は人間の感情を煽り活動を活発にさせるものなのだろう。顔見知りの年老いた鶏舎番の男でさえ遠くからわたしに手を振って、「よう、お前も行くのか」と威勢のいい声を投げかけてきた。わたしたちはそんなにぎわいのラシャイユに三日ばかり逗留し、荷車を十四そろえて城を発った。補充兵を含めて百近い隊列のあとに馬が牽く荷車が続き、そのあとを五十ばかりの牛や馬の群れがついてくるというのんびりした行列だった。やがて戦端が開かれるトゥルーズははるか彼方、家畜を追いつつ、荷車のあとを行くのでは気が滅入るほどの日数を費やすと思った。しかし、ローヌ川沿いを南へ下った行列は、アヴィニョンの手前からセヴェンヌの山際の道を採ってトレアールという、モンペリエ北方の村で急に止まった。そして、動かなくなった。聞けば、十字軍はモンペリエの南、ベジエの町の攻略に向かったのだという。

なぜトゥルーズではなくベジエの町が襲われるのか、当時のわたしに分かるはずがない。ベジエの町は二、三度通り過ぎたことはあったが、トゥルーズからははるか遠い南の土地だし、そもそもトゥルーズ伯領でもない。すべてはあとで聞いた話だが、われわれがまだローヌ川沿いを進んでいた六月の十八日、教皇に恭順を誓われたトゥルーズ伯レーモン六世の改悛の儀式がサン＝ジルの地で執り行われたらしい。これによってトゥルーズ伯は教会の敵ではなくなり、十字軍はトゥルーズ伯領に攻め込む根拠を失うことになったのだという。大挙して軍を押し立てやって来たところが、華々しい戦いもなく、さしたる獲物もないまま軍を退くことが可能かどうか。十字軍の総帥、シトー会大修道院長にしてナルボンヌ大司教アルノー・アモリーとその周辺の狂信的な聖職者たちは、ありふれたいい回しだが、振り上げたこぶしのやり場に窮してしまった。そんな時、カタリ派の擁護者として名高いべジエ・アルビ・カルカソンヌの子爵レーモン＝ロジェ・トランカヴェル様が十字軍総帥アモリーの許を訪ねられる。トゥルーズ伯が教会側に寝返った以上、抵抗しても詮無《せんな》しと見られたのだろう、恭順の意を自らお伝えになった。アモリーとその周辺の聖職者たちは愁眉を開いたというところか、やっと振り上げたこぶしのやり場を見つけたのである。十字軍はトランカヴェル様の服従の申し出を撥ねつけ、狙いをベジエの町に定めた。トランカヴェル様の居城カルカソンヌからは最も遠いオルプ河畔の丘の町である。

今も、ベジエの虐殺さえなければ、と思う時がある。そう思って、涙を浮かべることがある。多くの人、そしてオード様の身に害が及ぶのを避けることができたのでないかと思うからである。人の心は強力な可燃物で、火が付くとたちまちにして燃え上がり、おのれの炎におのれが焼かれ、あたり一面灰燼《かいじん》に帰そうが止むことがない。いくら聖戦を謳《うた》おうと、女も子供も、教会の信者たちでさえ焼き殺すことが、人の業《わざ》ではあっても、神の御心であろうはずがないのだ。しかし、それならなぜ、神は人にそのようなむごい心をお許しになったのだろう。神意はどこにあるのだろう。ベジエの町はほんの皮切り、人は人を切り刻み、生きたまま人を燃やす。人は自身の蛮行に煽られ、留め処なく残忍になるのだ。

わたしが戦場のロベール様の許に伺ったのは、ベジエの町が落ちて二、三日経ってからのことだ。前年の十一月以来、ほぼ九ヵ月ぶりの再会である。ルヴォージュの城を離れたことのいいわけくらいはしておきたいと、野営地を訪ね歩いてやっとお目にかかった。

ロベール様はオルプ河岸の防御のための土塁に体を横たえておられた。残党狩りから戻られたばかりなのだろう、鎧帷子は脱いでおられたが、鉄甲の乗馬靴や飾り金具の胴衣はそのまま身に着けておられた。ロベール様は空ろに宙を見ておられたが、近づくわたしにはすぐ気づかれて、驚いたお顔をされた。それは、ご不快なお顔ではなかった。

「何と、はるばる。いつ来た」

「つい、十日ほど前、荷役の者たちと一緒に」

「そうか、それにしても長く会わなかった」

「はい、もう九ヵ月になります」

「何だ、そんなか、もう二年も三年も会ってない気がする。しかし妙だな、あんたを見たとたん、わたしはなにやら見知らぬ場所にいる気がした。ほんとのわたしはどこかほかにいるような……。なあ、ギロー、正直をいうとね、わたしは野試合で剣を振るうことはあっても、実際の戦さに出たのはこれが初めて。人を殺したのも初めて、そのせいもあるかな」

ロベール様は笑っておられた。自分の行いに怯えておられるような、引きつった笑いにわたしには見えた。

「今日はふたり、逃げようとするから、追っていって殺した。どうせ町人だろう、無益な殺しだ。逃げたのはあと二人か三人いたが追わなかった」

わたしはロベール様の笑いに合わせて、曖昧な笑みを浮かべていたが、実はこの時、ベジエの町でどれほど残虐な殺戮が行われていたか、遠い宿営地にいたわたしはまったく知らなかったのである。十字軍は、教会の中に難を逃れた女や子供たちまで、火をつけて焼き殺した。異端者たちをかくまった以上、ベジエの住人は、女であろうと子供であろうと、たとえカトリックの信者であろうと容赦はなかった。皆殺し、それがこぶしを振り上げた十字軍総帥アモリーが下した一撃。聖なる旗標を高く掲げた騎士たちですら獣の雄叫びを上げ、野獣のような残忍な振る舞いをした。もちろん、ここでの残虐非道があったおかげで、反抗的な近隣の領主たちが次々と投降することになるのだけれども。

「疲れる」

ロベール様はふうーっとながい息をつかれたあとで、ぽつりとつぶやかれた。わたしにはどこか寂しげにも聞こえた。

「命のやり取り、いや、なぶり殺しか、疲れる。疲れるせいか、ぐっすり寝る、起こされるまで寝る。食はあるよ、旺盛に。よく寝るし、よく喰う」

そうか、そういうことか、とわたしは何とはなしに気づいた。腹の中に別のものが詰まっているいい方なのだ。わたしに訊いてみたいことがおありなのだろう。

わたしは媚びる気持ちでお応えした。どうせ用意していた返事だった。

「お伝えするほどのことでもないのですが、オード様のお館にさしたる変わりはないようです。今も人の出入りは夜だけのようですが、春になって、お館の脇の耕作地で何かを育てておいでのようです。時折、中から人が出てきて、一時《いっとき》、野良仕事をしているようですが、遠くからだと見分けがつきません。女の方はみんな同じ服を同じように着ておりますし、髪を隠しておいでですから、どなたがオード様が、わたしにも……。でも、人々の様子を見る限り、健やかにお暮しのことと思います」

「近くへ行って、ルヴォージュへの退避をお願いするとか、そういうことはできないのか」

「それはもう、とても警戒されております。知らない者が近づけば、みんなお館の中に駆け込んで明り取りの窓も閉じられてしまいます」

「そうか、そうだろうな。思えば、随分お目にかかっていない。もう四年になるか。今はもう季節ごとの思い出だけ。不思議な気持ちだ。今のわたしが夢なのか、あの頃のわたしが夢なのか。わたしの心は、ほれ、あの雲のように、夢から夢へ漂っているようだ」

ロベール様は雲を見上げておいでだったのだろう。しかし、わたしは雲を見上げなかった。気紛れな騎士の感傷に引きずり込まれたくはなかった。

「なあ、ギロー、かつて、わたしのような思いをした男がいるだろうか。あのトリスタン様でさえ、モロアの森を去っていかれたイズー姫に変わらぬ思いを貫かれた。幾多の試練を乗り越えられたのは、イズー姫への誠の愛があればこそ。愛のみがトリスタン様の味方だった……しかしわたしはどうだ、わたしはオード様の喉元に刃を突き立てるようなことを躍起になってしている。わたしが突き刺す刃でオードさまの喉元から血が迸《ほとばし》り出るのだよ。悪鬼の形相になったわたしが、喉元に、血濡れた刃を……これがわたしの愛か」

こんな時、こんな話にまともに応えられるだろうか。わたしは無表情でいたとは思うが、いくら妄想にしてもむごたらしすぎるとは思った。どうせ今しがた、落ち武者ふたりを血祭りに上げられた興奮に酔っておられるのだろう。

わたしは冷めた思いで、

「ルヴォージュの城でこそ、ロベール様の本当の戦いがありましょう。何としてもオード様をお守りせねばなりません。何も今、躍起になってお働きになることはない、オード様のためにこそ、命を賭してお働きくださるように……そのために、わたしはロベール様に従っております」としらじらしい言葉を熱意を込めていった。

騎士などというものは、剣を持たせば見境がなくなる男たちなのだ。いっても聞かないだろう。しかし、こんなところで討ち死にされると困るのは本当だから、言葉の熱意に嘘はなかった。

わたしの話に、ロベール様は不思議な笑みを浮かべられた。お気持ちを探れないような笑みだった。

「今朝、どこの領主様の軍勢か、ナルボンヌへの道を進んでいきました」

わたしは話を変えた。これ以上オード様のことについてロベール様と話したくはなかったし、むしろロベール様の方がもっと不機嫌そうに口をつぐんでしまわれたからである。難しい立場におられるご自身を扱いかねておられるのか、ひりひりとした感覚が伝わる。わたしはロベール様の口からどんな言葉が飛び出すか恐れるような気持ちでいた。

ロベール様は一度わたしを睨むように見て、その眼を空に向けられた。ぐるりと空を眺め渡し、きっぱりとした声で、わたしではない相手にお応えになった。

「ナルボンヌの町はもう投降した。先陣はもうベジエを発ってカルカソンヌに向かっている。トランカヴェル様は守りを固めておられるだろう。封臣たちを集めて籠城の構えだと聞いた。カルカソンヌに堅牢な城塞都市ベジエのようにはいかんだろう。人が多く死ぬ」

さっき眺めておられた空の雲が流れて、ロベール様の見上げる空にはベジエの町の方から上がる白い霞のような煙があった。きのうは黒煙を上げていたが、今日は見えるともない幾筋かの白い煙になってつかの間空に昇り、風にもてあそばれて消えていた。

「明日、わたしはヌヴェール伯の本隊に合流する。あさってにはここを発つ」

ロベール様はゆっくり体を起こされた。退散しろ、ということだ。近習の騎士がひとり近づいてきた。

意外だったのは、わたしにルヴォージュへ戻れとはお命じにならなかったことだ。わたしは無断で持ち場を離れたと思っていたから、お叱りを受けるかもしれないと恐れていたのである。ロベール様は近習の者とふたり、わたしとは反対の方へ歩いていかれたが、途中でご自身の剣を拾い上げられ、刃こぼれを確かめるおつもりか、捧げ持たれた剣を陽にかざされた。刃《やいば》に見入るそのお姿が、はっとするほど不気味なものに見えたのは気のせいだったのだろうか。

わたしたち荷役のための雑兵は、軽微な負傷を負った兵士たちを糧秣の荷車に乗せて運んだ。警護の騎馬兵は多くが本隊に戻り、残った七騎の警護だけで、二十四、五に増えた荷車と二十ばかりの分捕った軍馬、そして家畜たちのながい行列を作った。途中、負傷した兵士がひとり熱を出し、そのまま死んでしまうと、荷役の雑兵がふたり逃げた。ベジエの惨状を見た者たちだろう。

わたしたちはオード川沿いを西へ直接カルカソンヌの町を目指した。いろんな部隊の行軍もあり、荷車隊も入り乱れて、丸々十日の行程になった。カルカソンヌの町はオード川をはさんで北と南に分かれている。ロベール様の部隊は城壁に囲まれたカルカソンヌの南側に陣を敷いておられたのだが、わたしたちは城壁のない北側の町はずれに野営地を定めた。分捕った軍馬や家畜たちを放牧するためである。オード川の北地区はすでに十字軍の手に落ちていたが、難攻不落を謳われた南側の城郭を十字軍は攻めあぐねていた。火の手も鬨《とき》の声も上がらないのは、ちょうど、アラゴンのペドロ二世が和平のための仲裁に動かれていたからである。

本来、トランカヴェル様の子爵領はアラゴン王家に宗主権があり、トランカヴェル様はペドロ二世の封臣に当たられるのである。十字軍はご自身の封臣を敵とみなしその領地に攻め込んだのだから、宗主ペドロ様にすれば黙って見過ごせるようなことではない。これを許せば、フォア伯領を含め、ピレネーの北側の封土にまで強大な教皇庁の権威が及びかねないのである。俗権に対する教権の介入、これを不当として、フランス王フィリップ様もトゥルーズ伯領へ向けようという十字軍を最後までお認めにならなかった。ペドロ二世にしても、宗主としての権威が十字軍によってないがしろにされるとお考えになったのだろう。

ペドロ様はイスラムの侵攻を防ぐための大軍をイベリア半島に残したまま、急遽子爵領に駆けつけられ、二度目となる仲裁を試みられたのである。しかし、十字軍総帥アルノー・アモリーとその幕僚たちの要求が、城の無条件明け渡しとトランカヴェル子爵ご自身を含め近習の騎士たちの追放であったため、これでは降伏したも同然と、トランカヴェル様は断固拒否され、城の住人たちやかくまっている異端者たちをも守り抜く決意をされる。結局、交渉は決裂し、ペドロ二世は、また駆けつける、と子爵にいい残したままバルセロナへ戻ってしまわれたのだった。

ペドロ様が去られたあと、十字軍はカルカソンヌの南側の市街地に攻め込む。風向き次第で、北側のわたしたちの野営地まで吶喊《とっかん》の声や軍馬のいななき、そして投石器による攻撃で瓦解する建物の響きも届いた。しかし、攻城軍の奮闘も、頑強な守備兵たちの抵抗に合うと、逆に押し返される始末、城郭にたどり着くのさえ危ぶまれた。策に窮した十字軍は休戦協議のための使節を送る。一度はペドロ様の仲裁を拒絶されたトランカヴェル様だが、この協議に応じられたのは、城への取水口が塞がれ水源を断たれていたからだそうだ。城壁内に難を避けた大勢の市民たちが水不足にあえぎ、八月の照りつける太陽の下、渇いた兵士たちも戦う気力を失っていたという。休戦は避けられないとして交渉に臨まれたトランカヴェル様だが、うかうかと罠にはまってしまわれたのか、住人たちの苦しみを見るに見かねて、自らを犠牲にすると覚悟を決めておられたのか、協議の場には出られたものの、その場でやすやすと捕縛され地下牢に放り込まれる。そして、四ヵ月後の十一月、獄中で病に斃《たお》れられたというのだが、それをそのまま信じる者など誰もいない。

ともあれ、おびき寄せたトランカヴェル様をこうして獄につなぐと、十字軍総帥アルノー・アモリーは、八月の十五日、十字軍に加わった諸将たちを呼び集められた。アモリーはその場でトランカヴェル子爵からその爵位の剝奪を宣言し、子爵領の没収を表明される。しかし、異教徒の土地ならいざ知らず、いかに教皇の特使といえども、アラゴン王家の封土、封臣に対してそこまでの権限はない。のちの紛糾が予想された。アモリーは取り上げたトランカヴェル様の領土をヌヴェール伯に与えようと、その旨伯に打診はされたが、子爵領は広大で稔りも豊か、かえってフランス王フィリップ様のご不興を買いかねない。十字軍に反発する領主たちも域内には多くいたことから、ヌヴェール伯は辞退され、同様の理由で、ブルゴーニュ公もサン＝ポル伯も辞退された。ここで浮かび上がってきたのが、北仏シュヴルーズの小領主、シモン・ド・モンフォールであった。ベジエからカルカソンヌに至る緒戦で目覚ましい活躍振りを見せ、総帥アモリーの眼に留まっていた男である。アモリーはこの男に爵位を授け、トランカヴェル様の領地を受け継がせられた。もちろん、これも教皇特使の分限を超える。宗主ペドロ二世は憤慨されて、シモンによる封臣の誓いを拒絶された。しかし、以後、十字軍はこの男を総大将に祭り上げ、戦禍をラングドック地方全域へ広げていくことになる。

あの頃のことを思うと、今もわたしは不思議に思う。そして後悔もする。わたしはなぜカルカソンヌへ向かったのだろう。そして、だらだらとそこに留まったのだろう。ロベール様が討ち死にされるのを恐れたから、というのはあとからの理屈。戦いの場を遠く見ながら、わたしはロベール様のことなど気にもかけなかった。わたしは、例えば、川の氾濫を高台から眺めるようにカルカソンヌの攻防を見ていたように思う。感嘆と怯えが同時にあった。しかし、わたしは茫然と眺めるだけ。疑問も何も、大きな夏雲が浮かぶ穏やかな青い空の下、何百もの人の命が眼の前で奪われていることの不思議さに圧倒されていた。もちろん、この戦闘の終結の仕方によっては、オード様の身の上に良くも悪くも影響がある。そのことから、オード様の身を案じて、戦いの行く末を見届けようとしたというのも、やはりあとから思いついた理屈。あの夏の日々、わたしは何を考え、何を願っていたのだろう。

なすすべもなく、ただ心をひくひく震わせて、男たちの殺し合いを見ていたわたしは、わたしがいるべき時に、いるべき場所にいなかった。最初から、わたしは間に合わなかった。

こうして、カルカソンヌが十字軍の手に落ち、あり得べき惨事だろう、城内の住人や逃げ込んだ市民たちは衣服をはがれ無一物にされて放逐される。カルカソンヌの資産すべてが十字軍の分捕りになって、お祭りかと思えるほどの陽気なにぎわいに市街地は沸いた。わたしたちの荷車には鎧帷子や兜が山と積まれ、敷物やタペストリー、調度品などが運び込まれる。わたしが手伝ってやらなくても、疲れ知らずの兵士たちが声を掛け合い汗だくになって働くのだった。戦争は人間の陽気な活動、それはそうに違いないが、わたしは西のフォア伯領へ逃げていく痩せた肩の女たちや蓬髪《ほうはつ》の子供たちの姿をよく覚えている。忙しく立ち働く男たちの中を、脇目も振らず逃げる人たち。途中で飢えて死ぬだろうと思えるような女子供をたくさん見た。

ともあれ戦争は終わった。異端者や異端者たちをかくまった者たちに神の鉄槌《てっつい》が下った。これでもう十分だろう。わたしは多少の安堵もあって、遠くオード様の身の上を思うのだった。根拠も何もないのだが、これで最悪の事態だけは避けられそうに思っていた。戦争はもう終わったのだから。

そんな矢先のことである、ロベール様が羽根つき帽子を深くかぶって北側の野営地へやって来られた。いつもの近習の騎士たちもまるで遠出に出かけるみたいに色とりどりの乗馬服。ロベール様は鞭で羽虫を払っておられた。わたしに気づかれたロベール様は、馬上から「ギロー、近くへ」と厳めしい声をかけられた。わたしは平身しつつ近づいていった。

馬から降りられたロベール様は、

「ヌヴェール伯がお戻りになる。ここ数日のうちにわたしもラシャイユに戻る」とやはり厳めしい声でいわれた。

「あんたは、今日か明日のうちにルヴォージュに向かってくれ。案ずるほどのことはないと思うが、しばらくルヴォージュからの知らせが届いてない。できればお館へ出向いて様子を探ってほしい」

ここまで話されると、ロベール様は人払いをなさり、わたしを後ろに従えながら夏の草地の中を進んでいかれた。もうこの頃は、カルカソンヌの焼け焦げた臭いは消え、蒸れた草いきれがねっとりと体を包んだ。

おもむろに口を開かれたロベール様はわたしからは眼を逸らし、心の内を話される時の癖なのだろう、視線を宙に浮かべておられた。それを見て、わたしも同じ宙に視線を向けた。わたしたちは並んで同じところをぼんやり見ていた。やがて、ロベール様は思い出したことがあるように、わたしの方に顔を向けられる。

「これまで話す機会がなかったのだが、去年の、多分、十一月頃だったたか、ルヴォージュに立ち寄った帰りに、オード様のお館を訪ねてみたのだよ。お会いすることがかなわないのは分かっていた。それでも、訪ねてみた……いつもなら、叔母君が応対に出てくださる、そして、少し話をしてくださる。わたしを追い払うために。しかしあの日、お館は扉も窓も固く閉じられたままで、叔母君も出てこられなかった。わたしは供の者たちを休ませて、しばらくは扉の脇に立っていた。そして、何とはなしに、前庭の小道を少し歩いてみたのだ。何を考えるでもなく、何とはなしに……。

「すると、うしろの森で鹿の泣く声がした。そして、それが合図みたいに、曇り空が急に晴れて、菜園の向こうの池に陽の光が落ちてきた。風が止んで池の水面が鏡のように空を映した。わたしはゆっくり眼を上げて、雲の隙間の澄んだ空を、遠い山々の連なりを、芽吹いたばかりの冬小麦の畑を眺めた。何でもない、ありふれたフランスの田舎、しかし、その田舎の景色をいつもオード様が眺めておられたのだと思うと、感動に、身が震えた。わたしは、どういえばいいのか、眼に入るすべてのものにオード様を感じたのだよ。山々も、森や野原も、空の光も、ありふれた景色のすべてがオード様なのだよ……はは、愚かなことを話している」

わたしは小さく首を振った。しかし、わたしに伝わる感動ではまったくなかった。むしろ、景色よりもありふれた告白に鼻白む思いがした。のぼせ上った恋男には、鹿が鳴いたくらいで奇跡が起きる。それはいいが、羽虫の舞う夏草の中で、陽に照らされて聞くような話ではない。わたしはわざと返事をしなかった。

「しかし、今は心が裂ける思いだ。わたしの戦いはあの方を追い詰めている。そして、とうとうあの方の仇となってしまった」

わたしはあきれた。そんなことがおっしゃりたかったのか。

「もうその戦いは終わりました。聞けば、ブルゴーニュ公も軍をお退きになったとか」

「わたしは加担したのだよ。あの方を害するための戦いに」

わたしは話を逸らせたい一心で、直ちにルヴォージュに向けて出立するとロベール様に告げ顔の前の羽虫を払った。こんな告白に付き合って気を滅入らせているより、大事なことはオード様をお守りすること、泣き言をいい合うより、奮い立つこと。

出立が翌日になってしまったのは、分捕った馬を放した場所が遠かったからだ。街はずれの耕作地を越えたはるか先に馬や荷車牽きの牛馬を休ませていた。そこまで行って馬を集めるのに相当な時間がかかった。直ちに、とはいったが、少し道を進めばもう陽が落ちる。その日はあきらめるしかなかった。

わたしが選んだのは分捕った軍馬の中でも際立って立派な体軀の馬だった。つやつやとした黒い毛並みで、眼が涼しい。馬体を撫でてやると、勇み立つように蹄を上げた。筋肉の張りや弾力、馬体の均整など見惚れるくらいで、高貴な生き物のような気さえした。きっと、名のある騎士の愛馬だったに違いない。わたしは分捕った鞍を載せ、はい登るようにして軍馬にまたがってみたのだが、そびえるような高さに怯えるはずのわたしが、この馬の背では戦士の面持ちになっているのが分かった。わたしはこの感動的な馬なら四日目の夜までにはルヴォージュにたどり着けそうな気がしていた。

翌日の夜明け前に、わたしはカルカソンヌ郊外の宿営地を発った。さすが軍馬、並足でも風を切る速さで、その日は無理かと思われたトゥルーズに夕刻を過ぎてから着いた。わたしは夕闇のトゥルーズの街並みを駆け抜け、北側の町はずれに宿を取った。翌日も夜明け前に、わたしは馬を駆って北のモントーバンへ急ぐのだった。徒歩で何度も通った見慣れた道を軽快に旅するわたしは、愛馬にまたがった勇猛な騎士で、オード様のお役に立つため、命すら投げ出すのだった。わたしはそんな自分に酔っていたから、馬の疲労に気づかず、モントーバンを過ぎたあたりでやっと自分の疲労に気づいてから、馬の衰弱ぶりに気が付いた。わたしは馬を下り、北のカオールの町へは衰弱した馬を牽いて歩かねばならなくなった。カオールの宿に着いたのは陽が落ちてからになったが、ここまで来ればあと二日か三日の行程、カオールを朝発てば、夜には多分ブリーヴ・ラ・ガイアルド、その翌日の夜までにはルヴォージュに着くはずだった。

ほとんど夜明けと同時くらいに、わたしはカオールの町を出た。逸る気持ちがあったせいか、あたりの景色を見るゆとりはない。両脇は山だが、道はなだらかに先へ先へと伸びている。その道を、わたしは切羽詰まった顔つきで馬を駆り立て進むのだった。わたしがそうまで気が急いて馬を急がすのにはわけがあった。戦争は終わったはずなのに、なぜ急にルヴォージュへ戻れとロベール様がお命じになったのか、そのことがふと気がかりになり、やがて不安になった。悪いことは考えまいとしながらも、よくない兆しがあるのだろうかと、そのことばかり考えていた。そして、ふと気づいた時、わたしは人気《ひとけ》の絶えた小暗い森の中の道にいたのだ。夏の草木が道を狭めて生い茂り、獣の気配がじかに感じられた。あえぐ馬をなだめつつも急ぎ道を進むと、大きく曲がった道の先に倒木が横たわり、その枝が逆茂木《さかもぎ》のように突き立っているのが分かった。厄介なことだと思ったとたん、どこからか男がふたり飛び出してきて、ひとりが槍のような棒切れでわたしを突いた。たまらず落馬したわたしに、別のひとりがこん棒でわたしに殴りかかってきた。記憶にあるのはそこまでだ。どこをどれだけ殴られたのか、痛みを覚える前にわたしは失神してしまった。普通の野盗ならわたしを殺していただろう、いや、殺すつもりでいたのだろう。どうでもいいことだが、ここ一年ばかり、わたしは体を鍛えていたし、少年の頃、曲芸まがいの大道芸を仕込まれていたから、落馬や男たちの攻撃から無意識に身をかわすことができたのかもしれない。意識が戻って体中の痛みに身を捩るわたしだったが、気づけばほとんど素裸にされていた。ふたりが帯びていた剣を使わなかったのはわたしの衣服を奪うためだったのだろう。

森の中で、わたしは旅の学僧に拾われた。学僧は傷の手当をしたあと、粗末な衣服と水筒の水を残して近くの人里へ助けを呼びにいった。そこからあとの記憶は曖昧である。わたしは何かに運ばれて、貧しい家のひとつしかない大きなベッドに寝かされた。いろいろと傷の手当がされ、危険な状態が去ったからだろう、翌日は畜舎の藁の上に寝かされた。学僧も同じ藁の寝床に寝て、わたしの介抱をするのだった。パリへ向かうというその学僧は、その次の日に畜舎を去った。感謝の涙を浮かべたわたしに、十字を切ってラテン語の祈りの言葉を残した。わたしはその畜舎に五日か六日、あるいはもっといただろうか。世話をしてくれたのは小さな子供が四人いる若い夫婦で、女の方が背も高くがっしりしていた。男は優しい声の小さい男だった。貧しい食事を分かち合うのだが、わたしは子供たちのために、ほんのわずかしか食べなかった。心配した女は、わたしに牛乳をふんだんに飲ませた。畜舎を去る時、家族一同、牛たちまでも、道に出て幸先を祈ってくれた。わたしはもうふたりの名前を思い出せない。パリへと去ったあの学僧の名前も。

あとのことは、思い出そうとすれば思い出せる。しかし、何もかもがぼんやりとしか思い出せない。わたしは杖を突いて歩き物乞いをした。母と一緒の幼いわたしが、遠い昔に習い覚えた物乞いの旅。わたしは、道行く先の町並みに教会の尖塔を探し当てる。目星をつけた教会にたどり着くと、階段脇にへたり込んで道行く人に憐れを乞う。道行く人には無視されても、たいていは教会の司祭か助祭か誰かが出てきて、わたしに一食か二食分の食料を下さる。もちろん、神の祝福も一緒に下さる。とはいえ、日が暮れても、夜のとばりが下りてきても、固く門扉を閉ざしたままの町の教会もあった。どの町も幾度か通り過ぎたことのある町。その時々の記憶が混じって、どの町で何があったかは思い出せない。ただ空腹で、夏の渋い木の実だけがその日の食べ物であった日もある。今も目に浮かぶのは遠い山や野原や林、そして、なだらかな耕作地の光景、そこにわたしがいなかったと思えるくらいのあやふやな光景。わたしは、オード様やロベール様、十字軍の動きやらを気にかけ、心配していただろうか。まさか、の予感に道を急いでいただろうか。確かな記憶は何もない。ただ空腹で意識をもうろうとさせていた。そして、ルヴォージュの孤城が遠く見えたと分かったとたんに、恐らくは空腹のためだろう、わたしはすとんと気を失った。

わたしには側頭部に傷跡がある。今はもう疼きはしないが、髪の毛をかき分け傷跡を探ることはある。そして、涙を浮かべるのだ。何のお役にも立てなかったかもしれない。しかし、間に合わなかったことが悔しいのだ。いや、それは違う、なぜわたしはルヴォージュを離れたのか、なぜ、カルカソンヌまで十字軍と行動を共にしたのか、一体、何がわたしをそうさせたのか、何もかも納得できないのが悔しいのだ。

8

今日になって、急にエルムリーヌの態度が変わった。わたしの前でせかせかと動かなくなった。まるで、臥せっている病人への気遣いみたいに、わざと動きを緩慢にしている気がする。扱いにしてもやはり変わった。今朝、わたしはイノシシの血の煮凝《にこご》りを食べさせられたのだが、渡されたスプーンの柄にはブドウの房のような飾り彫りがあり、その柄が奇妙に反り返っていたのだ。柄が反り返ったスプーンなど扱い慣れていないから、手で柄をつかむのか、指で挟むのか、困惑してスプーンをもてあそんでいるうち、ふと、ロベール様もお使いになったに違いないと気づいた。とたんに、飲み込んだ生臭い血の固まりが吐き気と一緒に戻ってきて、口の中が胃からの還流物でいっぱいになってしまった。わたしへの格別の気遣いだろうが、かえって迷惑。イノシシの血の固まりなど、二度と食べようとは思わないし、気遣いも過剰だと思った。

きのうのことだ、久しぶりにわたしを診にきた老修道士に、しばらく修道院で養生することを勧められた。しかし、卑しい芸人上がりのわたしである、大いにためらい、固辞に固辞を重ねたのだが、老修道士はそれでも善意の医師であるから、施薬院で養生するのがいちばんいいといい張る。どっちも引かないやり取りがしばらく続いたところで、そばで見ていたエルムリーヌが間に入り、宿でしっかり面倒をみます、といってくれた。今朝のエルムリーヌの態度の変化やわたしに対する過剰な配慮は、きのうのことがあったからだろう。ありがたいのはもちろんだが、この刺繍だらけの服だけは余計なお節介なのだ。生地が厚くて着心地もよくないのに、わたしはまたロベール様の服を着せられてしまった。わたしは抵抗したのだ。勘弁してくれ、と。急激に痩せてしまったわたしが着ると、道化が被るだぶだぶの服みたいな感じなのだ。

「おじさんなら、いませんよ。セージの花、採りにいくって出かけました」

わたしが厨房に顔をのぞかせると、エルムリーヌは聞きたいことを先取りしていった。

「ああ、セージの花ね、そうなのか」

マルタンは何をしても不思議な男だ。花を摘むひょうきんな老人の姿が想像できた。それにしても、年寄りが花を採ってどうする気だろう。花冠でも作って頭に載せるか。

「お墓に飾るんじゃないですか、時々やるんですよ、あの人、似合わないのに」

「ああ、墓ね、そうか、そうだったのか。亡くなった奥さんの墓だね」

ひょうきんな老人、はまずかったかもしれない。どうやらわたしはマルタンたちを、気がいいだけの野卑な人種と見下しているようなのだ。昔から、傲慢なわたしだった。いくら高貴な人たちと交わったからとはいえ、わたしはもともと薄汚い旅芸人にすぎないのだ。

「ちょっと下《しも》の方に行くと、修道院のセージ畑があるんですよ。花が咲くとね」

「それはいいね、とてもいい。とてもマルタンらしい」

わたしは自分の傲慢を恥じつついった。

「だったら、生きているうちに大事にしてあげればいいんですよ」

「ふふ、それはその通りだ。しかし、普段からそばにあって、いつも目にするものは、失くしてから大切さが分かるものだよ」

「でも、物じゃないんですからね、人は。死んでからじゃ、遅いわ」

なるほど、うかつにものはいえないものだ。わたしは、

「じゃあ、マルタンはひどい亭主たっだのかね」

と、媚びる笑いを浮かべていった。

「いえ、そうでもないですよ、あのまま。でも、あのままが困るわ。あの人、半分はあの修道院で育ってるんですよ。何教わってきたのかしら」

わたしは声に出して笑いつつ何度もうなずいた。あのままのマルタンか、それは確かに困る。

「まあ変わった人だね。わたしはいろんな人を知っているが、ちょっといないね、あんな人は。もちろん、いい意味でいうんだよ」

「いいはずありませんよ。セージの花だって、採ってるとこ見つかると、叱られるんですよ。それでもやめないわ」

「そうか、叱られるのか」

しかし、恋しい人の墓があるのはいいことだ。わたしはそのことを思った。墓がありさえすれば、花で飾ることができるのだ。

エルムリーヌはもう声をかけてこない。これも死が近いわたしへの気遣いなのだろう。しかし、わたしはもう五十七、死が遠くにあるわけではない。そう思って、わたしは櫃《ひつ》の底を手探りするエルム

リーヌの襟首の汗をぼうーっと見ていた。襟首に光る汗は見る間に顎を伝い、いったん小さな光の玉になって、ぽたりと櫃の底に落ちる。それを見て、ああ、エルムリーヌもいつか死ぬのだろうな、と思った。あ、いかん、縁起でもない、とすぐに自分を戒めはしたものの、人の死など格別なことでも何でもないのだ。たった二日三日の戦いでも、おびただしい死が生み出される。飽きるほど見てしまった。

「ところで、エルムリーヌ、この宿で、死んだ客はロベール様だけなのかい。たくさん人が来るから、なかには、ほら、死んでしまう客だっているんじゃないか」

わたしは自分に意地悪をいう気持ちでエルムリーヌにいった。死んでしまう客とは暗にわたしのことだ。なぜだろう、勧められた修道院での養生がただならぬ事態の予告であるように思えて、多少は狼狽《ろうばい》気味でもあったからか、わたしは、わたしに対してひねくれていた。

「そりゃあ、病気になったり、怪我をして運ばれてくる人はいますよ。でも、修道院から人が飛んできてくれますから。重病になったら、ふつう、修道院へ運ぶんですよ」

「そうか、済まないねえ、わたしがわがままいって」

厨房から広間に戻ったエルムリーヌは襟を拡げて風を入れた。わたしは広間の表口の方へ移って、巡礼たちの荷物台に体をあずけた。宿の扉は大きく開け放たれているのだが、ふと見ると、その入り口の真ん中を猫のロベールが尻尾を立てて入ってくる。おおっ、と思った。猫はわたしの方をちらとは見たが、その歩きぶり、眼の向け方、ここはおれの宿だといわんばかりの態度である。

「ね、領主様気取りでしょ。ここに来て、まだ六日か七日くらいですよ。ロベールったら、ほら、あの壁に出てる梁があるでしょ、夜はあそこにいて巡礼たちが騒いでいるのを見下ろしているらしいです。名前のせいですかね、領主様みたいだって」

「確かに」

わたしは猫のロベールを抱き上げようと近づいたのだが、わたしの気配を感じただけで、素早く厨房の方へ逃げてゆく。こうなればもう捕まらない。わたしはゆっくり宿の外に出て、日陰の空き樽に腰を掛けた。ながく立っていたせいか、息が荒い。日向に眼を向けるとめまいがしそうで、わたしは眼を閉じ宿の壁に背中をあずけた。何を思うこともなく丘を登る風を感じていて、そのうちふと、わたしは眼を開けた。気にかかることがあった。

とっさに、わたしは立ち上がり、そばにあった巡礼の杖を取った。思い立った勢いで気は急くのだが、体が緩慢にしか動かない。目指す先を思い浮かべ、深い息を吐いたあとで、わたしはゆるい坂を登り始めた。最初から足元がおぼつかないのは、しばらく寝ついていたからだろう。息があえいで嫌な汗が噴き出るのも、夏の陽射しのせいだろう。しかし、丘の上まで登るのはとうてい無理と思ったので、わたしはロベール様の墓が見えるあたりで立ち止まり、杖に体の重さをあずけて乱れた息を整えた。背を伸ばせば、かろうじてだが、丘の上に墓が見える。その墓にはセージの花がないのも分かった。落胆はした。しかし、一体、わたしは何だ、と同時に思った。何のために病いの身を押し、息を切らせて坂を登ったのか。

わたしは、ゆっくり坂を下りた。膝がかくりと折れそうで、登る時より用心した。巡礼者の四人連れが二手に分かれ、足早にわたしの両脇を通り過ぎた時は、体の均衡を失って倒れそうになったくらいた。ようやく宿にたどり着くと、わたしは宿の脇を通って裏口から奥の土間の部屋に戻った。わたしは戸口の脇の水瓶に顔を近づけ、冷えた水をじかに飲んだ。飲んだ姿勢のままのわたしは、暗い水面の向こう側から、わたしは何だ、何のために墓を確かめたのだ、と問いかける暗いわたしに向き合っている。問いかけられたわたしなのに、そのわたしですらも同じ問いを問いかけている。わたしは一体何がしたい。墓にセージの花が飾ってあったらどうなのか。

わたしは土間の隅のわたしの寝床に文字通り倒れ込んだ。少し休めば大丈夫、それはきっとそうなのだろう。しかし、それでは不安を振り払えない。腹部にこれまで感じたことのない痺れのような疼きがあった。腹に納まる臓器がひと固まりの岩のように重く感じられ、心臓の拍動ごとに鈍い疼きがあるのだ。冷たい水を飲み過ぎたせいかと思ってはみるが、不安は消えるどころか、じわじわと死が浸潤しているような感覚になる。夏の昼下がり、血が凍り付くとまではいわないが、わたしは物陰に隠れる時のような細い怯えた息をしている。しかし、死の浸潤などといえば、生きるものすべてがそうではないか。死は夏の青葉にも浸潤している。旺盛な夏の虫たちはこの世の名残りを生きているに違いないのだ。生まれてしまえばもうおしまい、あとは死ぬしかないのだから。「これの死ぬように、彼も死ぬ」、はて、これは聖句なのだろうか。どこで記憶に紛れ込んだ文句なのか。

そんなことはどうでもいい。さっきわたしは、もし、ロベール様の墓にセージの花が飾ってあれば、巡礼の杖を振り上げて、墓から払い落としてやる気でいたのだ。わたしはどこかおかしい。錯乱だな、と自分を思う。迫りくる死に怯えて、つい先だっては呪い封じの祓魔師を真似ようとした。今日はまた花を墓から払い落とそうと躍起になって坂を登った。これはもう錯乱としかいいようがない。いくら平静を装っても、正直、わたしは徹頭徹尾死ぬのが怖いし、問答無用で死にたくはないのである。

*

いちばんつらい日々の記憶はむしろあやふやなのではないだろうか。つらい記憶をたどる前から、あらかじめ胸に満ちる怒りや悲しみ。つかの間、人は激情にわれを失い、おろおろと気持ちの行き場を探すのだろう。不意の涙に驚きつつも、身を震わせて嗚咽をこらえるのは、気持ちの行き場がないからだろう。しかし、どうせ気持ちは砕ける。つらい記憶は、怒りと悲しみの大波に揉まれ、堰《せき》を切って襲いかかってくる。

夜明け前のカオールを発ち、ブリーヴ・ラ・ガイアルドへの道の途中、森の中で暴漢たちに襲われたことは本当だ。悔しいことの何もかもが本当だ。しかし、瀕死の旅を続けたわたしがルヴォージュの城を見て気を失った、というのは正確ではない。わたしは近くの農夫たちに担がれて城に戻ったのだ。半分は気を失っていたが、意識がすとんと落ちるように消えたのは、わたしが城内に運び込まれてからのことだった。

あとのことは分からない。次の日に一度眼を覚ましたらしいが、記憶にはない。その翌日に目覚めた時、そばに城守りの老いた騎士の顔があった。老騎士はわたしの肩を揺すって何かいったようだが、わたしは返事をせず、その騎士の顔をじっと見つめたのだという。老騎士は、頭を打たれて気が変になったと思ったらしい。わたしがはっきり記憶しているのは、その日の夜になってからのことだ、わたしは二階の武器置き場の片隅に寝かされていたのだが、やって来た老騎士の「ロベール様も心配されておられる」という言葉にぴくりと体が動いた。ばらばらに散っていた意識が一つになった。

「ロベール様、ロベール様はこのルヴォージュにおられるのですか」

「ああ、十日ばかり前に戻られた」

十日、と聞いて頭の中がくらりとなった。日にちの感覚が頭の中から消えていた。あとで思えば、カオールの先で、厄介になった若い農夫の家族に別れを告げてから、わたしは八日あまりを歩き通して来たのだった。ほんの数歩進むたびに、傷の痛みに立ち止まったり、空腹で道端に座り込んだり、そうこうするうち、わたしは日にちの感覚を失ってしまったのだろう。十日も前に戻られたのなら、わたしがカルカソンヌを離れて数日後にはルヴォージュに向かわれたことになる。何があってのご帰還なのか、悪い予感に血の気が引いた。わたしはまたものがいえなくなった。そんなわたしの動揺をどう見たのか、老騎士は、

「それより、あんた、最初見た時、地獄の絵から抜け出してきた男みたいだった。わしは怖くなった」といって笑ったが、あけすけなものいいは逆にわたしへの配慮であったかもしれない。わたしは城の中に異変がなさそうなこと、兵士たちの数も増えた様子がないことから、大事が起きそうな気配を感じることはなかった。だから、そのあと、わたしは眠ったのだと思う。

翌日、わたしは体力の回復を信じて、階下へ降りていった。そして、久しぶりに陽の光を浴びたとたん、体の重さが消えた。昏倒するかに思えたわたしはその場にしゃがんで眼を閉じ息を整えた。そこにはロベール様の近習の騎士たちが五、六名集まっていて、何やら深刻そうに話をしていた。しゃがんだわたしに気づいた者もいたが、わたしに声をかける者はいなかった。わたしはゆっくり立ち上がって、

「ロベール様はお戻りになっておられるとか」と騎士たちの話に割って入った。

「お体の具合を悪くしておられる。ずっと休んでおいでだ」

わたしからいちばん遠くにいた騎士が応えた。煩わしい、とでもいいたげな返事だった。

そのあと、わたしは厩の方へ向かったのだと思う。馴染みの騎馬兵がいるはずだと思った。しかし、兵士の数が減っただけではなく、騎馬兵たちそのものがいなくなっていた。わたしは厩の脇で古びた轡《くつわ》や鐙《あぶみ》を磨いていた顔見知りの兵士に、騎馬兵たちはどうしたのか、兵士たちも少なくなって、様子が変だ、何かあったのか、と尋ねた。

兵士は顔を上げ、表情を明るく陽に照らして答えた。

「どうもこうも、あんたが戻ってくる前に、異端者の火あぶりがあってな、川向うに異端者がいたんだよ。六人、ふたつに分けて三人ずつ燃やした。八人は改宗したが追放だ」

わたしは気を失っただろうか。声を上げて泣いただろうか。わたしは覚えていない。

ひとり道を歩いていて、不意に景色がおぼろに霞むと、わたしは胸騒ぎでもあるかのように立ち止

まる。そして、あの夜のロベール様を思う。行き交う人の流れにもまれて、ひとり路地の奥へ逃げてしまう時、わたしは道行く人々の顔を遠く見て、またあの夜のことを思い出すのだ。泣きはしない、泣きはせず、こぶしを握る、顔を歪める。卑怯者、裏切り者、ののしる言葉がどれほどあれば、憎しみと、怒りと悲しみに身を捩るわたしに足りただろう。あふれる涙は憎悪と怒り、悲しみは胸に満ちて息がつけない。

あの日の夜、人々が寝静まった頃合いだった、ロベール様は灯りを持ってひとりわたしの寝床までおいでになった。床に灯りを置かれ、身を起こしたわたしに向き合って、ロベール様はじかに床に腰を落とされた。床の灯りに照らされたロベール様のお顔は悪鬼そのものに見えた。

「聞いているな……わたしは何もできなかった」

そのひとことで何もかも終わったと分かった。喉から細い声が出た。わたしは、追放された改宗者の中にオード様がいらっしゃるようにと、そのことばかりを願い、祈っていた。その祈りにすがりつくしかなかった。

「恐れてはいた、しかし、ほんとに起きてしまった。こうなるしかなかったのか、今もまだ受け入れられない。悲しみはある、決して癒えることのない悲しみ、この悲しみを語り合える相手はあんたしかいない……しかし、悲しみよりは、すべてに、わたしを含めたすべてのものに抗いたい気持ちがある、それが暴れている」

わたしは黙っていた。何がいいたいのだ、暴れているといいながら、物静かなその語り口はどういうわけだ、どんな卑しい心を隠しておられるのか。わたしは憤然となってロベール様を睨みつけていた。

「川向うはオード様の叔父君のご領地。完徳女の叔母君とはご姉弟なのだから、見殺しにはされるまいと思った……そのことを願っていた。わたしは何度も叔父君とお会いもし、それとなくオード様たちへのご配慮をお願いしていた。わたしがヌヴェール騎士隊の先陣を承った時は、急ぎリモージュの司教様をお訪ねして、それとなく、わたしの願いをお伝えもした。しかし、人それぞれの思惑がどこにあるか、何もかもが……わたしには分からん」

分からんのはあんたのことだ、と返す言葉が出そうになった。もちろんわたしは黙っていたが、常々、わたしに打ち明け話をされることから、わたしは増長していたのだろう、いいたいだけいってみろ、とばかりに不遜な態度で沈黙を見せつけはした。

「しかし、わたしに何ができただろうか。あの方たちをおかくまいしたとしても、どうせ結果は同じ、家門を汚し、多くの家臣や領民たちを巻き込んで、同じ結果、いや、もっと悲惨なことに。あの方たちが、それを望まれただろうか。むしろ、心静かに……そう、あの方たちはこの世の迫害などに心乱されることはない人たちだ。しかし、わたしは……わたしひとりの振る舞いが多くの人の生き死にに関わる。わたしは家臣や領民たちを預かる身、何ができるだろう……」

わたしはゆっくり腹を立てた。何という卑怯ないい逃れだろう。騎士がいったん決意したことだ。できないことはしないのか。一体、何のために兵士を徴募し、空濠に水を溜め、逆茂木で土塁を覆ったのか。気紛れにもほどがある。今もロベール様に問うてみたい、あの方たちが「心静かに」何を望んでおられたのか、分かっておいでだったのか。いい逃れをするにしても、あまりに卑劣。ルヴォージュに集められた兵士たちも、その大半を異端撲滅の戦争に連れ出してしまわれた。それは逆ではないのか。もともと、あの方たちをお守りする気などなかったのだ。

「やはり、ベジエやカルカソンヌでの勝利が、異端排斥の機運を燃え上がらせてしまったのだろう。モンカロンでは町人たちが一斉に騒ぎ立てたそうだ。ベジエからの帰還兵たちが町人たちを煽ったらしい、オード様のお館は狂った群衆に取り囲まれた。近隣の村々からも人が来たそうだ。叔父君もどうにもできないと思われたのか、異端審問の手続きをお許しになった。同時に、わたしへ使者を向けてくださった……しかし、どうにもできなかった。何とか、オード様おひとりだけでも、と町の司祭に掛け合ってはみた。オード様にお会いして、じかに棄教をお願いする、と。しかし、それは審問の場で行うことだと冷たく言い放たれた。審問の場といっても、通例なら、教会法に則り司教法廷で行われるべきことではないか。狂っていた、群衆が……こうなる前に、何としてでも説得しておくべきだった。それを思うと悔やまれてならない。もしルヴォージュに移っていただいていたなら、違った風になっていたかもしれない。叔父君もそれを望んでおられただろう。お口添えはあったはずだ。せめて、おひとりだけでも……」

不思議なのだ、わたしごとき恋歌唄いに、このようにくだくだといい逃れをされること自体が。騎士らしからぬ自分の行いに疑念を持たれている証拠だろう。怖じ気づいただけのくせに、このいい逃れ、騎士の蛮勇はどこに捨てたか。しかも、当てつけがましい、悔やまれてならないなどと。オード様を説得できなかった責めはわたしにもある、それが分かっておっしゃたのか。

「なあ、ギロー、今になって思うが、ルヴォージュにおかくまいする、というのは自分へのいいわけであったかもしれない。そう、わたしはできもしないことをいいわけにしてヌヴェール伯に従った。最初から、封臣としての忠誠を捨てる気などなかった。……あんたは分かってくれるだろうか、難儀に遭った姫君をお救いするなど、ありふれた騎士物語だ。わたしは騎士物語の夢を見た。もしかに備えて、このルヴォージュ兵を集めたり、武具を揃えてみたりして、わたしはわざとのように夢に酔い、夢に迷ったふりをした」

ああ、何というういいわけ上手。いいわけをわたしに告白なさることが、ご自身へのいいわけなのだ。このわたしに、そんないいわけが通用するとでもお思いなのか。卑しい恋歌唄いのわたしだが、騎士物語の夢そのまま、身も心もオード様に捧げ、襲いくる軍勢の前に立ちはだかる決意でいたのだ。それこそわたしの運命と、この卑しい魂を高揚させてもいた。そんな悲壮な思いのわたしだったが、何のことはない、夢に酔い、夢に迷った卑劣な騎士に踊らされていただけのこと。わたしは見くびられていた。もてあそばれていた。

それでも沈黙を続け、不遜な態度だけで撥ねつけたのは、わたしは憔悴しきっていたからだろう。あの時のわたしには激しい感情をほとばしらせて、いいたいことをいうだけの体力はなかった。カオールの先で野盗に襲われ、傷の快癒もそこそこに八日あまりを歩き通した。人家もまばらな田舎道は食べ物を口にすることもなく夏の日中《ひなか》の道を歩いた。ようやくルヴォージュにたどり着いたそのわたしに、一体何が告げられたか……気力も体力ももたなかった。

いいたいことはまだおありのようだったが、わたしが頑なに口を閉ざしているのをご覧になって、ロベール様は腰を上げられた。灯りを床に残し、ひとり私室に戻られたのだろうが、戻られるそのお姿の記憶はない。

次の日、目覚めがあったことから、わたしは眠ったのだろう。目覚めと同時にこのルヴォージュの城を去る用意を始めたから、わたしは眠る前にもうその手順を決めていたのだろう。わたしは、昔の歌唄い仲間のひとりがナントで怪しい故買屋をやっているという噂を聞いていた。盗品を集めて主にイングランドへ送っているのだという。わたしはフランスを離れたかった。母や弟たちもイングランドへ渡ったと聞いていたこともあって、わたしはその歌唄い仲間を頼り、イングランドへ行くことを考えていた。

わたしは階下の兵士たちに混じってパンと硬いチーズと水だけの朝食を摂った。楽器以外の身の回りの物を集め、手早く旅立ちの用意を整えていた時だった、近習の騎士がやってきて、ロベール様がお呼びだ、といった。そして、そのまま地下壕への階段を下りていった。わたしはひとり階段を上ってロベール様の私室に向かった。

ロベール様はおひとりでおられた。わたしが来たことで椅子から立ち上がろうとなさったが、思い直されたかのように、また椅子に腰を落とされた。起きたばかりのような、ぼんやりとした眼をしておられた。

「眠れたか、きのうは寝付いたところを邪魔したから」

わたしは首を振って応え、声は出さなかった。そして、立ったままでいた。

「今はもう、何といっていいか分からん」

ロベール様はそういって黙ってしまわれた。わたしも黙っていた。そして、ああ、もう昼だな、と思っていた。旅立ちを急がねばならない。こんな男を相手にする時間が惜しかった。

わたしの態度に気おくれでもされたのか、ロベール様はおずおずと口を開かれた。

「なあ、ギロー、あんただからいうが、わたしは、あの方へのわたしの愛を疑うことがあった。あの方への愛は、わたしの神に背き、騎士の誓いにも背く。愛を貫くことは、わたしを裏切ることだ。これはほんとの愛なのか。愛はそこまでわたしを苦しめるのか……今はもう遠い昔のようだ、心が通い合ったと思う時はあった、わたしの思いを受け入れてくださったとも思った。しかし、急に、ほんとに急に、わたしの思いを拒んでしまわれた。わたしは、わたしを拒むそのお方のために、家臣を死なせ、領民を苦しめ、人の世に逆らう……わたしにはできなかった。愛とは何だろう。わたしの中で、わたしがひとり苦しんでいる……今はひとり取り残されて」

ロベール様は伏し目がちの眼をわたしに向けられた。わたしが黙っていたのは、蔑む言葉が出そうになったからである。ロベール様は眼に涙を浮かべておられて、それがみるみる溢れてきて、わたしは辟易もしていたのだ。

「この異端撲滅の騒ぎがなかったなら、わたしはあの方への思いを断ち切れたかもしれない。わたしの思いを拒んでしまわれた以上、あの方が平穏無事にお過ごしなさるだろうと分かれば、わたしは遠くからご幸福をお祈りすることで断念できただろう。しかし、迫害が予想された。教皇はトゥルーズ伯領を含むラングドック地方の高位聖職者たちの粛清を始められ、あのシトー会大修道院長アルノー・アモリーを教皇特使とされた。迫害はやがて現実のものになると思った。わたしはオード様のことで頭がいっぱいになった。木々のそよぎ、雲間に隠れる陽の光、あらゆるものがオード様を脅かすもののように感じた。回廊の暗がりに、ふと黒い人影がよぎるだけで、わたしはびくりとしてオード様を思い、オード様の身を案じた……想いが断ち切れなくなった。

「今はもう終わった。なるようにしかならなかった。人の望みの虚しさ、このように終わるしかなかった……しかし、ギロー、この恋に終わりはない、終わりはないのだ。あんたに分かるだろうか、わたしがどんな気持ちで炎に包まれるオード様を見ていたか」

「ひっ」と、とっさの声が喉で鳴った。息が止まり血が凍りついて、前に後ろに倒れ込みそうな体であった。

「あなたは、見たって、見てしまわれたのかっ」

「わたしは、見なければならないと思った、わたしの恋の行く末。炎の中で、わたしの恋が燃え尽きるのを。しかし、それは燃え尽きはしない、逆に、大きく燃え上がった。わたしは炎の中のオード様を見ながら、愛の強烈なまでの思いを知った。身を焼く恋の激しさ、あの時ほど、わたしは愛を実感したことはない。わたしの愛は灼熱して、今もこの身を焼く」

わたしは吐き気すら覚えた。そして、この男一体何者だと思った。いくら愛だ何だといい繕っても、実際は、身悶えして焼け死ぬ人を、眼を血走らせ興奮して見ていたのだ。

「それが本当なら、あなたは狂ってしまわれたのだ。燃えるオード様を、よく見ておられた、よく愛が実感できたものだ、ああ、おぞましい、異常だ、あなたは狂っておられる」

ロベール様は声を荒げてすぐに言葉を返された。

「わたしが平然と火刑台を眺めていたと思うのか。わたしは、空も大地も裂けよと血の声で叫んだ。陽は隠れよ、闇よ、下りてこの世を閉ざせ、と願った。燃えるオード様の苦悶の姿はわたしの姿だ。燃え上がるわたしの姿だ。オード様は燃え尽きてしまわれたが、わたしの中で今も赤々と燃えておられる、わたしの苦悶は燃えるオード様の愛の苦悶だ」

わたしは息を整えた。

「失礼なものいいをお許しください、わたしも動揺しております。自分が何をいいだすか……しかし、もしわたしなら、わたしがそれを見てしまったのなら、わたしはこの眼を抉り出してしまう。それが愛だとおっしゃるなら、わたしにすれば化け物の愛だ」

「……化け物か」

「あなたは、あの戦いで多くの人の死に手を染められた。猛々しい騎士の本性を現しておしまいになった。あなたは人ではない、人として壊れておしまいになった」

「壊れたか、わたしは。わたしがいいたいのは……、いや、いい。何をいおうが、もう……。そうか、わたしは壊れたか」

それはいかにも哀れを誘うお姿だった。背もたれに体をあずけ、その体をのけ反るように後ろへ倒されたロベール様は、眼を閉じ、胸を上下させて激しい息をされた。しかし、わたしはそんなお姿に心を動かされはしない。

わたしは異端者の火あぶりを見たことがあるのだ。ギヨーム＝レーモン様のお伴でアルル公国を旅していた時のことだ。通りすがりの町で、ワルド派の異端者ふたりの火刑を見た。わたしは知っているのだ、燃える肉体がどのように崩れ落ちるか、崩れ落ちた人の体がどのようにむごたらしく扱われ、灰になるまで焼き尽くされてしまうか。灰になった人の体は川に捨てられたり、排水溝に流されたり、人間の肉体に対するこの上ない恥辱……わたしは愕然となって見入ったのだ。あの時のあの光景が、わたしの眼の前に記憶よりも鮮やかに蘇ろうとしていた。わたしはもう立っていられなくなった。わたしはテーブルに手をつき、くずおれそうな体を支えた。踏みつぶす瀕死の虫を見るように、ロベール様を見下ろしながら。

それは、はっとする一瞬だった。ロベール様が突然、はぁーっ、と深い溜め息をつかれたのだ。ながい沈黙のあと、絶望を吐き出したかのような黒々とした溜め息だった。ゆっくり身を起こされたロベール様は地獄の亡者さながら、何かに取り憑かれたかのように小刻みに震えておられる。うつろな眼はこの世のものを映しているようではなかった。わたしは身がすくんだ。燃え上がるオード様への身を焼く愛を実感しつつ、ロベール様は今も地獄の火を見ておられる、そう思わせる溜め息だった。そして、暗い不思議な笑い。

「……劫罰《ごうばつ》だな」

それはかろうじて聞き取れるような声だった。わたしへの声ではない。意味も分からない。分からないまま、わたしはルヴォージュを旅立った。二度と訪れることのない地と思い定めて。

今になって思う、あの時の怒り、憎悪はロベール様に向けたものだったのだろうか。ロベール様よりむしろ、わたし自身に向かっていたのではないか。それをそのままロベール様に向けた。オード様のためにわたしは何をしただろうか。わたしは何もできなかった、いや、何もしなかった。野盗に襲われ、大事な時に間に合わなかったことなどいいわけにもならない。一体なぜ、わたしはルヴォージュを離れ十字軍と行動を共にしたのか。荷車を押し、家畜を追い立て、なぜわたしは遠い戦地でだらだらと日々を過ごしたのか。わたしは本気でオード様の身を案じていたのだろうか。一度でも、わたしは本気でオード様に改宗をお願いしただろうか、退避をお願いしただろうか。最初から、わたしはロベール様の使いとして、ロベール様の願いを届けるのが嫌だったのだ。だからだろう、オード様にお会いして、わたしは遠く過ぎた日々の思いを蘇らせただけ。ほかに何をしただろう。身を捨ててとか、命に代えてとか、自分ひとりの勝手な思いに甘え溺れて、果ては戦士を気取って粋がっていた。わたしは、そんなわたしが憎いのだ。どうせわたしは恋歌唄い、何の役にも立たない男。恨んでも、悔やんでも、どうにもならないその思いが、あの日あの時、ロベール様への激しい憎悪、そして怒りにすり替わった。

しかし、憎悪、怒りは悲しみを紛らわせてはくれる。悲しみに病んだ心を、憎悪、怒りが吹き飛ばしてもくれる。たとえそれが八つ当たりだと分かっていても、わたしは、悲しみよりは、憎悪、怒りにしがみつくしかなかった。

9

記憶は後ろから追いかけてくるものだろうか、それとも、いつもわたしの前にあって、たとえわたしが眼を逸らしても、逸らした先にいるものだろうか。影のようについてきたり、物陰から不意に姿を現したり、いくら逃げても、逃げ切れない……わたしは記憶に向かって逃げていたのだろうか。

ルヴォージュからナントまでの十四日間の旅は、わたしの生涯の中でいちばんつらい、そしてながい旅だった。泣いて、泣いて、息絶え絶えになって歩いた。何を泣くのか、問われたところで、答えられない。わたしも壊れた人間だった。ヴィエンヌの川船を頼ることはできた。しかし、わたしは山間の道を行き、ポワトゥの平原の道に出ても、わたしはがむしゃらに歩いた。渇きと疲れで立ち止まり、何度ここで死んでもいいと思っただろうか。ただ、遠く離れたい、死ぬならもっと遠くで死にたい。その思いだけで道を歩いた。

ナントは目指した先ではない、わたしはすぐにでもフランスを離れ、イングランドへ渡りたかった。母や弟たちが向こうに渡ったと聞いていたこともあり、生まれて初めて家族が恋しくなった。こんなわたしでも、幼い日々の母の思い出を残していて、今の自分が捨てられた幼児のように悲しかった。わたしは思い出の母を探す愛に飢えた幼い捨て子だった。しかし、イングランドに渡る機会はしばらく訪れなかった。

　わたしが頼った昔の歌唄い仲間は、古物商をうたいながら裏では盗品の売買をしていた。手広い商売をしていたようだが、いわく付きの品々を多く扱っていることから、大都市ナントの街中で廃屋のようなたたずまいの店を構えていた。盗品は古物に混ぜて頑丈な奥の建屋に納められているようで、怪しげな使用人たちがいつも外で番をしていた。わたしとは決して眼を合わせない男たちで、盗賊の一味に違いなかった。わたしは、そんな盗品の多くをイングランドに流していると聞いていたのだが、最近は、このナント周辺やフランドル地方に運ぶことが多くなったらしい。商人たちが富を溜め、高価でありさえすれば、盗品でも好んで買い求めるようになったそうだ。わざわざイングランドの田舎貴族の下へ運ぶ手間がなくなったわけだが、時に、販路の確保のためだけに、船を仕立てることがあるという。わたしはそれを待つことにした。昔のよしみで寄食させてもらってはいたが、いつとも知れぬ船出の日をただ待つだけの日々、昼間から酒に溺れ、荒れて、人の襟首につかみかかることもあった。しかし、たいていわたしは、古びた家具や調度品の隙間にいて、人を避け、人の話に耳をふさぎ、乾いた棒切れみたいに転がっていた。オード様やロベール様のことを思わなかったはずはないが、自分を棒切れみたいに捨ててしまえば、悲しみと憎悪の記憶に身悶えすることはない。わたしは自分を棒切れにして心を閉ざしているしかなかった。

　そんな日々を過ごすうち、わたしは思わぬ知らせを聞いた。故買屋の男があきれた声でわたしに耳打ちしたのだ、ロベール様がまた南仏の戦さ場に出られた、と。憎しみが甦ったわけではない、ただ気持ちが騒いで、家具の隙間の棒切れ然としてはおれなくなった。とっさに思い立って、わたしは店の馬を借り、ロワール川が海に注ぎ込む場所へと向かった。歌唄い稼業が身に染みついていたのか、海の気配を感じたあたりで、わたしは傷心の船乗りが大海原へ乗り出す物語を勝手に創り出していたような気がする。それとも、海を見て、自然に思い浮かんだ恋物語だろうか。どっちにしても絵空事、わたしの心は海のはるか彼方へ運ばれることなどなかった。寄せては返す波の合間合間に、わたしはむしろ忘れたい日々の記憶を思い起こしていた。同じ日々の同じ記憶を、波の数ほど繰り返して……あの時わたしは、小止みなく打ち寄せる波の音に、声にはならないうめき声を聞いていたのではなかったか。その声は暗い海の底へとわたしを誘っていたのではなかったか……。

海は慰めにはならない、わたしはわたしにそう告げて、馬を牽いて海から離れた。

あの日、わたしはひとりで何を演じていたのか。だらしない、甘ったれた記憶である。忘れたいのに、よく思い出す。

わたしがイングランドに渡ったのは、ナントに居ついてほぼ半年後、春の初めの頃だった。歌仲間の縁故をたどってロンドンの同業者に雇用の口を見つけた。同業者とは聞いていたが、店舗はソールズベリー伯ウィリアム・ロンゲペー様のタウンハウスの正面にあり、四階建ての瀟洒な建物で、一階には家具調度類、二階には敷物やタペストリー、三階には高価な生地や装飾品といった具合に整然と取り揃えられ、厳重に管理された奥の部屋には貴金属や宝石などが納められていた。ナントの店とは大違いというより、まったく別の業種で、テムズの南側には家具職人や彫金職人たちを抱えた作業所もあった。そこでは修理修復以外に、注文製作も請け負っていたのである。当然、業種が違えば客筋も違う。いかにも貴族の執事然とした男が、馬車で乗りつけ店舗に入る。わたしは品よくフランス語が話せたため、そういう人たちの相手をした。品の見定めがついた後は店主が馬車を仕立ててお屋敷へ運ぶ。このロンドンの地でも華美な贅沢が流行るようになっていたのだ。客筋は貴族貴顕が主だったが、店舗には財を成した商人たちや地方の豪農たちもやって来た。しかし、わたしはイングランドの言葉がおぼつかない。たどたどしいわたしの口上に、かえって興味が湧くものなのか、無駄な買い物をして喜んでいた。

自分でも不思議だが、わたしは勤勉に働いたのである。たとえ口先だけの仕事だとはいえ、勤勉という美徳を自分に見つけたことが小さな驚きではあった。もっと驚きを隠せないのは、わたしが金を貯める楽しみを知ったことである。わたしは立派な紺のお仕着せを着て、高級な人士相手にものを売りつけるのだが、もともと大道芸人の育ちである、客の扱いならお手のもの。とはいえ、ただの売り子だから、歩合で支払われる給金がよいわけではなかった。わたしは屋根裏然とした店舗の四階に寝起きし、食を惜しみ、酒や遊興に無駄金を使うことなく金を貯めた。少し貯まると欲が出て、もっともっと、と望むようになる。欲が日々の支えにもなる。あと何週間でどれほど増えるか、あと何ヵ月でどれほどの額になるか、わたしはわざとのように欲を煽った。そのせいだけでもないだろうが、忘れたい日々の記憶は、あざとい欲に駆られることで少しは遠くへ去ってくれる。もちろん、環境の変化のせいもあるだろうが、わたしは欲のおかげで自分の過去を多少は遠ざけることができたと思う。

わたしがイングランドに渡った翌年のことになるが、トゥルーズ伯レーモン六世が嫡子共々、義兄に当たるジョン失地王を頼って海を渡り、イングランドの王家に身を寄せておられると聞いた。わたしは紺色のお仕着せを着せられたただの売り子、オード様のおられないフランスにどんな異変があったか、なかったか、そうしたことに関心は向かわなかった。レーモン六世が、教皇庁の意向を無視した現地の教皇特使たちによって二度目となる破門宣告を受けておられたことも、ジョン王自身、理由は知らないが、教皇の逆鱗に触れて破門されておられたことも、誰かから聞いて知ってはいたが、物の値段を知っていることと、わたしにすれば変わりはなかった。わたしはトゥルーズ伯ご一行がいつイングランドを去られたのかさえ知らない。そんなことより、今日の稼ぎ、そして明日の稼ぎ、頭にはいつもそのことがあった。不思議なことに、そんなわたしを人は信用したのだ。稼いだ銭をしっかり握り、欲を出し、人より忙しくしていることで信用されるなら、それがいいに決まっている。わたしは店の主人と同じ、黒のお仕着せを着るようになった。新規の客の応対はたいていわたしが仕切るようにもなり、少しでも売値を吊り上げるため、家具や調度の汚れを拭ったり、銀製品を磨いたり、川向うの作業所へ出向くなどして日々の業務にいそしんだ。つらい記憶は遠ざかったが一緒に遠ざかってしまったのは、母や弟たちに会いたいという気持ちもだった。西も東も分からない土地、探せば会えるわけでもないと思った。

蒼白い馬の騎士、最初にその話を聞いたのは、イギリスに渡って四年か五年後のことだ。店にやって来た葡萄酒の商人からその話を聞いた。死をつかさどる不死身の騎士、剣は届かず空《くう》を切り、弩弓の矢さえ撥ね返す。疾駆するその姿を見たが最後、血しぶきが四方に飛び、不死身の騎士は血濡れた剣を高く振り上げる。「何と、何と、それはまあ」、戦場の実際を知るわたしだが、怯えるふりで相手に応えた。大きな戦争が長引くと、そんな途方もない話が広まるものだ。ちょっとした噂話に尾ひれがついて、謎めいた伝承が出来上がってしまう。並はずれて凶暴な騎士がいたのだろう、ただそれだけのこと。蒼か白か知らないが、そんな途方もない話など頭から聞き流していた。

その葡萄酒の商人というのは、もちろんイングランド人なのだが、コーンウォール地方でブドウの栽培を始めたものの、うまく育たず、当時はもっぱらラングドック地域の酒蔵と取り引きをしていたらしい。南仏に滞在する機会も多かったようで、わたしのオック語なまりのフランス語を聞き、いい交渉相手と思ったらしい。次に店に来た時は、わざわざ三階までわたしを探しにきた。寝椅子とその脇机を買うためだけに二度目となるご来店で、魂胆は見え透いているから店主も相手にしたくなかったのだろう。当時、出納の一部も任されていたわたしは、面倒な客を押し付けられた格好である。いい値で買うから一対の銀の燭台を付けろ、話したいことはそれだけだろうに、また長々と南仏の争乱について話しかけてくる。狙いはむしろ銀の燭台なのだ。

男はたいてい戦争の話が大好きだろうが、わたしは身の毛がよだつほど嫌いである。その商人も、わたしが不愉快でいることに気づいたのだろう、「そうそう、この前話した蒼白い馬の騎士だがね」と戦争話を切り上げるみたいな調子で話しかけてきた。

「楯の紋章というのが、白と青の市松の模様地に爪を立て跳びかかる勢いの黄金の獅子、ヌヴェール伯につながるお方に違いないよ。騎馬兵二百の先頭に立って、獅子奮迅のお働き、死をまき散らすお許しを神から頂戴されたお方だ」

わたしは即座に燭台を付けて寝椅子と脇机を売った。たとえひと言でも、これ以上聞きたくない話だった。

動揺はあった。息が切迫して、売り物の椅子に腰を落としたまま立ち上がれなかった。思いは混乱し、いろんな記憶がよみがえってくる。それなのに、憎悪や怒り、そして悲しみまでも遠くにあるのだ。なぜ激情となってわたしを身悶えさせないのか。たった五年足らずで、わたしの感情は錆びついてしまったのか。生活を取り巻くすべてが変わったことで、わたしは変わってしまったのだろうか。自然に息が整ってくると、気持ちもやがて落ち着いてくる。わたしは椅子に深く腰を沈め、ほの暗い店の中を眺めた。すると、まるでわたしが呼び寄せたかのように、幼いオード様が近づいてこられる。それは、ほんの一瞬の印象だったが、わたしの顔を覗き込んで、まばたきをひとつされたのだ。涙が出た。わたしは涙と一緒に立ち上がった。

はばからずいおう、金の出を惜しむということは、生活のあらゆる部分に規律を持たせるということである。雑多な日々の営みに、蓄財という筋目を通す、それが規律である。わたしは、蓄財という日々の規律なしに、ロンドンでの生活に耐えられたとは思わない。有り余る金を貯めるわけではないのだ。乏しい中で、削り取るようにわずかの銭をかき集めるのである。わたしは、わたしを甘えさせない、そのことがわたしを支えた。わたしにとって、蓄財は情熱であり信条であった。

しかし、そんな情熱も信条も、イングランドの気候の前には萎え、そして凋《しぼ》み、もろくも崩れるのだった。年を追うごとに、わたしは南フランスの陽光が恋しくなったのである。どんよりと低く垂れこめた雲からは、夏でもくすんだ陽の光しか届かない。街の景色は季節を映さず、その色彩や輝きを冷えた陰影の底に沈めてしまう。街を離れても、木々が鮮やかな色彩の実を結ぶことはない。そこでは花々の色さえ控えめなのだ。それは人も同じ。口の重い、陰鬱で厳めしい人たちの中にいて、わたしは南仏のがさつで陽気で自分勝手な人たちを懐かしく思うのだった。

よそ者でいることに慣れていくわたしだったが、確実に、イングランドの気候にねじ伏せられていく自分を感じた。物陰に置かれた小鉢の花のように、痩せしおれ、茎を垂れて干からびていく自分が分かった。渇望したのは光や色彩の氾濫……戻りたい、それは時に衝動のようにわたしを突き動かした。わたしはフランスからの荷が届くと分かると、テムズの荷上場まで足を運んだ。乱暴な船乗りたちとも話し込んだ。戻りの船があれば、その船影を飽きもせず追った。

もちろん、わたしは今も、あの頃のわたしをねじ伏せたのはイングランドの気候であったと思っている。しかし、南仏の悲しい記憶はわたしが意識せずとも、血となり肉となり骨にすらなっていたとも思うのだ。今はもう、あの時の憎悪や怒り、悲しみは激情となってわたしを狂わせることはない。しかし、それらはわたしの生そのものではないか。あの頃の、あの出来事を除いてしまえば、わたしの生はどれほど空疎なものであっただろう。五十七の齢を重ね、余命幾許《いくばく》かと怯えるような病いを得た今、わたしの生はあの出来事を生きるためのものであったとさえ思うのだ。わたしは、あの悲しみの南仏へいずれ戻るしかなかった。

わたしがマルセイユの港に降り立ったのは、イングランドに渡って八年経った一二一八年十月のことである。その前年の九月のことだが、「血盟団の誓約」によって結ばれた騎士たちの一団がトゥルーズの城に籠り十字軍に対して反乱の狼煙を揚げた。この反乱は亡命先のスペインから帰還されていたレーモン六世が裏で糸を引いておられ、近隣の領主たちも旧宗主であられるレーモン六世の檄《げき》を受け反乱軍と連携して動いたらしい。おかげで、トゥルーズは十字軍に包囲されたものの、士気上がる反乱軍の前に城郭は落ちる気配はなかった。そして、まさかと思えることが起きた。翌一二一八年の六月、城の方から飛来した投石器の石が十字軍を率いるシモン・ド・モンフォールの頭を砕いたのである。突如、総大将を失った十字軍はそれを機に総崩れして、トゥルーズの囲みを解いてしまう。トゥルーズは解放されたのだ。わたしはその知らせを聞いて、イングランドを去る決意をした。

しかし、決意といえば、その二年前の一二一六年、十字軍に対抗する勢力が糾合したと知った時から、いずれわたしはフランスに戻る心づもりでいたのだと思う。亡命地を転々とされ、当時はマルセイユに戻っておられたレーモン六世と嫡子レーモン七世がアヴィニョンの市民たちに招かれ、その地で周辺の領主たちから忠誠の誓いを受けられたと聞いた時には、わたしはユダヤ人の金貸しに任せておいた金の回収を始めていた。レーモン七世はそののちローヌ河畔に勢力を伸ばし、十字軍が守備するボーケールの町を落とされるのだが、その頃には、わたしはもう身辺の整理も始めていたのではなかったか。戦乱に巻き込まれる恐れはあった。しかし、フランスへ戻りたいという衝動にも近い思いは、反乱軍が奮い立てば十字軍は怯み、和議は成らなくとも、小康状態が続くのではないかと根拠のない期待を抱かせた。実際、わたしは同じ戦争を十年もしていれば、ふつう満足するだろうと思ったのだ。しかし、人間、十年くらいで戦争に飽きはしない、惨めな生き物である。今も、フォア伯領のモンセギュールには異端カタリ派に心を寄せる人々が集結し、最後の拠り所とすべく山城を要塞化している。一方の十字軍は周囲に歩哨所を設けるなどして、すでに攻囲の構えである。南仏の戦乱は今も終わっていないのだ。

とにかく、わたしは、一二一八年、祖国マルセイユの港に降り立った。初老というには早い四十三のわたしだったが、異国で過ごした八年は老いを早めたように感じられ、祖国の土を踏んだとたん、「ああ」と短い声が出て、そのまま背丈が萎えてゆくような気がした。胸にこみ上げてくるものはあった。わなわなと体を震わせたことだろう。しかし、念願の祖国に、いや、祖国での記憶に、わたしはなぜともなく後ろめたかったからに違いない、見上げる先のラ・ガルドの丘に、涙目のわたしは詫びるように頭を下げるのだった。

わたしは船便でマルセイユからナルボンヌに渡った。そこからオード川沿いに道を進み、カルカソンヌを経由して、五日目の日暮れ前にバラ色の街トゥルーズに入った。南側の市街には戦火に荒らされ荒涼とした地区もあったが、それでも懐かしい街路の光景にそこかしこで出会った。わたしは、わたしの昔を思い出し、ヌフ橋の欄干から身を乗り出してガロンヌの川波に見とれた。どこやらで鳴った鐘を川風に聞き、ふと眼を上げると、折からの夕陽を浴びたトゥルーズが見る間に赤く染まってゆく。わたしは水面に踊る色や光、夕陽に映えたバラ色の街並みに飽くことがなかった。わたしは、夕暮れの街トゥルーズに悲しみを感じていたようではなかった。

わたしは北側のカピトル広場からさほど遠くないポテュエの通りに、向かいあう二棟の建物を買った。ロンドンで世話になった古物商に倣って、ひとつを店舗に、ひとつを工房にし、近くにわたしのための部屋を借りた。次いで、口入れ屋を介して、家具調度の修復のため腕のいい飾り職人ひとりとその徒弟四人を雇い、タペストリーや敷物などの縫合のため織り子の女もふたり雇った。出どこが確かで見事に修復された古物は、新規の作より高値で売れるのだ。とはいえ、最初の二年は収益が上がらず、店舗はわたしひとりで切り盛りしたが、どうにか商売が軌道に乗り、多少の利益が出始めた頃、五十がらみの見知らぬ男が訪ねてきて、金を融通するか、雇い入れるか、それともすぐに追い出すか、さあどうする、といってわたしに迫った。人に心を許すのは何年、いや何十年振りのことだろう、わたしは男に近づいて、逃げ腰になった男を抱いた。わたしは男の耳に囁いた、よし、雇った、と。

こうして商売が落ち着くと、やっとわたしはロベール様の消息を尋ねてみる気になった。そのことはずっとわたしの頭にあった。わたしは店の馬車馬に跨《また》がり、ディジョンの北、シャンパーニュ伯領にも近いダルネイのサン・ジャン＝スーリエ修道院へひとり向かった。ベネディクト派の裕福な修道院で、ブノワ・ド・ランス様というロベール様の近習のおひとりであった方が、そこで老いを養っておられると聞いていた。ブノワ様はわたしを人並みに扱ってくださった懐かしい方々のおひとりである。わたしはむしろ旧交を温めるような気持ちになって馬を進めたと思う。そのサン・ジャン＝スーリエの修道院だが、良質の白葡萄酒の醸造元として知られており、城郭のようなその修道院は周囲に四つの邑《ゆう》を抱え、背後の丘に広大なブドウ畑を有していた。話には聞いていたが、実際、一筋に道を行けば、見渡す限りのブドウ畑。丈のそろったブドウの木が丘の起伏に合わせて整然と無数の列をなしていた。わたしは息を呑んだ。これほど大規模な栽培地の光景は見るのも初めて、度外れた人のくわだてに、わたしは小さな恐怖さえ覚えたくらいである。

鴨のいる水場を過ぎたわたしは、馬を下り、修道院にブノワ様を訪ねた。年長の修道士に丁重な応対を受けたあと、お付きの若い修練士が修道院の塀の外に併設された石壁の長い建物へと無言でわたしを案内してくれた。扉が大きく開かれたその建物は遠くからでも甘い果物の匂いがした。醸成庫は地下にあるようで、地上部分は空樽が整然と積み上がり、いくつかの手押し車が壁際に立て掛けてあった。ブノワ様は積み上がった空樽の奥の暗がりから、若い修練士に伴われて出てこられた。そして、わたしの顔をご覧になるなり、

「何だ、お前か。ギローというから誰かと思った」と弾んだ声でいわれた。

わたしは低頭するだけで声が出せなかった。ブノワ様の黒い僧衣の袖口から奇妙な肉塊が突き出ていたからである。

「ああ、これか。これはな、ピュジョルでトゥルーズの傭兵たちと渡り合った時、失くしたんだよ。剣を振り上げたとたん、手首と一緒に飛んでいった、ははは。びっくりしたわ」

蛮勇を誇っておられるのか、わたしはどう返していいものか判断がつかず、それは、それは、と複雑な笑いを返すしかなかった。

「ロベール様のことを尋ねにきたんだろ、しかし、ほれ、この手のせいで、最後までお仕えできなかった。ピュジョルでの合戦のあと、どうされたか。ミュレの野戦に加われたのか、わしも手を尽くしていろいろ尋ねてはみたんだが。はて、生きておられるか、死んでしまわれたか……何年も消息は途絶えておるから、もう生きてはおられんだろう。ラシャイユの城にはもう庶子のどなたかが入られた

と聞いた」

そう、生きてはおられないだろう。わたしは最初に、いちばん聞きたかったことを聞いてしまった。とはいえ、そのいきさつくらいは知りたい。わたしは沈んだ声で、

「ロベール様はご立派な働きをされたとか、蒼白い馬の騎士」と話を誘った。

「おお、知っておるのか。そうそう、あれは多分ロベール様のことだよ。チュレンヌ子爵の義弟フィリップ・ド・ベシャボー殿だという人もおるが、フィリップ殿は早くに討ち死にされたからのう。今も思い出すが、最初のうちは、それはもう華々しい戦さ場だったよ。蒼白い馬の騎士か、兜の奥の赤い眼を見たが最後、血煙が舞う、ってな、ははは。しかしなあ……ほれ、反乱軍が勢いを盛り返しただろう。戦闘のたびに手勢も減ってのう……負け戦さ続きになれば、もう蒼白い馬の騎士など出番はないわ」

ブノワ様はゆっくり溜め息をつかれた。わたしはそっと目を伏せた。というのは、ブノワ様の頭頂部は型通りのトンスーラになっていて、白髪混じりの前髪がか細く額に垂れているだけ。奇妙なことをいうが、わたしは頭頂部に毛のないブノワ様の頭を見て、何やら恥ずかしい気がしたのだ。トンスーラなど珍しくもないのに、なぜだろう、ぬめっとした生々しい頭の形がわたしに説明のしようがない恥ずかしさを感じさせた。わたしは、ブノワ様のお若い頃を知っているからだろうか。お若い頃は馬の扱いがお上手で、ご婦人方のおられる前では、馬に撥ね足をさせてお進みになった。行軍時にはながい旗標を掲げられるのだ。そして、やはり弾むように駆けていかれる。どこかの奥方のオレンジのスカーフを兜の飾りにしておられた。もう、十四、五年も昔のこと。しかし、それがなぜ恥ずかし

いのか。わたしは恥ずかしいものを見ていたのだろうか。

「もとは二百に近い選りすぐりの騎馬隊だった。アザミの館の助勢もあってな、騎士はわしを入れて二十九、騎馬兵は百五十を超えていた。従者や小者を入れれば優に三百。ふつう、ないぞ。先の十字軍のために鍛え上げた騎馬隊だよ。自分でも思うが、壮観だった、地響き立てて突進となればな。ロベール様はいつも先陣切って突進された。手出しができないくらいの奮闘ぶりだった……しかし、いろいろあった、いろいろな」

「はい、ながい戦いであったと聞いております」

わたしは眼を伏せたまま応えた。

「あれはミュレの戦さの二年くらい前のことだから、今から、そう、九年か、いや十年も前のことだ、フィジャックあたりのちっぽけな山塞が落ちなくてな、釘付けになった。三方が崖の岩山だよ、騎馬隊は用無し、威嚇のために並んでいただけ。雇われ兵たちが無駄な吶喊《とっかん》を繰り返すのだが、そのたびに押し返されておったわ。上から石や槍や矢が飛んできて、死骸になった兵隊がごろごろ転げ落ちてきた。ロベール様はそれをじっと見ておられた。ようやく、コルブラン様の援軍が来て、山塞は落ちたんだが、あれが潮時と見られたんだろう、ロベール様は急にわしらを呼び集められて、臣従の誓いを解く、といわれた。驚いたことは驚いたが、よくよく見れば、二百の手兵が八十に減っている。死んだ者もいれば、傷ついて戦列を離れた者もいる。ベジエから始まって、さあ何年だろう、ふつうなら、軍役四十日で済むものを、かれこれ三年、もう十分だ。そういうわけで、多くはロジェ殿に率いられてラシャイユへ帰還したが、二十ばかりが最後までお供することになった。とはいっても、わしはあとで手首を失くしてしまったが……。

「わしらは最初、分捕ったアルビの北の城館を頂戴して、そこを根城に出陣しておった。しかし、二十となれば城館など不要だ。わしらはシモン殿配下のブシャール・ド・マルリー様の軍に組み込まれた。そうなってみて、すっかり見えたよ。何のためのあの戦争か。わしらはトランカヴィル様の子爵領を横領されるシモン殿の手助けをしておっただけのことだ。近辺の反乱領主どもを攻め滅ぼして、シモン殿やその取り巻きたちを肥やしておったわ。廉直なお方と聞いておったが、どうせ北フランスの小国の領主、もともと領土への野心がおありだったのだよ。それが証拠に、アルノー師と結託されてレーモン六世を再度の破門に追いやられた。トゥルーズ伯領にまで食指を伸ばされたということだ。伯領を私するため、ローマの教皇様の御前まで出向かれて懇願されたと聞く。わしらはアルノー師の狂信とシモン殿の領土欲に振り回されておったわけだ。わしらだけではない、南フランス一帯がな……お前にこんな話をしても分からんだろうが、信仰の正統を守る、邪教を葬る、などというのは掛け声だけ、本心は領土に対する野心にみんな衝き動かされておった。敬神と強欲とは矛盾せんのだよ、むろん、あの者たちに限ったことではないが……まあ、所詮はフランスの北と南の争いごとだ、どっちつかずのわれらヌヴェール騎士隊など出る幕ではないのだよ、ははは。しかし、あれだな、こういう話をするのは何年振りだろう、以前、デュラン何とかという騎馬兵がわしを訪ねてきてくれた。葡萄酒の運搬を請け負っておるらしいが、その時以来だ。老兵の昔語りに懲りたか、あの男、もう顔を見せん、はは。まあ、向こうへ行って座ろう」

ブノワ様はそういわれて奥の明り取りの下へ歩いていかれ、椅子のように配された小振りの空樽のひとつに腰を掛けられた。わたしもブノワ様に倣って、向き合うように樽に座った。もちろん、相応の距離は置いて。

「塀の中では男たちは話をせんのだ。頭巾を被って沈黙ばかりしておる。不便すなわち修行だよ」

ブノワ様はこすりと笑われることもなく皮肉をいわれた。

「ところで、どこから来た、今、何をしておる」

わたしが正直を答えると、

「ひえーっ、トゥルーズ、よく来たなあ。馬でも十日はかかるだろう、いや、もっとか。近くに用事でもあったのか。それにしてもトゥルーズとはな、厄介な土地だよ。今に至るすべての災いがあの土地から始まっておる。わしから見れば、魔界の入り口、お前、そこから出てきたのか」と皮肉っぽくいわれたかと思うと、とたんに顔を曇らせて別の話をされた。

「無駄な働きだったとは思いたくないが、ロベール様のことを思うとな、このわしでも……お気の毒というか……」

何がお気の毒か、と鼻で笑っていたと思う。すると、いきなりブノワ様が、ドキッとすることを口にされた。

「ところで、ギロー、モンカロンのオード姫のことは知っておるな。ロベール様からも聞いておるだろう、どのようなご最期であったか。わしらを人払いして、話をされておったではないか。というのはな、あのことがあって、ロベール様は変わっておしまいになった、わしはそう思う。何もかも、あのことがあったせいで……」

わたしは返事ができなかった。オード様のことはどうせ話に出るだろうとは思っていた。それなのに、気が動転して、言葉が見つからなかった。

「あれは、カルカソンヌからの帰還の支度をしておった時だ、モンカロンのアデマール様から急の知らせが来た。そのあたりのことは聞いておるだろ。急ぎ駆けつけ八方手は尽くされたが、時、すでに遅し、といったわけでな。モンカロンのご領主はオード姫の叔父君に当たられるのだが、領主とて教会の威に逆らえん。リモージュやアングレームからは司教も来ておられた。近辺の聖職者たちなど、祭りみたいな盛装でな。広場には、もう火刑台ができておったわ、ふたつ」

広場にふたつ……あの時わたしは、ブノワ様の前にいて、どんな顔をしていたのだろう。急に気持ちが散乱して、話される言葉が散り散りになって逃げた。耳の奥に動悸だけが重く伝わり、息苦しさに顔を上げると、高い天井のいくつかの梁に、樽を持ち上げる時に使うのだろう、滑車を掛けるための鉤が五つも六つもぶら下がっているのが分かった。わたしは鉤を眺めて耳を塞いだ。いや、耳が聞くのをやめただけではない、眼が鉤のほかは何も見てはいなかった。わたしはどんな風に人が燃えるか、燃える人がどんな臭いを漂わせるか知っているのだ。

「さ、それで、わしらはロベール様を群衆の後ろの方まで連れ戻しはしたんだが、ふとした弾み、ロベール様はわしらをすり抜け、火刑台のオード姫の方に駆け寄られたんだ。それを刑吏の男たちが槍で小突いて押し止めてな、わしらは一斉に剣を抜いた。あっという間の出来事、危なかった、一触即発、というやつだ。それを見られたオード姫は、ひと声、『ロベール様、お別れでございます』と叫ばれた……そして、そういうことだ。

「……ロベール様は腹の中のものをお吐きになったよ。そして、何やらうわ言のようなものをずっと口にされた。そりゃあ、気が変になられたと思ったわな。四日、五日かな、ロベール様は寝付かれた。そうそう、お前がルヴォージュの城に戻ってきたのはその頃だったな。よく覚えておる。お前、死人のようになっておった。ぞっとしたわ。ロベール様があの状態で気を揉んでおったから、縁起の悪い、死神を一緒に連れてきたような気がした」

確かに死神、そうかもしれない。しかし、死神が憑いてくれて、あのまま死人になっていればどうだろう。知らずに済んだことを知ってしまった。知らずに死ねたら、死後のわたしは違う夢を見るだろうに。

わたしはまたブノワ様のお話に耳を塞いでいたのだろう、不意に、ブノワ様のお声が変わって、わたしは顔を上げた。ブノワ様は、ちょうど通りがかった若者にドイツ語らしい言葉で何かをお命じになったのだった。若者は奥の暗がりの中に消えたが、袖のない貫頭衣のような不思議な服を着ていた。

「さあ、それでじゃ、お前がルヴォージュの城を出ていってからだが、わしらはロベール様の快復を待ってラシャイユの居城に戻った。戻るとすぐにロベール様は騎馬隊を召集なさった。しかし、ヌヴェール伯始め、諸侯方はもう南仏から軍を退いておられる。残っていたのはシモン殿の取り巻きくらいだ。トランカヴェル様のご領地を獲ってしまわれたのだから、あの者たちが居残るのは勝手。それなのに、また何のための召集か。戻ったばかりのわしらにすれば、そりゃあ尻込みどころか、騎士のくせに、泣きべそをかいた者もおったわ、はは。しかし、ほれ、オード姫のことがあるだろ、戦さ場でひと暴れされたらお悲しみも紛れるだろうと思ってな、しぶしぶだけどな、付き従ったわけだ。ちょうど、トランカヴェル様恩顧の領主たちや異端派の『残党騎士』たちが、トゥルーズ伯領の封臣領主たちとも結託して、われら十字軍に反抗し始めた頃だ」

そこへ、暗がりの向こうから、両手にブドウ酒が注がれた木の椀《まり》を持ったさっきの若者が現れ、ブノワ様は「反抗というより、反乱だな」とおっしゃりながら若者から椀を取られた。見るからに育ちの良さそうな若者であった。不意の客人を詮索するような様子はなく、曇りのない自然な顔でわたしに酒の椀を差し出した。外の世界を知らない若者なのだろう。なぜかわたしの記憶に残った。

「ここの酒は、あまい、油断すると腰が抜けるくらい酔う。うん、それはもう一斉蜂起みたいなものだった。ミラモンやカバレ、カストルもモンレアルも次々に蜂起した。右往左往、わしらは最初そんな感じだったよ。ところが、やがて季節は冬だ。わしらはアルビの北の城館で冬季宿営ということになった。ロベール様は望む者にはラシャイユへの帰還をお許しになってな、ほとんどいなくなったかな、やがて戻ってはきたが。はは、わしも冬の間は暇をもらったよ。騎士はたいてい暇をもらった。

「春になって、わしらの陣容も調い、北フランスから援軍も集まってくると、シモン殿はよく軍をまとめられて果敢に行動された。しかし、背後にはあのアルノー・アモリー師がついておられる。シモン殿自身苛烈なご気性でもあったのだろう、攻め落とした城や町で、異端者たちを次々に火刑に処せられた。ミネルヴで百五十、ラヴォールで四百、異端者たちが大勢燃えていったわ。ロベール様だが、戦さ場に出られるたびに、ますます、異様というか、勇猛果敢を通り越して、残忍なまでの、そう、死を司《つかさど》る蒼白い馬の騎士、ってやつだ。ロベール様は戦さ場に立たれると、馬を下り、剣を地面に突き立ててお祈りをされる。わしらは遠巻きに固唾を呑んで見守ったものだ。わしはな、一度、お祈りをされるロベール様のお傍に寄ってみたことがある。思わず、息を呑んだよ。ロベール様はわなわな震えておられた。お顔は蒼ざめ、甦った死者みたいな、凍りつくような凄味があった。そう、わしは怖くなった。だからといって、戦さ場でのこと、あの時は何も思わなかった、しかし、今になって思うと……。

「なあ、ギロー、さっきもいっただろう、わしらは十字の旗標の下、異端撲滅の聖戦に加わっていたはずだ。十字軍には占領地の分捕りが許されているにしても、占領地はアモリー師が勝手にシモン殿に割り当ててしまわれた土地。わしらは反抗する元の領主たちを攻め滅ぼして、シモン殿やその取り巻きの北フランスの小領主たちを喜ばせていただけのことだ。さっきもいったが、どうせ人間のやること、異端撲滅の名を借りた領土獲得のための戦争だよ、最初から分かり切っていたことだ。むろん、ロベール様にしてもな。だからわしは、ある時、いってみたのだ、神の御名を負い十分にお働きになった、とな。そうさ、撤収をご助言したのだ。もう役目は果たされましたと。すると、確かこう答えられたよ、『役目か、神はわたしに悪を命じておられる、わたしは悪を成し通すことで、神にお仕えする』とな。聞き違いのもんか、はっきり悪、といわれた。わしは眼玉をひん剝いたよ。神が人に悪を命じる、そんなことがあるのか……分からん、ロベール様は、あの時、あの戦さ場で、神に悪を祈っておられたのか……。

「わしは、オード姫のことで、狂っておしまいになったのだと思う。いろいろ考えて、オード姫のことしか思い当たらん。ギロー、お前はどう思うか。あのことがあってからのロベール様のお悲しみは尋常じゃなかった。人相も変わっておしまいになった。まさに幽鬼のような、そう、甦った死者みたいな、それはもう、人を近づけんような感じだ。昼日中でも、闇をな、闇を見るような眼をしておられた。お前がルヴォージュの城を出ていったあとはずっとそんな感じだった。打ちひしがれて、などという感じではない。わしらには見えんものを見て、見えんものと無言の話をされているような……んー、いってしまえば、無気味だった。いや、はっきりいってしまおう、今になって思えば、わしは悪魔と無言の言葉を交わしておいでだったような気がしてならない。無気味というのはそのことだ」

わたしは、悪魔と聞いて、ほう、と声に出さず口の形で応えた。わたしは、蒼白い馬の騎士などと噂されるほどのお働きをなさるなら、なぜ最初から、オード様のために命がけのお働きができなかったのか、そのことが不審でもあり、憤りを隠せぬところでもあった。その意味で、卑劣な裏切り者と思っていたが、もしも悪魔と通じておられたなら、それはそれで不審はないのだ。

「そうそう、ギロー、お前に訊いてみたい。お前がルヴォージュを出ていった時だよ、ロベール様は何をお前に話されたのだ。ふたりで話をしていただろう、何を話していたんだ」

とっさに、ふん、と鼻息を吹き出したと思う。もう思い出したくもない話だが、

「いえ、それは、オード様を亡くされたお悲しみを。話されたのはそのこと。何のお役にも立てなかったことの後悔やら、ご自身への恨みやら」と、適当に答えた。

「うん、あまりの悲しみに狂っておしまいになったのだろう、そうとしか思えん。お側にお仕えしたのはロベール様が騎士叙任を済まされてから、ほんの七、八年にすぎないが、慈愛に満ちた、騎士とは思えぬ穏やかな気性のお方であった。それだけに不思議なのだ。そんなお方が、あれほど無慈悲な

剣を振るい、悪を成し通すなんてな……黙っておこうと思っていたが、こんなことがあった。あれは、オード川上流の反乱都市を攻略していた頃のことだ。ミネルヴもテルムの町も攻め落として、思えば、十字軍が最も意気盛んな頃であったが、シモン殿麾下《きか》の軍がたったの三日でピュイヴェールの町を攻略してのう、わしらは町が焼け落ちたあとでピュイヴェールに着いたのだよ。しかし、陥落した町を検分するのはわしらにしても気が乗らんし、遅れてきて略奪に加わるのも浅ましいだろう。わしらは市壁を少し入ったところでじっとしておった。すると、崩れ落ちた建物の脇から不意に老婆が出てきて、ちょうど馬を下りておられたロベール様の足元に身を投げ出すのだ。そして、顔を歪めて何かを訴えかけるのだよ。わしらはあわてて老婆を取り囲んだ。むろん剣を抜いてな。白髪を振り乱した痩せた老婆だ。服もはだけて、干からびたヤギの死骸みたいだった。その老婆が泣き声に詰まった声で何か訴えかけるのだよ。すると、ロベール様は馬の鞍に吊っておられた剣を取って、老婆を見下ろしながらゆっくり鞘を払われた。老婆は驚いた顔をして、ロベール様を見上げた。何が起きるか分からなかったのだろう、口をもぐもぐさせておったよ。そして、思いもしない、ロベール様はその剣を無造作に振り下ろされたのだ。それはもう、どういおうか、地面の底から湧き出たような悲鳴だった。わしらはたじろいでしまって、一斉にあとずさりした。そこへ、老婆の娘だろうか、死んだ子を抱いた女が悲鳴を上げながら駆け寄ってきた……ロベール様は、そうさな、垂れ幕を払うように剣で女の喉元を切り払っておしまいになった。女は抱いていた子供を投げ出し、ロベール様の足元で跪く形で死んでしまったよ……血が噴き飛んだ」

ブノワ様はまるで身震いされたかのように僧衣の体を揺すられた。そして、まぶしそうに明るい外へ眼を向けられる。しかし、わたしはブノワ様が受けられたであろう衝撃を、さほど受けてはいないのだった。ただ、蔑むような顔はしたと思う。

「お前にいっても始まらんが、わしらは猛き心を養い鍛えねばならん。いかに残虐非道と見えようとも、鋼のような硬い意志で、敵よりむしろ、おのれの臆する心に立ち向かわねばならん。情け容赦は戦場に出る騎士がおのれに許してはならんのだ。弱きを助けるなどという騎士の美徳など絵空事だよ。それが逆だからこその徳目だ。しかし、あのロベール様が……わしは不思議でならない。無頼の雇われ兵士たちならいざ知らず、騎士たる者のすることか。蹴とばして、追い払えば済むものを。戦さ慣れしたわしでもぞっとしたわ。戦いに間に合わなかった腹いせみたいに、むごたらしい、何のための人殺しか……。

「なあ、ギロー、さっき、わしはフィジャックの山奥の山塞攻めで、残った兵士は八十足らずといった。実をいうとな、多くは冬営の間に逃げてしまったのだ。父君のアザミの館から加勢に来た騎士たちなどは揃って逃げた、ロベール様にはついていけん、とな。わしだって、そりゃあ考えたさ……。

「そうそう、そのフィジャックの山塞攻めだが、ロベール様が急に臣従の誓いを解くといわれた時も、ラシャイユへの帰還をみんなしてお願いしたのだ。その時も、ロベール様は同じことをいわれた。『悪を成すことで神にお仕えしてきた。そのわたしを、神はどうなさるか……さあ、どう始末なさるか』と。そうさ、そういってロベール様は薄笑いされたのだよ。わしは怖くなった。あの方のことが分からなくなった……今も思い出すよ、あの薄笑い。神を愚弄されるかのような、そんな不敵な笑いに見えた……分からん、どうしてあのお方が、

「……悪魔だよ、悪魔に魅入られてしまわれたのだ。なあ、ギロー、今話したことは誰にも話したことはない。お前は多少ともロベール様の縁につながる者、オード姫とのいきさつなども知っているだろう、だから話した」

「ロベール様は」と、わたしは即座に返事をした気がする。何やら胸にこみ上げてくる思いがあった。

「ん、ロベール様がどうした」

「いえ、ロベール様は、もう始末されておしまいになった」そして、望み通り地獄に堕ちていかれた……。

「ああ、もう生きてはおられまい。しかし、悪を成すことで神にお仕えしたことを、神がどう始末されるか……なぜそのような、わけの分からん、神を試すかのようなことをおっしゃったのか。狂っておしまいになった、悪魔に魅入られてしまわれたのだ、そうとしか思えん」

「はい、狂ってしまわれた。そして、報いを受けられた。しかし、ロベール様は唯一無二の恋を生きられた」

わたしは確かにそういった。唯一無二の恋と。

「たはっ、何をいっておる。恋か何かは知らんが、おかげでお痛ましいご最期、あのお方の一切が消え失せてしまった。どこに骸《むくろ》を晒しておいでなのか、弔いの場所すら分からんのだぞ。何が唯一無二だ」

わたしは薄く笑って口をつぐんでいたと思う。思い当たることがあった。そう、ロベール様はおっしゃったのだ、あの方を害すればこそ、あの方がかつてないほど愛おしい、と。オード様の喉元に刃を突き刺す血濡れた妄想に慄《おのの》いてもおられた。だから……。

「わたしは思うのですが、ロベール様は、一方でオード様をお救いするために力を尽くされながら、その一方でオード様を害するために奔走しておられました。お苦しい胸の内はわたしにも分かりました。それなのに、なぜか悦びに慄くような、きりりとした高ぶりのようなものを感じたのです。そう、ロベール様は興奮しておられた。それが、わたしには不思議でした」

「だからいっておるだろう、狂ってしまわれたのだよ、悪魔に魅入られておしまいになった」

わたしは二度、三度うなずいたと思う。しかし、ほんとは別のことを考えていた。つい先頃のことだ、わたしはたまたま商用で訪れたセートの港町で、ながくイタリアを旅して回ったという四十がらみの放浪僧と同宿になった。その放浪僧から聞いた話だが、いつの頃からか、ウンブリアの街ペルージャに怪しげな鞭打ちの行者《ぎょうじゃ》がやってくるようになったらしい。修道僧のようななりをして、「悔い改めよ」と大声で叫びながら、はだけた自分の背中に鞭をふるうのだという。その異様な光景に、最初は人も集まったそうだが、そのうちみんな気味悪がって近づかなくなったという。何しろ、背中は見る間に血だらけになって血しぶきが飛び散る。苦悶の声はやがて細い悲鳴になって、男は最後に気絶してしまうそうだ。その放浪僧は、どうせ投げ銭目当ての物乞い行者、傷が癒えるとまたやって来ます、信心も稼ぎになる世の中ですから、といって笑っていた。しかし、そうはいいながらもその放浪僧は、打ち明け話みたいに声を潜めて、激しい痛苦に耐える行者の眼が、やがて無上の喜びを映すかのように見えた、ともいったのだ。まるで神の栄光に浴したみたいに、と。わたしは、ほおっ、と声を上げた。わが身を鞭打つ行者の痛みは、やがて、めくるめく、神への愛へと純化される。そういうことは、あり得ると思った。そしてわたしは、オード様を害するロベール様のお苦しみも、それと別ではないような気がしたのだ。ロベール様は心の奥底の秘めた場所で、オード様を害する苦しみを悦んでおられた。めくるめく何かを、探り当ててしまわれた……。

ふとわれに返ったわたしは、「そう思います、狂ってしまわれた」、とブノワ様の話を拾った。

「ロベール様は、オード様の身を案じ、びくびく怯えておられながら、自らのその手でオード様を亡ぼしておられたのです。オード様があのような無残な最期をお迎えになることは、最初から分かっておいでだったでしょう。ならば、この手でオード様を、共に堕ちていくために……ロベール様は、そこに愛を探り当ててしまいになった。そこに向かって突き進まれた。至高の愛とは申しません、しかし、至極の愛へ突き進まれた」

「たはっ、何が至極の愛だ、バカをぬかせ。お前はもうどうしようもないなあ。お前の頭の中には色恋しかないのか。聞いとるわしが恥ずかしいわ。ええか、わしが腑に落ちんのは、悪を成すことで神にお仕えする、などとおっしゃったことだ。異端者を成敗するのは悪ではあるまい。むしろ、称賛されてしかるべきことだ。一体、何が悪だ、わしには分からん」

「わたしにも分かりません。恐らくは、ご自身ですら分かっておいでではなかったでしょう。ただ、おのれに背き悪を成す、ロベール様は神の成敗を望んでおられた、その思い一筋に命をつないでおられた。確かに、狂っておられたのでしょう。しかし、オード様への愛の証しは、悪を成し、劫罰を神に求めること……そうです、ロベール様には悪が必要だった。昂然と神に向かい、悪を成すことで、わが身に愛を刻み付けておられた。下される劫罰こそが愛の証し」

「もういいたい放題、何が愛の証しだ。神に向かって昂然だと。修道士を前に置いて、よくもまあぬけぬけと……いいか、わしは愛の話なんかしとらん、悪について話しておる。昔から面倒くさいやつだと思っておったが、お前なあ、ふつうにものを考えられんのか。知った風な面《つら》をして、くだらん小理屈ばかりねじ込んでくる。油断も隙もならんわ」

確かに、わたしは知った風な顔をして、小理屈を捏ねただけなのだろう。本当は何も分かっていなかった。しかし、こんな恋もある、ということ、ただそのことに、わたしは圧倒されていたのだと思う。いや、むしろ、わたしはなぜか感動さえしていて、誰にでもいい、そのことを伝えてみたかったのだろう。

わたしは、憮然と構えておられるブノワ様に向かって、ゆっくり口を開いた。

「はい、確かに小理屈、ほんとにわたしは小理屈いいだ。昔から、ずっとそうだ。しかし、ひとつわたしに分かることは、あの南仏に吹き荒れた嵐の中で、ロベール様は激しい恋をなさったということ。比類のない恋、燃え尽きることのない恋に身を焼いておしまいになった」

ブノワ様はやはり憮然としておられた。そして、わたし目掛けて溜め息もつかれた。

「やれやれ、お前と話をしとると、教理問答を挑まれているような気になる、噛み合わんわ、話が。恋に身を焼いて、一体、何が比類ないのじゃ。地獄に堕ちれば、燃え尽きることなく、身は永遠に焼かれる。となれば、ほれ、恋も地獄だ、そういうことだろ」

ああ、燃え上がるオード様、なぜかとっさに、身震いしながらそう思った。そして、わたしはブノワ様に、その言葉を返したかった。それこそが、ロベール様にとって恋の至極、そんな気がした。しかし、話せばどうせ小理屈、分かってはいただけまい。わたしは、いいたかった言葉は胸に納め、

「……ロベール様は愛の苦悶の炎に、その身を焼いてしまわれた」とだけ応えた。

「ほんとにもう、いい歳をして、いまだにそんな寝言をいっておるのか。あきれ返ってものがいえん。そういえば、お前、まだ恋歌なんかを唄っておるのか」

「いえ、もうこの歳ですから」

「そりゃそうだろ。その面《つら》で恋歌なんぞ、思っただけで気味が悪い。しかし、あれだ、わしはお前が作った恋歌で気に入ったのがあったなあ。忘れたけどな」

「はは、わたしも忘れました」

「ただなあ、ギロー、正直な話、ロベール様が、神がわたしをどう始末されるか、とおっしゃった時、わしはほんとにぞっとしたわ。何かこう、神のご意志を試すような、不遜な態度に見えた。さっきいったあの薄笑いだよ、ふてぶてしくも、神に挑みかかるような……そのことがずっと気になってな。普段のロベール様を知っておるから、かえって、お痛ましい気持ちになる」

「恋はもともと純潔と慎みの主の教えに真っ向から背く罪深いものです」

「しつこいやつだ、まだ色恋を持ち出す気かい。一体、何を詰め込んでおるのだ、頭の中。そうだよ、罪だ。罪を犯すのが人間だ。しかし、罪をそそのかすのは悪魔だ、悪魔はいる。人の心の隙間をいつも狙っておる。巧妙なたくらみを凝らして、心の隙間に入り込もうとしておるのだ。ロベール様

は悪魔に魅入られてしまわれた。お前には分かるまい、敵味方入り乱れた混戦の中、縦横に駆け回られて傷ひとつ負われない。息の乱れもない。兜を取られると、血の気のない、空ろな顔をお見せになる。お顔に、表情がないのだ。怖ろしいお方、お人が変わったとしか思えん。そう、まさしく悪魔が憑りついたのだよ、あのロベール様に。何とお痛ましいことか」

ブノワ様はロザリオの十字架を握っておいでだった。

わたしはもうどうでもよかった。ロベール様は狂われた。それが悪魔の所業であったとしても、異教の女神の誑《たぶら》かしであったとしても、神は劫罰をもって始末された。それがすべてだ。なるほど、お痛ましいご生涯、しかし、自分でそれを望まれたのだ。悪に救いを求められ、悪で贖《あがな》う恋を望まれた。むしろ悪魔はロベール様。悪魔のロベール。神は悪魔を始末された。

わたしは、ロベール様が亡くなっておられることを確かめるために来たのだった。諸侯たちが兵を退かれて十字軍が劣勢になってからは、蒼白い馬の騎士の噂話ははたと途絶えた。どこかの修道院に身を潜めておられたり、深い森の中で隠者の生活をなさっておられはしないか、それともやはり、死んでしまわれたのか、そのことを確かめたかった。ブノワ様に絶えて消息がないとなれば、もうこの世にはおられまい。昂然と、そう昂然と地獄へ堕ちていかれた。それが分かればいい。はるばる旅をしてきた甲斐があった。

わたしは、引き留めようとなさるブノワ様に謝意を述べ、暗がりの奥の若者にも会釈して醸造庫の建物を出た。夕刻までは時間があったが、春とは思えぬ冷気が下りていた。

こうして、わたしは帰路に就いた。今思えば、何もかもが不思議に思える。何がわたしを片道十二日もの旅へと促したのだろう。一体、何がわたしを駆り立てたのか。わたしがサン・ジャン＝スーリエの修道院を訪れたのはちょうど十一年前、一二二二年の春のことであった。ロベール様がこの巡礼宿に来られたのが十二、三年前ということなら、恐らくは、わたしがブノワ様の話を聞き、ロベール様の死を確信した三月《みつき》ほど前の冬のある日、丘の上の物見砦で実際に亡くなっておられたのだろう。なるほど、偶然の重なり合いにすぎないのかも知れない。しかし、ほんとに偶然なのだろうか。もっと怪異な力が働いていたのではないか。思えば、巡礼道をたどるうち、予想もしない病いに倒れ、あの人の墓の脇に捨てられたことなど、ふつうにあるようなことではあるまい。それがあったことを思えば、ロベール様は自分が死んだことを、そうしてわたしに知らせようとなされたとしても不思議ではないと思うのだ。人も臆するような山道、そして森の中の道を、ただあの人の死を確かめたい一心で、闇雲にわたしは道を進んだ。そんなわたしを急き立てておられたのはロベール様ではなかったか。やっと死ねたよ、とわたしに告げ知らせるために。

10

今も、思い出すたびに苦笑いをするのだが、サン・ジャン＝スーリエから戻ったわたしに縁談が待ち構えていたのである。何かのいたずらみたいだが、特段、奇異なことでも何でもない。勤勉に働き、蓄財に努め、やっと所帯を持てるようになった初老の男が、年若い娘を娶《めと》ることはありふれたことなのだ。娘にすれば、相手はすぐに死んでくれるし、年寄りの方も犠牲にした若い日々の悦びをいくらかは取り戻せる。円満な縁組なのだが、わたしは苦笑いして返事を渋った。億劫だったことは事実である。しかし、それ以外の、自分にも説明できない理由もあった。

「お申し出はありがたいが、もうこの歳、心の赴くままに、残りの日々を楽しみますよ」

確か、最後はそういって丁重にお断りしたと思う。

どうせ断るための口実、わたしは残りの日々に楽しみなど期待していたとは思わない。楽しむものなどないと分かって、心はどこへ赴くのだろう。今思えば、泣いてもいないのに、泣き明かしたあとのように、ぼうーっと日々を過ごしたような気がする。泣き腫らした眼で見るように、人も物もぼんやり見ていた。無気力といってもいい、ものぐさといってもいい、空をつかんだような心もとなさが常にあった。わたしは雑多な日常に紛れ込み、人を避けるでもなく、人に近づき交わるでもなく、心は閉ざして日々坦々と暮らしていたと思う。ただ、ジュリーという名の顔も知らない娘。老いを迎えるわたしに寄り添ってくれたであろうオーソンヌ育ちの商家の娘。わたしはその名前だけは大切に記憶している。

わたしがサン・ジャン＝スーリエの修道院にブノワ様を訪ねて五ヵ月近く経った頃だろうか、二度も破門宣告を受けられたトゥルーズ伯レーモン六世がお亡くなりになった。一二二二年の夏のことである。知人宅で急に病に倒れられ、そのまま息を引き取られた。南仏では、王家に並ぶ権威をお持ちであったお方だけに、それなりの事件ではあったのだろう。とはいえ、人々にさほどの動揺もなかったのは、立派なご子息をあとに残しておられたからだろうか。爵位を相続されてほぼ三十年、休みなく教皇庁からの圧力を受けてこられたお方である。とりわけインノケンティウス三世が聖座に就かれてからは、教皇庁からの糾問をのらりくらりとかわされながら、旧領主としての尊厳だけは保たれた。かといって、智謀に長けたお方ではない。ラングドックという反骨の土地柄とその時々の機運に恵まれなさっただけである。ただひとつ優れておられたことは、宿敵シモン・ド・モンフォールよりも、教皇インノケンティウス三世よりも、長生きされたことくらいか。

歌唄い上がりのわたしがこのようなことをいうのは僭越《せんえつ》どころかお笑い種だ。実際、これはアラマン・ド・ルエというお方の受け売りである。若い頃、ギヨーム＝レーモン様との関係で、アラマン様には何度もお世話になった。わたしがイングランドからトゥルーズに戻ったのは、アラマン様のお引き立てを何より期待していたからである。トゥルーズの市参事会をまとめる有力な家系につながるお方で、カタリ派の帰依者でもあった。常々、レーモン六世が自分一人教皇庁と和議を結ばれ、トランカヴェル子爵を見殺しにされたことに憤っておられたのである。子爵と合議されながら、なぜひとりやすやすと屈従してしまわれたのか。あの時、レーモン六世が南仏の諸侯領主を糾合して十字軍に歯向かっておられれば、結果は違ったはずだと今もおっしゃる。「南仏には、スペインのカスティーリア王家やアラゴン王家とのつながりが深く、フランスの王家を軽んじる気風があった。森に覆われた北フランスより、肥沃な大地の南フランスの方が文化的にも、経済的にも、優位にあることはわたしも感じる。しかし、王家を侮るわけにはいかないのだ。やがてラングドックはそのことを思い知ることになる。

レーモン六世が亡くなられた翌年に、フランス王フィリップ・オーギュスト様もながい闘病の末お亡くなりになる。その二年後にはあの狂信者、シトー会大修道院長アルノー・アモリー師も亡くなって、南仏のながい争乱にも区切りがついたようには見える。というのは、十字軍を統率されたシモン・ド・モンフォールが頭を砕かれ戦死されたあと、嫡男のアモリー・ド・モンフォールが跡を継がれていたのだが、どうやら凡庸な戦術家であられたのだろう、声望もなく、軍資や兵の補充もままならなかったことから、アルノー・アモリー師が亡くなる前年、反乱軍を率いるレーモン七世に対して敗北を認められた。一二二四年の一月のことである。アモリー・ド・モンフォールは降伏条約に調印されるや、直ちに南仏から軍を退かれた。それを機に、スペインのカタルーニャからは亡命しておられた故トランカヴェル子爵の嫡男レーモン・トランカヴェル様がラングドックに戻ってこられ、異端擁護派に関していえば、南仏は束の間の勝利と平穏を取り戻したことにはなる。

しかし、それはほんの束の間。もうその頃には、フィリップ様の跡を継がれたフランス王ルイ八世が教皇庁からの懇願の書簡を受け取られていたそうだ、王の十字軍を起こすようにと。やがてまた、ラングドックは戦火に見《まみ》えることになる。

今から思えば、ほんの七年か、八年の昔のことである。あの頃のわたしはどうしていたのだろう。つい最近のことであるのに、記憶は遠い。きっと、自分の人生にも区切りがついたようには思ったのだろう、わたしは商売の多くの部分を雇い人たちに任せた。まだ五十の手前、日常の些事から離れ、安逸な、人も羨む暮らしを予想していたかもしれない。しかし、安逸な暮らしがどんなものか、自分で分かっていたのだろうか。わたしの日々は緩慢になった。体の動きまでも緩慢になった。何のことはない、衰えをわたしは自分で招き入れたということだ。日が高く登ると、わたしはカピトル広場の決まった場所の決まった木陰の石段で、老いを養う男たちとおもしろくもない話をする。退屈しのぎに、近くの知己を訪ねては、舟遊びをしたり、アラブのカードを使って賭け事をしたりもした。酒盛りに招かれることもあり、乞われればいろんな地方の戯れ歌を唄って酔った年寄りたちを喜ばせた。

しかし、そうして老人たちの輪に加わり、わたしは何を楽しんだのだろう。いや、楽しみなどは望まなかった。老いを自分に強いることで、ふとした弾みに蘇るあの悲しみ、あの憎しみから、解き放たれる気がしたのだろう。わたしは、窓を閉じ部屋の灯りをともす時、夜更けの通りに寂しい靴音を聞く時も、不意の涙に溜め息をつく。わけもない涙と分かっていても、遠い日の面影を探すわたしなのだ。人生に区切りはつくのだろうが、それで何かが変わるわけではない。いや、変わろうとしないわたしがいる。わたしはカピトル広場の老人たちの輪から離れ、また商いに身を入れた。それで何かが変わったわけではなかった。

ちょうどその頃のことだ。年初めの「愚者の祭り」の日に、わたしはトゥルーズの街を離れ、タルン河畔のベシエールに知人宅を訪ねた。旅回りをしていた幼い頃、「愚者の祭り」が続く間が、わたしたちの一番の書き入れ時。飽食と笑いの祝祭に便乗して、際どい寸劇を見せて回る。今もまだ耳に残る猥雑な人々の歓声……。しかし、その歓声は決まって大きな悲哀を呼び寄せるのだ。わたしは母の日々の貧しさを思う。あどけない弟たちの涙で汚れた顔を思う。そして、人に隠れて嗚咽するわたし。にぎやかな「愚者の祭り」はやりきれなかった。何を口実にしたかは忘れたけれども、わたしははるばる知人宅を訪れ、下卑た祭りの喧騒からは遠ざかった。

しかし、その夜、知人宅の篝火の広間で、恋歌のもてなしを受けたわたしの胸に、違う悲哀がこみ上げたのである。久々に聞くトルバドゥールの恋歌。思いがけず浮かんだ涙に、篝火が水の中で燃えるもののように見えた。翌日、知人宅を辞したわたしは祭りのあとの街に戻り、何日かためらったあとで楽器を買った。楽器を買って、また何日かためらったあと、昔、わたしが作った恋歌をこっそり自分に唄った。わたしは、何人かの奥方や貴婦人方のために恋歌を作ってはいたが、どれもこれも同じような恋歌。しかし、同じひとつの悲しみに貫かれているように唄いながら思った。それはわたしを悲しむ悲しみ、そんな思いがしたのは初めてのことだった。

わたしは、騎士になりたかったのだろう。卑しい恋歌唄いが騎士に仕えて愚かな恋歌を唄う、そんな自分に満足できなかったのだろう。わたしはロベール様がオード様への思いを打ち明けられたその日から、騎士ロベール様を妬み、憎んだ。わたしは騎士の働きがしたかった。騎士の恋がしたかった。自分を偽り戯れの恋を工夫し、そして唄う。芸人上がりのわたしは、わたしのほんとの恋を唄うことができなかった。そのことを、ロベール様に思い知らされた。今になって思う、ロベール様との出会いがなければ、わたしはこれほどまでにオード様を惜しみ、オード様を悲しむことはなかったのではないか、と。

そんなある日、わたしは春の日和に浮かれ出て、やがて行き場を失い、通りがかりを口実にアラマン様のドラード広場のお館に立ち寄った。花模様の浮き出た堅い樫材の門扉に向かって、ためらいつつもおとないを告げると、アラマン様はご不在とのこと。わたしはお館を辞して、もと来た道を戻り始めた。ふと眼を上げると、道の先から五人ばかりの男たちが近づいてくる。わたしは思わず足を止めた。肩を並べて歩いてこられた方々のうち、おふたりをわたしは存じ上げていた。アラマン様を含め、そのおふたりはトゥルーズのカタリ派を導いておられる方々である。そして、アラマン様と親し気に話をされているお方こそ、フォア伯の血筋であられるシカール・ド・フォア様であった。もちろん、そのことはアラマン様がわたしを引き合わせてくださってから分かったことだが、なぜか、わたしは最初から動揺していた。お年はわたしより二十近くお若いだろう。トゥルーズ管区のカタリ派司教ギラベール・ド・カストル様の手足になって、諸侯や領主たちとの交渉ごとに当たっておられた。いずれは、南仏のカタリ派を指導するお方になられるご器量、着流しのくだけた身なりのお姿でも自《おの》ずからなる威厳すら感じた。わたしはその場で按手《あんしゅ》に加え、何やら祝福の言葉もいただいたが、身を震わせてただ立ちすくむのだった。わたしに、ひとつ思うことがあった、そのことで胸が詰まって言葉を返せずにいた。わたしは急ぎ駆け戻り、日が暮れてから、またアラマン様のお館を訪ねた。わたしはシカール様にドゥニエ銀貨二百七十枚を寄進したのだ。とっさの思いつきとは思わない。それは、わたしの記憶のオード様への哀惜と追弔《ついちょう》の心尽くしの捧げものであった。果たして、シカール様がどのように謝意を表されたか、居合わせた人々がどのようにわたしを称賛されたか、わたしはまるで覚えていない。わたしは、わたしのこの行いに眼がくらむ思いでいた。耳の奥で、高鳴る動悸の音しか聞いていなかった。家に戻って、ひとりになって、わたしは大声を上げて泣いた。頭の中があれほど真っ白になったことはない。そして、久しぶりのわたしの涙を、わたしは心から喜んでいたに違いないのだ。何のためのこの半生であったか、問わずとも分かった気がしていた。

王の十字軍が始まるという噂は一二二六年の二月の初め頃にはわたしの耳に届いていたと思う。アモリー・ド・モンフォールが十字軍の敗北を宣言され、軍を退かれてから二年と経たない頃であった。ラングドックの平穏は二年と続かなかった。

教皇庁がフランス王家に十字軍の決起を促しておられることは、レーモン七世も早い時期からご承知であったようだ。亡くなったフィリップ様と同様に、教皇庁の権威が領土権など俗権に介入するのを嫌われたルイ八世は、聖座を威圧するかのような覚書をローマに送り、トゥルーズ伯領をめぐっての駆け引きをされていたようだが、その機を捉えて、レーモン七世は教皇庁との和解に走られたのである。一二二四年の冬、一月頃だと聞くが、レーモン七世は使者をローマに派遣して教会への絶対服従を誓われたらしい。和解が成れば十字軍が決起する理由はない。しかし、十字軍の決起がなければ、教皇庁はその権威の下に王や諸侯たちを従えることができない。これは、ずっと以前、ロベール様もおっしゃっていたことだ。異端撲滅などは二の次、神の軍隊十字軍は、教会の権威が王や諸侯たちのそれをしのぐということを誇示するために必要なのである。

一方、パリ周辺にしか直轄領を持たないフランス王家は、西部の広大なアキテーヌ公領の宗主権をめぐってイングランドの王家と小競り合いの最中。そのアキテーヌ公領がイングランド王家によって蹂躙《じゅうりん》されるのを阻むためには、諸侯たちの形だけの忠誠に頼るのでは心許《こころもと》ないとされたのだろう。ルイ八世は十字軍を起こして、南仏の肥沃な地を直轄領に組み入れ、同時に、地中海貿易のための港湾を支配して王室を豊かにすることが最良の策と考えられたようだ。そのためには、レーモン七世とローマとの和解が成ってはならない。一二二五年、冬の到来を待たず、ルイ八世はブールジュに公会議をお開きになった。噂では、大司教十余名、百を超える司教たちに加え、五百余りの大修道院長たちを集められたらしい。そして、案の定というべき議決が下る。公会議はレーモン七世に、赦免の条件として、自らの廃位と領地の放棄を求めたのである。爵位も領地も失うことなど降伏も同じ、レーモン七世が呑めるような条件ではないと承知の上での議決である。

このことは当時から噂になっていたことなのだが、ブールジュの公会議は、十字軍を起こすため、教皇庁とフランス王家が仕組んだような会議であったらしい。手回しのよさがその証拠で、王の十字軍はさっそく翌年の一月には、決起が正式に表明され、五月には白百合の御旗の十字軍がブールジュを出陣する。そしてまた、大勢の人々が死ぬことになるのだが、いつもの通り、付随する大勢の人々の死は出来事の本質ではない、ということなのだろう。

公会議で無理を押し付けられたレーモン七世は、十字軍を迎え撃つ覚悟を決められるのだが、ラングドックの都市や領主たちは、王の出陣の知らせに恐懼《きょうく》して、こぞってパリの大法官府に押しかけ王室に忠誠を誓ったという。それでも、レーモン七世は果敢に行動された。領国西側の備えのため、アジャン市と盟約を結ばれると、ローヌ川沿いを南下する王の十字軍に備えるため、いったんは王家に恭順の姿勢を見せたアヴィニョンの町を、法外な恩典を付与することで反乱軍側へ寝返らせておしまいになった。十字軍はそのアヴィニョンの攻略に三ヵ月を要し、結果、トゥルーズへの侵攻が三ヵ月遅延することになる。ベジエ、カルカソンヌ、パミエへと十字軍の侵攻は続くも、時すでに十月、冬営を避けたい十字軍はトゥルーズの攻略は諦めざるを得なかった。ルイ八世はパリに向けて軍をお退きになったのだが、アヴィニョン攻囲中に得られた病が一向に快方へは向かわず、パリへの途上、モンパンシエで病没される。十一月八日のことであった。

数年前の過ぎたはずの出来事が、今もまだ迫りくる危機のように感じられるのはなぜだろう。噂話に怯えうろたえ、身を守る幾通りもの方策を思いついては狂奔するだけ。そんな当時の記憶が今もまだ肌にひやりと貼りつき、わたしの背筋を寒くしている。あの時、王のご出陣の知らせを聞いたわたしは、使用人ふたりを連れてガロンヌ川を下ったヴァランスの町に仕事にかこつけ難を逃れたのだった。とっさに思い立った逃避行ではあったが、商いの拠点を分けておこうと考えた上での逃避行でもあった。わたしたちは定宿に仮の店舗を置く一方で、ヴァランスやその周辺の町々を訪ね歩き、折を見てトゥルーズに舞い戻っては、すぐまたガロンヌ川を下るといった落ち着かない、不安な月日を過ごすのだった。そんな生活が半年近く続いただろうか、サン＝レジエという小さな町で、わたしたちは夕刻教会の早鐘を聞いた。フランス王ルイ八世の崩御を知らせる鐘であった。わたしたちがひとまずトゥルーズに戻ったのは、商いの始末が必要だっただけで、王の死による和平を期待したわけではなかった。神は人に希望など与えてくださらないと思っていた。わたしは、二十年に及ぼうというこの残忍な争いごとに、希望につながるものなど見出さなかった。

今も思えばそういうことだ、神は人への希望を惜しんでおられる。崩御された先王の跡を十二歳のご子息ルイ九世が継がれたのだが、摂政役として補佐される王母ブランシュ・ド・カスティーユ様がカトリックの信仰篤いお方で、亡きご夫君の遺志や教皇庁の意向に添われることが予想できた。案の定、十字軍は副王のアンベール・ド・ボージュー様が引き継がれ、ラングドックから軍をお退きにはならなかった。先王の死により勢いを失った十字軍だが、副王アンベール様の軍略と統率力が際立ったのだろう、カバレやリムーへと攻略軍を進められる一方、トゥルーズ近郊のタルン河畔の町々やコルドの一帯にまで戦火を拡げられた。一二二七年の夏には、戦略上重要なラベセードの町を陥落させて、カタリ派の完徳者たちを火炙りにされる。そしてまた、繰り返されるあの蛮行。アンベール様は、反乱軍が逃亡したあと、ラベセードの町に残った住人たちの皆殺しを命じられたのである。剣と槍でのこの殺戮には女も子供も容赦がなかった。それでも王の十字軍は、レーモン七世の奮闘もあり、トゥルーズには近づけなかったのである。

翌年の六月のことだ、ガスコーニュからの援軍を得られたアンベール様は風変わりな作戦に打って出られる。トゥルーズを大きく包囲したまま、周辺地域一帯の農地を荒らし、ブドウの木を片っ端から根こそぎにさせておしまいになった。六月から九月まで、十字軍はトゥルーズの攻略に向けた動きは見せず、闇雲に農地を荒らしブドウの木を根こそぎにしたのである。

レーモン七世は当時トゥルーズの包囲の外におられたそうだが、そのレーモン七世も十字軍の農地荒らしに対して、何ら策を講じられることはなかった。捨て鉢になってしまわれたのか、領民たちの苦衷《くちゅう》に思いを致されたのか、それとも、王母ブランシュ様の好意を当てにされたのか、パリに赴かれたレーモン七世は、一二二九年の一月、和睦のための誓約書に署名される。王家は、ナルボンヌ公爵、プロヴァンス侯爵を兼ねておられたトゥルーズ伯爵家から、トゥルーズの伯爵位と領土だけは奪われなかった。先のブールジュでの公会議が、レーモン七世にすべての爵位と領土の放棄を求めたのと違い、パリの誓約では、地中海につながる地域や東部一帯の領地は放棄させられたものの、伯爵位とトゥルーズの領土権だけは許されたのである。しかし、この誓約書により、レーモン七世の相続人ご子女のジャンヌ様と王弟アルフォンス様との婚礼の取り決めが成され、ゆくゆくは、トゥルーズ伯爵領が王家の領土に組み込まれることにはなった。王の十字軍は当初の目的を十分に果たしたのである。

こうしてトゥルーズが解放されると、教皇グレゴリウス九世は特使を派遣しトゥルーズに公会議を召集された。詳細はわたしなどの知るところではないが、周到に物事を考える人たちが異端糾問の制度を組み上げていかれたのだろう。従来の各管区独自の司教審問は廃され、教皇庁により直接任命されたドミニコ会派など、説教修道士会の会士たちが代わってその任に当たることになった。四十五もの決議に基づき、教理に明るい会士たちが厳格な司法制度を整えてはいたのだろうが、教会に恭順の意を示されたはずのレーモン七世ご自身も、トゥルーズの市参事会、そして多くの市民たちも、教会が要求する異端糾問にはまるで協力的ではなかった。つい先ごろまで、異端者たちを受け入れ、命がけでかくまっていたのだから何の不思議もない。しかし、そのことに業を煮やされたのか、ドミニコ会士ロラン・ド・クレモナという高名な学者が、サン＝セルナン教会に埋葬された異端者の墓を暴《あば》き、その死骸を市中引き回しにしたうえで火炙りにするという狂気を演じられたのである。むろん、例がないことではないのだろうが、少なくともわたしは、この墓暴きの狂気には恐怖を感じたのである。そして、このままでは済まないと思った。その狂気が命ある人間に及ぶ前に、何とかしよう、そう、巡礼の旅に出よう、と。

そして、この丘の、この宿にたどり着いた。

幼少年期、大道芸人たちと行動を共にしていたわたしは、隣国同士の領土争いや同族間のいがみ合いなどで、むごたらしい出来事の噂を聞くことはあっても、それを見ることはなかった。わたしたちは祝祭日に集まる人たちや、市の立つ日の賑わいを求めて、戦乱のなさそうな土地ばかり旅して歩いた。祝い事の陽気な添え物にしかすぎないわたしたちは、性根卑しく、人を騙し、人を陥れ、人のものをかすめ盗りはするが、人を喜ばす人間だった。しかし、ひとり騎士身分の人たちと交わり、多少とも戦乱の中に身を置いて、大切なひとの悲痛な運命を知った今、わたしは昔のわたしではない。わたしは、カタリ派に心を寄せる人々の多くがそうであるように、この世は悪に支配されている、この人の世を動かす神の力は、悪の力として顕現すると思うのだ。わたしは善きキリスト教徒ではない。神の御座を仰ぐより、闇の奥を覗いてしまう。逃げ惑う女や子供までも殺し尽くす蛮行など、闇の力以外の何だろう。何のために殺し、何のために殺されるのか。

わたしの記憶の巡礼旅もそろそろ終わっていい頃合いだろう。思いつくまま遠い記憶をたどってきたが、わたしが記憶の旅人なら、何と心貧しい旅人だったのだろう。記憶をたどって出会ったのは、わたしの中の憎悪や悲しみ、悔いや怒りや呵責のかずかず、ほかに何があっただろう。わたしは、わたしの中の思いに苦しみ、記憶を追いかけもてあそんだ。わたしは記憶をゆがめただろうが、それよりむしろ、記憶がわたしをゆがめてしまったようにも思う。しかし、それこそが誰のものでもないわたしの過去、このようにしか生きてこれなかったことの証しなのだろう。ただ、誰にでもいい、矢も楯もたまらなく問いかけてみたい自分がいる。わたしはなぜ、このようなわたしであるのか。わたしは、一体何者なのか。歳を思えば、そして、この病を思えば、ながくもない命である。だからこそ、今は問いかけたい、人とは一体何者なのか。

11

この時間、ピレネーの方へ向かう巡礼たちは急ぎ足でこの宿の前を素通りする。この道は向こう側へ丘を下りた先で森の中の道になるから、日暮れ時には危ないのである。近道とはいえ、森の中で日が暮れれば、道に迷うか、狼に出会うか、狼より恐い人間たちに出会ってしまう。だから、もうこの時間になると、巡礼たちはおおむね修道院の向こう側の広い道を行く。わたしは、人通りが少なくなるこの時間になると、宿の表に出て入り口脇の丸椅子に腰をかける。そして、わたしはさっきから同じことばかり考えている。マルタンやエルムリーヌの厚意に甘えてもう何日になるだろうか、わたしは宿を立ち去ることを考えている。

病状は悪化しているようではなかった。血尿の不安はないし、腹部に疼《うず》き痛みもなかったことから、克服できる病のように思い込んだりもする。それでも、げっそり痩せた自分の姿に、気力はすっかり萎えていた。この体で、ピレネーの山岳を越えられるのか、その先のはるか遠い道を行けるのか、あらかじめ尻込みしている自分へのいいわけのように問いかけていた。

そんな時、坂を上ってくる七、八人連れの巡礼たちに眼が留まった。隠れようと腰を浮かせたつもりなのだが、とっさのことで、わたしは腰を持ち上げられなかった。戸惑うわたしに向かって、元気な巡礼たちは一斉に会釈をし、一斉に十字を切って宿の前を素早く通り過ぎた。わたしはその人たちの後ろ姿を見送りつつ、実直な職人たちの講なのだろうと、何の根拠もなくそう思った。そして、置き去りにされた気分を味わったのである。わたしはもう巡礼旅をあきらめていた。

わたしはゆっくり立ち上がった。背筋を無理に伸ばし、軋む体を運んで、わたしは宿の表口から熱のこもった暗い巡礼部屋に戻った。入れ替わりに、猫のロベールが外に出ていく。

「ロベールは名前を呼んでも知らんふりだ。感心するよ、領主様気取りだ」

マルタンがわたしに気づいて、わたしに向かっていった。

すると、厨房から出てきたエルムリーヌが、

「それはそうですよ、ちょっと前まで別の名前で呼ばれていたんだもの。元の名前で呼んでごらんなさいよ」といった。

もっともだ、とわたしはエルムリーヌに笑いかけた。

「だからいっただろ、聞いたが忘れたんだ。ロベールでいいじゃないか」

マルタンはそういいながら、むっとした顔をわたしに向ける。

「わたしは、どうかな、あまり好きじゃないな。ありふれた名前だけど、猫にはちょっとなあ」

わたしは苦笑いをしていった。猫に限らず、好きな名前じゃないのは本当だ。

「だから、ロベール様の思い出に、名前を捧げたんだよ」

「それはいいけどさ、呼んでも来ないのは当たり前ですよ。あんたのこと、アンゲランとかブレジャックとか、呼んであげましょうか。返事、できる」

「アンゲランなんてやつはなぁ」

「それはそうと、さっき思い出して、ひとりで笑ってたんだけど、ロベール様、初めて野試合に出られた時の話をしてくださいましたわ。お相手が決まって、いざ始めようとされた時、急にあたりが真っ暗になって、暗い空に稲妻が続けざまに走ったそうです。雨も一気に降り出して、雷がバリバリ落ちてきて、ロベール様のお相手は剣を放り捨てて逃げていったんですって。鎧兜の騎士たちも慌てふためいて、右往左往。馬は逃げていくし、貴婦人方の天幕は風にとばされるし。天幕が貴婦人方に被さって、雨水やら泥水やら、びしょびしょになった貴婦人たちが濡れた天幕の下からはい出てくるんですって。鎧兜が重くなってへたり込む騎士たちや、流し旗が絡まって地べたで悶えてる騎士もいたそうですよ。楽しそうに話してくださいましたわ」

わたしは驚いてしまった。

「へえーっ、ロベール様はそんな話をされたのか。わたしは初めて聞いた。あの方が、そんな話をされるのか」

「わしも初めてだよ」

「いやだ、話したことあるわよ」

そういって、エルムリーヌは笑いながら厨房へ戻った。

エルムリーヌがいなくなると、マルタンは、今の話に張り合うみたいに、

「あのな、ロベール様には恋しいお人がおられたんだよ」と威張ったような声でいった。

わたしは息を呑んで、「いきなり何だ、びっくりした」とあわてて応えた。

「騎士には思いの姫君が付き物なんだ。エルムリーヌがそういってる。ま、あんたは知ってるよな、

ロベール様は恋しいお人を残してこられた、そうだろ。というのは、子猫たちをあやしながら寂しそうにしておられることがあってな。んー、どういうかな、微笑んだまま痛いような顔をされた。あれだね、あのお姿、今思えば、そういうことかとしみじみ分かる。ロベール様には恋しいお方がおられた。実は、別れの悲しみに耐えておられたんだよ」

「いやあ、まさかね」と返して、わたしは強引に話を変えた。

「そうそう、エルムリーヌさんから聞いたんだが、あんた、亡くした奥さんが恋しくて花を供えるんだね」

マルタンは素直に話を合わせる。

「うん、まあ、一度やったら、どうもね。セージの花はすぐ散るんだが、やめると気が咎める。でも、真似するやつらがいるよ。時々、一時課の私誦ミサや九時課のお勤めを見にいくことがあるんだが、帰りにふらっと墓を訪ねる。お勤めの間は黙ってなきゃいかんだろ。わしはおしゃべりだから、我慢して黙ってた分、墓に向かってしゃべってやる。そりゃあ悲しくなることもあるが、まあ静かな気持ちになれる。あいつの墓は修道院の裏側なんだが、雨が降れば、修道院の礼拝堂を濡らした雨水が流れてきて浄めてくれる場所なんだよ。取り合いになるくらいの場所だから、わしは大きな石を七つ八つ周りに置いて墓を守ってるんだ。そりゃそうだろ、放っておいたら墓がどんどん狭くなっていく。墓って、増えちゃうんだよな、いつの間にか。ま、そんなわけで、石を置いた。すると、また真似をするやつらが出てきた。真似をするのはいいが、わしの石を持っていって使おうとしたやつがいるんだ。アンゲランというふざけたやつでな、昔は仲がよかったが、それ以来、わしはそいつと喧嘩ばかりしている。墓に来るとな、いつもそいつの悪口を墓に向かっていってやるんだ。そしたら、もういいでしょ、って声が聞こえる、ほんとだよ。嘘と思うだろうが、実際、ああ、そうだな、やめよう、と自分で思うもの」

「ふーん、いい話だね」

「わしの中で、あいつの声が聞こえる。耳で聞こえるみたいに聞こえるんじゃないよ。わしの中から伝わるんだ、もういいでしょ、って。だから、ああ、そうだな、と答える、心の声でな」

「ほほう、すごいね、それは」

わたしは軽い気持ちでいった。おしゃべりで、深くものを考えない男には、そういうこともあるだろうと思った。からかうつもりはなかったが、マルタンは小バカにされた気がしたのだろう。ふっと吐息をついて、しばらく何か考えていたようだが、「死んでしまったわ」と、意外なことをつぶやく声でいった。

「そりゃあ、わしだってあいつが死んだ時は、神様を恨んだよ。何でわしからあいつを取り上げてしまわれたのか、一緒に子供までも。わしが何をしたんだろってな。でもなあ、今思えば、神様を恨んでいる時は苦しかった。意地の悪い、嫌なわしだったと思う。しかし、大昔の話だがね、子供の頃のわしを可愛がってくださった修道士様がおられてな、こんなことをいわれたよ。不幸に遇えば、神様を愛することが難しい。神様を恨みたくもなる。そんな時は、どんなことでもいい、ほんの小さな善行をつみなさい、神様がお前を愛してくださる、とな。それで、わしはろうそく屋に徒弟に出していた長男を呼び戻して修道院へ入れた。今、イタリアのフェラーラの修道院にいるがね。そしたら、あいつの声が聞こえるようになった。ああ、そうさ、聞こえるようになった。墓の前に立って、いろんな煩いごとにうんざりしてると、いつもじゃないが、聞こえるんだ。あいつがわしの中で話してくれる。神様がわしを愛してくださっているからだよ、だから、わしの中であいつの声が聞こえる。だったら、あいつはもうわしなんだ。あいつがわしなら、わしはあいつだからね、わしが死んだらあの墓に一緒に埋めてもらうことになってる。

「あいつとは幼馴染で最初から一緒になることが決まっていた。子供の頃から、こっそり見つめ合ったりした。子供にだって心配事はあるだろ。安心するんだ、あいつを見てると。とはいっても、わしらは滅多に会うことがないから、最初はそっぽを向くんだがね、いつもあいつの方から笑いかけてくれる。何かこう、体が急に浮き上がる感じさ。わしもあわてて笑いかけるんだが、わしはあまりうまくできない。わしが笑うと、あいつはお澄ましの顔になって、眼を逸らすんだ。笑いかけるの、下手なんだよ。案外、まごつくのさ。そいで、まごついたまま、わしも澄まし顔になって、あいつもお澄ましの顔で、ほんのちょっとの間だが、見つめ合うんだ、約束だねって。話さなくてもね、いいんだ、安心する……はは、いい歳をしたジジイが真顔でいうことかね、ははは。そういやあ、あれだ、ちゃんと話したことって、なかったなあ。それでも安心した。不思議だろ、それもこれも、みんな最初から神様がお決めになっていたことだからだよ」

わたしは言葉を返せなかった。バカげた話だと思いながらも、やわらかい笑みが浮かんでくる。以前もこんな話を聞かされて、なぜだか不愉快になったはずだが、今は不思議に心がなごむ。何にでも神を絡ませてくるのにはお手上げの気分だが、いい話を聞いたような気もした。

「なるほどね。それ、ほんとの恋だよ」

皮肉のつもりはない、しかし、本気でいったわけでもなかった。マルタンも本気で聞いていたようではなかった。

「何いってんだ、わしらは恋なんかしないさ。恋は恋でも、騎士の殿様方のとはきっと別物だよ。わしには感謝しかないもん、だって、分からないよ、恋なんて。わしは、あいつという恵みを与えてくださったお方に感謝するんだ。そりゃあ、あいつに感謝するのはもちろんだが、あいつという恵みを、感謝するのさ。ほら、太陽の恵みやら雨の恵みやら、暖かい風の恵みなんかを、わしらはふつうに感謝するじゃないか。しかし、ほんとは、神様の大きな計らいに感謝してるんだ、違うか。いいかい、これは途方もないことだよ。わしは、あいつのことを神様に感謝しながら、神様の大きな計らいを思って身震いすることがある。息が詰まるような気にもなる。うまくいえないが、あいつは太陽や雨や風と同じひとつの大きな恵みなんだ。神様の計らいの一部じゃなくて全部なんだ。以前、話したような気がするが、あいつがいなくなって、思い出も消えていって、まあ、年寄りになったせいだろ、寂しさが骨身に沁みるようになってなあ……そんな寂しさを知ってからだよ、あいつがわしへの恵みだったと気づいたのは。気が付いたら気づいていた、な、そうだろ、神様がそっと気づかせてくださったのさ……そのことに気づくとね、太陽やら雨やら風やら、森や野原やこの巡礼道も、あいつが恵みであるように、みんなわしへの恵みだったと急に分かったんだ。分かった時は、ほんと、ふわっとなったよ、気持ちが。もう、感謝しかない。感謝してるとねえ、迷わないよ、気持ちが。迷う時は感謝を忘れている時だ。よくあるんだ、それが、忙しい時とか。

「だから、どういえばいいかねえ、わしはあいつを失ったが、あいつという恵みを今も感謝している、それが恋さ、わしの場合。そりゃあ、生きてるうちに気づけばよかったが、死んでからでも神様がお恵みくださる。『肉体の死を与え給いし神を讃えよ』、な、そうだろ。神様を讃え、あいつのことを感謝するとね、わしは死んでからまたあいつと一緒になるって分かるんだ。これだね、また会える、この気持ち、これが恋さ、わしの場合。だから一緒の墓」

どうも理屈が分からないし、いってることが強引だし、改めてバカバカしい話だと思った。さっきの話もそうだが、どんなことでもなし崩しに神とつながっている。大雑把な頭だとあきれてしまうが、修道院に出入りしてるとそうなってしまうのだろう。しかし、わたしはこのような人のいうことに、素直に耳を傾けるようでなくてはならない、とも同時に思った。

「あんたは偉いわ」

しばらく言葉に迷って、わたしはそう返した。

「ええ、ほめてるようには聞こえんぞ」

「えっ、誰のこと、ほめてるって」

エルムリーヌが前掛けで手を拭きながら厨房から出てきていた。

「お前じゃないに決まってるだろ」

「あんたにほめられると、用心しちゃうわ。何か面倒起こしたんじゃないかって。じゃあ、今日はこれで家に戻りますからね、あとのこと、お願いしますよ」

エルムリーヌはそういって、そばの台にあった祈禱書に手を当て、十字を切った。わたしは見て見ぬふりをした。

エルムリーヌが坂を下りて帰ってゆくと、わたしはゆっくり外に出て、逆に坂を上った。あとを頼まれたくせにマルタンがついてくる。そのマルタンに、猫のロベールがついてきていた。


自分でも確かな足取りと思うのだ。杖の助けは得ているが、地面をしっかり踏んでいる。しかし、ふつうに歩いて、歩幅が狭まっているのは分かった。そして、やはり息が切れる。

坂の途中で立ち止まると、うしろからマルタンが声をかけてきた。沈黙を続けられない男なのだ。

「静かなお人だったが、一度、大笑いされたことがあるよ」

「大笑い、ロベール様のことか」

わたしは振り返らずに答えた。

「子猫が什器置き場の隅から出てこなくなってな、ロベール様が腹ばいにおなりになって、出してやろうとされたんだよ。棚の支え棒を動かして。そしたら、上から皿やら鍋やら木箱やらが落ちてきて、食器の下に埋もれておしまいになった。巡礼宿だから皿にしても相当な数だ。使えない皿も捨てないのが修道院の方針だからさ。猫をかばったおかげで、皿や鍋が順番に落ちてきて、最後に木箱がロベール様の頭に中《あた》った。頭をくらくらさせながら大笑いされた」

マルタンはうしろで思い出し笑いでもしているのだろう。気配だけだが、そんな気がした。

わたしは、お笑いになったロベール様をまったく覚えてはいない。探せばどこかにある記憶だろうが、わたしの悲しみや憎悪が、記憶から消し去ってしまったのだろう。そのせいか、不思議に思い出さなかった記憶だが、何というお名前だったか、愉快な側近の騎士がいて、いつも周りの人たちを笑わせていた。時々は、ロベール様にもおどけた話をされて、笑わせておられたのを思い出す。そんな記憶も探せばあるなあと思った。

「あんた、ロベール様にお仕えしたんだろ、それなのにロベール様の話はあまりしないね。何かあったのか、ご機嫌を損ねるようなことをしたのか」

「いや、どうかな、戦争が始まったから用無しになった」

「あんた、自分の話もしないね、わけありかい。わしがしゃべり過ぎかな」

「自分の話はつまらない話だ。正直、つまらないことばかりしてきた」

「つまらないのはみんな同じさ。でも、それを人に話すと、そうでもないって分かる、そういうもんだよ。一人の食事は味気ないだろ、みんなでわあわあいって一緒に食べると、つまらない喰い物だってうまいと感じる。宿の食事がそうさ、塩味だけの肉っけなし。ひとりで食うんじゃ、喉通らんよ。つまらないものでも、みんなで分かち合うからうまい。話も同じだ、分かち合えばね」

わたしは微笑みながら黙っていた。さっきからずっと思っていたが、ほんとによくしゃべる男だ。こんなおしゃべり男の口車に乗って話せるようなことなど何もない。わたしは、その手に乗るか、と空とぼけた顔を見せてやった。するとマルタンは、

「さっきの話に戻るが、ロベール様には恋しいお方がおられたんだろ、秘めた思いに苦しんでおられたんだろ。あんた、知ってるよな」と、難なく話を変えてしまう。

またもう、面倒というよりお手上げだ。エルムリーヌがつまらないことをいったのだろうが、もう

手に負えない。わたしはマルタンをけむに巻いてやろうと、

「いや、どうかな、ロベール様は、遂げられない思いに苦しんでいるご自分のことがお好きだったのだよ。ご自分で苦しみを招き入れて苦しむご自分に陶酔しておられた」と、わざと難しいことをいった。

「そう、苦しみを耐え抜くのが騎士なんだよ。その騎士を勇敢にするのは貴婦人の愛だよ。ロベール様が立派な働きをされたのは、思いの姫君の愛があったから、エルムリーヌがそういってる。わしらには普通に接してくださったが、ほんとは、黙って別れのつらさに耐えられておられた。今思い出せば、あれが恋しい人を思うお姿だね。眼がね、眼がいつも遠くを見ておられる。遠くにおられるお人を。で、どんな姫君なんだろ、巡礼の貴婦人方は修道院の空色漆喰のお館に向かわれるから、わしらには縁がないんだ。ちょっと想像できない。なあ、あんた知らないのか」

わたしは知らんふりでいた。バカが勝手にしゃべってろ、と思って口元を歪め、今度同じことを話しかけてきたら、本気で睨みつけてやる気でいた。そうでもしないと、あのあどけないオード様の面影や、質素な白い麻衣でわたしの前に立たれた娘姿のオード様が眼に浮かんできそうに思ったからだ。わたしは杖をあげて、道端の雑草を払いよけた。

「そうか、話せないことなのか。じゃあ、よっぽどなんだね」

何がよっぽどか、わたしはもう相手にしなかった。

丘の頂に着く前に分かったのだが、ロベール様の盛り土に枯れかけたセージの花束が逆向きに載せ

てあった。振り返って咎めるような眼を向けてやると、マルタンはきまり悪そうに、わたしから眼を逸らせた。

「黙っとこうと思ってたんだが……実は、子猫たちも一緒なんだ。ロベール様のご遺体だがね、人に見られちゃまずいというんで、日が暮れてからエルムリーヌの亭主とふたりで墓を掘って、ふたりでご遺体を運んだ。最初はあの立派な剣を一緒に埋葬するつもりだった。ほんとだよ。騎士の剣は教会で祝別された剣なんだろ、十字架を表しているそうじゃないか。ルルドの町の教会に、騎士が剣に口づけをして神をあがめている絵があるよ……しかし、あの時、何でだろう、ロベール様の脇で死んでた子猫たちのことが思い浮かんだ。かわいそうでな、砦の方に駆け戻った。子猫たちは外にゴミみたいに捨てられていたよ。司禱の前に、修道院の人が捨てたんだろ。そっと両手で拾い上げてやった。かわいそうに、二匹とも、閉じた眼に涙が凍って光ってて……こわばっちゃって、小さな軽い冷たい死骸だ。わしは子猫たちの小さな死骸を懐の中に抱いて戻った。そして、ロベール様のご遺体の両脇に並べてやった、どっちがどっちか分からないけど、どっちもちゃんとロベール様の方を向くように……剣も一緒にとは思ったんだが、急にいい気がしなくなってな、剣はやめようと思った」

マルタンは、過ちのいい訳をした時みたいに、気弱そうな眼になって、わたしの顔を斜めに見上げている。しかし、なぜだろう、わたしは、

「ああ、それはいい、剣よりは猫のほうがずっといい」と、弾むような声を返したのだ。

まさしくそれは心弾む思いつきではないか。旗騎士ロベール様は胸に剣を抱く代わりに、両脇を子猫たちに挟まれて……そんなこと、一体誰が思いつくだろう。正気じゃないな、心底間抜けな、おし

ゃべり天使くらいのものか。わたしは、複雑な顔でわたしを見上げるマルタンに向かって、顔を崩して笑った。

「そうだろ、いいことだろう。わしが子猫たちをロベール様の両脇に並べてやると、ロベール様は微笑まれたような気がするんだ。あの時のこと、思い出すたびに、そう思う、ロベール様は微笑まれた。暗くなったせいじゃないよ、ほんとにそう見えたんだからな」

わたしが笑ってしまったせいだろう、マルタンが真剣な声になって念押しをしてきた。それもわたしにはおかしかった。

「嘘じゃない、ほんとだよ、ありがとう、って声に出しておっしゃったような気もするんだ。ああ、本気にしないな、いいよ、本気にしなくて。どうせ信じんだろ、ああ、いって損した……で、あの剣のこと聞きたいよな。あれはだな、あとになって修道院から偉い人たちが五、六人やって来られて、修道司祭様も金糸銀糸の盛装でやって来られて、ありがたそうに持って帰られたわ。いいことしたんだなって、その時分かった。な、そうだろ」

笑いながら、わたしはマルタンに返事ができずにいた。あのロベール様が子猫二匹と一緒に、この丘の、この盛り土の下でお休みになっておられる。想像もできないことだが、それがほんとにそうだと思うと、わたしは小さな感動さえ覚えて、返事ができなかったのだ。きっと、ロベール様は微笑まれたのだろう、そして、マルタンに礼をおっしゃったのだろう。礼など、決しておっしゃらないロベール様だが、死んだかみさんの声を聞く男だ、礼をいわれるロベール様の声をほんとに聞いたに違いない。思えば、ふざけたみたいな話だから、笑みは自然に浮かぶのだが、なぜだろう、わたしは心の底から笑ってしまう。得意気にわたしを見上げるマルタンにではない、わたしはこの丘の、この夕暮れの景色に向かって笑っている。おかしいではないか、この広々とした夕暮れの景色の中で、旗騎士ロベール様が子猫たちに挟まれて休んでおられるとは。

「それはそうと、こっちの穴だが、せっかく掘った穴だし、無駄にしたくないからなあ」

「無駄にしたくないって、おい、マルタン」

ははは、と笑ってマルタンは急ぎ足で坂を下りていった。巡礼たちがもう宿に着いている刻限なのだ。もう少し時が経てば、逆の方から戻りの巡礼客が上ってくる。

取り残されて、わたしはゆっくり自分のことを思った。誰もいない丘の上、ロベール様の盛り土だけの墓を見下ろすわたしである。そのわたしが、なぜか今、ふいの涙を浮かべている。笑ったしりから、もう泣いている。誰のための、何の涙か分からない。それはもう、分からなくてもいいと思った。ただ、悲しみに暮れ、憎悪に身悶えした記憶の中のわたしが愛おしいもののように思えるのだ。それにしても、子猫たちに挟まれて、しかも、頭が逆向き、巡礼道を行く人の一体誰が気づくだろう。おかしなマルタンの思いつきだ。

わたしは道の向こう側の物見砦の方へ向かった。珍しく、猫のロベールがわたしのあとをついてくる。行く先が分かっているのか、ロベールはわたしを追い抜き、砦への緩い傾斜を登っていく。わたしは猫が歩いた通りの道をゆっくり歩いた。

わたしがこの物見砦の崩れた鋸壁に体を預け、遠くピレネーの山並みを眺めるのは何度目だろう。このようなひと時が、わたしの人生にあることがうれしい。わたしはご褒美をいただいている気がして、そのことを猫のロベールと一緒に喜ぼうとあたりを見回すのだが、先導役のロベールはいつの間にやら姿を消している。猫がわたしを嫌っているのか、それとも、宿に巡礼客が集まって、夕食の配膳が始まる頃合いなのが分かっているからなのか、多分、そのどっちもだろう。

遠いピレネーの岩塊と刷毛で描いたような筋雲だけが茜の色に染められていた。空にはまだ青い色の濃淡が残っていて、遠く眺めるわたしが見つけるようにと、わたしに向かって輝く星がひとつ、そして、二つ三つ。見上げるわたしのためみたいに、星の数は見る間に増える。頭を上げて高い空を見上げると、もう十も二十も星ぼしがきらめいているのだ。涼しい小さな星の光は互いに互いの合図に応え、一斉に光の踊りを見せているかのようだ。見えない星が合図を拾って、決められた自分の場所で次から次へときらめき始める。すぐにも闇に閉ざされるありふれたこの夕べのひと時だが、やがて、おびただしい数の星々が夜の空を満たすと思えば、胸に小さな感動すら湧いてくる。何という心弾む万物の仕組み。こうして陽が沈み夕闇が迫ってくれば、涼しい風が丘の裾から吹き上げてくるのだ。そのことに今日初めて気づいた。

決して、神を実感しないわたしなのだが、わたしはこんな夕べのひと時にふさわしい聖句を知っている。聖書か祈禱書か、それはもう忘れたけれども、涼しい風が運んできてくれたもののように口ずさんでいる。

わたしは、あなたの指のわざなる天を見、
あなたが設けられた月と星とを見て思います。
人とは何者なので、これをみ心にとめられるのですか、
人の子は何者なので、これを顧みられるのですか。

万物を運行させる隠れた神のお力、そのお力をここにこうして仰ぎ見るわたしは何者なのだろう。神によって在る万物の中で、わたしは一体何者なのか。

分からない、しかし、この万物の中にいて、分からないことが不安にはならない。わたしはそのことを自分の心に確かめている。

あの人がたどれなかった巡礼道が夕闇に紛れる。行く当てのないあの人にとって、道はここで途切れる。そのことをいつも確かめておいでだったのだろう。ここから先へは進めないお人だったのだ。しかしわたしは、せっかくだから、もっと先まで歩いてみようと思っている。戻ってみてもどうせ同じ。歳を思えば、また病み衰えたこの身を思えば、戻ればかえって旅立ちをためらうだろう。だったら、わたしは先へ進もう。たとえ途上に果てたとしても、それがわたしの巡礼旅。先へ先へと道を行く。何の不安もありはしない。

それより何より、こんなところに長居するのは考えものなのだ。さっさと旅立たないと、ロベール

様の脇に並べて葬られる。そんなことはまっぴらだし、猫やら犬やら、ひょっとしてニワトリなんかを一緒に埋める気なら、生き返って睨みつけてやる。マルタンならやりかねないのだから。（了）

引用文献

巻頭に挙げた一節は、シドニー・ペインター『フランス騎士道』氏家哲夫訳（松柏社）からの引用である。

本文中のアルノー・ダニエルやヴェルナール・ド・ヴァンタドールなど、トルバドゥールたちの詩文は、沓掛良彦編訳『トルバドゥール恋愛詩選』（平凡社）に訳出されたものを拝借した。

『聖書』からの引用は、日本聖書協会発行の一九七九年版に拠る。また、聖フランチェスコの「太陽のうた」からの一節は、『聖フランチェスコの小さな花』（田辺保訳、教文社）に収められた訳文を拝借した。

アルビジョア十字軍の史実に関しては、ミシェル・ロクベール『異端カタリ派の歴史』武藤剛史訳（講談社選書メチエ）に負うところが多大である。

山田正章　やまだ・まさあき

昭和二十四年、大阪市に生まれる。昭和四十八年、同志社大学英文学科卒業。同五十二年、同志社大学大学院文学研究科英文学専攻修士課程修了。同五十五年、同志社大学大学院文学研究科博士課程単位取得満期退学。同志社女子大学助教授などを経て、平成五年、同志社女子大学教授。同二十六年、同志社女子大学退職、同二十六年四月より同志社女子大学名誉教授。主な著書に『ローマ騎士ルキウス・クラウディウス　または、恋愛の起源について』（講談社エディトリアル）がある。

猫《ねこ》と騎士《きし》と巡礼《じゅんれい》の道《みち》

二〇二三年十月二十日　第一刷発行

著者　山田正章《やまだまさあき》

発行者　堺　公江

発行所　株式会社講談社エディトリアル
郵便番号　一一二-〇〇一三
東京都文京区音羽一-一七-一八　護国寺SIAビル六階
電話　代表：〇三-五三一九-二一七一
販売：〇三-六九〇二-一〇二二

印刷・製本　株式会社KPSプロダクツ

定価はカバーに表示してあります。
落丁本・乱丁本は購入書店名を明記のうえ、講談社エディトリアル宛てにお送りください。送料小社負担にてお取り替えいたします。

ISBN978-4-86677-130-4

ローマ騎士ルキウス・クラウディウス
または、恋愛の起源について

共和政末期のローマ。宴会に押しかけては、偉人、賢人、神々までも酒の肴にして、放言や悪ふざけ、難癖つけに興じているローマ人士たち……。しかし賽は投げられた！　ルビコンを渡りローマに戻ったカエサルを待ち受けていたのは、元老院による抵抗だった。ついにカエサルは暗殺され、安逸の日々は激変、人々の運命は変転する。

カエサル暗殺前夜のローマに生きる騎士ルキウスの運命もまた翻弄される。やがて彼は戦士として妻子と別れ死地に赴く決意を固める、ふたたび妻の元に戻ってくるために……。

家族愛と友情を描く、著者渾身の長編小説。

ISBN978-4-86677-074-1

エネルギーフォーラム 出版案内

https://www.energy-forum.co.jp

2024 11

●弊社に直接ご注文される場合は国内送料実費をご負担ください。●価格などは2024年11月現在のものです。●ホームページで新刊図書をご案内しております。

株式会社エネルギーフォーラム
〒104-0061 東京都中央区銀座 5-13-3 tel 03-5565-3500 fax 03-3545-5715

第2回
筑豊ララバイ
中島晶子 著

昭和30年代、炭鉱住宅に暮らす主人公を中心にさまざまな人間模様を筆者の幼年期の経験をもとに綴る。

定価1760円

第4回
小説 1ミリシーベルト
松崎忠男 著

原発事故で人生が一変した主人公は正しい情報を人々に届けるために奔走する中、ある言葉の解釈の重要性に気づく。

定価1980円

第5回
M&A神アドバイザーズ
山本貴之 著

地方のガス会社を舞台にM&Aを含む経営戦略を駆使して会社を新たな成長軌道に乗せていくビジネスライトノベル。

定価1540円

第6回

第3回は受賞作なし、第1回の『カムパネルラのつぶやき』(昭島瑛子著)は品切れ

総理の決断

プロジェクトX原子力

大塚千久

総理の決断——プロジェクトX原子力

目次

総理の決断——プロジェクトX原子力

第一章　プロローグ

二〇二八年三月一七日　首相官邸記者会見室――

首相だけでなく関係閣僚も出席するという異例の記者会見場は、重々しい雰囲気に包まれていた。

出席している記者たちは、異例な座席の配置を見て、政府一丸となった取り組みを示さなければならないほどのまれにみる重要な会見であることはわかるものの、事前に十分な情報が把握できていなかったこともあり、期待感というよりは伝える側として、とてつもない重責を担わされている緊張感を感じていた。

閣僚が所定位置につき、箕輪《みのわ》首相が演台に立つと司会が会見の開始を宣言した。

「まず初めに本日は、我が国が将来にわたり繁栄を維持していくために、どうしても国民の皆様にご理解とご協力をいただかなければならない重要な方針を示すことになるということを申し上げたいと思います」

そう始めた首相の顔は緊張感に満ちていたが、具体的な内容を話し出すと、その緊張は使命感に満ちた力強いものに変わっていた。

「今般の地球温暖化に関わるモルディブルールを巡る状況につきましては、これまで説明してきたように、我が国としても国際的責任を果たさなくてはならないという状況にあることは間違いありません。しかしながら、その遵守《じゅんしゅ》は、我が国社会経済を根本的に揺るがしかねない厳しい事態でもあり、対応いかんでは、将来の世代に大きな禍根《かこん》を残すことに繋《つな》がりかねません。そのため、政府として今般、原子力発電所新設の推進という方針を打ち出すとともに、ロシアとの共同による放射性廃棄物処分施設計画を進めることといたしました。これらにつきましては、これまでの課題を解決するだけでなく未来への道筋となるものであり……」

モルディブルール、原子力発電所新設の推進、ロシアとの共同による放射性廃棄物処分施設計画……何が日本を追い込み、どうしてこのような選択をせざるを得なくなっていたのだろうか。

そして、この首相記者会見を別室のモニターで見つめる官僚たちの中に一人、他とは比較にならないような真剣なまなざしを向けている者がいた。

彼は、この原発推進政策が単に追い詰められたエネルギー政策の転換としてただ進められるのでなく、真に社会と調和したものとして進められることを願っていた。

彼をそのような思いにさせていたのは何なのか。


「もう、光輝《こうき》ったら、また、食べたあとの食器を置いたまま行くんだから」

パート先から帰って来た美佐江《みさえ》は、リビングのテーブルの上に残されていた器とスプーンを流しに運んだ。

小学五年の息子の光輝は、学校から帰宅後、塾へ行くが、授業が遅くまであるために家でシリアルを食べていく。

ただ、塾の授業開始までの間、近くの公園で友達と野球をしたいために、食べたあとの片付けもせずに飛び出して行ってしまうことが常のことだった。

そして、鞄《かばん》も玄関に置いたまま出かけてしまうのだ。

美佐江は、いつものように食器を片付け、玄関に置かれた鞄を彼の部屋に持って行った。

そのとき、ふと、机の上に置かれた一冊の本に目がとまった。

「これね。光輝が先生から借りたって言ってた本は」

美佐江は、『ノーベル―人類に進歩と平和を』と書かれた表紙の本を手に取り、椅子《いす》に座って読み始めた。

小学生向けに書かれた伝記ではあるが、その中には、ノーベルの波乱に満ちた生涯《しょうがい》とともに、理想でなく現実の問題として平和の実現を考えていた姿が書かれていた。

さらに、平和の実現を後世の人たちの努力に託《たく》し、ノーベル賞として讃《たた》えるようにすることを決意した姿が書かれていた。

「光輝の言うとおりね。全《すべ》て一度に解決できなくても努力することと未来へ希望を持つことは大切だもの」

美佐江は、息子が自分より一回りも大きな人間に育ってくれていたような気がして嬉《うれ》しくなっていた。

「そうだ、科学技術学び館へ行く途中で食事ができるお店を調べておかなくっちゃ」

そう言うと美佐江は、リビングに戻ってタブレットを立ち上げた。

実は、この平凡な主婦の思いと、あの不思議な記者会見とは一本の糸で繋がっていた。
それを説明するためには、一カ月ほど前に話を遡《さかのぼ》らなければならない。

第二章　選択

二〇二八年、日本のエネルギー事情、特に電力政策は大きく変わっていた。

東日本で起きた震災と、それに伴《ともな》う南東北原発という原子力発電所での重大事故が起きて以降、それまで電力供給の柱だった原子力発電所、すなわち原発は、その後も一定割合を維持するとされたものの新増設には踏み込まず、既存《きそん》のもので見直された規制基準に適合と確認されたごく少数のものを使い続けるだけで、専《もっぱ》ら再生可能エネルギーを主力電源化することを目指していた。

また、再生可能エネルギーの利用の不安定さを補い、効率的利用を図るために蓄電池などの利用促進や技術開発も並行して進められていた。

しかしながら、国土の狭《せま》い我が国では、再生可能エネルギーを拡大するにも、その立地は難航し、また、蓄電池などの利用や技術開発も低コスト化が必須にもかかわらず、少子高齢化に陥っていた日本の社会では、必要な人材の不足をはじめ国内産業の低迷もあり、研究開発への投資も細りがちで、当初に描いた計画の実現は、大きく先のばしされていた。

また、新たなエネルギーの利用については、それ以上に、厳しい状況にあった。

そのため、豪雨や旱魃《かんばつ》被害、また、食糧生産に甚大《じんだい》な影響を及ぼすなど世界中に猛威《もうい》を振りまく地球温暖化に対して、年々厳しい規制が国際的に求められるなかにありながらも、再生可能エネルギーで賄《まかな》いきれない電力需要や負荷変動の調整機能は、引き続き天然ガスなど化石燃料を主体とする火力発電所に頼らざるを得ない状況が続いていた。

このため、将来に向けた対策が見通せない日本の国際的立場は厳しくなる一方だった。

対策の遅れを懸念していた政府は、一時期、原発の新設計画を持ち出そうとしたが、東日本を襲った震災による原発事故の傷跡は深く、反原発運動が大きく盛り上がり断念せざるを得なくなっていた。

ただ、一方で、それまで原発を推進してきた各地域の電力会社が自由化により、激しい販売競争にさらされ、反対運動をはねのけてまで自らの責任で原発のような巨大でリスクがあるものを新たに建設する熱意も薄くなっていたことも断念する一因と思われた。

その結果、政府も原発は今後なくしていくしかないとの考えを公然と口にし、また、その考えが方針のようになっていた。

そんなとき、大きな事件が日本を襲った。

「まだ、アメリカからの情報はないのか」

イラつく箕輪首相の声は周りの者の焦《あせ》りをさらにかきたてた。

「はい、外務省や大使館からの連絡はまだですが、補佐官が政権幹部の知り合いに電話されているのでそこから何かわかるかも」

「どこからでもいい、早く正確な情報を集めて来い」

「はい」

側近たちは、必死に動き回ってはいるが、状況が皆目《かいもく》つかめない箕輪首相にとっては、部屋の中にぽつんと一人だけにされたような気持ちだった。

今朝の官房長官や首相補佐官とのミーティングでは今、最大の懸案であるモルディブルールは、アメリカと中国の離脱で完全には実行されないであろうという見通しに、出席者は誰も疑問を挟《はさ》まなかった。

このモルディブルールとは、昨年十一月に合意された地球温暖化対策に関する新たな国際ルールだ。

近年、地球温暖化は、予想外に急激なスピードで進展していた。

原因は、異常気象による永久凍土《とうど》の予想外の急速な融解《ゆうかい》により、そこに保持されていた温室効果ガスが大量に放出されたことではないかと言われていた。

この予想外の出来事のため、海面上昇による大きな浸水被害で国として窮地《きゅうち》に直面するツバルやモルディブなどの島嶼《とうしょ》国などへの対応は、それまでの協定では間に合わないとして、急遽《きゅうきょ》、新たにこの国際ルールが定められた。

「竹上《たけがみ》君、なぜ、中国もアメリカも急に態度を変えたんだ。そんな情報なんて全《まった》く聞いていなかったぞ」

怒りの矛先《ほこさき》を向けられた竹上環境大臣は縮み上がってしまった。

「はあ、そんな話は、私も全く聞かされていませんでした」

「それで済むと思うか。世界の二大国がルールには理解を示すが、最終的には参加はせずに離脱するだろうということだから、我が国もその路線でついて行くと決めていたんだろ」

「確かに今朝まで私も、その情報を信じていました。電力での化石燃料使用を二〇五〇年までにゼロにするなんて、電化の進む今の世界で達成できるなど到底《とうてい》思われませんから……」

「不安定な再生可能エネルギーをカバーする火力発電が日本からなくなったら、我が国の産業はガタガタになってしまうんだぞ」

「ごもっともです。アメリカの真意を探って何らかの対応を……」

「当り前だ。しかし、アメリカの態度は完全な裏切りだ。確かにハート大統領は、環境派とは聞いていたが、産業界に大きな影響が出るモルディブルールを受け入れるなんてどんな隠し玉で国民を納得させるつもりなんだ」

箕輪首相は、自国が進めてきた政策を根底から崩されるような青天の霹靂《へきれき》の情報に怒りが収まらない状態が続いていた。

モルディブルールでは、具体的対策として、二〇五〇年までに先進国を中心とした主要国で発電に使用する化石燃料をゼロにすると言う大胆な取り決めがなされた。

しかし、石油だけでなく石炭、ＬＮＧ（液化天然ガス）など未《いま》だに発電のベース燃料とされている化石燃料使用を世界中で全てやめてしまうというものではない。

先進国や主要国などこれまでに化石燃料使用で発展してきた国々は、使用量をゼロにする責任を負うが、途上国などについては、その利便性や設備利用継続の関係から、当面、削減しながら使用をすることを認める。

つまり、先進国などは、これまで散々化石燃料を使って発展してきたから、その責任を取って率先して使用を減すべきであるが、化石燃料使用の恩恵にあまり与《あずか》ってこなかった途上国は、その利用権を留保しておこうというこれまでの歴史的な視点や国ごとの実情を踏まえて、公平を目指した全く新しいルールだった。

もちろん、ルールが公表された当初、先進国など現在の生活を脅《おびや》かされると考える国々や、これからも国内外で膨張《ぼうちょう》を続ける中国などにとっては、受け入れられるものではないと猛反発があった。

しかし、沈没しかねない島嶼国や浸水被害にあう途上国から激しい非難を浴びて、反発していた国々もルールとしてはあり得るという合意だけはした。

さらに、化石燃料使用を減らすために積極的に連携・協力していたヨーロッパ諸国は、合意の実現について前向きであったため、このルールが実行される可能性はゼロではないという声もあったが、反対姿勢を貫いてきたアメリカと中国は、その場で合意をしても、いずれ離脱するだろうと多くの国が思っていた。

我が国も、電力供給の中核を占める化石燃料利用を他の方法に切り替えるようなことが進んでいなかったため、また、経済界をはじめ国内の強力な反対もあり、アメリカと中国の動きに追随《ついずい》する形で非難を避けながら、タイミングを見て離脱しようとしていた。

しかし、そのアメリカと中国が参加し、参加しない先進国として日本が前面に出ることになるなど到底許されるものではなかった。

「今、アメリカから情報が取れました。アメリカは、途上国などがアメリカのシェールガスなどを優先的に使うという条件で了解したようです。どうも、その資金を原発の新設とエネルギー技術開発に回すことで、他国をリードしたいとの思惑が働いたようです」

駆《か》け込んできた首相補佐官がメモを見ながら情報を説明した。

「何だと、自国の利益になる取引ができたから協定に参加するというのか。全くアメリカ人はいつも自国のことしか考えない奴《やつ》らだ」

「お、おっしゃる通りです」

同調するだけの竹上環境大臣は、首相に睨《にら》みつけられたために再び震え上がった。

「じゃ、同じタイミングで中国が協定に参加すると言い出したのはどうしてだ。同盟国の日本をさておいてアメリカはどんな取引をしたんだ」

「それが……どうも裏約束があったらしくて……」

「裏約束？　何だ、それは」

「これは、情報を得た高官も確かな情報ではないと言っていたのですが、どうも中東などの産油国に中国が原発を輸出するのを認めるということらしくて……」

「なんと、産油国を抱き込む利権を譲り渡すというのか。確かに、アメリカは中東問題から足を洗いたがっていたからかもしれないがどうしてだ」

「将来のエネルギー技術開発で先行するためには、そこまでしてでも協定を成立させたほうが自国のメリットが大きいと判断したのでしょう。それに、中東の産油国に価値が見いだせなくなり、不満を抱えた相手と交渉する面倒を考えたら中国に利権を与えてやるほうが得だと判断したからではないでしょうか。自国が生き延びるためには世界秩序などどうでもよいということでしょうね」

常に冷徹《れいてつ》な見方しかしない外務大臣の後藤《ごとう》は、アメリカなら当然の動きとばかりに言った。

「解説していても困るんだよ、後藤君。先行きを見通すのが君の仕事だろう」

「いや、失礼。中国の原発輸出については、これまで停滞していたようですが、これで一気に伸びるので膨大《ぼうだい》な利益も入ると思います。結局、アメリカと同じで、その利益を次世代のエネルギー開発に回す資金にできると踏んだのでしょう。米中とも互いの資金確保の縄張りに合意ができた。それで話のつじつまが合います」

「アメリカも中国も自国の利益になる選択にモルディブルールを利用したというのか。どうしようもない奴らだな。それで、我が国はどうすればよいのか」

そのとき、部屋に平井《ひらい》経済産業大臣が駆け込んできた。

「遅くなり申し訳ありません。話は電話で聞きました。えらいことになりましたな」

「平井君、どうするんだね。日本は取り残されることにならないのか」

「確かに、エネルギー技術開発も遅れていますし、再生可能エネルギーを増加すべく取り組んできましたが、例の只野山《ただのやま》事件以来、太陽光発電や風力発電の建設が遅れているのが痛いですね」

只野山事件とは、大規模な太陽光パネル設置計画が自然破壊に繋がるのではということで中止に追い込まれた事件だ。

当初は、大規模な工事ではあるものの山の一部の自然改変にとどまるとされていたが、只野山の自然を愛する一部住民から、この開発による影響で自然破壊が広がるのではと懸念を示したことに対して、事業者側が適切な対応をしなかったこともあり、地域全体を巻き込む激しい対立に至った。

そして、このことがマスコミに大きく取り上げられたこともあり、太陽光発電は自然に優しいエネルギーというイメージを一変させた。

さらには、それを契機に、風力発電や地熱発電などについても自然を改変することが本当に良いものなのかという疑問が湧《わ》き上がり、今では、再生可能エネルギー設置計画の多くが地域住民や自然保護団体などの圧力で中断に追い込まれている。

「見通しは全く暗いということだな」

「はあ、早急に幹部を集めて対策を講じる予定ですが」

「田倉《たくら》次官が出してきたモルディブルール対応案は使えないのか」

「はあ、ケース1と2はモルディブルールが成立しない、あるいはアメリカと中国のいずれかが参加しない場合の対応策ですし、ケース3はロシアからの電力輸入ですが、どれだけ高い値段を吹っ掛けられることか……」

平井は、その先の話については重大な決断を伴うとわかっているのか、あえて言葉を続けなかった。

「ケース4を選択するしかないということか……」

箕輪首相は、思わず天井を見上げてつぶやいた。


「もうお昼か。鮎川《あゆかわ》補佐、今日はどこへ行きますか」

「今日は、とんかつ屋にするかな」

「元気つけて、もうひと踏ん張りですか。もうすぐ異動でしょ。のんびりしたらいいのに」

「色々あるんだよ。それに最後まで面倒をかける奴がいるから」

「俺《おれ》たちのことですか。勘弁《かんべん》してくださいよ」

男たちの中心にいたのは鮎川宏之《ひろゆき》、中小企業振興庁の振興課の課長補佐だ。

彼は、中小企業を振興するために様々な政策的支援を行う仕事をしている。

かつて、中小企業は日本の活力の源だったが、ここ一〇年ほどで高齢化の大きな波に押し流されるように多くが廃業に追い込まれた。

結果として、日本経済に深刻な影響を与えていた。

そのため、ここ二年ほどは、補助金や各種団体を通した支援などのような間接的な支援策では立ち行かないという判断から、組織も一新するとともに新たな方策を立ち上げて進めてきた。

具体的には、官僚自らが現場に出て、経営者とアイデアをぶつけ合いながら支援策を検討するとともに、実現に向けては、現役の高校・大学生たちを交えた場をつくるなど、若い人材の育成と経営参画を狙った実質的な支援を行うようにした。

鮎川は、この新しい支援スキームを立ち上げ、中心となって進めてきた。

官僚が民間企業の経営に入り込むなど、その手法は、正直、国で行う支援活動の枠を大きく外れていると言わざるを得ないのかもしれない。

しかし、幹部を説得し、その道を切り開いた鮎川には中小企業に対する強い思い入れがあった。

それは、彼が小学校六年生のときの話だ。

少し生意気だけれど明るく気のいい同級生がいた。

特に親しいわけではなかったが、サラリーマンの家庭の自分よりいつもいい服を着ていたのが印象的だったことはよく覚えている。

彼は、学校からは少し離れたところの大きく立派な家に住んでいた。

隣は、段ボールなどで箱をつくる製函《せいかん》工場で、彼はその工場の経営者の息子だった。

そんな彼が、三学期が始まったときに急に学校に来なくなった。

先生も彼が転校したことだけを皆に伝えただけだった。

鮎川も少し驚いたが、そのときは、それ以上の疑問を持たなかった。

ただ、しばらくして彼が住んでいた立派な家や工場が取り壊されて更地《さらち》になっていくのを見た。

鮎川は、それが中小企業の倒産というものだと初めて知った。

そのとき、辛いとか、悲惨《ひさん》だとかという感情が起きたわけでもなかったが、突然、存在の全てを消されてしまったようなクラスの仲間に、ただ切ない気持ちだけが彼を支配した。

成長するにつれて、倒産の意味もわかり、経営者やその家族、従業員の悲惨さを知るにつれて、色々な人が社会から消されてしまうようなことになってはいけないと強く思うようになった。

そして、そのようなことを防ぎ、真に実力のある企業になることを支援していく仕事をしたいと思うようになった。

経済産業省の官僚になってからは、中小企業の経営基盤を強化する仕事に取り組んだのち、事業を継ぐ者が不足するなどにより廃業する多くの中小企業を見て、その支援や活性化に関する仕事にも取り組んだ。

その間も、彼の人を生かしたい、企業を生かしたいという思いは、ヒアリングする中小企業の社長などに伝わり、共感を得て、より実態に即《そく》した政策をまとめることに繋がるなど大きな成果を上げていた。

そして、その力量が、今回の抜本的な方針変更のようなスキームづくりにも存分に生かされた。

また、支援策を早期に定着させたのみならず、その効果として、技術を生かし、あるいは組み合わせることで、魅力的な商品を開発する中小企業が出てくるなど、目に見える成果を上げることに繋がっていた。

上司たちは、それは彼の持つ才能と思って評価していたが、それだけでなく、鮎川が持つ強い信念が、その力を生み出していたのかもしれなかった。

いずれにしても、今回の異動時期を前に、部下たちは彼の優れた業績を評価し、確実に昇進するとして注目していた。


「鮎川君、ちょっとついて来てくれないか」

真鍋《まなべ》課長が深刻そうな顔で呼びかけ、説明もせずに上着を羽織って速足《はやあし》で歩きだしたので、鮎川も慌てて上着を持って追いかけた。

「は、はい」

その速足と後ろ姿に、鮎川も事態の深刻さを感じ、大きな苦情でも舞い込んできたのかと不安を感じていたが、逃げられないものは甘んじて受け入れないと仕方がないと割り切ろうとした。

真鍋課長は、そんな鮎川の思いとは別に、経済産業省の別館から本館へと渡り、エレベーターに乗り、たどり着いたのは鮎川が来たこともない『特別審議官室』と書かれた部屋だ。

真鍋課長は軽くノックし、部屋の住人の応答を受けて入室した。

部屋の中はいかにも急ごしらえと思われるように、机と応接セットだけがポツンと置かれてあった。

「鮎川補佐をお連れしました」

「ご苦労さん。真鍋さんは、もう戻っていただいて結構ですから。あっ、それと一時には鮎川君の辞令が出ると思うので後任が来るまであとをよろしく頼むよ」

「えっ、すぐに異動ですか?」

「そうだ、急を要する話だからね。何か問題でも?」

「いえ、あまりに突然だったものですから……わかりました」

「鮎川君、君も午後には職場を整理して明日から異動先へ行けるようにしてくれたまえ」

「は、はい……ですが、はい」

鮎川は、自分の前で何が起きているのか全く理解できないよう顔つきで返事だけするのが精いっぱいだった。

真鍋課長が退室すると、特別審議官は応接セットに案内しながら、それまでの緊張した顔つきを崩して話しかけてきた。

「まあ、座ってくれたまえ。あっ、その前に自己紹介をしておかないとな。私の名刺も、今、作ってもらっているような状態なので口頭《こうとう》でするが許してくれたまえ。私は特別審議官の湯口浩平《ゆぐちこうへい》だ。だが、経産省の中で私の名前など聞いたことがないだろう。私も片桐《かたぎり》官房長官に直々に依頼されアメリカから戻って着任したばかりだ」

「アメリカからですか⁉」

「ああ、アメリカのある技術開発会社でコンサルタントをしていたのだが、日本の緊急事態だということで戻ったら、この職をあてがわれたんだ」

最近は、経済産業省の中でも役人らしくない風体《ふうてい》の人間が増えてはいるが、彼のような高級感あふれる背広を着た人間は省内で見たことがなかった。

「私の経歴はさておき、君は、モルディブルールということは知っているかね」

「はい、温暖化についての取り決めで、電力への化石燃料使用を二〇五〇年までにゼロにしなくてはならないということで、国内では今、その対応について大問題になっていますが」

「そうだ、ここから先は内密な話なのでよろしく頼むよ」

湯口の顔が一変して真剣な顔つきになった。

「この対策としては、マスコミで騒がれているような色々な対策の組み合わせだけで乗り切れるような話ではない。実際、そのどれもが将来の技術進歩という条件付きで提案されているようなものばかりだ。そこで、経産省の事務局が内密に提案したのが、ケース4という対応策だ」

「ケース4？」

「モルディブルールに対する対応策として検討されていた対策の一つで、最終的には電力供給の八割以上を原発で賄うという計画だ。詳細はこの封筒に入っている」

そう言うと、湯口は薄いＡ４版の茶封筒を手渡した。

「原発ですか？　あれは新設しない方針だったはずじゃ……」

「確かに政府は、その方向で発言していたが、今は、それでは済まなくなっている」

「しかし、今残っているものも廃炉にしなくてはならないでしょう。新しいものをいくつもつくるのですか？」

「具体的な地点は別の人間が調査することになっているが、全国に一〇カ所くらいは候補地点を探す予定だ」

「一〇カ所ですか……そんなに必要なんですか、再生可能エネルギーもあるのに」

「全体計画は、まだ想定の部分もあるが、今後、世界的にも蓄電池の材料の高騰《こうとう》や資源の奪い合いになることも考えられる。再生可能エネルギーの不安定さをカバーすることがより難しくなるはずだ。さらに、全く新たなエネルギー技術の開発には膨大な研究資金が必要になる。経済力の弱った我が国では、どこまで十分に手配できるかわからない。そのため、これまでのノウハウを利用できる原発にシフトさせるほうが効率的と判断している。それに、優れた日本の原発技術は、今でも日本が世界に売り出せる技術の一つだから、将来の主力産業としても生かせる」

「いずれにしても大転換というわけですね……」

「そこで私に与えられた使命というのは、それらができるような土台作りを取りまとめてくれと言うことだ。ただ、ご覧の通り、私の部屋には机一つと応接セットしかない。この部屋で取りまとめをしようとするのではない。君を含めて四名の人間に分担してやってもらうことになる。具体的には、発電所立地計画、地元合意、運用管理、研究開発の四つのプロジェクトチームだ。君には、そのうちの地元合意を担当してもらう」

「地元合意って……」

「言葉だけじゃわかりにくいが、発電所をつくってもよいと地元が理解し、納得してもらう作業だ。もちろん、県や市町村も同意が必要だが、それは政府や政治家が動くべき仕事だ。それより直接的にかかわる地元住民たちが理解し、納得していなければ自治体の長も進めてよいとは言えない。まずは、地元で原発をつくることに合意してもらわないと困る」

「その全国一〇カ所の地元合意対策を担当するのですか？」

「いや、実務を担当するのは君ではない。実際に進めるのは別な組織だ。君は、効率的な進め方を考えることが仕事だ。それも短期間で円滑《えんかつ》に建設に着手できる方策を考える必要がある。それには、今までの発想に縛られない新たな発想で提案して欲しい。先ほど言った他の三つのプロジェクトのリーダーにも伝えたのだが、それぞれの分野で将来を見据《す》えつつ新たな発想を織り込むように命じている」

「新たな発想……ですか」

「君の担当である地元合意に関しては、現実的で効率的な対応策の検討がベースになるかもしれないが、それだけでは今の困難を乗り越えられない」

　鮎川は、湯口の冷静ではあるが相手に強く押しこむような言葉の一つひとつに、普通の役人には見られない迫力を感じていた。

「原発の立地は、長期間にわたり地元交渉が進まなかったうえに、数多くの地点が中止になったはずですが、効率的な進め方などがあるのかと……」

鮎川にとって正直な疑問だったが、さすがに最初から「無理ではないですか」とは言えなかった。

「もちろん、難しいことはわかっているよ。君も知っての通り、原発立地に関しては数々の失敗を続けており、また国が支援していても成果が上がっていない。正直、電力会社に任せて同じ失敗をさせているような時間もない。新たな切り口で見直していく必要がある。そのためには、君のような率先して中小企業に入り込みアイデアで企業を引っ張っていくような官僚が新たな道を探るために必要なんだ」

鮎川は、ふと自分が抜擢《ばってき》された理由がわかったような気がした。

これまで彼は、役人の肩書のまま中小企業に入り込み、課題を分析するだけでなく、全く新しいアイデアの発掘から、その実現まで協力して進め、中小企業を活性化させる仕事をしていた。まさに、それの電力会社版だ。

しかしながら、地元合意を図るなどという仕事は、今までの仕事とは全く異なるものだ。

ここに発電所をつくらせてくださいと言ってても地元民にとってみれば、事故が起きればそこに住んでいられなくなるかもしれない、他に類を見ない迷惑施設だ。

説明して、はい、わかりましたと誰もが簡単に納得してくれるようなものでは全くない。

鮎川は、状況はある程度理解できても、何から手を付けるべきなのか皆目見当がつかなかった。

そんな顔つきを見て湯口が先ほどまでとは少し違ったにこやかな表情に戻した。

「面食らったような顔をしているじゃないか。気持ちはわかるけれどな。しかし、今は日本の命運が君にかかっているんだ。今までの枠にとらわれず、思いっきり自由な発想でやってくれたらいい。それに、難しいことがあれば私がアドバイスをするし、肩書は特別審議官だが、首相も動かすことができる。君が必要とするものなら何でも相談しに来てくれたらいい」

「わかりました。でも、私が全てを一人で行うことになるのですか」

「いや、君がリーダーとなるチームで行うことになる。今回の件は、内密に動く必要があるので、君も目立たないように『エネルギー技術・広報調査センター』というところに出向して動いてもらう。一時に出る辞令も異動先はそのセンターだ。そこでは、君をトップとして五、六人程度のスタッフが付くはずだ。各地域の電力会社と原発メーカーなどからの出向者だ。そして君が目指す結論を得るために、彼らを動かせるように、彼らにはそれぞれの出向元から指示が出ている。それに予算も糸目をつけないように伝えてある」

鮎川は、湯口が説明する様々な条件に驚くだけでなく、どれだけ重要な仕事を任されているのかがひしひしと伝わった。

「概要はわかりました。しかし、本当に短期間で合意ができる方策などあるのでしょうか。それより、まず、国会で議論してから進めるほうが良いのではないでしょうか」

「原発は、これまで抵抗を受けながらも何とか進めてきたわけだが、それを強力に進めるとなると国に何らかの強制力を持たせざるを得ないのではという議論になってしまう。それも必要かもしれないが、しかし、民主主義が定着した我が国では、最初からそのような強引な手法で進めることを表明すれば、政権が倒れかねないことは君もわかるだろう。それに、強引な方法を取れば取るほど地元でも反発が出てくるだろうし、それが、外部の反原発運動と結びつけば地元での大混乱は避けられない。結果として、計画が進まなくなれば意味がない。そうならないように効果的な地元対応を進める方法を考えておくことが必要だ」

確かに、湯口の言うとおりだ。

鮎川は、数年前、政府が新規原発計画を公表したときの大混乱を思い出した。

それは、霞《かすみ》が関《せき》全体が反原発派で埋め尽くされたかと思うような大混乱だった。

今、あのような状況を再び起こそうものなら二度と建設が進まなくなることは目に見えていた。

それを思うと合意形成という言葉は簡単だが、絶対に必要なものに思えた。

「状況はわかりました。しかし、容易ではないことも確かですね。それに地元という範囲も特定しづらいですが……」

地域を特定することは、政治的な問題も絡《から》むので官僚は気を遣《つか》うが、この官僚ではない湯口特別審議官はドライに説明してきた。

「地元の範囲は、実際のときには色々なことが出てくると思うが、今回の調査では直接、建設にかかわる範囲を中心に考えてくれればよい。あくまでも合意形成の進め方のポイントを見つけ出すことが目的だ。それと方法としては、まず、電力会社などの過去の反省点をあたってみてはと思う。過去の失敗を生かすことで、一カ月でも一日でも早く進められるはずだ。それを引き出して欲しい。日本の運命を左右する仕事だ。全力を尽くしてくれたまえ」

「わかりました。その点を踏まえて進めたいと思います。ところで、過去の反省点を聞き出すとなると各電力会社を回りヒアリングすることになると思いますが、そのときに調査の目的などを尋ねられると思います。その説明や私の立場はどこまで相手に話してよいのでしょうか?」

「そうだな、他の技術的な担当と違って君の調査目的は少し異なるからな……」

湯口は、少し考えたのちに電話を取り上げてどこかに電話した。

「発表は、金曜日ということでよいのですね。わかりました」

「今、片桐官房長官に確認した。モルディブルールに関する対応状況について、明後日に公開の会議の場で首相から説明がある。そのなかで原発に関する話も出るが、取り上げ方はいくつかの代替《だいたい》案の一例として、その可能性を検討するという程度であり、決してケース4の中身全ては発表されない。まあ、マスコミは原発のことを色々と取り上げるだろうが、そこは切り抜けていくしかないだろう。いずれにしても明後日には政権から原発推進も含めた話題が出るので、それに絡めて調査しているということで話してもらったらいい。但《ただ》し、私との関係や先ほど渡したペーパーの詳細内容は内密に扱ってもらいたい。そのあたりの扱い方は、官僚である君のほうがよくわかっていると思うが」

「わかりました。あまりオープンな話はしてはいけないということですね」

「まあ、そういうことだが、責任を問うなどしている余裕《よゆう》などないから、全て日本のためと考えて判断してくれればよい」

「それで、肝心《かんじん》の期限は、いつまででしょうか」

「君も、官僚ならわかるだろう。一刻の猶予《ゆうよ》もない、可及的《かきゅう》に速やかに……だ」

鮎川は、湯口のドライな指示に納得するとともに、国の運命を背負う官僚としての本能のスイッチが全力に切り替わったのを感じていた。


「ただいま」

「あら、今日は遅かったのね」

鮎川は、ここ数週間、仕事のピークも過ぎていたので、これまで家庭を放っておいた罪滅ぼしにとばかりに八時ごろには帰宅していたが、この日は急な異動での書類整理のために深夜になってしまった。

「今度、エネルギー技術・広報調査センターというところに出向になった」

「あら、本省じゃなかったのね」

「ああ、特別な仕事をしないといけなくなったんだ」

「大変ねえ」

妻の美佐江からは、関心なさそうな返事が返ってきた。

美佐江とは、E県の産業振興支援課に出向していたときに、副知事からの紹介で見合い結婚した仲である。

地元では歴史のある造り酒屋の二女で、地元の大学を卒業後、地方銀行に就職していたが、父親が副知事と昔からの知り合いということで紹介があった。

鮎川は、造り酒屋のお嬢様ということで会うまではおとなしいイメージを想像していたが、おとなしい長女と違い、小さいころからおてんばをしていた活発な女性だった。

そして、銀行に勤めるようになり、社会での仕事の面白さがわかってからは活発さだけでなく、責任をきちんと果たす芯《しん》の強いしっかりとした女性になっていた。

しかし、その芯の強さよりも明るく、周りの人たちとも協調できるところを、人を大切にする鮎川も気に入って結婚を決めた。

ただ、結婚して東京に出てきてからは、夫が連日深夜になるような仕事が続くことに相当不満を持って言い争う時期もあったが、子供ができてからは子育てに集中することで気持ちも和《やわ》らぎ、また、子供が大きくなるにつれてママ友も増えてきて、鮎川への関心よりも子供と友達関係のことが中心となり、鮎川の仕事にもあまり関心を示さなくなっていた。

着替えを済ませた鮎川がリビングの椅子に座ってお茶を飲もうとすると、美佐江が悩みの相談のように頼み込んできた。

「ねえ、塾の先生から最近、光輝の成績が頭打ちだけれど家でちゃんと勉強してるかって聞いてきたから、やってますって答えたんだけれど、少し様子を見てやって欲しいの」

小学五年生の一人息子の光輝は、鮎川に似て興味を持ったものに熱中するタイプで、少し前に野球観戦に連れて行ってからは暇があれば友達と野球をしているようだ。

そのため、今のところ興味の対象が勉強ではないことは鮎川自身も気がついていた。

ただ、鮎川は、また、勉強に興味が出てくれば一生懸命頑張《がんば》ると思っていたが、美佐江のほうは、塾で色々と指摘されることが心配でならないようだった。

「ああ、勉強もおろそかにしたらいけないと話すよ」

「今度の休みにきっちりと話してね」

そう言われて鮎川も「わかった」と答えそうになったが、与えられた仕事の重さを考えると、もしかすると数週間は、家庭でのゆっくりとした時間は取れない気がした。

「今回の特別な仕事は大至急なんだ。だから休みを取れるか約束できないんだ」

「えっ、またなの。今まで散々休日出勤してたのに、今度は楽な職場に変わるようにお願いするって言ってたじゃない」

「悪いことはわかっているよ。でも、国の運命を左右するほど大切な仕事なんだ」

「中小企業のためにすることが国の運命を左右することになるの」

「いや、今回は原発の推進に関わる重大な決断に関わるんだ」

「原発って……」

美佐江は一瞬、言葉に詰まった。

鮎川の異動先は、てっきりこれまでやってきた中小企業の支援に関係する仕事だと思っていた。

「何で、原発なんて進める仕事をするのよ」

お茶を味わっていた鮎川を美佐江のそれまでと違った真剣な言葉が突き刺した。

「何でって、国の政策だから……」

鮎川は一瞬、余計な話をしたと後悔したが、後の祭りだった。

「あなたわかってるの。原発はもうつくらないって政府が言ったのでしょう。裏でこそこそやる仕事になんて関わらないでよ」

「いや、モルディブルールという厳しい環境規制で、日本の電力供給は厳しい状況になるんだから仕方がないだろう」

「原発反対の大デモ行進が行われて、あなたも職場から出られなくなったって言ってたじゃないの。あんなに皆に嫌われているものをまたつくるなんて。どこにつくるか知らないけれど、前の事故みたいなことがあれば多くの人が住むところを追われるばかりか、もし、食べ物が汚染されて、子供に影響が出ることになったらどうするのよ」

美佐江のいつにないヒステリックな詰問《きつもん》に鮎川は一言も反論できなかった。

「だから、それを言うのは政府の仕事だから、俺が全て決めてるわけじゃないんだ。最後は政治家の仕事だから」

「でも、間違ったことだったら堂々とやめようと主張することもできるでしょ。それが、あなたがいつも言っている日本のためになることなんじゃないの」

鮎川は、詳しい背景説明などできないし、もちろん仕事を拒否することなどできないと思いつつ、美佐江の涙目のような真剣なまなざしに目線をそらさざるを得なかった。

「悪いけれど、詳しいことは話せないんだ。勘弁してくれよ」

鮎川は、風呂に入ると言って逃げるようにその場を離れた。

そして、鮎川と美佐江の無言の冷戦が始まった。

第三章　探求への旅立ち

翌朝、鮎川は、真鍋課長だけに挨拶《あいさつ》すると課内で挨拶をして回らずに異動先へ向かった。

昨日の段階で、部下には、異動が発令されたことと至急に着任しなければならない特別な仕事だということは話したが、異動先や、この事態については、口外しないで欲しいと伝えていた。

そのため、部下たちも挨拶もせずに出ていく鮎川の姿を見て見ぬふりをして送り出した。

新しい勤務地であるエネルギー技術・広報調査センターは都内港区《みなと》にある。

理事長に挨拶に伺《うかが》ったが、湯口特別審議官から話は聞いているとだけで、すぐに事務所として用意されている吉祥寺《きちじょうじ》駅前のビルを紹介された。

また、吉祥寺駅界隈《かいわい》の四カ所のビルに分かれて今回のプロジェクトを推進するチームが入っていると教えられた。

場合によっては、連携が必要になるかもしれないということから、それぞれの責任者だけに連絡先を知らせているとして、鮎川にもそのリストが手渡された。

その名簿は、チーム名と責任者の名前と携帯の電話番号だけが記されているが、肩書も何もなく、そのかかわりを類推することもできなかった。

鮎川は、原発メーカーの人間や、どこかの電力会社の原子力担当であろうとは推測はしたが、これで全体像を踏まえた必要な調整ができるのだろうかと思った。

しかし、一方で、逆に他人に頼ることなしにそれぞれがベストなものをつくれと言うことなのかもしれないとも思った。


吉祥寺の駅から井の頭《がしら》公園のほうへ五分ほど歩くと、人通りの少ない通りに小さな三階建てのビルがあった。

階段を三階まで上がると『エネルギー技術・広報調査センター・別室』とある。

霞が関の騒々《そうぞう》しさに慣れていた鮎川は、その静かな環境に少し戸惑いながらもノックしてドアを開けた。

「経済産業省から来た鮎川ですが」

「お待ちしていました。エネルギー技術・広報調査センターの藤井《ふじい》です」

と、受付カウンターらしきところにいた女性が挨拶した。

「私のほうでここでの事務のことは一切対応させていただきますので、よろしくお願いします。他の皆さんは奥の会議室でお待ちですが、部長室へ先にご案内しましょうか？」

鮎川は、そういえば事務所への案内図は渡されたが、自分が部長という肩書になることさえ聞かされていなかったことに気がついた。

理事長からも全ては現地にそろえられていると言われて何も疑問を挟まなかった。

「荷物を置きたいから机のところへ先に案内してください」

「わかりました」

明るい声で返事をした藤井という女性は、三〇代くらいであろうが、様々な経験を積んでいたからだろうか実務に関して手際よく、丁寧に仕切れるという雰囲気が感じられ、鮎川は、責任者として雑務に気を遣うことなく仕事に専念できる気がした。

会議室の前を通り過ぎた部屋の奥には、『部長室』というプレートがある部屋があった。

部屋の中には、ポツンと事務デスクと応接セットが置いてあった。

鮎川は、その殺風景さに戸惑いを感じたが仕事さえできればよいかと思い直した。

ただ、応接セットの長椅子タイプのソファーが大きいので疲れたときにゆっくりと横になって休めるかもしれないと前の職場での経験から馬鹿《ばか》なことを考えたりしていた。

「パソコンは、セッティングしてありますので、すぐにでも使えます。部長専用のパスワードはテーブルの引き出しに机のカギと一緒に入れてあります。また、お名刺も入れてありますが、不足した場合には私にお申し付けください。筆記用具なども一応は用意してありますが、足りないものがありましたらお尋ねください」

鮎川は、机の引き出しをいくつか開けてみて一見して足りないものはないと感じられたので、名刺を取り出してみた。

『エネルギー技術・広報調査センター　事業調査部長　鮎川宏之』と書いてあった。

「この事業調査部長という肩書は、何をすることになっているのか聞いてる？」

鮎川は、藤井に聞くのも変だとは思ったが、他に聞く相手もいなかったので聞いてみた。

「はい、このセンターのホームページでは、表向きには新しい事業を研究するということになっていますが、本部では特命事項を実施しているということになっています。ですから、本来の目的を達成するために使い分けていただいて結構かと思います」

「そ、そうか、全てが目的達成のために自由に使えるということなんだね」

鮎川は、彼が今まで知らされていなかったことを全て知ったうえで説明するような藤井の態度に少し驚いた。

「自己紹介が遅れましたが、私、藤井玲子《れいこ》と申します。新双葉《しんふたば》重工の総務・広報グループから出向しております。よろしくお願いいたします」

「あの原発メーカーの新双葉？」

「はい、もともとは原子炉安全対策に関する研究をしておりましたが、人が余ってきて、広報関係の仕事をする部署に異動になり、結局、そちらのほうが長くなってしまって……今回のお話は、上司から詳しく聞いておりますが、一応、縁の下の役割ということで、総務や経理など実務で応援させていただきます」

「よろしく頼むよ。色々迷惑をかけるかもしれないし」

「いえ、何でもおっしゃってください。全力でやらせていただきます」

鮎川は、藤井の明るさと的確さに仕事がやりやすい環境が整っているように思えて非常にありがたいと感じた。

「もし、よろしければ、他の者も会議室に集まっていますので、そちらのほうへお願いできますか」

「そうか、顔合わせをしておかないとな。あと、一〇分ほどしたら行くと伝えておいてください」

「わかりました。これがメンバーのリストです」

藤井は、鮎川にリストを手渡し、部長室を出て行った。

鮎川は、メンバーリストについては顔を見ながらでよいだろうと思って脇に置き、代わりにカバンの中から一枚のペーパーを取り出した。

それは昨晩、彼が自宅で考えた今回のプロジェクトの簡単な調査フローだ。

彼自身、合意形成の進め方などという仕事の実態はわからないが、それは、電力会社の関係者に聞けばある程度わかるとしても、それだけでは細部のことにとらわれ過ぎて核となることをまとめられないのではという懸念があった。

そのため、次の三段階を経ることを考えていた。

まず、第一段階では、国としての取り組みを概観《がいかん》的に知ることだ。

今回の特命事項は、法令による政策とはならないのかもしれないが、国の針路《しんろ》を定める一助となるのであれば、それまでの政策などとの関連を知っておくことは大切である。

もちろん、重要な情報は公開されているし、官僚としてそれらの知識を吸収するすべは熟知しているが、大切なのはそれらの背景にある事情だ。

その事情を知るには、電力会社や原発推進関係に詳しい省内の人間に話を聞くことが欠かせないが、これに関しては適任が思い浮かんでいた。

同期入省した高山《たかやま》だ。

現在は貿易関係の仕事をしているが、エネルギー関係の部署にいたことがあり、必要な情報を持っていると思われた。

そして、何よりも同期の中で一番親しいということで、特命事項の内容を正直に話し、相談するのに適任だ。

次の段階では、合意形成ということは一般論としてどのように扱われているか知ることだ。

これは、すぐに電力会社の関係者など実務を行っていたような人に話を聞いてしまうと視野が狭くなりすぎて客観的に考えらない恐れがあったからだ。

鮎川の個人的な考え方かもしれないが、課題の全体像を見失わずに解決を図っていくためには、幅広い視野や第三者的な視点を忘れずに、検討していくことが大切と思っていた。

そのため、大学関係の有識者などから話を聞くのが最適ではあるが、自分で相応《ふさわ》しい人物を見つけることは困難に思えた。

そこで、かつて一緒に仕事をしたことのある総合コンサルティング会社の知人に有識者の紹介について相談してみることにした。

最後の段階では、電力会社や地元関係者などから話を聞くステップだ。

これについては、まず、二カ所の地点を候補に挙げた。

一つは、南日本電力のQ原発建設準備事務所だ。

着工の目途《めど》も立っていたが、南東北原発の事故後、規制基準が見直されたことで、それに対応したことや既設原発の再稼働などを優先したことなど色々なことが重なり、未だに準備工事すら着工していないところだ。

しかしながら、他の既設原発に比べて新しいこともあり、ヒアリングを進めやすいと思った。

もう一つは、Z市での中日本電力の原発新設計画である。

これは、計画が表面化した直後に、地元での反対運動はもとより、全国的な反対運動に火を点《つ》けてしまい、その結果、頓挫《とんざ》した計画だった。

そして、計画中止が決まり、反対運動が落ち着いたあと、当時の経済産業大臣が「今般の状況や電力各社の考えなどを踏まえると原発はなくしていくしかないないように思われる」と発言したこともあり、その後、原発は新設しないのが方針のようにとらえられる契機となったものでもある。

ただ、原発新設に関わる直近の事例であり、地元での取り組みについて、是非《ぜひ》、聞いておかなければと思っていた。

そのほかに、地元の人たちの意見や行政の人たちなど間接的に関わった人たちの意見も聞きたかったが、それは、メンバーを見てから決めることにしていた。

ただ、これは、ペーパーには載せていなかったが、実態ヒアリングとして、鮎川がどうしても入れたかったものがある。

それは、反対派の人の意見を聞くことだ。

鮎川も少し無茶なことだと思っていたが、反対派の人はどのような心情で頑《かたく》なに反対するのかを少しでも知ることができれば、合意形成に一歩でも半歩でも近づくように思っていた。

ただ、最前線で活動している方から冷静に話が聞けるとは決して思わなかったので、その件については、大学のゼミの同窓生であり、K新聞の社会部記者として活躍している佐々木《ささき》みどりに当たってみようと思っていた。

そして、また、彼女にはマスコミ対応などについても合わせて聞きたいと思っていた。

しかし、これらは、あくまで自分の知る範囲の知識と経験だけで組み立てた調査フローであり、より詳細な戦略は、走りながら考えることにならざるを得ないと思っていた。

そのペーパーを持ち、会議室に入ると先ほどの藤井以外に三〇代半ばくらいのいかにも中堅《ちゅうけん》と言える五人の男女が並んでいた。

彼らも一斉《いっせい》に鮎川の顔を見たが、その表情には若干の差があるように感じた。

何人かは、リーダーとしてどのように采配《さいはい》してくれるのだろうかというような期待の目ではあったが、一部は、こいつはどこから来た奴だと言わんばかりの反感の視線が感じられた。

「私が、このチームのリーダーとなる鮎川宏之です。経済産業省の職員として、中小企業支援策などを担当していました。原発問題については初めて関わりますが、今、直面している問題の大きさを考え、全力を挙げて取り組みたいと思っています。多分、皆さんもそれぞれの所属から事の重大性と仕事の特命性については聞いておられると思いますので、あえて詳しいお話はしませんが、まずは、簡単に自己紹介からお願いします」

鮎川が、右側の体格の良い男性に視線を向けた。

「南日本電力グループの九州地域発電会社課長代理の倉内武《くらうちたけし》です。本社では発電所地域対応をしており、南九州原発の周辺地域対応の経験がありますが、原発をつくったことはないので、皆さんとともに勉強させていただけたらと思います」

彼の挨拶は、卒なさそうに見えたが、鮎川は、どうも今回の使命を思うと頼りなさそうにも感じた。

ただ、気にしていても仕方がないと思いながら隣の細身の男性に目を向けた。

「西日本電力発電会社で立地担当課長補佐をしています桜木健一郎《さくらぎけんいちろう》です。立地と言っても小さなコンバインドサイクル発電所の建設に関わっただけで原発の知識はあまりありません。よろしくお願いします」

「立地経験は貴重だ。協力を頼むよ」

「立地経験と言っても議員対応などが中心で、地元対応はあまりしてないので……」

鮎川は、国難に際してあまりに前向きでない発言が続くことに少し残念に思ったが、最初から色々と注文してもと思い何も言わなかった。

「新井壮一郎《あらいそういちろう》です。新首都圏電力発電会社地域対策室副課長として原発の廃炉に関する地元調整を行っています。廃炉の現場にいた私が、なぜ原発をつくる仕事にかかわらされるのか疑問ではありますが、これも社命ですので、仕事はきっちりしたいと思います」

「廃炉を担当されているのですか……確かに、少し矛盾《むじゅん》があるでしょう。特に、あの南東北原発の事故に関しては多くの避難を余儀《よぎ》なくされた方々を出したわけですから、なおさらの矛盾かもしれません。しかし、日本もこのままいくと安定して電力を送れなくなり大変なことになる可能性もあります。それを防ぐためには割り切って仕事をしていただくようにお願いします」

鮎川は、各電力会社がどんなつもりで出向者を決めたのか疑いを持ったが、そんなことは言っていられないと割り切って次の女性に目をやった。

「Nパワー技術開発研究所、Nパワー技開研と略される方のほうが多いですが、企画部副課長の笹倉《ささくら》香苗《かなえ》です。もともとは大学で電気工学を専攻していましたが、会社では、地熱発電を中心に設計関係の仕事をしています。原子力に関しては一時期、研修視察としてアメリカに行ったことがありますので簡単な概要程度についてはわかりますが、今回の合意形成ということは全く未経験の分野です。でも、仕事である以上、積極的に取り組みたいと思います」

「地熱発電も地元対応で苦労されたことがあるのではないですか」

「うちの会社は設計が中心ですから、直接には地元対応はしていないので詳しいことはわかりませんが、温泉への影響が出るのではという不安が根強くあり、説明会を何度も行ってやっとできたと聞いていますが……」

「決着に至ったということは、説明会や地元交渉がうまくいったのでしょうね。原発と共通する部分もあるかもしれませんが、より厳しい部分、あるいは全く異なる面があるかもしれません。そのあたりは今回の課題かもしれませんね」

「今後のためにも、是非、勉強していきたいと思います」

鮎川は、彼女の前向きな姿勢には期待できると感じたが、その隣の他より若干、若そうな男性からは別な印象を感じていた。

「中日本電力広報部課長代理の中島達也《なかじまたつや》です。常務から直々に出向を命じられたので着任しましたが、原発の新設に関わることについては全く納得がいっておりません。多分、ここにいる皆さんも基本的には同じじゃないですか。やめることが国の方針だった原発をつくる話なんて何かおかしい気がしますよ。これから仕事をするのなら、そのあたりのことをきっちり説明してもらわないと納得いきません」

先ほど部屋に入ったときの反感のような視線は、この男のものだったのかと鮎川は思ったが、ここで喧嘩《けんか》をしていても何のメリットもない、時間の無駄《むだ》だと思い話を進めことにした。

「今、質問がありましたが、今回の件に関して、それぞれが会社から聞いている内容に差があるかもしれません。しかし、原子力発電所の新設に当たり、円滑にかつ早期に地元合意形成ができる方法を探るという課題に答えを出すこと、そして可及的速やかに報告書をつくるということだけは我々の使命として決められています。ですから、そこは、割り切っていただいて仕事を進めていただくようにお願いします。また、報告書は、可及的速やかにと言うことですので、私自身は二週間以内程度を目指すつもりです。無茶は言わないつもりですが、皆さんも全力で協力をお願いします。なお、報告書は、私、鮎川がまとめます。君たちには、ヒアリング調査の調整などをお願いしたいと思っています。何か質問や意見はあるでしょうか」

しかし、中島は食い下がってきた。

「本当に、原子力発電所を新たにつくるつもりなんですか？　国民が反対しているのに強引に進めるなんておかしいですよ。常務に聞いても国の仕事への協力だとしか言わないし、それに、ヒアリングするにしても何をするにしても、我々が相手に納得してもらう理由を説明できなくては、前へ進まないのではと思います。部長は、それについてどう考えておられるのですか」

「なるほど、そういう疑問があるかもしれませんね。私は、今の我が国を取り巻く状況の選択肢として原発は必要と考えています。また、別のチームでは、将来も見据えた原発の研究開発の検討なども進めています。今回のプロジェクトは、日本の将来のためのものです。それぞれ色々な思いがあるかもしれませんが、自分に与えられたミッションを最高のものに仕上げていくべく協力していただきたいと思います」

鮎川は、チームをまとめるためにも、ここは一歩も引き下がれないと自分自身を鼓舞《こぶ》するつもりで発言した。

「しかし、それだけでは……」

中島がまだ言いだそうとしたときに、藤井が割って入ってきた。

「社長から辞令をもらうときに聞かされました。この仕事には、国の命運がかかっているものだと。ただ、私自身は、原発がどのくらい重要なのか今でもわかっていません。でも、他に選択肢がなく、日本のためになるというのなら、それを信じないと仕事は前へ進まないと思います。理由もなく人の言うことを信じているって、ずるいって言われるかもしれませんが、今、私たちに任せられた仕事であるならば前を向きたいと思います」

その発言に、他の人間たちも少しは納得できるという同調の表情が浮かんでいた。

しかし、中島は、さらにしつこく自分の意見に固執《こしつ》しようとした。

「中島君、君の気持ちはわかるが、しかし、これは仕事だ。もし、君が納得できないというのなら納得してもらう範囲で仕事をしてもらう。あるいは、出向解除をお願いしてあげてもいいと思っている」

鮎川のはっきりした言いぶりに中島も、それ以上、話を続けなかった。

「ほかにもこの仕事に納得できないものがいるのなら言ってください。また、もし、出向を解除して欲しかったら代わりの人材を出してもらうように出向元へ頼んでみますが、どうかな」

鮎川は、仕事の重要性と時間的余裕のなさを考えたときに、そんなことをしている暇などないことはわかっていたが、この人間たちをコントロールするには、少々の手荒さは必要かもしれないと思っていた。

しばらく周りを見ていたが、さすがに誰も出向解除を求めるものはいなかった。

ただ、何人かは下を向いているだけで、どこまで熱意を持って取り組んでくれるかわからない気がした。

「それでは、早速ですが、一時間後に簡単な戦略ミーティングを行うので、それまでに、各自、個人的な仕事があれば終わらせておいてください」

そう言って皆を自席に戻らせたあと、会議室に残った鮎川は、中日本電力ではなぜこんな人材を出してきたのだろうと思ったが、原発に対する反対が世の中の大勢を占めた時期を経ているので、電力会社の人間に彼のような考えを持つ者がいても仕方がないのかもしれないと思った。

一時間後に開催した戦略ミーティングでは、鮎川自身が考えている三段階の進め方ではなく、彼ら自身に実際に動いてもらわなくてはならない内容だけを説明した。

具体的には、電力会社が進めてきた原発立地のための合意形成について、実態とともに反省点や課題を聞き出すことを狙ったヒアリング調査を行うということだ。

そして、確定している調査内容として、
南日本電力の倉内には、建設準備段階のQ原発に関して地元合意形成に関わった方とのヒアリングの調整を依頼した。

中日本電力の中島には、Z市での原発新設計画の地元対応に関わった方とのヒアリングをしたい旨《むね》を依頼した。

中島は、何か言いたそうだったが、取りあえず常務によく相談しますということだったので、何とか前へ進めてくれるであろうと思った。

そして、西日本電力の桜木には、原発の地元の行政職員や住民からヒアリングが行えるように調整して欲しい旨を依頼した。

桜木からは、電力から依頼するとなると原発推進に関わった人間などしか声をかけられないのではと質問があった。

鮎川としては、一般的な意見を聞きたいのが本音ではあったが、誰でも彼でも良いというわけにもいかないと思ったので、それで進めてよいと答えた。

取りあえず当初予定していたヒアリング対象については依頼したので、新首都圏電力の新井には次のステップで協力をお願いすることになると伝えた。

「あの、うちの会社は、電力会社ではなく技術コンサルですから原子力発電所など持っていませんので、経験者がいないのですが……」

「そうですね。Nパワー技開研は、成り立ちが違いますよね。技術職で原子力の知識のある笹倉さんには、ヒアリングに同行して記録を取っていただくとともに、技術的な意見が出て来た場合の調査や調整をお願いしたいと思います」

鮎川は、他よりは積極的な姿勢の笹倉には報告書作成の手助けを頼むこととした。

「原発立地が実際に進んでいたなんて何十年も前のことですから、ほとんど会社辞めた人ばかりになると思いますよ。場合によっては、亡くなっている方がほとんどかもしれません。簡単に探せるでしょうか」

南日本電力の倉内が不安そうに質問した。

「今回の課題をより現実的に解決するためには、どうしても過去の実例をヒアリングする方法しかありません。人事部門などと協力して適切な人材を探し出していただくようにお願いします」

「それに、ヒアリングするためには、色々な人に声をかけないといけないと思います。OBの人なら一般の人ということになります。そんな人に突然、過去に原発を推進していたときの話を聞かせてくださいなどと言うことは変に思われます。そのときの説明方法はどうすればよいのですか」

「おっしゃるとおりです。ただ、明日にも首相が、モルディブルールへの対応策として原発が必要な手段の一つとして検討するようなコメントをすることになっています。原発が相当な割合を占めることになることまでは説明しませんが、その発表で世の中には原発の賛否の話題が湧き起こるはずです。ですから、明日以降、我々は、原発推進が必要になっているから、それに対する意見を求めるということを正直に説明するということでいきましょう」

鮎川は、メンバーの顔が一瞬緊張したのを感じた。

多分、あまりにストレートに原発推進が必要になっていると説明してよいと言ったので、それまで原発の話などあまり触《ふ》れないほうが良いと思っていた人間には刺激が過ぎたのかと思ったりしたが、置かれている状況を考えると悠長《ゆうちょう》なこともしていられないと思った。

「今回は、普通の事態とは異なります。私は可及的速やかに報告をまとめるように指示されています。皆さんも依頼したヒアリング対象について早急に調査し、日程調整していただくようにお願いします」

鮎川は、皆の顔が引き締まるのが感じられた。

「このメンバーでの仕事が、我が国の未来を決めるかもしれません。全力を挙げて協力いただくようにお願いします」

打ち合わせを終え、部長室に戻った鮎川は、ヒアリングの段取りや報告書をどの程度でまとめるかを想定してみた。

各地に飛び回ることになるため、ヒアリングに一〇日程度見込み、報告書作成に三日として二週間程度で仕上げなければならないと考えてみた。

本来、こんな難しい調査内容であれば少なくとも半年近くはかかるであろうが、明日、たとえ触れるだけであっても首相が原子力推進について話せば、反原発運動が一気に高まってくることも考えられるため、結論を急がされることは間違いないという読みがあったからだ。

そして、調査をスピーディに進めるため、自分は課題発見と解決策検討に集中することとし、ヒアリング資料の整理は笹倉に、工程管理や調整は藤井に全面的に任せるなど積極的な人間を効率的に使おうと考えた。

そして、ある程度、進め方に目途が立ったと思ったので、鮎川は、第一段階と考えていた同期の高山に話を聞くべく電話をかけた。

この時期、モルディブルールの陰に隠れて目まぐるしく動いていたのが、中国との貿易摩擦《まさつ》だ。

二カ月前、中国から、自国の資本が入っている企業からの輸入を優遇するという措置《そち》を設けようとしているという情報が飛び込んできた。

世界経済が縮小するなかでは、中国にとってやむを得ない対応なのかもしれないが、日本経済にとって大きな影響を与えかねない事態だ。

高山は今、その対応で奔走《ほんそう》しているはずだった。

案の定、電話に出た課員は、高山は離席しており、いつ戻るかわからないとの返事だった。

取りあえず、席に戻ったら電話をして欲しい旨を依頼したが、いつ返事があるかわからなかった。

仕方なしに、次のステップとして予定しているコンサルタント会社の知人に有識者の紹介をお願いする電話をしてみることにした。

ただ、今の段階では原発の関係とは言えないので、とりあえず迷惑施設の設置に関して地域との話し合いの課題を相談できるような専門家がいるかどうか聞いてみることにした。

その知人は、調べて折り返し電話すると言って、すぐに返答をしてきてくれた。

彼によると、色々な専門家がいるが、急いでいるならP大学の山崎《やまさき》教授はどうだろうと言ってくれた。

ちょうど別な担当者が仕事で電話をしたところなので、今なら研究室におられると思うのでアポも取りやすいのではとアドバイスしてくれた。

鮎川は、他にも幾人《いくにん》かの紹介は受けたが、時間があまりないことを考えると、この山崎教授にだけでも概括《がいかつ》的な話を聞ければ助かると思い、知人に礼を言って電話を切ると、すぐに山崎教授に電話をした。

そして、突然で恐縮だが、大至急対応しないといけない案件があるのですぐに会えないかと無理を承知で頼んだところ、明日の午後なら時間が取れるということだったので予定を入れてもらった。

ただ、山崎教授にもコンサルタント会社の知人に説明したように、迷惑施設の設置に関する件とだけ説明していた。

相手がどんな考えを持つ人物かわからないこともあり慎重を期した。

そして、次に電話しなければと思っていたのはK新聞の社会部記者である佐々木だったが、鮎川の心の中に少し抵抗感があった。

それは、先日、大学のゼミの仲間と飲んだ席で、彼女から有名IT（情報技術）会社が開発した政府機関用AI（人工知能）システムの欠陥《けっかん》を明らかにして、その採用を強力に進めていた大臣を辞職に追い込んだスクープの話を聞かされたばかりだったからだ。

そんな実力のある彼女に、頭から原発のことについて聞きたいと言えば、すぐにスクープと関連付けて逆に取材されかねない。

話を聞くためには、日本の国の運命に関わることだと納得し、秘密を厳守してもらわなければならないが、果たしてうまくいくだろうか悩ましいところではある。

しかし、反対派の主張などを知るためには、どうしても彼女のような幅広い人脈を持つ者の意見を聞いておきたかった。

悩んだ挙句《あげく》、鮎川が出した結論は、真摯《しんし》に正面から当たることだった。

中途半端に真意を隠したまま話を聞くことで勘繰られるよりも、そのほうが正義感の強い社会部記者には受け入れてもらいやすいだろうし、また、秘密を守ってもらいやすいと考えたからだ。

佐々木に電話しようとしていたところ、意外にも高山から電話がかかってきた。

「なんだ、また、何か重大事件か」

同期でも一番仲の良い高山は、鮎川から折り返しに電話が欲しいということなどろくな話でないだろうと踏んで言ってきた。

「ああ、その大事件だ。今、電話で話ができるのか？」

「ああ、少しならな。次官への説明の待ち時間だからな」

「実は、ある特命事項を任されていて、内密にどうしても教えてもらいたいことがあるんだ。今夜、どこかで会えるか」

「ああ、どうせろくな話でもないだろうが聞いてやるぜ。次官説明が終われば今日のメインの仕事は終了だ。八時にいつもの居酒屋でいいか」

「いや、内密の話だ。個室でしたいと思っている。新宿で前に飲んだ店があるだろう。あそこに八時でどうだ」

「個室で内密の話となると相当大変な話らしいな。わかった。但し、帰りは俺の家まで送って行けよ」

「ああ、わかっているよ。じゃあ、頼む」

高山は、中野《なかの》のマンションに住んでおり、鮎川が頼み事をしたあとの礼は家までタクシーで送ることになっていた。

高山への電話をしたあと、佐々木へ相談に乗ってもらうための電話をした。

佐々木は、意外にも私で役立つならと気軽に了解してくれ、明日の夜に会ってくれることになった。

スムーズに約束は取れたが、多分、会えば、逆に色々と話は聞かれることになるだろうことが再び頭に浮かんだが、しかし、それも仕方がないことと割り切るべきだと鮎川は自分を納得させようとした。

予定した相談先に電話をしたあと、藤井との事務的な打ち合わせなどをしていると既《すで》に七時近くになっていた。

鮎川は、高山に会うために新宿《しんじゅく》に向かった。

帰宅する人の流れと反対方向へ向かう電車は混んではいなかった。

ただ、座っている人も立っている人もほとんどが静かにスマホなどをいじっているだけだ。

鮎川は、そんな会話もない空虚《くうきょ》な空間を眺めながら、この人たちは電気を無意識に使いながら、もしそれが不足するからと言っても原発をつくるというと皆反対するのだろうと思った。

そして、だったらどうしたらいいと問いかけても嫌なものは嫌だとしか言わないのだろうとも思った。

そんな人たちに、何を話せばそれを聞いてくれるのだろうか、彼は、その糸口をつかむことができるのだろうかと言い知れない不安だけがあった。

新宿について、約束した店に入り、頼んであった個室に入ると既に高山が一人でビールを飲んでいた。

「遅いじゃないか。先にやってるぜ」

「いや、お前こそやけに早いな。仕事を放り投げて来たのか」

「ああ、もうお手上げということであとはお好きなようにということで帰ってきたよ」

高山によると中国の新たな措置は巧妙《こうみょう》なもので、対抗が難しいため、何らかの別な国際的圧力でやめさせるしかないということだ。

「日本経済が沈没しそうだというときに、酒を飲んでいていいのかと思うが、お前のほうもどうせ深刻な話なんだろう」

「ああ、こっちも大変だ」

鮎川は、高山に湯口特別審議官から聞いたことを全て話した。

そして、何から手を付けたらいいと思うかとアドバイスを求めた。

「俺も原発の立地の細かいところはわからないから勝手な意見になるかもしれないが、もともと国は、発電所は電力会社という企業がつくるものだから合意形成などに直接には介入しない立場だ。ただ、エネルギー政策は、安全保障などにも繋がるし、それを踏まえたエネルギー基本計画もつくっているわけだろ。そんな公益性のあるものだから、計画がうまくいくように原発の必要性もＰＲしてきたわけだ。加えて、地元対策としても、建設を認める地元には交付金など色々とメリットを与えましょうという支援をしてきたわけだ。お前も知っていると思うが、いわゆる電源三法による支援だ。割り切って言えば、原発をつくれば過疎化が進む地元の活性化に役立ちますよという魅力を見せる方法だ。ただ、それは、直接的に地元での合意を促《うなが》すものではない。あくまでも側面支援だ。実際のところも、道路や色々な施設などハードは充実して良くなったわけだし、ソフト面が追いつかないなど地元も色々苦労した時代もあったと聞くが、結果としては、地元のメリットになっているのは間違いない。しかし、あくまでも側面支援に過ぎないことを忘れてはいけないと俺は思う」

「なるほど、エネルギー基本計画に決まっているので政策的な誘導や支援はするが、発電所をつくることに関わる地元合意は、地元と電力会社でうまくやってくれということかな」

「そういうことだろうな。でも、それもこれも全て昔の話だ。南東北原発の事故が起きてからは原発推進のスタンスも微妙なものになったし、数年前の反原発の運動が盛り上がった際にとことん叩《たた》かれ、大臣も原発をやめるようなことを言い出す始末になったし、原発がらみの仕事は誰もが関わりたくないものになってしまったよ。だから、原発新設の合意形成に関わる話なんてまともに自分の考えを持って話せる奴なんていないんじゃないかな」

「やっぱり国レベルでは良いアイデアは聞けないか……やはり地元での実際の話を聞くしかないということだな」

「そうだろうな。しかし、地元の人間にとっては、それまでの生活が変わるようなとんでもない迷惑をかけられていたわけだぜ。苦労せずに進められる方法なんて教えてくれるわけがないだろう。それを探すなんて神業《かみわざ》じゃないかな」

「今まで取り組んできた電力会社に進め方の実態や、良かった点、悪かった点を聞くつもりだが、他に何かあるだろうか」

「俺たち役人は、他省庁と折衝《せっしょう》することと政治家の先生とうまくお付き合いすることは得意だが、まともな一般人を説得するのは向いてないのだろうな。逆に、マスコミ関係の人間に話を聞くほうがいいじゃないかな。誰か知り合いはいないのか」

「ああ、大学のゼミ仲間で新聞記者をやっている奴がいて話を聞くつもりだ」

「ただ、色々と詮索《せんさく》されないように気をつけろよ」

「いずれネタにされるだろうから、うまく交渉するしかないけれど」

「まあ、お前もその辺は心得ていると思うので心配がないな。ところで、それより電力会社の現状には注意しておいたほうがいいぞ」

「えっ、それはどういうことだ？」

「長年、電力会社と付き合っていた奴が言っていたが、電力自由化以降、電力会社も厳しい競争にさらされて目先の利益だけを追求する人間が増えたそうだ。だから、原発を廃炉まできちんと管理して運転したいと言いながら、それから先のことはあまり考えていない奴が多いらしい」

「原発に関しての熱意が全くないということか？」

「多分、既設《きせつ》の原発を動かして利益を上げるという目先のことには色々とうるさく言うが、ややこしい新設立地のことは考えたくもないということじゃないかな」

「経営哲学がないということか？」

「いや、そんな難しい話でなく、扱いづらいものは脇へ置きたいということだと思うよ。だから、今回の件を調べるなら、経営幹部より発電所をつくるために交渉したという現場に近い人間の生の声をよく聞いたほうが良いのかもしれないな」

「いずれにしても組織の状況もきちんとおさえておくべきだということだな」

「ああ、それは大切なことだと思う。お前は知らないかもしれないが、戦前からあった日本発送電という国策会社を、戦後、どうするかとなったときに、電気事業は一括して管理する会社でするほうが効率的という意見が強かったにもかかわらず、一転して、九電力に分割される意見が通ったそうだ。それは、分割民営化して競争してこそ、その力を発揮できるという強い意見があったので通ったそうだ。そんな自立心のある話など誰もが忘れてしまったのかもしれないな。心意気がなくなったというか、情けないことだよ」

高山は、中ジョッキを一気に飲み干すと天井を見上げてしばし考えた。

彼がこのポーズをするときは、頭の中が高速回転しているときだ。

そして、頭をもとに戻すと襖《ふすま》を開けてジョッキのお代わりを頼み、話を続けた。

「政治家の先生連中は、どう扱うつもりなんだ」

「まだ、そこまで頭が回っていないのが実情だ」

「まあ、そうだろうな。おまえもわかっているだろうけれど、原発の新規立地推進のような今までの政策を大転換するときには、有力政治家への根回しも大事になる。だが、一番大切なのは首相の発表のタイミング、そして、説明内容だ。特に合意形成という微妙な問題では、首相の最初の一言に全て左右されるんじゃないかな」

「確かにそうだが、原発推進については、明確な表現ではないが、明日にも公表されることになっている。それに合意形成の話題を織り込むのは無理だ」

「そうか、残念だな。それなら具体的な地点が明らかになるときに、合意形成にどのように取り組むか説明をしてもらうしかないな。そうなると、この手の問題は、今の箕輪首相は英断してくれても、他の政治家は、地元の利害があるから色々言って混乱させる奴も出てくるだろうな。それに、今の内閣には、片桐官房長官のような策士がいるからそれも気をつけないとな」

高山の言うように今の政権は、熱血漢で人情のわかる箕輪首相の国民的人気で支えられているが、与党内部には、自分の選挙のことしか考えない人間から、首相が失点すればそれにつけ込み次を狙う人間や、片桐官房長官のように陰で権力を操《あやつ》ろうとする人間まで様々な政治家が蠢《うごめ》いている。

本当は、そのような政治家たちにも協力してもらうように仕向けなければ政策の大転換などは前へ進まないことは鮎川も理解していたが、今の段階では何も見えていなかった。

「そう言えば、昔、少しだけ原発に関わったときに、原発と地域振興について研究している先生からいい話を聞いたな。確か、N大学の下野《しもの》という先生だったが、本音で話を聞けるいい先生だったよ。名刺があるはずだから明日にでも電話して至急会えるように手配してやるよ」

「具体的な話が聞けるとありがたい。是非、お願いするよ」

その後も高山と色々な話で盛り上がったが、お互いに明日も厳しい仕事をしなくてならない身でもあったので、早々に引き上げることとした。

店を出てタクシーで高山を送り届けたあと、鮎川は自宅に戻らずに、事務所に戻ることとした。

高山との話を振り返るとともに、もう少し自分の頭で課題を整理してみたかったからだ。

それに昨日、美佐江と言い争ったあとの冷戦状態もあり、そのまま家に帰りたい気持ちも起きなかったからである。

二人が喧嘩したときには、いつも無言の冷戦状態に陥ってしまう。

互いに相手が話しかけるまで無言の状態が続く。

そして、最後は鮎川が折れるが、鮎川自身も怒り心頭《しんとう》のときには、相当期間、無言の状態が続く。

今回は、国の命運を左右する仕事に関わることであり、通常の喧嘩とは異なっていたが、その立場からしても簡単に妥協してしまうわけにはいかないと考えていた。

ただ、事務所に戻り長椅子に横になると、緊張の初日が終わったあとでは、そんな悩みすら忘れて深い眠りに陥ってしまうのだった。


鮎川が目覚めたのは八時過ぎだった。

部長室を出ると既に藤井が出勤していた。

「あっ、起こしてしまいました。すみません」

「いや、そんなことないよ。それより、寝ぼけた顔で格好《かっこう》悪いけれど」

「早速、泊まられたのですね。お疲れ様です。コンビニでパンでも買ってきましょうか」

「悪いけれど頼むよ」

そう言うと、鮎川はいつも持ち歩いている洗面セットで顔を洗いにトイレに向かった。

午前中、鮎川は、インターネットで調査対象の電力会社の原発への取り組み状況や関連する情報収集に時間を割《さ》いた。

そんななか、高山から明後日の午後にN大学の下野教授にアポが取れた旨の連絡があった。

そして、午後からは、笹倉と二人でP大学社会学部の山崎教授の研究室を訪れた。

研究室は、学生たちの教室とは反対側の場所に位置するためか非常に静かなところにあった。

「なるほど、迷惑施設建設での合意形成ですね。確かに、難しい問題ですね。住民の権利意識が高まっていますから簡単にはいきませんよね」

首相から原発についての発言が出る前だったので、鮎川は、廃棄物発電、いわゆるごみ発電など一般的に迷惑施設といわれるものの建設における地元合意形成に関して調査していると目的を曖昧《あいまい》にして説明した。

「一般的に、迷惑施設を受け入れてもらう場合、企業のＰＲ活動と異なり、建設計画や事業内容について地域住民に説明するだけでなく、意見を聞くという参画の機会を与えなければ反感は大きくなるでしょう。それに、全体を通して住民の気持ちを踏まえ、わかりやすい情報公開や説明責任などをきちんと果たしていくことが大切になりますね」

鮎川は、一般論としてはよくわかるが、もっと具体的な方法が聞きたかった。

「発電所は巨大施設ですから色々な議論が起こると思います。具体的には、どんなことが考えられるでしょうか」

「発電所というと、例えば、煙突から色々な物質を排出しているのだと思いますが、こんな物質がこれだけ出ますが、健康には影響はありませんというリスクに対する説明が大切になるでしょう。それを信頼のある第三者が正しい情報であるということを認めていくというような進め方で納得してもらうことになると思いますが、その説明の仕方は容易ではないと思います」

鮎川は、初めにごみ発電のことなどを説明していたので、山崎教授は、その説明に沿った話に片寄りだしたが仕方ないと思い話を続けた。

「その説明の仕方としてどんなことを考えればよいのでしょうか」

「そうですね。第三者の協力を得ながら公正と思われる情報で、住民の方々にできる限りわかりやすく、正直に説明する。つまり相手の理解に合わせながら進めていくということでしょうか」

確かに、相手の理解に合わせて説明することは必要だということはよくわかる。

しかし、相手が納得しない場合はどうすればよいのだろう。

「納得しない場合ですか？　難しいですね……でも、多くの場合、情報の伝え方や内容が十分でなかったりするのではないでしょうか。あるいは相手が求めている真意をつかんでいないということもあるかもしれません」

人間相手の仕事であるから一朝一夕《いっちょういっせき》に相手に理解してもらえると思うことは無理なのかもしれない。

しかし、命じられていることは、できるだけ早期の合意形成だ。

思わずさらに一歩進んだ方法がないものか尋ねた。

すると山崎教授は笑いながら答えた。

「薬と同じですよ。すぐに治そうときつい薬を飲めば副作用が出てきたりします。失敗して逆にその回復に手間取ることも多くなるのではと思います。不安の解消など人それぞれ違いますから、焦らず自然に進めるのが一番じゃないですか。それに、事業を進める人が信頼されていなければ、どんなに誠意を尽くしても前へは進みませんから」

鮎川は、事業者が信頼されていることの必要性については痛いほどよくわかった。

鮎川が、中小企業などを支援するために訪問した際は、歓待《かんたい》されることが多かったが、なかには必ずと言っていいほど、自分たちの本音などわかってくれるはずがないと思って対応してくる社長がいた。

確かに、その会社が抱える資金面での苦労、あるいは労働力の確保の苦労など、真の実態は鮎川たちには、簡単には理解できない場合があるのも事実だ。

しかし、だからと言って放っておくわけにはいかないと、必死で相手の本音を聞き出そうとしたものだった。

そんなとき、本音を話してもらうようにするには、相手に信頼されることがどれだけ大切かと痛いほど感じていた。

そんなこともあり、教授の言わんとすることはよくわかるが、どうすれば、その信頼が得られるのか、具体的な方法をどうしても聞かなければと思った。

「事業者の信頼ですか？　簡単に言えば、現場からトップまでが相手の気持ちを考え誠実に対応することじゃないですか。誰が欠けても信頼関係を崩してしまいますからね」

また、マスコミ対応の大切さについても指摘があった。

鮎川は、一通り話を聞き、山崎教授なりの合意形成についての考え方のようなものはわかった気がしたが、どこか今回の原発推進に関しての実務としては物足りなさを感じたため、思い切って少し原発のことにも触れてみようと思った。

「発電所の関係でいえば原発という究極の迷惑施設がありますが、かつては、それを推進しようとしていました。あの進め方についてどう思われますか?」

すると、それまで穏やかだった山崎教授の表情が一変し険《けわ》しい顔つきに変わった。

「原発? あれは論外ですよ。存在自体が不必要でしょ。再生可能エネルギーでやっていけるのに、国や電力会社のエゴでやっていたみたいなものじゃないですか。昔は莫大《ばくだい》なお金をかけてPRもやっていたようですし。それに、地元へはお金を落とす代わりにつくらせろという前近代的な方法じゃなかったかと思いますよ。信頼関係をつくる努力も足りないままに、よくあんなことがまかり通ったと思いますよ……」

と、批判的な話が続き、そんなことが目的で調査しているのならばお引き取りくださいと追い返されてしまった。

「厳しい反応でしたね」

山崎教授の研究室からの帰り道、緊張がまだ解《と》けずに歩く鮎川に笹倉が声をかけてきた。

「原発に良いイメージを持っていない人の反応は、あんな感じかもしれないね」

「それに、原発に対する否定的なお話をよく我慢して聞いておられましたね。まともに受け止めたら、今のミッションなんて不可能に挑戦しているように思えてきましたけれど」

「あははは、不可能に挑戦か、そうかもしれないな。でも、教授のように多くの人は再生可能エネルギーがあれば原発なんていらないと思っているのかもしれないね。今の日本を取り巻く状況のなかで、電気を安定して使えるようにするためには、冷静に考え、議論をする必要があると思うのに……」

「そうですね。ところで、電力会社の信頼関係をつくる努力が足りないというのはちょっと厳し過ぎる批判でしたね。発電所をつくりたいから必死で努力していたはずなのに」

「そうだね。それは思った。ただ、人によって見方は色々あると思うから今のところ何とも言えないな。詳しくは電力会社に行って事情を聴いてからということになるだろうね」

鮎川は、結局、今回の話は電力会社から実態を聞くことしか方法がないと思っていた。

「悪いけれど、人に会う予定があるので、ここで別れるけれど、今日のヒアリング内容をまとめておいてくれる」

鮎川は、笹倉にそう頼むと彼女と別れて、別な通りのほうに向かって歩き出した。

そのあとには、K新聞記者の佐々木と会う予定だったが、約束の時刻まで、まだ余裕があったので、気分を変えるためにも少し歩いてみたかった。

大学から少し離れると、閑静《かんせい》な高級住宅地に行き当たった。

しかし、そこは人の生活感が少なく、空き家になっているようなところも多くあるように思われた。

高齢化が進み、このような高級住宅地に住む人が大きな家を持て余すようになっていたにもかかわらず、購入するような働き盛りの世代の人の収入が増えていないため、売れずに空き家になっているケースが多くなっていた。

さらに進むと少し大きな公園があった。

遊具なども整備されてはいるが、子供たちの気配などは全く見られない。今の子育て世代では、こんな高級住宅地に住むことは到底無理だったので、遊んでいる親子連れを見ることがないのも当然のことかもしれなかった。

鮎川は、子供たちの気配がないのに綺麗《きれい》に整備された遊具だけがある光景を見ながら、再び子供たちの元気な声がここに戻るときが来るのだろうかと、未来への漠然《ばくぜん》とした不安に自分が包まれるのを感じていた。

低廉《ていれん》で安定的な電気の供給は、生活基盤の安定はもとより、産業振興、研究開発の進展など、かつての輝きを取り戻したい日本にとっては絶対に必要なものだ。

しかし、原発の話を持ち出すと急に態度を変えて否定的になった山崎教授のように、原発でつくる電気はいらないと思う多くの国民に立ち向かわなければならないとすると、鮎川が中小企業支援に持っていた信念とは全く違うものが必要な気がしてならなかった。


佐々木は、約束の場所に時間通り来てくれた。

首相のモルディブルールの対応状況に関する発言があった直後なので、関連情報を追いかけるべく走り回り、約束の時間に遅れてくるのかと思っていたが、予想外だった。

「久しぶり、というか鮎川君が私を呼び出すなんて、どうせ何か情報が欲しいんじゃないの」

「まあ、佐々木の勘の鋭《するど》さにはいつも舌を巻いているから、そう言われると思って覚悟してきたよ」

「で、どんなこと？」

鮎川は、マスコミとして報道しないで欲しいという条件を付けてこれまでの経緯を話した。

原発の新設についてのことなどを話せば、もとに戻れなくなるとも考えたが、佐々木の性格からして本音の話を教えてもらおうとすれば、正直に全てを話さなければ答えてくれないと思っていたからだ。

ただ、一〇カ所もの場所で計画するということだけはあまりに刺激が強すぎると思ったので、それは言わなかった。

「この話、私に全て話してもいいと思うの？」

「君の仕事はわかっているけれど、今の事態を考えたときに、遠回りなことはしてられないし、何よりも君なら約束を守ってくれるという信頼もある」

「まあ、本当かな、いいけれど。私の立場からは事実と問題点を伝えることであって、解決することが仕事じゃないから合意形成をどうすればいいかと聞かれても話せることは限られていると思うわ」

「いや、先ほど話を聞いた大学教授もマスコミ対応の大切さを指摘していたけれど、マスコミ対応の考え方のようなものがあるとすれば、まずは、その点からでも教えてくれたら」

「そうねえ、自分の仕事への対応の仕方なんてうまく言えないけれど、端的に言って、私たちは事業を推進する側のスポークスマンじゃないということね。つまり、事業者側の言って欲しいことを書くのではなく、言って欲しくないことを書くことが仕事なの。何か大事なことを隠されることで反対している人たちが不利益をこうむったりすることになれば社会として公正でないことになるから」

「なるほど、事実は全て明らかにすべきということだね」

「そう、もし、それが仮にできていたとしても、建設する場所に住む人たちが何か苦痛を味わうのならば、それに対して適切に対応しているか、また、原発は、廃棄物処理の問題など事業そのものに対しての必要性に疑問の声が上がっているし、安全性だけでなく幅広い住民不安への対応、あと、南東北原発事故の避難した方々への配慮など関係のある話題が数えきれないくらい出てくるかも」

鮎川は、話ながら段々と社会部記者の顔になっていくような佐々木の表情を見ながら、これは、まとめるのは困難かもしれないという不安が頭の中をよぎっていた。

「今、話してくれたことに、全て適切に対応していくのは並大抵なことではないということはよくわかる。ただ、それでも何とかしなくてはいけないというのも今の俺の立場なんだ。そこで話を少し変えて佐々木自身、原発についてどう思っている」

「はっきり言って、なかったほうがいいと思う。ただ、感情的に毛嫌いするつもりはないわ。科学技術に対する信頼を失わせることもしてはいけないと思うから。だから、政府や事業を進める人たちが公正に対応し、国民が必要と納得したならば進めるべきかもしれないけれど、今日の首相の説明の程度だったら到底無理ね」

鮎川は、首相の説明内容は事前に受け取っていたし、会議での質疑などの概要も事務所にいる藤井から電話で聞き取っていた。

会議のあと、記者たちからの質問は、今後、モルディブルールへ政府が具体的にどう対応するのかという点に集中したが、首相の回答は、早急に選択肢の実現性を検討するということだけで具体的な話はなかった。

もちろん、原発についても選択肢の一つとして説明したので質問も出たが、首相の回答は「あくまでも選択肢の一つであり、具体的にはこれから」ということだけで、選択肢として考えるということを公表したに過ぎなかった。

このコメントから原発を大々的に進めることを考えていることなど誰も想像できない触れ方だった。

「俺も会見の概要は聞いた。確かに、原発も選択肢としているのに理解を得ようとするような触れ方ではなかった。それにこれまで原発が地元へ申し入れしてから運転開始まで長期間、中には二〇年近く、あるいはそれ以上かもしれないが、とにかく時間がかかっていたことなどの話もなかったから原発を新設するなら今すぐスタートしないといけない状況に追い込まれているという切迫感も伝わっていない」

原発の新設には、高山から理解を得る活動を含め様々なことに途方もなく長い時間がかかっていたと聞かされていた。

「そうだったの。私もそれは知らなかったわ。ということは、これから色々なところで対立が起きるっていうことね」

「おいおい、そんな嬉しそうな顔をして言うなよ。いくら社会部の記者の出番が増えるからと言って、長引いて問題解決できなかったらそれこそ将来に向けた禍根となるかもしれないいんだぜ。何とか対立回避策を一緒に考えてくれないと」

「それを考えるのが好きで役人になったんでしょ。頼ったらダメと言いたいところだけれど、アユの頼みごとだから受けるしかないか」

アユというのは、鮎川の大学時代の愛称だ。

鮎川も職場や家の中でもそんな愛称で呼ばれることが久しくなかったので、何となくほっとした気持ちになった。

「助かるよ。それじゃ、さっきの続きでマスコミへの情報提供についてもう少し具体的に教えて欲しいんだけれど。言い換えれば、マスコミはどんなことを聞きたがるのだろうということかもしれないけれど」

「それは簡単よ。マスコミが質問することに包み隠さず全て喋《しゃべ》ればいいんだから」

「でも、そうしていてもマスコミが書く批判的記事に地元住民は引っ張られたりするだろう」

「それは、住民が不安や不満を感じているからよ。マスコミの後ろには住民がいると考えておいて」

「まあ、そういうことだと思うけれど、そんなトラブルを少しでも減らすために必要な情報提供の考え方についてポイントだけでもまとめてくれないかな」

鮎川は、時間がないなかなので無理を承知で頼んだ。

「甘い顔をするとすぐつけ上がるんだから。で、それだけでいいの」

「それに、二つ目だけれど、反対派の人たちの主張にも対応しないといけない場合があると思っているので、その考えの一端でも知りたい」

「反原発の人たちに反論するつもり？」

「いや、そんなことはできないけれど、どう対処すればいいのかなということで、その考え方を知りたい」

「いいけれど、あの人たちは、しっかりとした考えを持って主張しているわけだから対処なんて無理よ。責任者がきちんと説明していくしかないじゃない」

鮎川も、それはわかっているが、地元での混乱を少しでも少なくするためには、反原発の人たちの見解に対して、どのように対処するか考えておきたかった。

しかし、佐々木の頭から無理という言葉にどう返せばよいのかわからず、考え込んでしまった。

「要するに、誰もが納得できるようにしたいということでしょ。そんなこと、この問題でできるわけないじゃない」

「まあ、そうだけれど、できる限り理解を得ようとすると何ができるかということしかないだろうな。だから、反体制的な意味で反対する人は別にして、反対する人との意見の相違のポイントを少しでもいいから具体的に聞いておきたいと思っているんだ」

「なるほど、一応は冷静な議論をしたいわけね。それならわかる気がする。でも、反対運動している人は山ほどいるけれど、冷静に話してくれる人を紹介する約束なんかできないわよ」

「それは、わかっているけれど……やっぱり、一人でもその声を聞ければ」

「しょうがないわね。探してみるけれど、でも、どうなっても知らないわよ」

「ありがとう。助かるよ、結果は自己責任で対処するから」

「でも、今日の首相の記者会見のあと、政治部の記者が色々と走り回っているようだから、いずれ原発がメインの話題だということがばれるかもしれないわよ。そうしたら反原発の人たちに火が点いて大騒ぎになるかもしれないわ」

「そうだろうね。でも、進むしかないんだよ。今、日本にできる対策はこれしかないんだから」

「誰が、そう言っているのかしら。何か裏がなければいいけれど……」

「おいおい、話を変な方向にもっていかないでくれよな」

「わかってるわよ。アユは真面目《まじめ》な官僚だから、誠意を持って協力させていただきます」

その後、鮎川と佐々木は、原発はいずれなくなるだろうと誰もが思っていた時代から、それができなくなった現実を突きつけられたとき、どのように国民は反応するのか、そして、国民をまとめ、導くためにはどうすべきなのか、政治家でもないのに二人は深夜まで議論を続けた。


N大学は、N市の中心部から海岸の方向に車で三〇分ほど走ったところにあった。国立大学ではあるが、あまり多くの学部があるわけではなく、法学・経済学・人文学の分野と工学・農学の分野に分かれ、地域に応じた研究を進めるようになっていた。

高山から紹介を受けたのは、経済学部で地域経済が専門の下野という教授だ。

この下野教授は、物腰の穏やかな田舎《いなか》のおじさんと言うような人物だった。

「わざわざ東京からお越しいただいてご苦労様です。高山さんからのお電話では、地元合意の進め方について原発と地域経済の関係を調べた経験からのお話を聞きたいということでしたが、もちろん、それについて、お話はさせていただきますが、実は、その研究内容のほとんどは私が恩師の平野《ひらの》先生から引き継いだものなんです。ですから、もし、引用される部分があれば、平野先生のお名前を出していただくようにお願いいたします」

下野教授は、恩師の研究を讃えながら謙虚に話を始めた。

恩師の平野教授は、N県内に原発建設が始まったころから原発立地と地域経済の関係について研究していたそうで、その分野では草分け的な存在の一人だったそうだ。

ただ、当初は、原発建設に伴う経済波及効果を中心に研究をしていたが、いわゆる電源三法などにより多額のお金が動き、一時期に道路や様々な施設なども整備され、また、建設工事などの関連で人も増えるなど、地域を取り巻く生活環境があまりに急激に変わってしまうことから、地域にとって、本当にそれでよいのかという疑問を持ち始め、地域振興の在り方そのものを問い直すように考え方が変わっていったということだった。

そのため、純粋に経済波及効果を研究したというよりは、地域は何を目指すべきか、振興するとはどういうことかなど、地域振興そのものを問い直しておられたということで、他の先生とはものの見方が少し違うかもしれないとのことだった。

「それに、いわゆる電源三法による交付金などの支援制度も、近年、色々と実態を踏まえて充実され、法律ができた当初より良くなっていると思いますので、平野先生の感じていた課題もずれてきているかもしれませんが、それでもいいのでしょうか」

確かに、電源三法自体は電源立地のために効果もあり、充実もしてきている。

ただ、鮎川は、高山から聞いたように、そのような支援制度はあくまでも原発立地の側面支援であり、求めている合意形成の手段そのものとはならないのではと感じていたので、政策についての話を聞くのでなく、それを効果的に生かす方法などを聞きたいと思った。

「確かに支援制度も充実しています。ただ、合意形成を進めることに関しては、地元の人にそのようなメリットがありますよと単純に見せるだけでは進まないのではと思います。大規模施設が立地するメリット、あるいは支援制度なら、その生かし方など合意を得るために効果的な説明の仕方があるのではないかと思っています。平野先生や下野先生の研究のなかで、そのようなことに触れておられることはあったでしょうか」

「説明の仕方ですか……難しいですね。単に、道路が良くなりますよ、病院が良くなりますよ、産業が振興して雇用もできますよと言うようなことを並べていてもダメだということですね」

下野教授は考え込み、しばらく沈黙が続いた。

下野教授は、「失礼」と言って席を外して窓の外に広がる景色をしばらくじっと見ていた。

五分近くが経《た》ったであろうか、急に振り返って笑顔で再び説明を始めた。

「平野先生は、困難に出くわしたら原点に帰れといつも言っておられましてね。今回のご相談の件でも、多分、同じだと思うんです。ただ、原発立地と地域振興というこれまで研究した視点からだけのお話になりますが、確かに、地元の方に支援制度などのメリットの説明だけをいくら繰り返しても自分たちの生活がどのように良くなるか実感は湧《わ》かないと思います。逆に、それぞれ自分のところの利害だけを考えることになり、エゴがぶつかるなどトラブルを引き起こしてしまいかねません。ですから、まずは、地元の方はもちろん、事業者の方も一緒に入った考える場をつくり、どんなふうにこの町がなればよいのかを考えて、そのうえで、何に支援制度などのメリットを生かしていけばよいかを決めていくとすればよかったのだと思います」

鮎川は、なるほどと思った。

中小企業の支援制度でも、国の立場からすると、非常に立派な制度をつくったからどうぞ使ってくださいとだけアピールはするが、使い方の具体策を一緒に考えるということはなかった。

鮎川も中小企業の人と一緒になって課題を考えるようになって初めて、これまでつくった支援制度の課題などが見えてきたりしたものだ。

「おっしゃる意味はよくわかります。もし、具体的に対応していくとなれば何が必要になると思いますか」

「まず、受け入れ側の住民同士が話し合いする機会を増やすことでしょうね」

「住民同士の話し合いの機会をですか？」

「そうです。平野によれば、地域振興の原点は、関わる皆が共通の認識、あるいは共通の夢を持つことです。そして、それを踏まえて協力して突き進む行動力、あるいは困難を乗り越えようとする情熱などが大切になるとしていたのですが、でも、それら全てを突き動かす本当のエネルギーは、皆で話し合う力だということでした。それがなければ、どんなに良い機会でも生かすことができません。原発の立地のときもそれがわかっていれば、メリットの生かし方も変わったかもしれません」

鮎川はそれまで、地元合意とは個別に説得するイメージが強かった。

つまり、個別の積み重ねが全体の合意という考えだ。

それは、相手の考えはそれぞれ異なるであろうから、それに応じて、理解を深めてもらう方法や過程も異なるのではと考えていたからだ。

しかし、この下野教授の話からは、個々人の意見や考えを交換する場があることで地域が一つのコミュニティとしてまとまり、結果として事業者と本当の話し合いができる環境が整うことを教えられた気がした。

「地域のコミュニティが、気持ちを一つにすることが大切であり、それが進めば事業者と円滑に話し合うこともできるということですね。でも、議論をすればするほど反対意見も強くなったりするのではないでしょうか」

「確かに、集団の中には天邪鬼《あまのじゃく》もいるだろうし、少数でも反対する者がおれば周りと壁をつくってしまうこともある。そのために必要なのは、リーダーの存在です」

「リーダーですか」

「そう、民主主義は多数決だという人がありますが、議論をして、少数意見を尊重し、妥協をすることも大切だと思います。その流れをつくるのがリーダーの存在です。リーダーのないところでは、話は進みにくいでしょうね」

「リーダーがどこにでも必ずいるとは限らないと思います。その場合は……」

「おっしゃる通りです。ほとんどの場合、リーダーはいないのではと思います。逆に、リーダーになろうとする人の足を引っ張ったりすることが多いのが現実ではないかと思います。ただ、平野先生は、そんなときに、地域がリーダーを選ぶ代わりに外部の専門家などに入ってもらうことも大切と話していました。それは、外部の人に頼るというのではなく、新たな知識を生かそうとすることです。大規模施設をつくる場合は、リーダーがおればスムーズに行くかもしれませんが、そうでないとき、外部の人間である事業者が、うまく地域に入っていくということも一つのカギだと思います。地域を理解し、地域の身になって考え、どうすれば地域の人たちとともに幸せになることができるか、そのため、事業者自らが地域をまとめ、新たな共存の在り方を提案する専門家となるように話し合うことが大切だと思います」

鮎川は、下野教授の話はもしかすると報告の本質に近いものになるかもしれないと感じた。

そして、鮎川は、さらにその先の深い話を聞きたいと思い、本音をぶつけることとした。

「既に、これまでの私の説明などで調査の本当の目的を薄々感じておられたかもしれませんが、先日の首相の説明でモルディブルールの対応として原発推進も一つの選択肢という話が出ていたように、再び原発をつくることを考えなくてはならなくなっています。ストレートにお聞きして、もし、再び原発をつくるとなればどんなことが想定されるとお考えでしょうか」

「確かに首相は、そんなことをおっしゃっていましたね。私は、技術的なことはわかりませんし、南東北原発事故で避難された方々のご苦労のことを思うと安易なことは言えませんが、もし、仮に、過疎地域に大きな工場ができるとなると喜ぶべきだと思いますし、それが原発であっても安全が確保されるならばうまく生かすことを考えるべきだと思います。過疎化は止められないですから、地域の人たちが何を求め、何を犠牲にしてもよいとするのか、よく話し合えばつくってもよいのかどうかの答えが出てくるのではと思います」

下野教授は、あくまでも安全が確保されればということだけは繰り返して述べていたが、そこから先は地域の人の主体性の問題だということだった。

ただ、今日のような過疎地域から人がいなくなるなかでは、より良い生活のできるところへ移り住めるならすぐに移住するという人、死ぬまで慣れた土地で同じ生活を続けたいという人、あるいは自然の中で暮らしたいという信念の人など、それぞれの幸せの価値観が多様になっているだけでなく、極端にもなってきているので、地域振興だけでどこまで合意形成に役立つかわからないとの発言があった。

下野教授の話から鮎川は、地域振興支援策は地域コミュニティをまとめ、対話できる環境をつくり出すことに効果的だが、より大切なことは、そこへの国や事業者の関わり方であること、そして、国や事業者は、地元に多様な意見があるとしても、常に地元の人たちが本当に幸せになってもらうことを願って話し合いをすることが大切だと痛感した。

下野教授と二時間余りのヒアリングのあと、いくつかの参考資料をもらい、必要な場合にはさらなるアドバイスをお願いして鮎川と笹倉は車で駅へ向かった。

「いいお話でしたね。でも、人間を相手にする問題は複雑ですし、特に原発問題は、賛成、反対が極端に出てしまうでしょうから、コミュニティが本当にまとまるのかと不安は残るのですが……」

笹倉が率直な感想を述べた。

「人間がつくり出す世界は複雑かもしれないけれど、だからと言って答えを曖昧にしていたら社会は良くならないからね。必要な場合は、一つの考え方にまとめていく努力をしなくてはならないと思うよ。それには異なる意見があっても互いに歩み寄るようにしていかないといけないけれど……」

鮎川は、そう言いながらも原発建設に賛成してくれるもの以外の相手が歩み寄ってくれるためには、もっと何かが必要な気がして仕方がなかった。

高速道路を走る車の窓からは、遠くに海岸線が見えた。

しかし、その海岸線の向こうに見えるはずの水平線は曇天《どんてん》の中に霞みながらしか見えなかった。

鮎川は、ここへ来る前より少しは太陽の光が差したのだろうと思ったが、まだ、はっきりと見渡せるまでは至っていない景色に、自分が今、置かれている状況と重なっているように思えた。


「陽介《ようすけ》君、このごろすごく成績が伸びたらしいね。先生が言ってたわ」

「そうなの、やっと勉強する気になってくれたらしくて、でも、まだ、大樹《だいき》君にはとても追いつかないわ」

「そんなことないわよ。陽介君は頑張り屋だから負けないように勉強しないと追い抜かれるわよと言ってるのよ」

「いいわね、うちなんて、この前も塾の先生から成績伸びてませんねって言われちゃって」

「大丈夫よ。光輝君はしっかりしているって評判だから」

「そうかなあ……」

美佐江は、塾の先生との面談を前に、息子の光輝と同じクラスの母親たち二人と雑談していた。

鮎川との冷戦が続き、会話もないなか、息子のほうは父親に似て自分が興味を持ったことに熱中するタイプで、今は野球が第一のようになっていた。

「そんなに心配しなくていいわよ。塾の先生もアドバイスもしてくれるから。それより、親が悩んでいると子供に影響するらしいわよ」

「そうそう、うちも私立中学へ進んだらお金どうしようかと主人と相談していたら、子供が心配して私立中学へ行くのをやめようかなんて言いだすんだもの。親が不安を見せたらダメよ」

「そうそう、ところで鮎川さんはこのごろ元気なさそうだけれど何か心配ごとがあるの？」

「う、うん」

「ご主人のこと？」

「まあね。主人の仕事のことでぶつかっちゃって、口も利《き》かないのが続いているの」

「何だ、そんなこと。仕事を辞めるとか言い出さなければ大丈夫よ。すぐに忘れてもとに戻るから」

「でも、どうも原発を推進する関係の仕事をすることになったらしいの」

「原発？」

二人の母親が声をそろえて驚きの表情を示した。

「それはダメよ。ダメってご主人にはっきりと言わなくっちゃ。原発になんて関わったらダメって」

「そうよ、事故が起きたら子供たちに影響が出るし、日本に住めなくなるのよ」

「そうよね、はっきりダメって言ったのに、仕事だからって言うだけで……あの人って、指示されたらすぐに全力で仕事をしちゃうんだから」

「でも、何年か前に日本では、原発はもうつくりませんって言ってたんじゃなかったかしら」

「そうそう。私もそう聞いたわ。原発反対のデモ隊が霞が関を埋め尽くして原発の新設計画を止めたあと、大臣が辛《つら》そうな顔をして、こんな状況なら原発はなくしていくしかないと思うって発言していたはずよ」

「確か、光輝君とこのご主人は、経産省の官僚だったわね。何か新しい計画でも動いているのかしら」

「詳しいことは話せないっていうだけでよくわからないけれど」

「どこにつくるつもりかわからないけれど、皆で反対しなくっちゃね。光輝君からもお父さんにやめて欲しいと言ってあげるようにしないと」

「それが、光輝に原発は危ないからやめてねってお父さんに話してと言ったら、原発って事故もしたけれど今も使われているんでしょ、どうして？　って聞き返してくるのよ。さあ、そこはわからないけれど、事故が起きるとそこに住めなくなるし、たくさんの人が避難したり、皆が色々と苦労するのよ。だから、皆を不幸にするものだと言ってたくさんの人が反対しているのよって言ったら、つくった人は、何のためにつくったんだろう。本当に人を不幸にするためかなあなんて言うのよ」

「でも、事故の影響で皆が病気になったりしたら不幸になるじゃない。そこははっきり言ってあげないと」

「そうよね。でも、理屈っぽいあの子にどう説明していいのかしら……」

「事故なんていつ起こるかわからないじゃない。あれだけ安全だって言ってたのに事故を起こしたたし」

「そうそう、議論より実力行使よ。ご主人に直接言ってあげたら。事故が起きたらどこまで広がるかわからないし、ここだって汚染されて住めなくなるかもしれない。そうなって子供を守れなくなってもいいのって。私たちも応援するわ」

「ええ、ありがとう」

美佐江は、事故の恐怖や見えない放射線への恐怖、子供への影響への恐怖など、自分自身だけが恐れているのではないと共感してもらえてありがたい気がしたが、果たして主人にどのように言えばよいのかはまだ全くわからなかった。

そして、何よりも疑問を持って聞き返してきた光輝に対して、恐怖だけを伝えて説得してよいものなのかという疑問も心の底にあった。

クラスのお母さんたちが応援するると騒いでいるなか、美佐江自身の苦悩はますます深まるばかりだった。

第四章　困難な道

N大学でのヒアリングが終わったあとに、事務所の藤井から、翌日以降、南日本電力のQ原発建設準備事務所、西日本電力の地元の方、中日本電力訪問の順に予定が決まった旨の連絡があった。

鮎川は、強行軍であると感じながらも、ここが一番大切なところだと自分自身に言い聞かせていた。

Q原発建設準備事務所は、駅からタクシーで一時間ほど山道を超えた海が見える少し高台にあった。

そこからは、入り組んだ湾が見渡せるが、埋め立てもされておらず、また、一部整地された場所があるが、ほとんどが緑に包まれた場所だった。

正門ではガードマンがチェックしていたが、あまり緊張感があるようにも感じられない。

ガードマンから連絡があったのだろう、事務所の前にタクシーが着くとすぐに社員が出迎えてくれた。

事務所に入っても、建設準備事務所という名称にもかかわらず工事関係者が慌ただしく動いている気配もなく、異様なほどの静けさだ。

鮎川は、確かに工事は始まっていないと聞いていたが、ここまで静かだということに正直驚いた。

応接室らしき部屋に通されたが、簡素な雰囲気に比べて重厚な応接セットだけが異様に目立っていた。

「いやー、こんな殺風景な部屋でお迎えすることになり申し訳ありません」

そう言いながら名刺を差し出したのは、西川《にしかわ》というこの事務所の所長だ。

「実は、この部屋は総務の部屋でしたが、人がどんどん減って事務系部門を一つにまとめたあとに余った部屋を応接室にしたんですよ。ですから、壁が殺風景なままで恐縮です」

「いえ、お気遣いなく、私どもは情報を得られればどんな場所でも結構ですから」

挨拶してきた西川所長は、原子力関係の技術者という割には物腰が柔らかく、地元対応には相応しい人物のように感じられた。

「ここも準備工事が決まった当初は、土木、建築、機械とそれぞれの部署の担当者が溢《あふ》れるくらいで、工事関係の業者の人たちも慌ただしく出入りしていたようですが、今や維持管理する一〇人だけという開店休業状態ですよ」

西川所長の話によると、南東北原発の事故以来、規制基準が見直されたため、南日本電力でもQ原発計画をそれに適合するように見直すことになった。

しかしながら、社内的には既設原発の見直しを優先せざるを得ず、新設のQ原発はどんどん後回しにされ、結果として計画見直しに相当な時間を要してしまった。

その間に電力自由化で販売競争の激化による収益の悪化や前倒しして、火力発電所を改修や強化したことなどの影響で着工が先のばしされてきた。

さらに、タイミングが悪かったのは、中日本電力の原発新設計画がおかしな形で露見《ろけん》し、それに対する大規模な反対運動に火を点けてしまったため、政府が原発新設計画から手を引くような姿勢を示してしまい、その影響を受け南日本電力としても準備工事にすら入ることを表明できなくなってしまった。

そんな事態が続くなか、株主の中から原発新設は将来の経営に大きな負債になるかもしれないからやめてはどうかという声も強くなり、経営陣も一時は中止を考えたが、地元町長の強い要望で、社会経済情勢が好転した場合には直《ただ》ちに着工するということで事務所だけは存続させている。

「町長は、熱意のある方ですよ。町の力になってくれるようにいつも懇願《こんがん》されますが、我々のほうは、販売競争激化により徐々《じょじょ》に人員も減らされてしまい、今ではこんな有様《ありさま》です。本当に申し訳ないです。さらに間《ま》の悪いことに町長選挙のときに、原発反対派が支援する候補が善戦してくるなど今まで通りの方針で続けられるのか、もしかしたら一から理解をしていただく活動を進め直さないといけないのか……本当に厳しいです」

西川所長は、非常に申し訳なさそうな表情で説明した。

「少し愚痴《ぐち》になってしまいましたが、私は、技術の人間ですから、ご希望のような地元合意に関する適切なお話ができませんので、この地点の地元対応をしていた人間を二人呼んでいます。ただ、地元での合意形成に取り組んでいたというのは三〇年以上前のことですので、いずれもOBで高齢ですが、少しでもお役に立てばと思います」

そう言って西川所長が、まず紹介したのは和田《わだ》という部長経験者だ。

ただ、この地点の地元合意形成に取り組んでいた時期には、彼はまだ担当者だったということだ。

そして、担当者のころの話で、実際に自分が指揮を執《と》ったのではないということで、全体的な計画そのものはわからないということだった。

しかし、個々の担当者が地元の有力者や土地所有者に必死でくらいついて対応していた話を数多く聞くことができた。

そこには、合意形成の方法というマニュアル的なものでなく、原発に理解してもらえる人をまとめ、増やすために人間関係構築についてのありとあらゆる方法を駆使していたことしかなかったように思われた。

関係を深めようと農作物を大量に自腹で買い込んでいた人や、仕事だけの付き合いで終わらずに家族同然の付き合いをしなくてはならなくなった人、あるいは、酒好きの人と親しくなるべく常にとことんまで付き合いをし、体を壊して定年を待たずに亡くなられた人など、身を切って仕事をされた壮絶な苦労話だった。

鮎川は、今まで自殺を覚悟せざるを得なくなるほど追い込まれた中小企業の経営者の苦労話を数多く聞いてきていたので大概のことには驚かないが、それとはまた違う厳しく、激しい地元対応業務の現実を突きつけられた気持ちでいっぱいだった。

同行した笹倉は、今までの人生で経験したことのない世界の話を聞かされ、メモを取ることも忘れてただ呆然《ぼうぜん》とするだけだった。

「今日は久しぶりに昔話をさせてもらってよかった。話をしながら、それぞれの担当の顔を思い出したよ。原発の技術などどこまでわかっているのかと思うような人間もいたが、仕事だけは俺に任せろっていう気概《きがい》は持っていたな。それに、当時の地元の有力者とも腹を割って話ができたよ。時代が違うのかもしれないが、いい時代だったよ」

「これから、もし、原発をつくるとしたらどうすれば効果的だと思いますか」

「そうだな、南東北原発の事故以来、全てが変わったので昔のようなやり方ではダメだろうな。でも、人間相手だということは変わらないから、結局、信頼関係をどう築くかだけだと思うよ」

鮎川は、その信頼という言葉に強く印象づけられた。

信頼という言葉を具体的にしていくこと、もしかしたら、それが合意形成そのものかもしれないと感じた。

ただ、苦労した過去の経験はわかっても、その具体的手法については明らかになっては来なかった。

次に、ヒアリングに応じてもらえたのは、藤原《ふじわら》という元課長だ。

地元対応の担当ではなかったが、合意形成に必要な地元の議員や各種団体の代表など地域のオピニオンリーダーの理解促進活動をしていた人間だ。

「オピニオンリーダーへの理解促進活動というのは、地元で影響力がある人と良好な関係をつくり、原発について少しでも理解を深めてもらうことが主な仕事でしたが、特に議員の先生方の対応は大切でした」

原発の建設には、どうしても住民の代表である議会の同意と協力が必要だ。

そのために、議員の方々に原発の立地に関して十分な理解を得ることが大切だ。

「先生方は、住民の代表として選ばれた方ですから、その立場を尊重しなくてはなりませんので気を遣うんですよ。ですから大変でした。でも、勉強会をされるような熱心な方もおられたし、地元の将来のことを驚くほど真剣に考えておられる若い先生もおられました。でもね、原発にトラブルが起きて大きな問題になれば、先生方も厳しい態度に変わります。難しかったですよ。ここは南東北原発の事故の前に話がまとまったからよかったですが、あんなことがあったらどうしようもなくなっていました」

「もし、仮にですが、もう一度、合意形成を進めるとすると藤原さんのご経験からみて何が大切だと思われますか」

「私の意見ですか……まあ、今やるとなると首相と電力会社の社長が地元に張りついて地域のためにやります、安心してくださいと住民と直接交渉するくらいしなくてはならないでしょう。こんな過疎地域ですから、東京の人などは、テレビ以外で見ることはありません。そんなスターみたいな人が自分たちのために来てくれたなら、これは本気だなと誰でも思うでしょう。それしかありませんよ」

鮎川は、藤原の話は馬鹿げた冗談の話とはどうしても思えなかった。

電力会社の幹部はもとより責任あるトップが、自らの使命感という熱意をぶつけるようなことをしなければ、合意形成などは到底できないと思えたからだ。

「あと、発電所予定地の住民の方々に理解を深めてもらうことに関して何か役立つお話はあるでしょうか」

「私は、地元対策を担当していなかったのであまりわからないけれど、担当していた人間は、担当する地域の住民との付き合いに深入りし過ぎて目の前のことしか見ていなかったように思うな。合意形成とか大層な話を持ち出す前に人間関係でもめないように気ばかり遣っていたと思う。かわいそうだったよ」

藤原からは、簡単に成果の上げられないのが当たり前の仕事にもかかわらず、常に上司からプレッシャーをかけられていた地元対応の担当者たちへの同情の話は聞けたが、それ以上の詳しい話は聞くことができなかった。

二人からのヒアリングを終えたあと、西川所長からは、期待しておられた内容まで聞けなかったかもしれないことを申し訳なく思うとお詫《わ》びがあった。

それは、地元対応をしていた人間が異口同音《いくどうおん》に仕事は辞めたから地元対応のことなんて話したくないということだったので、何とか協力してもらえる人で対応せざるを得なかったのだという話だった。

多分、人間関係のしがらみが多すぎて定年退職したあとは思い出したくもないというのが本音なのだろうと思うとのことだった。

鮎川は、ヒアリング調査の困難さを強く感じていた。

帰りは、遅れてやってきた南日本電力の倉内の車で駅まで送ってもらった。

「うちの常務の梶山《かじやま》がせっかく来ていただいたのに同席できなくて申し訳ないと申しておりました」

「いや、気にされなくていいですよ」

「常務も心配しているんです。今度のお話は大変な難題ですから。今の我が社の体制で対応できるかと」

「と言われるのは？」

「電力自由化以降、厳しい体制で取り組んでいますので、原発推進にどこまで力を入れられるか。やはり、国の全面的なご支援をいただかないと」

確かに、経営環境は厳しいのだろう。ましてや何年も行われていない原発新設という難題に取り組むので大変だと思うのはわかる。

しかし、原発新設を手掛けられる力を持つのは電力会社しかないはずだ、前向きに考えて欲しいと鮎川は心の中で思った。

「常務も、そのあたりのお話を報告書ができる前に、改めてお会いしてお願いしたいと申しておりましたが……」

「最初に話したように、今、そんな余裕はないですから」

「そうですか……」

はっきりとした断りに、倉内は明らかに落胆《らくたん》した様子だった。

常務は、報告書に何らかの内容を織り込んでもらいたかったのだろうが、鮎川にしてみれば、報告書の目途すらないなか、余計なことを言って欲しくないという怒りにも似たものを持っていた。

そして、逆に、電力会社が前向きな姿勢に変わってもらう必要性について報告書に入れなくてはならないかもしれないと思っていた。

翌日は、西日本電力へ移動し、I原発の地元の関係者に話を聞くこととしていた。

これは、電力の合意形成の取り組みを外部の目からはどう見ていたのかという少し違った視点で見たかったからだ。

大阪で合流した鮎川と笹倉は、桜木の運転する車でI原発のあるI市へ向かった。

訪問したのは、大島《おおしま》という元I市職員でI原発建設当時、原発担当課の係長をしていた人だ。

事前に、西日本電力から昔の話を教えて欲しい人が来るとは聞かされていたようだったが、なぜ、今さらという感じの疑いの目で話は始まった。

「安心してください。私どもは、今後のエネルギー施設建設に伴う課題克服について調査している研究機関ですから」

「でも、原発なんて、もう、つくらないのでしょ。私の経験なんて役に立ちませんよ」

「いえ、先日の首相コメントでもモルディブルールという厳しい国際規制への対応として、原発も視野に入れるようなことを話されていましたから、今後は、再び考えないといけないこともあるかもしれませんよ」

「そうなんですか。私は、当時、原発担当課へ配属されていましたが、市役所職員ですから、原発が好きとか嫌いとかでなく、原発が市の振興に役立つから進めるという市長や議会が決定したことに従って必要な仕事を淡々《たんたん》とこなしていただけですが」

「そのなかで色々と窓口としてご苦労されたと思います。その苦労話だけでも聞かせていただければ」

鮎川は何とか説得して苦労話だけを聞き出した。

大島の話によると、彼がしていた仕事は電力会社と市を繋ぐ窓口だけで、大きな決定権は何もなかったということであった。

表向きは、市長と市議会が原発誘致に動いたため、市として電力会社が建設を円滑に進めるように対応するという仕事であり、もちろん、それに関して色々と電力会社と調整したが、実際に苦労していたのは、電力会社の動きが市の関係者に迷惑がかからないようにすることだったそうである。

「電力会社の人たちは、地元の人ではないでしょ。ここらは田舎ですから電力会社の人間のようによそ者が何をしてもすぐに噂《うわさ》になります。もちろん、電力会社の人は悪いことはしませんが、誰々と話をしていたとか、誰々と一緒に酒を飲んでいたというとすぐに噂になります。また、それが誤解を生んだりするんです。ですから、そんなことを払拭《ふっしょく》しながらうまくまとめることが大変でした」

「合意形成とかについて何か取り組まれたことは?」

「もちろん、市としての色々な説明はしましたし、どのように地域に役立つかなどの説明もしました。でも、市としては公平、公正な立場で仕事をしなくてはなりませんので、個別の話には正直、入り込みにくかったですね」

確かに、市の立場からすると原発も工場も地域に役立つものは協力するが、具体的な個別交渉は事業者しかできない。

「地域振興のメリットに関して何か合意形成に役立ったことはありましたか」

「もちろん、地域振興のメリットはＰＲしましたよ。でも、初めは自分たちも実感が湧かない話だったな。色々な施設ができて初めてやっぱり本当にできるんだと感じたくらいですから」

実際に発電所ができ、色々な施設もできて、初めて自分たちの町も変わってきたんだと実感できたというのは事実だろう。そういう意味では、単に夢を語るだけでは合意のための方法となりにくいということかもしれない。

「ただ、私たち市の職員は、原発に賛成、反対に関係なく仕事と割り切ってやっていたのですが、住民からは、推進派というレッテルを貼《は》られるのは辛かったです。家族もいましたし……」

原発建設に当たっては、反対派と賛成派に分かれた対立が激しく起きると聞いているが、やはり家族まで巻き込まれるのは本当に辛かったと思う。

「それで何か対応はされたのですか」

「うちの奥さんからは散々愚痴られたけれど、働き口の少ない田舎で、安定した生活が送れる仕事なんてありませんから頑張るしかなかったですよ。ただ、電力の上のほうの人はわかっているのかどうか疑うことがあったけれど。現場の人は、こんなこと言っちゃなんだけれど、人だけは良い人ばっかりだったからわかり合えたし、あれだからやっていけたようなものだ」

合意形成の過程を見続けてきた大島も電力の人間に誠意を感じていたので協力できたし、それのみが人と人を結びつけることになったと感じていたのであろう。

大島は、元市役所職員という立場だけでなく、地元に住み続けているからだろうか、今さら、あまり多くを話したくないという雰囲気を表してきたので、早々に退散することとした。

次に訪問したのは、地元の元商店会会長という横山《よこやま》だ。

亡くなった父親も元商店会会長であり、原発推進派の一員として熱心に活動していたそうだ。

ただ、彼自身は、当時は大阪でサラリーマンをしており、店の後を継ぐべく地元に戻ったあと、当時の話を伝え聞いたということで、間接的な話しかできないということだった。

「推進派は夢があったということでした。つまり、人が来て、お金が落ちて、働く場所ができて、町が栄える。そんな夢があったからこそ、協力したんです。今は、その効果より過疎化の波のほうが大きくて寂《さび》れていますが、当時は、夢があったんです。親父なんか、死ぬまで俺はあの西日本電力とこの市のために一緒に仕事をしたんだと自慢していましたからね」

「確かに、夢があるということが人を突き動かすことはありますね。でも、反対の方もおられたのでは」

「そうですね。反対する人は、何か得体の知れないものが来ることに不安がっていたという話でした。南東北原発の事故が起きた今なら設備への不安ということで皆反対するのかもしれませんが、当時は、それほど具体的でなかったように思います」

「それについて、どんなふうに納得してもらったかというお話はありましたか」

「いや、時代が時代だからね。ここらのような田舎では、上の者が言うことに下は従うのが当然という言い方でしていたんじゃないかな。あまりまともな話し合いなんてしたのかどうか」

鮎川は、彼の話を聞いていると、当時、年長者の言うことを聞くことが当然という戦前の雰囲気が残っていたからではないかとは思ったが、一方で、彼が見てきた父親の姿から、そんな様子だったのであろうという思い込みもあるようにも思えた。

「話を変えて、今ならどのように地域をまとめたらいいと思われますか」

「今ですか？　多分、原発の不安が払拭されないと誰も賛成しないと思いますよ。ただ、詳しい説明をされても誰もわからないでしょうけれどね」

横山は皮肉っぽく話した。

「ここからも原発の建物が見えますけれど、私ら近くにあって日常の景色としか見てないですよ。我々は、もう、原発で働いている電力さんと同じで、安全と信じきって生活するしかないですから」

そんな諦《あきら》めにも似た話ではあったが、鮎川は、彼の発言からふと気づくものがあった。それは、彼の不安は、説明で解消したのではなく、原発で働いている人間と同じ気持ちになったから消えたのかもしれないということだ。

つまり、地元の人間も原発をつくる人、動かす人たちと同じ気持ちにならなければ、原発は受け入れられないということだ。

もちろん、地元の人を全て社員にすれば手っ取り早いのかもしれないが、そんなことは不可能だ。

社員と同程度の信頼関係をつくること、多分、それが大切なのかもしれないが、どのようにしてそれをつくり出すかについての具体的なイメージは全く湧いてこなかった。

横山は、鮎川の考え込んでしまっている姿を見たからであろうか、早く切り上げて欲しそうな表情を見せた。

鮎川もそんな横山の態度に、これ以上話しても仕方がない気がして礼を述べて次に向かうこととした。

電力の地元対応を市職員や地域住民など周りの人間がどのように見ていたのか、そこから課題を聞き出そうとするヒアリングは上手《うま》くいかなかったように思えたが、ただ、鮎川は、人に会うたびに、誠意や信頼という抽象的な言葉の本当の姿を必死で探している自分を感じていた。


西日本電力から帰京する途中、記者の佐々木からメールが入ったので、帰宅する途中に会うという旨の返信をした。

佐々木に会うと、ついつい愚痴から話が始まってしまった。

「色々と大変そうね」

「当り前だよ。短い時間で何年もかかっても成し遂げられなかったことへの対策をまとめろっていうことだぜ。指示した人間の常識を疑うよ」

「でも、それが役所のいつものやり方じゃない。まあ、それはそれとして、アユのしていること、何やら色々と裏がありそうね」

「裏がありそうって、どういうことだ」

「まだ、詳しいことはわからない。でも、原発計画を見直すことは事実のようだけれど、色々と利権も絡んでいるんじゃないかなということ。産業界と政治家が結びつくのはいつものことだけれど、今までにないことが起きているみたい。まだ、狙いがどこにあるか見えていないから詳しくは話せないけれど……ということで、その話はここまで。はい、これ」

佐々木は、一方的に話をやめると数枚のペーパーを鮎川に渡した。

それは、先日、鮎川が佐々木に頼んでいたマスコミへの情報提供の考え方を整理したものだった。

対応の基本的なことから、記者が聞きたがるポイントなども入っていたが、結論は、マスコミと真摯に向き合い、その立場を踏まえた情報提供を心掛けるということだった。

さらに、地元とともに歩んでいくという姿勢が見えるほうが良いということなど佐々木自身の考えも添えられていた。

また、反原発の主な主張についてもまとめられたメモが添付されていた。

「それと、反対派の人へのヒアリングの件だけれどね。過激な反対派じゃなく、冷静に話をできる人を探しておいたわ」

「ありがとう、助かるよ」

「但し、丸山《まるやま》という八十二歳のおばあちゃんだけれどね」

「過去に頑張っていた人？」

「いえ、まだ現役よ。生意気なこと言ったらビシッと言われかねないくらいしっかりした人だわ。日本人にとって一番大切な水を守る視点から原発反対を発言し、仲間とともに活動していた人だけれど、もともと科学者でもあったので無茶なことは言わない冷静な方よ」

「わかった。その人から話を聞くことで反対の立場の人と話し合う場での対応の仕方を考えてみるよ」

「でも、賛成に回ってもらうということは無理かもね」

「ああ、根本的な立場の違いがあるからな。でも、どうすれば理解し合えるのかのヒントになればと思っているよ」

「多分、すぐに予定が取れると思うので、また、連絡するわ」

「了解。でも、明日もヒアリング予定が入っているので早めに調整させてくれないか」

「いつも勝手ね。でも、今度の仕事、本当に実現するのかなあ。私には、どうしても無理なように思えるのよ。大規模な反原発運動が起きたのは数年前でしょう。それに南東北原発の事故後の廃炉処理も終わっていないし、皆の記憶も消えたわけじゃないから、いくら世界情勢が変わったからと言って急に話を進めたら日本中が大混乱になるんじゃない」

「そうだと思うけれど、仕方がないかもしれない」

「かもしれないって、自信なさそうなこと言わないでよ。あなたが合意を進める仕事をするなら相手に見透かされるような態度を取るべきじゃないわ」

佐々木の言うとおりだ。鮎川は、まだ自分自身が納得していない本心がつい出てしまったと思った。

「それと、反対運動は田舎で起きずに都会で大きくなるかもしれないわね。過疎化した地域だったら人が集まったり、お金が落ちたりするので喜ぶかもしれないけれど、都会の人は、被害にあうことだけを心配するし、それに食べ物や子供たちへの影響を懸念する人も多いから」

確かに、かつての大規模な反対運動も東京を中心に周りに広がっていたように思われた。

都会で反原発の集会が数多く開かれ、抗議団体のメンバーは都会で子育てするお母さんたちが多かったりと、実際に原発がある地域の人たちも驚いていたという新聞記事を鮎川も読んだことがあった。

そして、妻の美佐江のことも思い起こされた。

「そう言えば、うちの奴も子供の健康などには神経質だから、原発賛成に回ってくれないんて言っても簡単に納得しないだろうな。逆に離婚を迫られるかもしれない」

「どうせ、仕事で家を放っておいているんでしょ。家族を大事にしなくっちゃ本当に引き取り手のない原発の廃棄物みたいにされるわよ」

佐々木の言葉はあながち外れてはいないなと思いつつ、自分でも気持ちが暗くなるので話題を変えた。

「ところで、色々裏であるようなこと話していたけれど、近々には明らかにされるのだろうか」

「まだ、確証はないけれど、色んなところで今までにない話があるようよ。政治部、経済部、社会部がそれぞれ異様な動きを察知しているみたいだけれど。新聞社の悪いところで協力するというより、スクープを競い合っているようなところがあって、まだ、全体像は誰もわからないみたい」

「俺のしていることもその一部だということ？」

「多分ね。でも、私の見るところでは、国際問題が一番大きいと思うけれど」

「モルディブルールのこと？」

「多分それだけではないと思う。でも、やっぱりその話はここまで」

そう言うと、佐々木は話題を昔の思い出話に切り替えた。

鮎川は、自分は任せられた仕事だけをすればいいと割り切ろうとしていたが、何か大きなものが動いていると聞かされると、どうしても引っかかるものがあり、すっきりとはしなかった。

翌朝、東京駅で笹倉と合流し、中日本電力へ向かった。

笹倉は、連日の移動と面談にもかかわらず適切にヒアリング内容を整理して記録し、その都度《つど》、鮎川にメールするなどその優れた働きには鮎川もただ感心するだけだった。ただ、鮎川自身でさえ、無理をしていることを感じているくらいだから彼女の疲れも相当なもののはずだと心配した。

しかし、「今日もよろしくお願いします」と、挨拶する姿に、鮎川は、単なる誠実さ以上の何か重責を背負っているようなものを感じたが、それは、何かはまだわからなかった。

中日本電力の本社は、名古屋《なごや》の中心部から少し離れたところにある。

鮎川と笹倉は、受付で面会を取りつけていた上島《うえしま》常務の名前を告げると役員会議室へ案内された。

「上島です。社長から経緯について色々と聞いております。今回は、原発をつくるための地元での合意形成について調査しておられるということで、本当にご苦労様です。うちの中島からは、例のZ市での原発新設計画の地元対応についてのヒアリングということで来られたと聞いておりますが、あの件に関わった者たちは、もう既に別な仕事に就いておりますし、ご存知のような経緯で、過ぎ去った話でもありますので、当時のことを知っている私のほうで対応させていただくことにしました」

上島常務の口調は丁寧だが、明らかに協力的ではない雰囲気を漂《ただよ》わせていた。

そして、鮎川も事務所での自己紹介の際に中島から感じた抵抗感と同じかもしれないと薄々感じていた。

頓挫したZ市での原発新設計画とは、当時の首相から経済産業大臣に大抜擢されたある政治家が、必要と言われながらもそれまで誰も手をつけなかった原発新設を再開させたとして実績を残したいという気持ちがあり、水面下で進められていた計画の進捗《しんちょく》をマスコミに話してしまったために関係者が立場を失ってしまい、その結果、計画が中止に追い込まれたという事件だ。

その計画は、中日本電力が長年、最後の隠し玉のように温めてきたものだった。

中日本電力は、水面下で有力市議に接触し、原発誘致の協力の了承を得て、さらに市長説得の見通しを得ていた。

また、地元自治会長や漁協組合長など主要関係者とも接触し、原発新設について同意の感触を得て、さらに、地域の状況を整理し、理解と説得を進める段取りまで詰めていた。

そのうえで、内々にではあるが、与党幹部や政府関係者ともすり合わせてエネルギー政策の見直しの協力を得られる感触までも得ていた。

さらに、県知事などの協力を得るために国との連携を深めようと新任の経済産業大臣に接触していたところ、その大臣が記者との会見の場で「Z市での原発新設計画は、地元関係者の理解もあり、軌道《きどう》に乗り出したと聞いており期待している」と話してしまった。

これにより、地元では、誰が、そのような協力を進めていたのかと追及の嵐が吹き荒れ、漁協の組合長などが辞任に追い込まれたほか、市長も態度を硬化《こうか》させてしまった。

そして、何よりも悪かったのは、新設反対運動が全国的に広がるとともに霞が関を埋め尽くすような大集会になったため、慌てた経済産業大臣が「政府は、一切関与していない。電力会社の責任で全て進められていたことである」と釈明し、職員にも協力姿勢を示さないように指示したため、中日本電力は、完全に梯子《はしご》を外された形になった。

「あの事件の経緯は、大体ご存知だと思いますが、それでよろしいのでしょうか」

上島常務は、自分からは余計なことは話したくないと言わんばかりに切りだした。

「確かに、概要は伺っておりますが、話の内容によっては質問させていただくことがあるかと思います」

「わかりました。私は、当時、発電会社の地域対応部長をしておりました。既設の原子力発電所の周辺対応をする仕事です。新設の件は、別の部長がしておりました。彼は既に退職しておりますが、情報だけは共有しておりました。説得のスタートは、漁協の組合長に接触することからでしたが、この方は……」

上島常務は、地元のキーマンを説得した流れを説明したが、それは、あくまでも経緯だけであり、どのように地域をまとめようとしていたか、あるいは、理解を深めるためのキーとなることは何だったのかなど、合意形成を図る方法について具体的な話は、ほとんど聞けなかった。

「経緯は大体わかりましたが、具体的にはどんなところがポイントだったとお考えですか」

「ポイントですか？　そりゃもちろん一人ひとり説得することですよ。何度も会って」

「もちろんそうだと思いますが、地域全体の理解を得るためには、色々な工夫が必要だと思います。また、他の方に聞くと地域のコミュニティを大切にして話をしていくことが重要だとおっしゃられる方もおられました」

「そりゃ、そんな方法もあるのかもしれませんが、結局は個別じゃないですか。それに、まとめて説得するなんて簡単なことじゃないですよ。失礼ですが、鮎川さんは、そのような対応をされたご経験はお持ちですか？」

鮎川は、何と失礼なことを言い出すのかとムカついたが、じっと我慢した。

「では、戦略を立てておられた方、あるいは実際の交渉をされた方でも結構ですので具体的な体験談をお聞かせいただけることはできないでしょうか」

「ご存知の通りZ市の地点は途中で頓挫しましたので、完全に合意が得られたとは言えない失敗例ですし、当時、担当していた人間は、皆面談を拒否しております。考えてもみてくださいよ。いくら国の政策だと言っても、一度、梯子を外された気持ちでいっぱいの人間ばかりですよ。国で進めるなら勝手にやればいい、自分で合意形成の仕方なんて考えたらと思っている人間ばかりですよ」

鮎川も堰《せき》を切ったように不満を並べる上島常務の気持ちはわからないでもなかったが、今の日本を取り巻く環境に少しは理解を示して欲しいと感じていた。

「中島も言っていたようですが、今の社会情勢のなかで、本当に原発が新設できるのでしょうか。当社もこれまで色々な地点で莫大な費用と時間をかけて取り組んできましたが、成果が上がらなかった経験があります。原発事故もあり、かつてよりさらに厳しい条件の下で、さらに多大な労力をかけることが本当に良いことなのでしょうか」

逆に質問をしてくる上島常務に、鮎川は現状認識に大きな差があるとは思ったが、このまま聞き流して席を立つわけにもいかないと思い、強く押し返した。

「私は、今回の件は国の方針の一部と理解して進めていますが、もし、原発以外に代替策がないのであれば、御社も含めて原発新設に全力を挙げて取り組むべきと考えますが」

「おっしゃることはよくわかります。しかし、電力自由化で、私どもの会社も生き残りをかけた販売競争に立ち向かっております。そのなかで原発新設のような困難な問題への対処がどこまでできるのか、そちらの検討を国にしていただくほうが先ではないでしょうか」

「確かに、御社を取り巻く情勢は厳しいと思いますが、私がそれについてコメントはできません。しかし、世界のなかで日本が置かれた状況や対処するための時間が限られていることなどを考えると、これまで原発推進に多くの経験を有しておられる御社のような取り組みを大切にする必要があると思うのですが」

「それほど重要で、国全体の問題なら政府の力で進められればよいのではないですか」

「今の時代、政府が勝手に進めるなど不可能です」

「難しいですね。申し訳ないですが、私のほうから具体的にお話しできるのはこの程度です。別に、私どももあなたの調査に協力しないというわけではないですが、また、必要なことがありましたらお申し出ください」

　鮎川は、上島常務の割り切った態度に、さすがにこれ以上話していても時間の無駄に感じたので退散することにした。


　本社ビルを出て、駅に向かおうとしたら、スマートフォンに着信メールがあった。佐々木から反対派として活動していた丸山さんと連絡が取れ、急ぐなら今日の夕方か夜でも面談するとのことだった。

　場所は滋賀県ということで、ちょうど名古屋から向かえると思った。

　そして、そのことを伝えようと笹倉の顔を見ると、彼女もさすがに先ほどの常務の無責任な対応に怒りを持っていたのか目が吊《つ》り上がっているように見えた。

「少し酷《ひど》いですね。私たちの努力を何だと思っているのかしら」

「Z市での原発新設計画の中止が、それほどのショックを与えたということだと思う。それで後ろ向きの考えになったんじゃないかな」

「でも、今まで進めてきたことを全てムダにするのですか。あの中島っていう人の態度も信じられなかったけれど、常務まであんな人なんて、恥ずかしいと思わないのかしら」

「社員皆がそういうわけではないだろう」

「そうですが、あんな人に中日本電力の名前を汚されたら情《なさ》けないです」

「名前を汚されたらって？」

「実は、私にヒアリングの割り当てがなかったので言わなかったのですが、祖父が中日本電力で原発の立地に関わっていたんです」

「おじいさんが？」

「ええ、九〇歳近くになるとは思いますが、はっきりとした性格っていうのでしょうか、中日本電力という大企業に勤務していたプライドがあるのに、会社の名前を看板にして仕事をしないというのを自慢しているような人です」

「自分の会社の名前を看板にしないって、どういうこと？」

「自分は、中日本電力の肩書で仕事をしているんじゃない、電力マンとして世の中の役に立つ仕事をしていたんだっていつも言っていたんです。もともと電気工学科を出て発電関係の仕事をしていたのですが、発電所の大切さを地元の人に理解してもらっていないから地元で問題が起きるんだって言い出して、自ら地元説明対応をする仕事に異動を申し出た人なんです。そして、いつの間にか原発の立地交渉の仕事をするようになったそうです」

「なるほど、そんな方なら実際の話が聞けるかもしれないね。お住まいはどこ？」

「岐阜《ぎふ》市内です。駅からタクシーで一〇分くらいのところです」

「もし、よければ今日にでもヒアリングできないか聞いてくれるかな」

笹倉が電話したところ祖父は在宅であり、喜んで協力するとのことだったので二人は直ちに笹倉の祖父の家に向かった。


「鮎川さん」

買い物から帰って来てマンションに入ろうとしていた美佐江に一人の女性が声をかけた。

振り返るとどこかで見た顔ではあるが急には思い出せなかった。

「五年一組の川俣《かわまた》よ。光輝君と同じクラスの」

それを聞き、美佐江は、クラスの保護者会で見た女性であることを思い出した。

先月の保護者会では、四年生のクラスでいじめ問題があったとかで、各クラスの保護者会で説明があった。

学校の帰りに一人の子供が同級生に嫌がらせを受けたとかで、すぐに対処がなされたので、大した問題にはならなかったが、同様のことが他でも起きないようにということで説明がなされた。

その説明のあと、この川俣という女性は、同様のことが起きないために学校として何をしてくれるのかと何度も担任を追求していたので印象深かった。

「はい、何か？」

「海野《うみの》くんのお母さんから聞いたんだけれど、ご主人が原発に関係する仕事に携わっておられるんですって」

「ええ、まあ、詳しくは知らないのですが……」

「あんな危ないもの絶対になくさないとね。奥さんが不安に思われるのもよくわかるわ。私もそのお話を聞いて何かお役に立ちたいと思って知り合いの方からいただいたチラシをお渡ししに来たのよ」

「チラシですか？」

川俣から渡されたチラシには、『原発絶対反対！　子供たちに安心の未来を』と大きく書かれており、放射性廃棄物は数万年以上の管理が必要で、子供たちが永遠に不安な日々を送らなければならなくなるというような内容が書かれていた。

「もちろん、事故のことも怖いけれど、まずは子供たちに影響が続くということで、ご主人を説得してみたらと思って」

「ありがとうございます。私は、原発については全く知らないけれど、ただ、南東北原発の事故のニュースや目に見えない放射線のことなど不安なことばかりあって、主人には絶対に関わらないで欲しいんです。ほら、霞が関で大反対集会があったりして皆が反対しているし」

「そうよ、私もあの集会に参加してきたけれど、赤ちゃんを連れたお母さんから小中学生のお子さんと一緒の方までたくさんの方が参加されていたわ。うちの小学校からも三〇人近くも参加したっていうお話よ。やっぱり私たち母親が動かないとね」

「そうね。なくて済むなら絶対になくさないと」

「あんなものなくして再生可能エネルギーにしたらいいのよ。技術はどんどん進歩しているから原発なんて頼らなくていいのに。電力会社がせっかくつくったからってしがみついているだけなんだから。ご主人がそんな関係の仕事しておられるなら早くやめさせたほうがいいわよ。男の人は、仕事だからと言うと子供たちが危険な目にあうことなんて忘れて熱中してしまうから、私たちが絶対にやめさせないと」

「そうよね、このチラシは絶対に主人に見せるわ。はっきり反対だって言ってもらわないと困るし」

「頑張ってね。また、事故の危険性などのチラシももらってきてお渡しするわ」

「ありがとうございます」

「あと、もしご主人の仕事の関係で必要な情報があればもらってくるけれど。どんな関係のお仕事なの？」

「主人は、原発に関係する仕事としか言わなかったので具体的には全く知らないけれど、原発が危険なことがはっきりわかってくれたらそれでいいですから」

「そうね。でも、また、何かあったら教えてね。詳しいことがわかるお友達も連れてきて説明してあげるから」

「そ、そうですか、ありがとうございます」

美佐江は、突然の訪問者に驚いたが、何か応援を得たような気がした。

また、ただのチラシではあるが、冷戦の続く主人に突きつける武器を得たような気がして気分が高まるのを感じていた。

そして、出張が続いて、いつ戻るかわからない主人ではあるが、家に戻れば必ず目につく場所にそのチラシを置いた。

第五章　新たな道筋

笹倉の祖父、笹倉信造《しんぞう》の家は、旧家のどっしりとした構えの立派な家だった。

「孫が色々とお世話になっているようで恐縮です。また、事情は聴きました。私の経験で何かお役に立つことがあれば幸いです」

「原発立地の仕事で地元対応をされておられたと聞きましたので、そのときのご経験から地元で合意形成を進めるにあたり大切だと思われることがあればお教えいただけたらと思います。本社にも伺いましたが、現在の経営層の方は、例のZ市での原発新設計画が頓挫したことへの反発が強くて……」

「あははは、孫から聞きましたよ。結構、失礼なものの言い方もしていたようですな。原発を推進してきたという自負は消えてしまったのでしょうかね」

「ただ、常務以上に当時の経験者の方々はお怒りだと思いますので、結局、他の方にお話を聞くしかなかったのかもしれませんが……」

「いや、いずれにしても失礼なことには変わりません。ところで、非常にお急ぎの調査だとか」

「はい、首相も先日、モルディブルールという厳しい国際規制への対応として、原発も視野に入れるようなことを話されていましたが、もし、すぐにでも進めるとなると準備を急がされる恐れがあります。また、ご存知の通り合意形成には時間がかかりますので、過去の経験なども踏まえて効率的な進め方を検討しておかなければと考えております」

「そうですか……その前に、鮎川さん、あなたは今回の仕事について信念をお持ちですか」

「信念ですか?」

「そう、原発が必要だと思う信念です」

突拍子《とっぴょうし》もない逆質問に鮎川は驚いた。

「今の世界情勢と日本の立場からみると選択肢として必要とは思っていますが……」

「そうですね。多くの方の答えはそうだと思います。でも、地元の方を説得するとき、あるいは反対される方と対峙《たいじ》したときに何が大切かというと、原子力発電を進めなければならないという自分自身のしっかりとした信念を持っているかどうかという点です」

「具体的には、どういうことですか」

「私は、原子力発電を人類が自由に使える技術としていくまでは絶対に取り組みを続けなければいけないと思っています。そうでなければ、原子力利用の分野で科学の進歩を放棄したことになると思っています。技術を革新し続けること、それが人類の幸せにとって絶対に必要だという信念を持っていました」

鮎川は、はっとした。確かに、原子力の利用は人類が手にした科学技術である。使われ方のスタートが原爆だったため、悪のレッテルが貼られたりもするが、考えようによっては、通信技術、あるいは医療技術など生活に密着しているものと比べても人類に与えるメリットは遜色《そんしょく》のない科学技術だ。

それを原爆に使われたから、事故を起こしたし安全確保が難しいからということで全て放棄してしまえば、その分野での進歩を放棄したことになる。

「但し、おわかりでしょうが、安全に対する信念ではありません。関係者の中にも理屈のうえで安全が保たれていると言われると全て安全だと誤解する人もいますが、安全は、永遠に追求し続けるものなんです。その信念も忘れてはなりません。それも全員がね」

信造の言葉には、真実の思いが込められていると鮎川は感じた。

「よくわかります。事業を進めるべきもの全員が同じ気持ちを持って進むことを忘れてはいけないということですね」

「そう、人を幸せにする技術にしていくという、また、安全を追求し続けるという信念を現場の人間だけが持つのでなく、トップまでね」

鮎川は、信造が話した信念の考え方に強く印象づけられ、心の底に勇気がふつふつと湧いてくる気がしていた。

もしかすると、これまでの迷いは、原子力という自分の知識を超えたものへの恐れであり、それに立ち向かうことへの不安だったのかもしれない。

中小企業振興庁で仕事をしていたときには、人を生かしたい、企業を生かしたいという強い思いで情熱を持って仕事に取り組んでいたが、この特命を受けてからは答えを探すことだけに集中し、仕事自体の意義についてあまり考えてはいなかった。

しかし、人を幸せにする技術とすべく努力するという、人間に課せられた責任を支えるための仕事をしているのだと考えることで、迷いや不安が消えてしっかりと前へ進む勇気が心の中に出て来た。

そして、さらに、それを合意形成の取り組みのなかで具現化できればと思い質問を続けた。

「その信念を持つとともに、地元での合意形成を円滑に進める方法として何か大切と感じておられたことはありますか」

「いや、確かに、信念を持って仕事をし続けていた自信はあるが、地元への対応については難しさしか記憶に残っていない。なかでも一番印象にあるのは、ある反対派の男のことだろうな」

「反対派の男?」

「そう、ある地元の反対派の男のことだ。自分の町に原発が建設されることに強固に反対している男がいた。その男とは、何を話しても無理だった。あらゆる方法で説得したが頑固《がんこ》に反対して聞く耳を一切持たずに全てがムダだった。しかし、ある地元の人同士の会話を聞いてその謎が解けた気がした」

信造は、もったいつけるわけでもないが、長い話になると思ったのか、出されていたお茶を一口飲んだとあと、しみじみと話をつづけた。

「その男は正勝《まさかつ》という名前だったが、反対派の集会で挨拶していた彼を見て、地元の人が、正勝も、しっかりしたのうと言ったのを聞いたときにはっとしたんだ」

信造によると、彼は、もともと地元では無口な人間として目立たない存在だった。しかし、反対運動に参加しだしてから、地元以外の色々な人から話しかけられ、自分も何か喋らなくてはならなくなり、最初は、たどたどしく話をしているだけだったが、次第に地元の反対派の一員として人前で話をせざるを得なくなったりもしていった。

そうしているうちに、人と普通に対話できるようになり、さらには、多くの人の前で地元の反対派の中心の一人として挨拶までするようになったということだった。

「つまり、正勝という男は、反対運動をすることで一人前の人として認められたわけだ。そのとき俺は、反対することで一人の人間としての人格がつくられた、そんな人間と対峙していることに気がついた。だから、そんな相手を翻意《ほんい》させるということは、一人の人格を殺すのに等しいことになるのではと思えて、反対の人を説得することなど、結局、不可能ではないかと絶望的な気持ちになったんだよ」

訥々《とつとつ》と語る信造の話に、鮎川は身体が硬直《こうちょく》していくことを感じた。

原発に反対する人たちは、反対することに信念を持っている人たちであり、もしかすると、自分が目指さなくてはならないのは、人間の存在そのものと対峙することであり、原発に理解をという主張を押し付けること自体、相手と殺し合いをすることと同じになるのではと思えてきた。

そして、それを説得する合意形成の在り方などは存在しないという結論なのかと思えた。

「それから、何か対応されたのですか」

「いや、それ以上、俺は、その男との接触はしなかった。他の奴も対応に行ったらしいが全くダメだったようだ。結局、そのままその地点は撤退したからあとのことはわからない。でも、何十年にわたり、信念を持って仕事をしてきたし、電力マンとして社会的役割に対するプライドを持ってやっていたが、地元対応という仕事には限界があることは思い知らされたよ」

信造の表情には、無力感に打ちひしがれた当時の記憶がよみがえり、無念の気持ちが現れていた。

鮎川もこれ以上突っ込んだ話をすべきでないと思い、打ち切ることとした。

「いえ、立派にやってこられたから地元対応の困難さも実感されたのだと思います。いずれにしても、先ほどの信念の大切さのお話は、今回の調査報告の柱になると思います。

お孫さんもおっしゃっておられたように中日本電力という大企業の名前で仕事をせずに電力マンとして働かれた、その言葉通りのお話だったと思います」

「その孫から聞いた話というのは、少し違うんじゃ」

「えっ、おじいちゃん、違うの？」

「ああ、お恥ずかしい話だが、それは、西日本電力のある男の言葉、確か田所《たどころ》と言ったが、あの男の言葉だったんだ。会社の利益やプライドのために仕事をしていたら絶対に後悔する、電力マンとして何をすべきか考えて行動することが大切だと俺に教えてくれた。俺より一回りくらい若い奴だったが、しっかりした立派な奴だった。もしかすると、あいつに聞けばもっと良い話が聞けるかもしれないぞ。もう退職はしているとは思うが」

「西日本電力の田所さんですか。有名な方なのでしょうか」

「いや、私が関わっていたT原発の計画地点は西日本電力との共同開発で、たまたまある事件がきっかけで知り合ったんだが、その事件というのは……」

信造が話した田所という人間を知ることになったきっかけは、地元の人たちを勉強会ということで火力発電所の見学に連れていくイベントの途中であった出来事だったという。

　その日、地元から二時間以上バスに乗っていく予定だったが、高速道路を走っている行きのバスの中で、ある高齢の男性が気分を悪くされるということが起きた。

　どうも朝から熱があったのを友達との約束ということで無理を押して参加したらしかった。

　本人は頑張れると言うが見るからに大変そうだった。

　その見学会の責任者だった田所は、男性に無理をされて何かあるとご家族の方も大変ですと諭《さと》すように話し、途中のサービスエリアにバスをとめさせると救急車を手配した。

　そして、たまたま同行していた信造に、病院への付き添いとご家族への連絡、そして、経過報告を頼んできた。

　見学会には、西日本電力が招待した地元の方以外に、中日本電力が招待した方もおられたので信造としても付いて行きたかったが、田所は、全部責任を持つからと言って、信造を強引に救急車に同乗させた。

　そして、くれぐれも経過を事務所に報告するようにと言った。

　見学会は、その後も予定通り進み、また、信造は、病院への搬送や医師の所見、容態の変化の確認、家族との連絡、帰宅したあとの様子まで適切に対応するとともに、その都度、状況を事務所に連絡したが、何と、田所は、その情報をずっとバスの中で参加者に報告していたということだった。

携帯電話などない時代だったので、多分、バスが休憩でサービスエリアなどに停車するたびに事務所へ連絡を入れていたのであろう。

数日後、信造が見学会を途中で離れたことを詫びに参加者を回ったところ、全ての人が田所の親身になった行動を称賛するとともに、さすか西日本電力さんだと称賛していた。

そのことを田所に伝えたところ、

「西日本電力だからっていうことないですよ。原発を認めて欲しいと願っている一電力マンの気持ちが、いざ、地元の方が不安になることが起きたときに、皆さんにとことん寄り添いたいと思わせたというだけですよ」

と、当たり前のように話していたそうだ。

同じ地元の人たちが安心して見学会に参加し続けるためには、途中で欠けた一人の方のことも気遣い、皆が安心できるようにしてあげる必要がある。

その気持ちに配慮しただけだということだった。

信造は、そのことを聞いて、相手の気持ちを考え、地元に寄り添うということの真の意味を教えられた気がしたそうだ。

そして、巨大な迷惑施設をつくろうとしている自分たちは、例え、電気という生活の基盤を安定して支え続けるという重大な社会的使命を目的としていたとしても、逆に、それ故《ゆえ》に、地域とともに歩むことをより自覚しなければならないと思うようになったということであった。

「あいつは、本当に電力マンとしての自覚を持っていたんだと思う。だから、相手の気持ちを考えるという、そんな当たり前のことが素直にできたんだと思う。あんなことに気がついていた奴はほかにいなかった」

「その田所さんは、今どうしておられるかご存知ですか」

「さあ、あれから半年も経たないうちに異動したと聞いた。どこかへ出向になったと聞いたが、それ以降はわからない。よその会社の中のことまで俺はわからないが、あんなタイプは申し訳ないが、出世してないだろう。会社というのは、よくわかった奴ほど埋もれてしまうものだ」

鮎川は、信造に非常に良い話を聞かせていただいたと礼を言い、退出するとともに、すぐに西日本電力の桜木に電話し、その田所という人間から話を聞きたいから探してもらうように頼んだ。

移動の車の中で鮎川は、笹倉におじいさんから良いお話を聞かせていただいたことのお礼を言った。

「私、中日本電力の本社での対応があんまりだったので、同じ会社で働き続けた祖父の名誉のためにも少しでも何か得るものがあったらと思っただけでしたが、意外な話が聞けましたね」

「ああ、ここに来て本当に良かった。私自身の疑問への回答にも一歩近づいた感じがするよ」

鮎川は、合意形成の困難さを思い知らされた半面、田所という人間に会えば、何か答えがあるように思えてならなかった。

信造の家を出たときに、佐々木に教えられた丸山さんから電話が入った。

信造宅を訪問する前に夕方にでも訪問させていただきたい旨のことを留守電に入れて

おいたので、その返答であった。

そして、夕方に会えるということだったので滋賀の彼女の自宅へ向かうことにした。

佐々木に紹介された丸山八重《やえ》さんの自宅は、琵琶湖《びわこ》から流れ出る瀬田川《せた》に近い静かなところにあった。

「研究所はさすがにこの歳ですから退職しましたが、琵琶湖の水と緑と未来を豊かにする会代表として色々と口は挟んでいます」

丸山は、未だに環境を守ろうという姿勢を崩さないということがその態度から見えてくるような矍鑠《かくしゃく》としたおばあちゃんだった。

「K新聞の佐々木のほうからお話は聞いていただいていると思いますが、最近、再び話題になっている原発についてお話を伺わせていただけたらと思います」

「原発なんて、とうの昔になくすと決まったと思っていたんで、今さら何を質問しに来るのかと思ったよ。私は、科学技術は大切にしなきゃいけないと思っているが、最後まで後始末ができるようにきちんと研究してから実用化しないといけないよ」

「後始末というと、やはり放射性廃棄物の問題ですか」

「それもあるが、安全対策や事故の後始末なども不十分だし、何から何まで中途半端なままに実用化したと思うよ。だから許せない」

「電力会社も安全対策を強化しているようですが、そんな対応について何か気になることがありましたか」

「あれはダメだね。大企業ボケしておる。原発を進めることしか頭にない。話していてもバカバカしくなる。あんたもその仲間かい」

「いえ、私は電力会社の社員ではありません。あくまでも、色々と公益的な調査をすることを目的とした団体の職員です」

「原発が公益的というのかい」

「あくまでも今の社会情勢を踏まえた調査です。最近、首相も温暖化対策の一環で原発も考えないといけないということを説明されていますが、もし、原発をつくるとした場合、地元の皆さんにどのように理解していただくようにお話すればよいか、何を配慮していくべきか調べているだけです」

「住民説明に気をつけることなんて十年早いよ。まず、原発をつくる側が気をつけることばかりだよ」

「と言いますと？」

「それはね。なぜ、必要かについて電力会社の社員自身が納得していないからだよ。上から言われているから仕方なしに仕事をしている、そんな雰囲気がありありだよ」

鮎川は、この老婦人が何を言いたいのかよくわからなかった。

「電力会社が行う原発の必要性の説明が不十分だということですか？」

「それ以前の問題だよ。あのね、私は、原発なしでも世の中はやっていけるのではと思うけれど、全てのデータを持っているわけではないので、それが本当かどうかをわからないからそれで反対はしない。安全かどうかきちんと説明してくれないから質問はするが、それだけでは反対はしない。しかし、そんなことについての説明を求めてもきちんと説明しないから反対するんだよ。つまり、彼らは、自分たちが納得していないのに必要だ、安全だと言っているのが許せないんだよ」

鮎川がきょとんとしているとき笹倉が割って入った。

「電力会社の安全について説明する人が、自分自身で納得して、安全と言っているように思えないということですね」

「そうだよ、あんたよくわかるね。技術屋かい」

「はい、工学部を出ています。安全だと皆が納得するようにするためには、どこまでが安全で、何が危険だと理解している、あるいは気をつけるところがどこにあるかわかっている人が、それを踏まえてきちんと説明しないといけないということですね」

鮎川は、二人の会話を聞いていて、丸山の言っていることが少しずつわかってきた。それは、疑問や不安に対しては、相手が共感し、納得できる科学的な説明をすることが必要であるということだ。

「丸山さん、ご懸念の件、よくわかりました。でも、皆が皆全てのデータを理解して安心することなんてできないと思いますし、必要性についても世の中の動きを全て納得できるように説明するのは、容易ではないと思いますが、どうすればよいと思いますか」

「あんたは、人と対話した経験が少ないんじゃないかな？　答えは簡単だ。会社の中で自分たちが納得するまで議論することだ。そうすれば、おのずと答えが出てくる。今まで電力会社は、会社の方針ですとか、国が決めた方針ですからとかと、やたら方針ですからとしか言わないんだ。自分自身が納得したわけでもなく、ただ進めることになっているからやっているだけですというのが丸見えだ。そんな奴らに安全なんか守れない」

鮎川は、もっともな話だと思った。

そして、今まで技術的なことやエネルギー情勢などを住民にわかりやすく説明することで合意形成ができると思っていたことが全く逆で、説明する側が安全性、必要性などについて自分自身がきっちりと納得していなければ、相手を納得させられないということが本当の答えだったということだ。

この丸山さんという人は、さすが佐々木が紹介してくれただけあって大切なことを教えてくれていると思った。

その後も、丸山さんからは、批判ではあるが外から見た原発推進の課題に等しい厳しい指摘を色々と教えてもらい、進める際の留意点として聞き取ることができた。

そして、貴重な話を聞かせてもらったとお礼を言って席を立とうとしたところ、それまでにない和《なご》やかな声で話しかけられた。

「あんたたちの冷静に人の話を聞こうとしていた姿勢には感心したよ。あんたたちのような人が増えてくれれば世の中も良くなるだろうね。でも、原発に関わる仕事をするならどんなことであっても南東北原発の事故を起こした新首都圏電力で同じ仕事をする人間に本音の話を聞いておくべきだ。それは、事故の原因や反省を聞くということではなくて、同じ仕事に関わる者が事故によって何を感じたかを知ることだ。それが貴重な経験を引き継ぐ責任として必要なことだから」

鮎川は、今までとは違った何か不思議な満足感のようなものと原発に関わることへの重責を感じながら、琵琶湖のほとりをあとにして東京に戻ることになった。

鮎川は連日、ハードな面談が連続したが、有意義な話を聞くにつれ、調査を始めた当初に感じた迷いや不安が少しずつではあるが和らぐのを感じていた。

そして、心にゆとりができた半面、疲れが相当なものになっていたからだろうか。ふと、美佐江や息子の光輝と楽しく会話してみたい気がしていた。

光輝とは野球の練習状況の話を、そして、仕事だからと無下《むげ》に会話を拒否した美佐江には謝り、普段の会話に戻したいと言わなくてはと思っていた。

ただ、一方で、その時間がいつ取れるかは全く目途が立たない気もしていた。

東京に戻り、事務所に立ち寄ったため、鮎川が自宅に戻ったのは午前一時を回っていた。

明日も忙しいのでシャワーだけでも浴びて早く寝ようと思ったが、ふと、いつも腕時計などを置く棚を見ると一枚のチラシが置いてあった。

鮎川は、大きな字で『原発絶対反対！　子供たちに安心の未来を』と書かれたチラシを手に取り、何でこんなものがここにと驚くとともに、多分、こんなことをするのは美佐江しか考えられないが、どこでこんなチラシを手に入れて来たのだろうかと思った。

まさか彼女が反対派のような人間に接触しているとは考えられないが、いずれにしても彼女としての実力行使そのものであることは間違いないと思った。

それまで、明日の朝には美佐江に声をかけ、謝ろうと思っていたが、このような行動に出るほど夫が原発に関係する仕事に関わっていることが嫌なのであれば、今すぐそんな仕事をやめて欲しいと強硬に言われかねないように思えた。

鮎川は色々と悩んだが、今の仕事は、そう長い時間がかかるわけではないと思っていたし、また、終われば前の仕事に戻してもらうように願い出れば何とかなると思っていたので、このまま冷戦状態を続けるほうが得策なのかもしれないと思った。

ただ、休日に家におれば、光輝に話しかけることもあるが、そうすれば、このチラシのことや事故が起きたときの子供への影響など追及されかねない。

そう考えると事務所に出ていくなど、仕事が終わるまでは美佐江と接触を避けたほうが良いのかもしれないとも思っていた。

鮎川は、原発に関して家庭内がこれほどもめることは予想していなかったが、原発に関わる者の責務として乗り越えなくてはならない定めなのかもしれないと思っていた。

翌朝、鮎川は、美佐江との会話を避けるように事務所へ出勤した。美佐江もあえて声をかけてこなかったが、それが逆に、鮎川にとっては無言のプレッシャーとなっていた。

鮎川は、そのことを忘れようと仕事に集中するように心がけた。

その日の仕事は、まず、新首都圏電力の新井に連絡して現地対応の経験者の人選を依頼することだった。

丸山さんから言われただけの話だったが、彼女の冷静な目で見た考え方であることを鮎川自身も感じていたため、ここは時間をロスしてでも新首都圏電力の社員の声を聞いておきたいと思った。

その後、鮎川が、それまでのヒアリング内容を検討していると佐々木から電話がかかってきた。

鮎川は、丸山さんにお会いできたことについてお礼を言ったが、佐々木からは、取材がらみで情報が欲しいのでどうしても会いたいと言ってきた。

鮎川は、電話口での今までと違った佐々木の話しぶりに、今回の件の裏が何か明らかになって来たのかと胸騒ぎがしたが、自分が置かれた立場では何をすることもできない気もして、取りあえず佐々木の話を聞いてみるしかないと思った。

そして、その日の午後、鮎川が佐々木から聞かされたのは、今までの話とは全く別レベルの話だった。

それは、北極海航路の活用などで一気に経済力を高めてきたロシアと日本が手を組もうとしているという情報である。

そして、その第一段階として、懸案となっている北方四島で、両国が原子力がらみで共同して何かをしようとしているらしいということだった。

ただ、ロシアも原子力発電所に関しては高い技術力を持っているため、北方四島という場所で、どのような協力するのかについてはわからないとのことだ。

「実は、この話、誰かが日本政府に働きかけたらしいの」

「官僚の誰かなのか、それともロシアの高官?」

「いいえ、日本の企業がアイデアを出すとともにロシアとの仲を取り持とうとしているらしいわ。ただ、その企業がどこかは全くつかめないの。経済部の記者が血眼《ちまなこ》になって情報を集めているけれど、完全なベールに包まれているらしいわ。で、私が情報を得たかったのは、アユが行っているプロジェクトチームに参加している企業の中に、もしかしたら今回の仕掛人の企業から出向している人間もいるかもしれないと思ったの」

「うちに来ているのは、電力会社と新双葉重工とNパワー技開研からだけれど、電力会社がロシアと仲介するようなコネはないと思うから、可能性があるのは、新双葉重工かNパワー技開研の二社だけれど」

「どちらも技術でロシアと繋がりを持っている可能性はあるわね。他のプロジェクトチームはどうかしら」

「よそのことまではわからないけれど、いずれにしてもそんな大きな政治問題になるからにはどこからか漏《も》れてくるんじゃないかな」

「新聞記者としては特ダネを狙いたいのよ。それに、原発をつくること自体、大きな社会問題になるし」

「もともと、このプロジェクトは、公開された段階に大きな問題となることは見えていたし、それは、政治家がきちんと責任を持って対処すべきことだと思うよ」

「でも、つくると公開されたら、どこにつくるかということで大騒ぎになるでしょ。もしかして、そんな騒ぎを少しでも抑えるために、地元での合意形成についてもきちんと考えていますと政治家がＰＲするための方策があなたの本当のミッションじゃないかしら」

湯口特別審議官から鮎川は、今回の件は実務として必要なもので、政治的な話とは別だとはっきりと言われていたので、自分の仕事が佐々木の言うような言い訳に使われるだけのものではないと思っていた。

「今の俺の仕事は、大きなミッションの一部かもしれないが、原発を進めるときに大切な情報だと思っている。その意味でも、首相をはじめ関係者が政治的な決断をする際に伝えるべき大切な内容は含んでいると思っている」

「でも、国民のほとんどが原発なんていらないと思っているなかで進めるわけでしょ。決意表明など建前《たてまえ》で、もしかすると大変な利権が絡んでいるかもしれないわよ」

鮎川は、利権という言葉に佐々木は社会部記者だなと改めて感じた。

政治家と企業が予想以上に動くときには、何か必ず黒い利権が動いていると推察してしまうのかもしれない。

しかし、今、世界の動きを踏まえ、日本の置かれた状況を考えると、利権などということは全く別に、重大な政治的決断をしなければならない時期のはずだ。

そして、鮎川自身も官僚だからといって単に政治家の指示に従って動くのでなく、日本の将来のために必要と自分で納得して、政治家までも動かそうとしていると思いたかった。

「でも、今の日本の置かれた状況から原発を推進していくことに何か問題があるのだろうか」

「えっ、アユは原発に不安はないの？　事故でたくさんの人が大変な目にあったのよ」

「それはわかっている。でも、感情だけで判断せずに、冷静に考えることも必要だと思うんだ。今、日本が置かれた状況を国民がきちんと議論をしなくてはいけないと思う」

「感情って、私も冷静に考えているわよ。他のもので代替できるならあんな危険なものをつくるべきじゃないわ。もし、何かあれば、子供たちにも影響するかもしれないのよ」

「確かにそんな心配を持つ人も多いと思う。でも、技術で人を幸せにすることも可能かもしれない、そのことについても合わせて冷静に納得するまで議論してみることも日本の未来にとって大切だと思う」

佐々木の言葉に、言い争った美佐江のことも重なって見えたが、鮎川は、信造が示してくれた人を幸せにする技術を目指す信念や、丸山さんが教えてくれた納得できるまで議論をすることの大切さなど、これまでに学んだことを支えに、この問題に冷静に対応していきたいという気持ちだった。

そして、また、官僚として政策立案にかかわる責任への自負が反論させていることを感じていた。

「アユは、どこか本当の官僚になったみたい。私たちの立場とは違う、まあ、仕事が違うから仕方がないんだろうけれど、でも、いつかぶつかるわね」

「ああ、ただ、立場の違いとは言わないつもりだ。何か隠すつもりもなく正直に議論したいという思いがあることは理解して欲しい」

二人の間では、それ以上にこの話は続かなかった。

ただ、そこには、冷静にお互いの仕事を尊重し合うという暗黙《あんもく》の誓いにも似た雰囲気があった。

翌日は、笹倉にも休日出勤してもらい、それまでのヒアリング内容の整理を進めた。

ただ、昨日の佐々木の様子を思い出すと、情報がどんどん漏れていると感じられ、マスコミが騒ぎだしているならば、政権中枢《ちゅうすう》も対応を急ぐべく動いているはずだ。

そして、そんな状況を考えると、原発の推進表明についての首相記者会見までに残された時間はあまりないのではと思われた。

鮎川は、首相にまで報告するとなると、期待する田所の意見を聞いてからすぐに要点だけ書いた報告書をまとめて提出するくらいにしなければならないと感じていた。

そして、美佐江との冷戦が続くなか、その意識を振り払うようにしながら報告内容の検討を進めていた。

そんなとき、新首都圏電力の新井から電話が入った。

休日返上でOBなどに連絡し、面談を承諾してもらえる人を探しているが、原発建設の初期段階でかかわったような人は限られており、また、連絡してもなかなか面談を承諾してもらえる人がいないということで、範囲を広げて既設の原発で地元対応をしていた人を対象に加えてもよいかということだった。

鮎川は、残念だが、仕方がないと思い了解した。

新井からは、今日中に何とか連絡できるようにしたいと返答があり、約束通り、翌日の面談を取りつけたと連絡があった。

翌朝、鮎川と笹倉は、新首都圏電力の新井と合流し、南東北原発に近い新首都圏電力の総合対応事務所というところを訪問した。

そこは、南東北原発の廃炉工事や維持管理の現場事務所とは異なり、周辺地域に対する総合的な対応のための拠点となっているところだ。

新井の話では、事故を起こした責任上、幹部をはじめ原発の立地や地域対応経験者の誰もが、新規の立地に関して協力できるような話はできる立場ではないと断ってきたということだった。

ただ一人、新藤《しんどう》という南東北原発とは別な場所ではあるが、地元対応をしていた元課長だけが協力してくれると言ってくれたそうだ。

彼は、定年退職後、新首都圏電力の関連会社に再就職し、現在は、この総合対応事務所で事務処理の応援というデスクワークをしていた。

いかにも苦労人という感じの新藤は、少し緊張しながらヒアリングに応じた。

「実は、私はこの新井が入社してきた当時の上司でした。そんな関係で彼が誰も話をしてくれないと困っていたので、原発の周辺対応していた私で良かったらと引き受けました」

新藤は、地域対応という相手に気の遣う仕事を長年していたからであろうか、話し出すと非常に物腰の柔らかさを感じさせた。

「新井さんから、今、私たちが置かれている状況については聞かれているかと思います。もし、新しく原発をつくるとした場合に地元の方にご理解いただくために何が大切かご意見を聞かせていただけたらと思います」

「その前に、彼も話したかと思いますが、当社で、なぜ、誰もこのヒアリングに協力したがらなかったかということについて、私なりの印象についてお話したいと思います」

そして、新藤は、ゆっくりと、今、地元対応をしていた元社員たちが感じているのではという思いを自分の意見として語り出した。

彼らの誰もが感じていたのは、事故調査の報告などでも触れられていた安全についての慢心があったのではということに対する苦悩だった。

それは、その記載が間違っているというのではなく、自分たちは、地元の人たちに安全について信頼してもらうべく、細心の注意を払いながら信頼関係を築こうとしてきたのに、肝心の本社や技術部門などが慢心していたことに対する怒りでもあり、また、会社の名前を背負って対応してきた立場として、お詫びしてもお詫びし切れない気持ちが、もう他のことについて話などしたくないという気持ちにさせているのではないかという意見だった。

「今、お話したことは、あくまでも私個人の推測ですが、せっかく協力を依頼されたのに会社として十分に対応しきれていないことについて、こんな関係会社のアルバイトのような人間が言うのも変ですが、新首都圏電力のOBとしてお詫びします」

鮎川は、言葉を詰まらせながら話す新藤に、現地で地元対応をし続けてきた人間の責任感ゆえの悔しさ、虚《むな》しさを感じざるを得なかった。

地元対応する人間は、それぞれが立場は違えども会社を信頼しているからこそ地元の人に、自分を信じてくれ、自分の仲間たちを信じてくれと言うことで話をし続けてきた。それが身内に裏切られ、自分を信頼してくれた相手を裏切ることになってしまったならば、自分はどうすればよいのかと思ってしまう。

それ故に、自分の経験談を話して欲しいと言われて、はい、協力できますと言えないということはよくわかるように思えた。

「今、思うならば、地元対応の緊張感をもっと本社や技術などの人間にも話すべきだったのでしょうね。そうすれば、彼らももう少し安全に対する意識が変わったかもしれません。結局、風通しが悪かったということでしょう。我々は、もっともっと反省しなければならないと思います」

新藤の真摯な気持ちは鮎川にも痛いほど伝わってきた。

これを繰り返さないためには、単なる目の前の合意ということだけを目指すのではなく、信頼に裏打ちされた絆《きずな》をつくるように、それも地元対応を行う者だけが行うのではなく、組織の全員がその意味を理解して取り組まなければならない。鮎川は、そう思うと同時に、自分も原発に関わった以上、その気持ちは忘れてはならないと思った。

「答えづらい質問かもしれませんが、地元の方と意思疎通《そつう》を図るためにどんなことに注意をしてこられましたか」

「最初は、誠意を持ち続けていけばよいのだと信じて地元対応の仕事に入りましたが、そのうち、それだけではいけないという気がしてきました。それは、原発に賛成とか、反対とかという問題だけでなく、地域には、地域固有の複雑な人間関係に従って物事が動いていくという気がしたんです。それは、私たちが来る以前からできている人間関係です。そして、もし、それに逆らったようなことをすれば物事はうまくいきません。というか、秩序を壊す人間と見られて皆から嫌われます。ですから、地元に深く入れば入るほど慎重にならざるを得ません。結局、我々のような外部の人間は、もめることを避けるためには自治会長とかリーダーのような立場の人に頼るしか方法がなくなってしまいます。会社が目標を決めて頑張れと発破《はっぱ》をかけても、自治会長やリーダーの人が難しいと言えば、結局、なかなか話は前へ進みません。地元の状況に合わせた進め方しかできないのですが、それが社内ではなかなかわかってもらえないんですよ」

新藤は、どうしようもない事実を会社の理解のなさに重ねて話した。

鮎川も、うまく説明はできないが、新藤の言うことの意味はよくわかった。

それは、彼自身も地域には独特のしがらみがあることを昔から関西の田舎育ちの父から聞かされていたからだ。

誰と誰は昔から仲が悪いとか、誰それはよそから来たので付き合いが悪いとか、つまらないように見えて、その人間関係がその地域の決めごとの多くを支配している。

そして、それを崩すとうまくいく話もいかなくなる。

だから、新藤も言うように、地域のリーダーの役割が大切になるのだが、その人も自分の立場というものがあるので無理が言えない。結果として、当たり前のことが簡単にできなかったり、状況を見ながら徐々にしか物事が進まないことになる。

鮎川は、今まで聞くことができなかった地元対応の難しさの一端を明確に聞かされた気がしていた。

「それについて効果的な対策があるでしょうか」

「効果的な対策ですか……難しいですね、あればしていますよと言いたいところですが……少々無責任なことを言うようで申し訳ないですが、長年やってきて思うんですけれど、変化は必要かもしれませんね。もう、そんな昔ながらのしがらみを持った人間関係の時代じゃないとね。時代も少しずつ変わってきているんだ、この機会に考え方を変えようと誰かが言い出さなくてはいけないと思います」

新藤の言うように、日本全体が変わってきているのも事実だ。

高齢化は劇的に進み、地方は衰退どころか死滅していくような状況になっている。

その状況から抜け出すために変わらないといけないと言いだすのは、下野教授が指摘していた地域のリーダーかもしれないし、もしかすると地域と共存しようとする原発を推進する事業者かもしれないと思った。

「そのご意見は正しいと思います。行政、もしかすると事業者かもしれませんが、責任ある立場の者が、しっかりと説明していけば、きっと理解していただき変わると思います」

「そう言っていただけると嬉しいです。長年、地域対応をしていると、その町が本当によくなって欲しいと真剣に思うことがあるんですよ。情が移るからでしょうね」

新藤の言葉には、長年、地元対応に当たった人間しか言えない魂が込められていた。

そのあとも、いくつか実際の地元対応での経験話を聞いた。

そして、ヒアリングを終えて鮎川が礼を言おうとしたとき、新藤はぽつりと話した。

「退職する間際に、ふと思ったんですが、自分が一生懸命してきた仕事って何だろうってね。物を売って儲《もう》ける営業でもない、管理職にしてもらっているけれど肩書だけで管理しているわけでもない。いったい俺は何をしていたのかなってね。でも、退職した今、それを懐かしく思うと同時に、自慢できるんですよ。複雑な人間関係の中へ入り込み、会社が目指すものを実現するため、自分を殺して、ひたすら耐え忍んで、その目的のために……そして、目的を達成しても自分の名前が表に出ることもないし……」

新藤は、これまでの会社人生を思い出したのか思わず言葉に詰まってしまった。

「長年の単身赴任で家族も犠牲にして、誰にも本当に何をしてきたのかも言えないのに……でも、あんな事故を起こしたら全ておしまいですよね」

原発は過疎地にしかない。本社で勤務していたら家族とも一緒に過ごせたであろうが、常に単身で、それこそ人生をかけて地元対応という裏方に徹してきた、そんな人間にしかわからないことなのであろう。

「でも、新井には言っているんですよ。プライドを持ってってね。派手な仕事じゃないが、必ず誰かの役に立っているからって……事故のことは反省しないといけなくても誠意を持って働けばいつか喜んでもらえるから……少々愚痴っぽくなって申し訳ありません」

「いえ、身を持って体験されてきた貴重な経験のお話だと思います」

鮎川と笹倉、新井は、新藤にお礼を言って事務所をあとにした。

新井が運転する車で駅に向かったが、車内では、誰もが先ほどの新藤の話が思い起こされ、会話する者はいなかった。

駅に着いて、送ってくれた新井と別れ際、彼が鮎川たちに深々と頭を下げて言った。

「新藤さんは本当にいい先輩です。あんな責任感のある人はいません。私も負けないようにしたいと思っています。でも、今の会社は、あんな人を求めていないんです。電力自由化で売ることが優先され、目先の売り上げが優先されるようになっているんです。新藤さんも本当は退職後、営業として再雇用されたのですが、昔のような安定して電気を送るという社会的使命感など失われたかのような気がしてこんな地元対応の子会社に移られたんです。新藤さんは、本当のことを言わなかったですが、新しく原発をつくるときに、本当に責任感がある人間がかかわるのか、そうでなければやめたほうがいいと言ってました。私もそう思います。勝手を言いますが、是非、報告書にそのことを書いておいて欲しいです」

「わかった。必ず書くことにするよ。というより、新藤さんの気持ちを裏切る政策なら進めないほうがいいと私も思う」

鮎川は、原発の合意形成を進める方策について、まだ、まとまったわけではなかったが、責任を持って前へ進むことへの勇気を与えてもらった気がしていた。

帰りの電車の中、鮎川は、丸山さんから言われたように新首都圏電力の人の話を聞いて本当に良かったと感じていた。

そして、信造から聞いた田所という人物に会うことで、さらなる進展がみられるのではという期待が高まることも感じていた。

そんな折、桜木から明日の午後に田所との面談の約束が取れたとの連絡が入った。

翌日訪問した田所俊之《としゆき》の家は、神戸《こうべ》の中心地から少し離れた山手《やまて》の住宅地にあった。小さな家ではあるが、近くに昔からの公園があるなど落ち着いた雰囲気の中にあった。

田所は、西日本電力を定年退職して一〇年近くが経つと桜木から報告を受けていたが、会ってみると、まだ現役と言ってもおかしくない雰囲気があった。

「会社のほうから急に電話がかかってきて、何か電源立地の関係で調査に協力して欲しいということらしいですが、何のことなのでしょうか」

鮎川は現在、原発を進める場合に地元の合意形成をどのようにしていくべきか調査している旨、ストレートに説明を行った。

「確かに、電源開発に関しては色々とかかわっていましたが、地元対応をしたのは四〇年近い会社生活のなかでは五年ほどですし、何よりも会社を離れた身でもありますから私ごときが言えるようなことはないですよ。会社の幹部の方にご相談されたらもっと良い人材が見つかったのではないでしょうか」

この返答は鮎川も予想していた。

実は昨日、桜木と電話で話したときに、彼は、定年後もグループ会社でのんびりと働かないかという勧めを断って定年退職したということだった。

その経緯は、わからなかったそうだが、退職を機に会社との関係も切ってしまうような状況からして、訪問しても多くを語りたがらない可能性があると予想された。

そのため、鮎川は、最初から切り札の話をすることとした。

「いえ、実は田所さんから話を聞くようにとおっしゃったのは、ここにいる笹倉の祖父で、中日本電力に勤務されておられた笹倉さんという方からです」

「中日本の笹倉?　ああ、思い出しました。T地点で仕事をしていたときのあの人ですか。立派な方でしたね。苦労もされておられたし」

「笹倉さんから、本当に地元対応のことを考えておられたのは田所さんだと伺ったものですから、是非、個人的ご意見でも結構ですのでお伺いしたいと思いました」

「いや、そんな、私なんか大したことはないですよ。あのころは、私も若かったので自分で思ったことをやっていただけですから」

「上司から評価される人は多いですが、同じ仕事をしている他社の方から評価されるということは、本当に素晴らしい方の証明ではないかと思います。それに、笹倉さんから、田所さんは西日本電力という肩書で仕事をせずに、電力マンとしての誇りを持って取り組まれていたとも聞きました。私も今、出向していますが、現役の官僚として今回の調査が日本の未来に繋がると信じて取り組んでいます。電力マンとして支えてこられた田所さんにも日本の電力の未来のために、是非、ご意見を聞かせていただけたらと思います」

鮎川は、田所からどうしても本音の意見を聞きたいと思い、それまでにないほどの熱意で迫った。

すると、その説明に田所は、しばらく下を向いて考え込んだ。

「鮎川さん、多分、官僚としてこの国を動かしておられる方からみると、電力マンというものはどのように見えるでしょうか」

意外な質問に、鮎川は少し答えに窮した。

「電力供給を支えておられる方、そんな大切な仕事をしておられる方と思います」

「ありがとうございます。ただ、私が大切だと思うのは、陰ながら支えていることだと思います。少し偉そうに言って恐縮ですが、電力会社というと地域の大企業というイメージがあり、色々な場でそういう扱いを受けます。でも、電気を届けるという当たり前のことを当たり前のように続ける仕事には、大企業というプライドなど必要ありません。だから、発電所をつくらせてもらうときも特別なものなどありません。相手に少しでも理解いただけるように謙虚な気持ちで対応するだけです」

鮎川は、今まで関わってきた人たちと少し違う、仕事に哲学を持って取り組んでいたようなこの人物に不思議な感動を覚えた。

「具体的には、どんなことでしょうか」

田所は、少し考えこんだあと、答えた。

「私は、あの仕事を通じて信頼という言葉の意味を教えられた気がしています」

「信頼の意味ですか？」

「ええ、地元の了解を得ようとするような仕事では、相手に信頼してもらえるようにならなければ何も進まないということはおわかりいただけると思います。でも、信頼って何だと聞かれても簡単には答えられないと思います。私も原発立地の仕事に関わった当初は、そんなことなど考えずに、ただ漠然と仕事をしていただけでした」

そして、田所は、現地に着任した当初のころからの出来事を話し出した。

着任した当初は、まだ何もわかっていないのに、何度も訪問して誠意さえ見せれば反対の意向を示す難しい相手でもなんとかなるだろうということで一点突破のように対応していたが、それではなかなかうまくいかずに話のネタもなく、相手と顔を合わすことすら逆に辛くなっていったそうだ。

そうして悩んでいるとき、ふと今、自分がしていることは、どうすれば自分たちの思う通りになるかを考えているだけで、結局は、勝手な都合を押し付けていたのではないかと気づいたということだった。

しかし、だからと言って、より良い方法が見つかるわけでもなく、話題にも窮しながら、ただ、毎日、現地を訪れるだけの日々が続いていたそうだ。

そんなときに、ふと、あるPRビデオを見ていてに気づかされたとのことだった。

「あるPRビデオを見る機会があったんです。原発と地域振興のような内容がテーマでした。原発の町に住んでいる方にインタビューして、原発ができて色々施設も充実して良くなったということを紹介しているだけの単純な内容でした。それを見ていて、私は、これは賛成派の人だから質問してもちゃんと答えてくれているけれど、反対派の人なら答えもしてくれないだろうと批判的にみていたんです。でも、ふと気づいたのは、賛成派の人とは普通に話ができている。だから普通に答えてくれる。でも、反対の人とは普通に話ができないし、答えてもくれない。それは、どこか双方に警戒心や不信感があるからですが、人間であれば持つべき繋がりを全く遮断《しゃだん》している以上、何も前には進まないわけです。それを解きほぐすには、原発のことなど別にして、普通に会話できるようにすることのほうが大切だということです。普通に話ができること、当たり前の話に聞こえるかもしれませんが、それができるということは、相手が自分の話をちゃんと聞いてくれているということです。話した内容や思いがきちんと伝わる。結局、それが本当は相手から信頼を得ているという証拠だと思ったんです」

「会話を通じて心を通じ合わせるということですか？」

「いえ、そんな難しいことではなくていいんです。世間話でも何でもいいんです。普通に会話できる関係にするということだけです。そんな関係になっておれば、こちらの言いたいことも相手に素直に伝わります。それが信頼関係を生み出しているということだと思うんです。ですから、多分、鮎川さんが目指しておられる地元の合意というのは、こちらの言うことに賛成してもらうことではなく、地元の人と普通に色々と話ができる、そんな関係をつくるということだと思うんです」

「確かにおっしゃる通りです。当たり前に会話すらできなければ話になりません。でも、それだけで本当に合意が形成できると言えるのでしょうか」

「言い方を変えたらわかりやすいかもしれません。反対派の人と原発の話をするときは、正直、緊張感を持って対応します。それは、反論されないか、言葉の端で揚げ足を取られないかと心配するからです。そこには相互理解は生まれません。でも、もし、世間話や趣味のことなど普通に話ができる関係があれば、緊張するような話をしてもいざとなれば普通の話に戻せばいいのです。つまり会話の再出発ができるわけです。そして、そんなやり取りで少しずつ前へ進むことで合意に近づけると思うんです。ですから、普通の話もできないようであれば、逃げ道もなく、話もうまくいかないことになると思います」

鮎川もなるほどと思った。

合意形成を進めるためには、信頼関係の構築が絶対に必要であり、そのために、どれだけ普通に話ができるようにするかが大切なことはよくわかる。

しかし、本当にそれは簡単にできるのだろうか。

「田所さん、確かに普通に話ができる関係ということが信頼関係を表すということはわかりますが、そのようになるためには大変な苦労がいるのではないでしょうか」

「確かに、容易ではないかもしれません。でも、そのためには、こちらから話し続けなくてはなりません。それも難しいことではなく、普通に話すような話題から、時間がかかっても仕方がないし、失敗があっても仕方がないです。続けていくこと、ただ、それだけです。相手も人間ですから何かのきっかけでコミュニケーションを取る機会がありま す。その細い糸をつなぎ、積み重ねていくしかありません」

鮎川は、その話を納得しながらも時間がかかることになるのは辛い話だと感じていた。

その顔色が田所にもわかったのだろうか、彼は、ガラッと雰囲気を変えて話し出した。

「この進め方だと本当に決着がつくのかと不安に思っておられると思います。しかし、決して焦ることは許されないのです。続けなくてはなりません。いつかは必ず答えが出るとは断言できませんが、他に方法がないのです。自ら反省しつつ進めるしか……」

「ただ、笹倉さんもおっしゃっておられました。住民全てと信頼関係をつくり出せるかというと、それは困難だ。反対される方の中には、反対することに人生をかけておられる人もいる。その人を翻意させるということは、その人そのものを否定することになりかねないと……」

「おっしゃる通りです。でも、諦めることなしに続けるしかないのではないでしょうか。何かのきっかけをつかむまでは……ただ、誰かが正しく継いでいかないと……それが絶えると相手は頑なになってしまうから……どうしようもなくなりました。残念なことですが……」

鮎川は、その表情から田所の思いとは異なる結果になった何か複雑な思い出でもあったのかもしれないと思い、それ以上のことを聞くのは酷《こく》なことだと感じて話をそらせた。

「努力し尽くして、でも、意思の固さには勝てませんから仕方がないかもしれません。ただ、今の日本が置かれた状況のように限りある時間の中で答えを出さないといけないならば、もしかしたら、何らかの決断が必要な場合もあるかもしれませんね。法的な手続きで進めるとか……」

「そういう考えもあるかもしれませんね。でも、それは使いたくないですね。時間をかけてでも取り組むことしかないと思います。もし、仮にそうするとしてもそれについて反対する方に説明する必要がありますし、きちんと丁寧に対話を行って欲しいです。その真摯なコミュニケーションがあってこそ、ささやかでも人間としての信頼関係が生まれ、将来、強硬な運動まではいかないなど、どこかで効果を生むことになるかもしれません。ただ、決して使うべきことではありませんが……」

もちろん、鮎川も田所の懸念するような強硬な手段は決して使うべきではないと思っていたし、そんなことを報告するつもりもなかった。

しかし、鮎川は、田所に信頼という言葉を通して、人間はコミュニケーションの動物であることを強く思い起こさせられるとともに、人間同士の当たり前の関係の大切さと、それをつくるために努力することの重要性を教えられたと思った。

そして、それを根気よく続けることと、その結果が合意という協力関係を生むであろうことを認識させられた。

鮎川は、もしかすると、追い求めてきた合意形成を円滑に行うということは、特別なことをするのでもなく、人にとって当たり前の関係をつくる努力からしか始められないことを理解することだったのかもしれないと思った。

「そう言えば、ある雪の降る日、同僚たちと現場から帰るべく車を走らせていたのですが、積雪で運転を誤ったのでしょうか、溝にタイヤを落としている車を見つけました。近づくとある反対派の人間の車でしたので関わってもどうかということで通り過ぎました。でも、少し行ってからやはり助けるべきとなって引き返しました。反対派の人間は、私たちが電力の人間とわかっていたので、触るな、近づくなと文句を言いましたが、手助けすれば簡単に溝から出そうでしたので、我々が強引に車を持ち上げて溝から出られるようにしてあげるとそれ以上は何も言いませんでした。我々も何も言わずに立ち去りました。お礼の一言もありませんでしたが、反対派の人間と身近に接していたその瞬間は、普通の人間の関係を感じました。それからも会話をすることもなく、親しくなったというハッピーエンドのお話でもありませんが、人間としてささやかでも普通の関係を持つことは何かを生み出すかもしれない。それが普通の会話で繋がれば必ず何か変わるかもしれない。そんな気持ちは今でも思っています」

田所は、自分の思いがうまく伝えられたかどうかと気遣いを示したが、鮎川は、その話の意味はしっかりと理解していた。

そして、ちょうど、お茶の代わりにコーヒーを出してくれた妻に向かって、

「よく喧嘩したら、お前も話をしなくなって、俺を無視するよな。話をしてくれないと俺はとっても困ってしまうんだがな」

「まあ、この人は、何の話を言い出すの」

田所の妻は、夫がお客様の前で急に変なことを言い出したことへの驚きと恥ずかしさを笑いでごまかした。

田所も笑いかけ、それまでの緊張した空気を和ませ、鮎川たちにコーヒーを勧めた。

しかし、鮎川は、それまで熱意を持って話していた田所の表情が再び少しずつ冷めていく様子を感じ取った。

それは、先ほどまで、田所が合意形成の要諦《ようてい》のように話していたことに対する複雑な心情があるのではと思えた。

田所自身、合意形成の進め方を理屈として話していても、自分の時代でさえ困難だったものが、より厳しくなった今の社会情勢のなかでは、大きな問題にぶつかるだろうということが見えて、OBの立場から軽々しく話をしたことが良かったのだろうか、そんな迷いがあったのかもしれない。

鮎川には、そんな様子に感じ取られた。

しかし、鮎川は、田所の思いは正しいと共感できたし、それ以外に進むべき道はないと彼自身も思っていた。

そして、その考え方を報告の柱にしようと考え、さらに色々な話を聞きたいと思った。

「ところで、政治家や経営者の役割についてはどう思われますか」

「難しい問題ですよね。私ごときが話せる問題ではないと思いますが」

「いえ、もし、田所さんが経営トップならどのように進めるかでも結構です。お感じになっておられる範囲で結構ですので、お教えいただけたらと思います」

「私ですか……」

鮎川の突拍子もない質問に田所は戸惑いながらも答えてくれた。

「私がトップの立場のようにお話するのはおこがましいですが、社長、いや政治家のトップもですが、どれだけ地元に入っていくかということが大切でしょうね。忙しい人たちですから、来られる回数も少なくなるでしょうけれど、でも、地元の人はよく見ていますよ。どれだけ地元のことを考えてくれているか、訪問することはそのバロメーターですからね。当時、もう少し現場に入っていたら変わっていたかもしれないのになあ……たぶん、それだけだと思います」

鮎川は、少し悔しそうに話をする田所の姿を見て、使命感を持って取り組んでいた人間は、真剣に会社のことも考えていただろうし、それ故に経営層の取り組みに対して様々な不満も感じていたのかもしれないと思った。

「もっと経営トップが地元に寄り添うべきだったということですね」

「地元に寄り添う……いい言葉ですね。おっしゃる通りです。それが最も大切です。でも、そうして欲しいとわかっていても下の者からは言えない。しかし、それでも経営トップに気づかせるようにしなくてはいけなかったんでしょうけれど……」

苦悩する田所の表情からは、当時、彼が経営トップに意見を言わなかったことへの後悔か、それとも、言える立場になかった悔しさなのかわからなかったが、今もってその思いだけは忘れられないということが感じ取れた。

鮎川はあえて、それ以上、その話は続けなかった。

その後もいくつかの事例や経験談を聞いたが、終わりかけに同行していた笹倉が質問した。

「安全性について、どのように説明されていたのですか」

「私も正直、安全性について技術的な詳しいことは説明できないですよ。技術の人間を信頼し、学んだことを伝えるしかありません。ただ、技術の人間とのコミュニケーションは大切にしていましたし、そうしなければ、地元の方に何を話しても信頼してもらえないだろうとは思っていました」

「我々もヒアリングのなかで自らも納得して説明することの大切さを教えられましたが、そのためには、技術の方とコミュニケーションが大切だということですね」

「そうですね。色々な形で助けてもらいましたし、彼らも不安の実態を理解してくれたと思います」

「新首都圏電力の方も、その大切さのお話をされていました」

「あそこは、あんな事故を起こしたから余計に強く感じておられると思います。ただ、安全という言葉だけを独《ひと》り歩きさせてしまうような状況は、皆が持っていたのかもしれません。もちろん私を含めてですが……本当は、安全という言葉で相手を納得させるようなことをするのでなく、不安ということを分かち合い、減らす努力をしていくべきだったのかもしれません」

田所は、それ以上は話さなかったが、安全という言葉を使い過ぎることで、取り巻く社会を含めて皆が油断すると言いたかったのであろう。

そして、また、新首都圏電力の新藤が「地元対応の緊張感をもっと本社や技術などの人間にも話すべきだった」と反省していたように、住民の不安に寄り添う気持ちを常に皆が共有していなければ油断が起きると言いたかったのかもしれない。

鮎川は、今回の調査結果というのは行きつくところ、誰もが当たり前と思うことを続けることだけだったのかもしれないと感じていた。

ただ、組織の問題か、取り巻く社会環境の影響かはわからないが、なぜか今までその通りになっていなかっただけなのかもしれない。

世の中には、結果を求めすぎたり、思い入れが強すぎたりするが故に、大切なことが軽視されてしまっていることはよくあることだ。

しかし、鮎川は、その答えが身近にあったため自身でも納得できたし、間違いないと確信もしていた。

ヒアリングが終了し、田所が駅までのタクシーを呼んでくれたが、先ほどから降り出した雨の影響だろうか、なかなか来ないため、その間、三人で世間話をしていた。

そんななか、突然、田所が思い出したように先ほどの政治家と経営者の役割の件について話し出した。

「先ほどの話で、一つ参考となればよいのですが、経営者、政治家もそうでしょうけれど、現場をもっと訪問してもらいたかったとお話しましたが、実は、最も大切なのは訪れた回数ではなく、最初、すなわち発電所立地を表明したときですが、そのとき、すぐに訪れたかどうかではないかと思います。最初に情報が中途半端に地元に流れれば、混乱が生じます。結果として、その誤解を解くために何年も要したり、場合によっては解決できずに分裂させてしまったりします。ですから、最初に、政府や会社のトップが地元に入り、地元の人たちに直接、原発を進めたいという思いを、誠意を持って伝えること、事実を事実として話ができる普通の関係をつくること、それが一番大切なことではないかと思います。まさに、まず地元を優先し、地元に寄り添うということだと思います」

鮎川は、その話を聞きながら、これこそが合意形成を最も効率的に進める方法であり、まさに自分が政府中枢に一番に伝えなくてはいけないことではないかと思った。

そして、今まで自分は今回の四つの原発推進プロジェクトのチームの一つでしかないと思っていたが、もしかするとこの新たな政策の全ての成否を握るのは、スタート段階の重要性を伝える自分ではないかということに気づかされた。

タクシーが来て鮎川たちが乗り込む前に、田所は鮎川に握手を求めてきた。

「今日は会社にいるころを思い出しながら、やり残していたようなことを伝えられて嬉しかったです。あなたのように真剣に話を聞いていただける官僚の方は、多分、私だけ

でなく、多くの電力マンの気持ちもわかっていただけているのだと思い、感謝していま
す」
その言葉と笑顔は、鮎川に未来を託す気持ちとして伝わった。

「私のお父さんは、病気を治すお薬をつくる会社に勤めています。お医者さんが病気の人にきちんとお薬を使ってもらうようにお薬のことをきちんと説明することが大切と話していました。命に係わる仕事なので……」

学年末の参観日、子供たちの父親の仕事についての作文発表は、参観に来ている親たちが日ごろ思っていることとは少し違う目で見ていたりして、おかしかったり、感心したりと子供の成長を感じるよい機会となっていた。

美佐江も、子供たちが父親の仕事のことをよく見て、そして、愛情と尊敬を持っていると感じながら発表を聞いていた。

「そしたら次は鮎川君」

「はい、ぼくのお父さんは、経済産業省というところで日本の会社が元気になって、働

いている人たちが豊かな暮らしができるようにする仕事をしています。そのためには、いろいろ相談に乗ってあげたりして……お母さんから、今度は原発の関係の仕事をするようになったと聞きました。原発は危険だとお母さんは言いますが、多分、お父さんは、皆が幸せになるようなものに変えるように頑張ってくれると思います」

美佐江は、光輝の発表を聞き、心臓が止まりそうになった。

光輝からも主人に「原発は危ないからやめて」と言ってもらうために、お父さんは原発に関わる仕事をするようになったと言っただけだったが、その話を皆の前で発表するとは思っていなかった。

「原発は危険なんだぞ」

「事故を起こしたら住めなくなるんだ」

「母さんも危険だって言ってたわ」

子供たちの間から光輝の発表に対して批判的な声が次々と上がった。

「でも、原発って今でも使ってるだろ。なぜ、今まで使われてきたものを急に危険と決めつけたんだろう。不思議に思うけれど……」

光輝は納得しない気持ちで反論したが、事故を起こしたことで危険なのは当たり前と批判的な声が続いた。

「静かに、鮎川君のお父さんが人を傷つけようとしているわけではないでしょ。もっと安全なものになるようにしているのかもしれないし」

担任の足立《あだち》先生がクラスの騒ぎを鎮《しず》めようとした。

「でも、先生、たくさんの人が反対運動に参加していましたよ」

ある生徒の発言で再びクラスは騒々しくなった。

「静かに、他の人の発表を否定するような発言をしてはいけません。皆のお父さんは、それぞれが大切な仕事をしているんですから、じゃ、次の人」

足立先生の強引な進行で取りあえずクラスは静まり、授業は前へ進んだ。

そんななか、光輝は騒ぎなどなかったように落ち着いていた。

しかし、美佐江だけは硬直したままで、呆然と息子の後姿を見守るだけだった。

授業参観のあと、クラスでは保護者会として母親たちが残り、懇談会が開かれた。

「鮎川さん、やっぱりクラスのお友達も皆心配しているわ。ご主人に原発の仕事にはかかわらないように言ったの」

そう言ってきたのは、チラシをくれた川俣だ。

「いえ、まだ、その機会がなくて……」

「早くやめるように話をしなくっちゃ」

「そうよ、子供に影響が出るようなことは皆でとめないといけないわ」

「私の知っている人も南東北原発の事故の影響が心配でこっちへ引っ越ししてきたのよ。あんなこと絶対に繰り返したらいけないって言ってたわ」

美佐江は、周りの母親から一斉攻撃を受ける状態だった。

そして、美佐江自身は、反論する術《すべ》は全くなく、ただ、下を向いているだけだった。

「皆さん、お静かに。学校は教育の場ですから、親御さんのお仕事の内容まで色々と批判する場ではありませんので、ご了解ください。今日の作文も目的は、自分の考えをまとめるということに主眼を置いたものですので、その内容を批判することはいたしません」

足立先生は毅然《きぜん》として説明した。

「でも、先生、原発は皆を危険にさらすことになるわけでしょう。それに立ち向かうことは当然ではありませんか」

「鮎川さんのご主人がどんなお仕事をしておられるのか私はわかりませんが、社会的に認められるようなお仕事でしたら、それを批判するのは公の場でしていただくのが筋だと思います。あくまでも、ここは学校という教育の場ですから」

足立先生は、その後も繰り返される川俣たちの質問に態度を変えず、その場が収まるまで丁寧に対応した。

しかし、その後も川俣をはじめ幾人かの母親は、批判的な視線を美佐江に注ぎ続けたままだった。

第六章　急転

田所邸をあとにして東京へ向かう新幹線のなか、鮎川の頭の中は、報告書を急いでまとめることでいっぱいだった。

それは、佐々木の話からマスコミ関係に色々な情報が漏れ始めている状況を考えると、田所に言われたように原発推進のトップがスタート段階から地元に寄り添う姿勢を示すためには、一刻も早く報告書をまとめ、湯口特別審議官を通じて首相まで伝える必要があると考えていたからだ。

また、これまで政権中枢がマスコミへの情報漏洩《ろうえい》を感じ始めると、慌てて中途半端なまま記者会見などで発表してしまう傾向があったことも余計に彼を焦らせていた。

特に今回の件は、マスコミを通じた情報が反原発運動を先行して盛り上げてしまいかねない。

それらを考えると一刻の猶予もないように思われた。

事務所に戻った鮎川は、笹倉にはバックデータとしてこれまでのヒアリング内容をまとめるように指示をして、自分は部長室に閉じこもり、報告書の素案作りを始めた。

そして、まず、今の情勢を踏まえ、笹倉のヒアリング記録などを織り込んだ詳細な報告書とは別に重要ポイントだけを整理した要約版をつくることとした。

彼が、ポイントとしてまとめたことは、以下の内容だ。

原発立地を進めるための地元合意とは、地元民との信頼関係をつくることであり、そのためには、推進する者が信念を持って仕事を進めなくてはならない。

そして、その信頼とは、原発の立地を求める側のトップから末端までが、地元の方が幸福になることに寄り添う姿勢でコミュニケーション活動を徹底して進めていくことである。

そのためには、自らの組織の中で、安全を追求し続けている姿勢を地元に正しく説明できるコミュニケーション活動を行っていることが前提となる。

また、信念とは、安全を追求し続ける信念とともに、科学技術で未来を切り開き、人々を幸福にすることを目指す気持ちを持ち続けることである。

なお、これら全てが事業のスタート段階から準備し、組織のトップなどの先導のもと、地域コミュニティ全体に対して実行されなければならない。


また、鮎川は、今回のケース4としての原発推進プロジェクトを完遂《かんすい》するためには、このことを推進する事業者だけでなく、政府も含めプロジェクトに関わる全員が共有するとともに、また、マスコミ対応においても、この姿勢を明らかにして臨むことが求められることを書き添えた。

ただ、プロジェクトにかかわるもの全員が共有する必要があることを書いたものの、果たして本当にできるのかという不安があった。

特に政権内には様々な人間がいるため、自分の利害だけで先走る人間が出てくると思われたからだ。

そのためにも、一刻も早く政権トップである首相に報告し、原発推進の表明会見から地元に寄り添う姿勢を表明してもらうとともに、強いリーダーシップで統制してもらうようにしなければならないと思った。

要約版作成作業は徹夜となった。

翌朝、鮎川は、湯口特別審議官を訪問すべく、アポイントの電話を入れたが、海外出張中であるとのことで、明日の朝の訪問となった。

仕方なしに鮎川は、二、三人の同僚に現在の政権内の動きについて情報を得るべく電話をした。

ヒアリングに回っている間、政権内や関係省庁の動きが全くわからなかったので、少しでも情勢の変化をつかみたかったからだ。

しかしながら、誰もが目が回るような忙しさらしく、ゆっくりと話が聞ける状況ではなかったが、最後に同期の高山に連絡したところ意外な情報が入ってきた。

それは、二日後に重要な首相記者会見があるらしいということ、また、外務、財務、経済産業、環境など各大臣が同席するという異例のものになるとのことだった。

もちろんメインは首相だが、政府が一体となって取り組む決意を示すのが狙いで、どうも仕切っているのは片桐官房長官らしいとのこと、また、通常のラインの担当者以外の人間が片桐官房長官の指示のもと、手はずを整えているとのことだった。

鮎川は、官僚組織など関係なしに、片桐官房長官が配下の人間を通して直々に指示を出しているという異常な状況を聞いて、これはケース4関連の件に間違いないと確信するとともに、佐々木から聞いている以上に大きなものが動いていると感じた。

そして、ケース4を成功に導くためには、その記者会見段階から首相自身で地元に寄り添う姿勢を表明してもらわなければならないと思うとともに、今の状況の全体像をつかんでいると思われる人物、多分、片桐官房長官であると思われるが、まず彼に直接、最も大切と考えることを伝える必要があると思った。

ただ、一方で、鮎川の心の底に引っかかっていたことがあった。

それは、色々な企業や関係者が蠢いているという佐々木からの情報だ。

政策で政権内部が慌ただしくなることは理解できても、企業などの外部の人間が絡んでいるとなるとややこしい場合がある。

鮎川は、翌日の湯口特別審議官への説明用資料の準備をしながら、もう一度、佐々木に会うために連絡を入れた。

佐々木は、約束の五時に少し遅れてやってきた。

「その後、情報は何かつかめた？」

「アユの情報で、Ｎパワー技開研が動いていることがわかったわ。どうもロシアとの橋渡しをしているのも、かつてロシアでコンサル事業を進めた経験のあるＮパワー技開研の人間が絵を描いているらしいの。あなたのところにいるＮパワー技開研の出向者も、動きを逐次《ちくじ》報告しているんじゃない」

「Ｎパワー技開研は、そもそも原発をつくっていないだろ。なぜ黒幕なんだ」

「新たな技術で参入したいという思惑があるからよ。多分、ＡＩなど得意の分野を生かしたいという気があるんじゃない」

鮎川は、なるほどという気がしたが、もし、笹倉が今までの鮎川の動きを監視し、全てを報告していたとしても、今更《いまさら》、彼女を外す気にはならなかった。

それは、中日本電力の幹部の対応に不満を抱き、祖父を紹介までしてくれた彼女には、自社の利益だけを考えていたとは思えなかったからだ。

また、一緒に多くの関係者と接することによって、彼女自身も人の気持ちに寄り添うことの大切さがわかってきていたはずだ。

そして、そんな大切な気持ちが、Ｎパワー技開研の幹部に伝わるならば、それはそれでよいことではないかと思った。

「ロシアとの関係のほうは？」

「そこがよくわからないの。放射性廃棄物処分関係ではないかとの推測もあるけれど、はっきりしないの。やはり外交関係の情報はなかなか入りにくくて……でも、原発がみの話で進んでいることは確かよ。それに国内の原発推進とも関係ありそうだし、新聞記者としては、疑ってかかる習性があるので何か利権も絡んでいるとか……」

「そこに俺が利用されているって」

「かもしれない」

「でも、裏でこそこそやっているのに、何で合意形成の進め方など調査させるんだ」

「うん、確かにそこは不思議ね。わざわざ手間のかかるようなことをするなんて。でも、実際に原発をつくるとなると合意形成は必要だから、水面下で先行して進めさせ、何らかの利権を得ようとしているということは考えられないかしら」

「うーん、どうだろう……」

鮎川は、まだ、納得がいかないところがあったが、これ以上詮索していても埒《らち》が明かないと思い、ヒアリングしてきた話とともに、自分が今、報告しようとしている骨子について佐々木に話した。

そして、原発を進めるには、信頼を得るために事業者のトップのみならず、政府のトップもスタート段階から地元に寄り添う姿勢を示す必要があり、それを政権幹部へ説明しなくてはいけないと考えていることを話した。

「なるほど、アユの言うとおりね。本当に進めるためには、信頼を得るためにトップが地元でコミュニケーションを進めるということは大切なことね。それについて異論はないわ。でも、地元だけでなく国民の反原発意識は強いし……」

「多分、大きな山をいくつも乗り越えないといけないと思う。でも、それは信念を持って進めないと」

「それに、政治家が最後まで進めるかしら。彼らは、自分たちのメリットになるようにしか動かないから、反原発の炎が燃え上がって選挙に負けそうになったら妥協してしまうんじゃないかしら」

「そうかもしれないけれど、進めるように説得しなくてはならないと思っている。それが俺たち官僚の使命だし」

鮎川は、ふと、あの田所から感じた電力マンとしてのプライドを思い出していた。

そして、自分も官僚の本分として、社会に対して全力で責任を全《まっと》うするという気持ちを持たなくてはいけないと思っていた。

「アユがそう信じているなら仕方がないわね。でも、私の立場からすると何が真実か、公正なのかを追求するのが仕事だから、場合によっては、対決もあり得るわね」

「佐々木と対決というのは避けたいところだけれど、対決するならいい勝負をしたいと思うよ」

和やかな会話の中に、互いにプロとしての立場を大切にすることを確認し合った。


事務所に戻った鮎川は、合意形成を進めるための重要ポイントに加えて、佐々木も懸念していた政治家をはじめ推進体制に乱れが生じないように首相のリーダーシップを発揮しやすい体制づくりの必要性などを書き加えた。

ただ、原発新設という今回のプロジェクト全体の成否が、首相の最初の意思表明にかかっているという一番重要な点については、報告書として提出することとは別に、鮎川自身が直接説明しなければならないと強く感じていた。

情報を整理し終えたのち、鮎川は、その日も自宅に戻らずに事務所のソファーでいつもより深い仮眠をとった。

湯口特別審議官は、早朝から別な場所で打ち合わせを行っているということで、鮎川が会えたのはお昼前だった。

鮎川は、説明する前に、現在の状況を教えて欲しいと頼んだ。

また、外交問題も絡んでいるらしいとの噂を聞いたことも話した。

「今回の件には、確かに外交問題が絡んでいる。実は、私も昨日までアメリカに行ってアメリカ政府関係者に対ロシア交渉の進捗と今後の計画について説明してきたところだ。なぜ、ロシアが絡んでいるかということだが、君も知っている通り北方四島の返還交渉がなかなか進まないなかで共同経済活動の話もあまりうまくいっていない。それを打破するため、少し前からある提案を日本側から行っていたのだ。その提案というのは、日ロ共同で放射性廃棄物処分施設をつくるというものだ。世界各国で原発は動いているが、放射性廃棄物の処分についてはどの国も困っているし、今後、中国などが原発を輸出しだすとさらに問題が大きくなる。そのため、これら発生国からお金をとって安全に長期にわたり管理するという計画だ。ロシアにとっては、外貨収入が増加するし、日本にとってもこれまでの放射性廃棄物処分問題などが一挙に解決し、原発に大きなメリットが出てくるので、結果として、原発推進の意義が高まることになる。そして、何よりも優れた日本の原発技術の輸出がしやすくなる」

「結果として、停滞する日本の技術発展に寄与できるということですね」

「そうだ。少子高齢化で今後ますます低迷する我が国経済を厳しいモルディブルールの下でも立て直すことができるようにすることが狙いだが、そのためには、第一に産業のインフラである電力を革新していく必要がある」

鮎川は、改めて自分の関わるプロジェクトの重要性を再確認した。

そして、湯口に報告の骨子とともに、最も重要なこととして、政府のトップである首相と事業者のトップが原発推進表明の当初から地元に寄り添う姿勢を示さなければ信頼は得られず、もし、それがなければ結果として合意形成が長引く可能性が高くなることを説明した。

湯口は、鮎川の話をじっくり聞いたあと、しばらく沈黙し、そして、今の置かれた状況と、その提案通りに進めることの困難さについて話してきた。

「最初に説明したように、今回の件は日本の未来のためということだが、前提となるのはロシアとの外交交渉だ。そして、ロシアとの交渉内容を公開する際には、当然、原発推進の話は表に出ざるを得ない。しかし、まだ、その段階では君のプラン通りに地元に関わることなどは困難だ。そのため、信頼が得られない面は出るかもしれないし、反対運動も起きるかもしれない。しかし、それは日本の針路を問う政治的な判断だから乗り越えなければ仕方がないだろう。いずれにしても、少しでも早い時期から首相にもリーダーシップを発揮してもらうように頼むことにする」

鮎川は湯口の話を聞きながら、原発問題は、これまで色々と話に出てきたように、常に政治の渦中《かちゅう》に引き込まれざるを得ないものなのかもしれないと感じていた。

「おっしゃられるように、原発推進は政治的判断に関わる問題だと思いますが、少しでも早い時期に地元に寄り添う姿勢を首相に表明していただきたいと思います。それに、地元の混乱を避けるには、予定地点を早期に公表し、政治のトップと事業者のトップが地元に入っていく必要があります。是非、そのことも首相にも説明させていただければと思います。また、それを推進する電力会社トップにも首相、あるいは大臣から協力するように指示を出していただければと思います」

「いや、電力会社は関係ない。原発を運転する既存の電力会社は、それだけの力があるとは思えないので、新たに企業をつくって任せることにしている。もちろん国が全面的に支援する形だ。いずれにしても、君の説明から、原発推進のための信頼関係を築くためには、国、事業者のトップが初期の段階から関わることが最も重要になるということはよくわかった。その話は、片桐官房長官にも直接伝えておく必要がある。直ちに報告に行こう」

そう言うと、湯口は、片桐官房長官へ訪問の了解を取るべく直接に電話した。

彼は、その電話口で至急に話す用件があるとも言わなかったが、一時間後に訪問許可を取りつけたのを見て、鮎川は今、このプロジェクトがどれだけ重要事項として扱われているかということをまざまざと見せつけられた気がした。

しかし、そんな扱いとは別に、鮎川は、事業主体が新たな会社になるという話に懸念を持った。

確かに、これまでヒアリングのなかでは、電力自由化で販売競争に傾注《けいちゅう》する既存の電力会社に任せるには何か根本的な意識改革が必要かもしれないと感じていたが、これまで原発を動かしてきた実績があり、地元対応も進めてきたわけだから意識を改革して進めるほうが効果的なはずだ。

それに新しい会社をつくるとなると、ノウハウを全く持たないものが進めることにならないだろうか。

鮎川は、政治的な動きのリスク以上に事業主体の遂行力を危惧《きぐ》した。

「事業者として新たな会社をつくるとなると合意形成に関してのノウハウがそう簡単には伝わりません。ノウハウの残っている既存の電力会社を利用することを考えたほうが良いと思いますが」

「いや、今回の件は、原発推進だけで終わる話ではないんだ。その後の日本の産業構造自体を変えていく計画ともリンクしているんだ。まあ、その点は、今の話とは別なんだから君は心配しなくていい」

そう言い残すと湯口は、片桐官房長官に会う前にすべきことがあるということで、鮎川にしばらくの間、待って欲しいと言い残して部屋を出ようとした。

部屋を出るときに、湯口は思い出したように鮎川に言った。

「あっ、そうだ。君もNパワー技開研とのことを噂で聞いているかもしれない。今回の件は、私とNパワー技開研の宮島《みやじま》社長の二人で仕掛けたことだが、日本の将来を憂《うれ》う二人の気持ちで進めたことなので利権も何にもないから安心しておいてくれたまえ」

湯口は、笑顔でそう言うと部屋を出ていった。

しかし、鮎川は、憂うという言葉に何か非常に違和感を持った。

確かに、日本の将来は厳しい状況にあり、国民がそれを自覚し、協力して対応していかなければならない。

しかし、国を憂う気持ちで行動を起こすという言葉には、どこか自分たちが国を救うという思い上がりのような気持があるような気がしてならなかった。

鮎川自身、中小企業の活性化という一分野に取り組んできただけではあるが、その根底には、国の未来を考え、国民がより良い選択ができるように官僚として力を尽くすという責任感があった。

だが、そこには、国民とともに進んでいくという意識が常にあり、国を憂うから国民はこう進むべきだなどと考えたこともなかった。

湯口特別審議官とNパワー技開研の宮島社長の二人は、どんな考え方で進めているのだろうか。佐々木の話ではないが、鮎川は、自分が彼らにうまく利用されているのではないだろうかと、何とも言えない不安が生まれてきた。

一〇分ほどして湯口特別審議官が戻ってきた。

「先ほど出がけに言っておられたＮパワー技開研の件ですが、私のチームにもＮパワー技開研の人間がいますが、新しい事業会社はＮパワー技開研が中心となるのですか」

「体制はこれからだが、社長は、宮島君になることは片桐官房長官も了解済みだ。知識と経験以上に国を思う気持ちは素晴らしいものがある。彼なら困難でも乗り越えてくれるだろう」

鮎川は、宮島社長に会ったことはないので意見を言うことができなかったが、国を思う気持ちの強い人間が本当に地元に寄り添うことができるのだろうか。

太平洋戦争前のように国のためという大義で、国の施策自体を押し付けるたようなことにならないだろうかと不安になっていた。

そんな鮎川の思いなど気にしているようにない湯口は、片桐官房長官に会うために首相官邸に向かう段取りを始めた。

片桐官房長官は、にこやかな表情で二人を迎え入れた。

「湯口君、助かったよ。アメリカがすんなり受け入れてくれて。君の人脈のお蔭だよ」

「いえ、日本の将来を考えるとこの策しかないわけですから、それにモルディブルールでは、アメリカも身勝手なことをしましたから文句は言えないですよ」

「いや、アメリカの仇敵《きゅうてき》のようなロシアと日本が手を組むというと相当抵抗があるかと思って心配していたから本当に良かった。これで予定通り首相記者会見で全容を発表できる。それに、宮島社長の社長就任も首相に了解をいただいたので、その後、いつでも発表できる」

「首相の了解も取れましたか、それは良かった。宮島も日本のために全力を挙げて取り組むと思います。ところで、お忙しいなか、急に伺ったのは、例の原発推進プロジェクトの件です」

「順調にいっていると聞いたので、首相にも既に報告した立地計画の進め方以外の状況報告も順次報告が上がってきますと言っておいたが、何か問題でも？」

「いえ、プロジェクトは、立地計画の件以外に研究開発の方向性についても概《おお》ね目途《むね》が立つなど順調ですが、地元合意について、ここにおります鮎川が担当しているのですが、どうしてもお伝えしておきたい点があるということでお伺いしました」

湯口に促された鮎川は、地元の合意を円滑に進めるため、原発推進の表明段階から政府のトップである首相と事業者のトップが地元に寄り添う姿勢を示さなければ信頼関係構築に支障が出ることが考えられ、結果として混乱の種となり、地元での合意形成に長時間を要することになりかねないことなど、首相に直接聞いて欲しいポイントについて説明した。

「原発立地を円滑に進めるために、政治的に重大な意味を持つ首相記者会見で、是非、真摯に地元に寄り添う姿勢を表明していただく必要があります」

鮎川は、熱意を込めて説明した。

「なるほど、地元対策がうまくいかずに原発計画が頓挫してしまったら大変なことになる。首相に早い段階からしっかり対応してもらうように早速進言しておこう。ただ、地元に寄り添うというのは言葉としてどうかな」

「国民の立場に立ってということと同じことだと思いますが……」

「いや、今後、このようなケースでは、国を挙げて進めるということで、当然、地元はそれを理解してもらわなければならないから、地域独自の問題に寄り添い過ぎると全てが停滞する。他にも色々と計画があることだし……」

「官房長官、鮎川君には、ロシアの件などは少し話しましたが、ケース４の後段部分などは話していないので、知らないと思いますが」

「そうだな。しかし、明日の首相記者会見から計画は動き出すんだ。それに、こんな大切なことをきちんとまとめてきてくれているんだ。詳しい話を聞かせてあげて、彼も新しい会社の幹部にでもしていいんじゃないか」

「はあ、もちろん、優秀な人材を集めるつもりではおりますので……」

そして、上機嫌の片桐官房長官に促され、湯口は仕方がないというようにケース4の全体概要の説明を始めた。

「実は、ケース4は当初、モルディブルールへの対応策として電力の安定供給に必要な原発を新設するということで、この危機を乗り切るだけの計画だった。しかし、それだけでは、日本の経済の再活性化が進まない。そこで、私とNパワー技開研の宮島が、ロシアと共同での放射性廃棄物処分事業の実施、原発新設の増加を提案した。そして、それに加えて、日本の将来のことを考え、それらを国策会社で進めることによって、日本の原発技術輸出の円滑化だけでなく、電力というインフラを整備し直し、さらには産業構造改革を進めることをセットにするということを官房長官に提案したところ賛同いただいたのだ。さらに、首相にも説明していただき、これからの政策の柱としていこうということになったのだ。全て日本の将来を憂う気持ちからだが、マスコミは、すぐに利権がらみと詮索してくる。しかし、その点はないので君は気にしないでくれたまえ」

「そうだな、民間人が日本経済再生を真剣に考え、よい提案をするとマスコミはすぐに利権がらみと言い出す。悪い傾向だよ。日本の将来のことをもっと真剣に考えてもらわないと困るよ」

片桐官房長官が付け足した。

「そうですね。これまでの日本は、自由経済で経営は企業の自主性に任せてきたが、モルディブルールのように地球環境問題で社会的な制約が今後ますます増加していくなかでは、企業の自主的取り組みだけに任せていては日本も衰退する一方だ。企業も国が選択し、重要なものは直接に指導することもやむを得ない時代になっているんだ。その取り組みの第一弾が原発推進企業だ」

湯口は、それ以外には選択肢はないとばかりの強い口調で言った。

「そうだよ。湯口君や宮島君のように国のことを考えてくれる人間が重要な企業のトップにならなくてどうする。そして、そんな企業を国が支援せずにどうするんだ。日本は、これからは他国に勝てる会社だけを志《こころざし》のあるトップと国が協力しながら進めていく時代になるんだ。既に第二、第三の国が直接支援する新企業の設立に向けて、主だった業種から選び出す作業も進めているところだ」

「それでは、自由主義経済といえなくなりませんか」

「いや、あくまでも自由主義経済だ。国は支援するだけで経営は民間人にしてもらう。但し、国を支える志のある者だけだ。自分が儲けることだけしか考えないような人間は日本のためにならない」

片桐官房長官は、それが日本に唯一の選択肢のように断言した。

中小企業支援に携わってきた鮎川にとって、経営者は、自分の利益だけを考えているのではなく、従業員とその家族のこと、あるいは社会の一部として自社の製品が喜ばれることを信じて働いていると感じていたので、国の未来を考えている者だけをトップに就ける国策会社的な発想が理解できなかった。

というよりも自分たちだけが国の未来に憂いを持っているという思い上がりを感じて、このような人間たちに日本が導かれることのほうが問題ではないかと感じていた。

そして、また、同期の高山から聞いた、戦前、電力は国家管理のために国策会社の日本発送電に全て束《たば》ねられていた時代があったという話が思い起こされた。

「話は脱線したが、鮎川君が言ったように、明日の首相記者会見で地元に対して何らかのメッセージを伝えるとすればどうなるだろうか」

「国の未来を考える取り組みに地元が理解をし、協力していただくようにお願いしていくというような内容でしょうか」

湯口特別審議官は、首相コメントの骨子としてイメージを説明した。

「いや、鮎川君のいう信頼を織り込んでおいたほうがいいんじゃないかな。国を信頼して、その政策に地元も協力してもらうように取り組むとか」

「それでは、国の政策は正しいからそれを信用しなさいと言うことになりませんか。そのような押し付けではなく、地元の声を聞きながら相手を理解していくことが大切なのです」

鮎川は、強い反論と取られないように気を遣いながらも主張した。

「そんなまどろっこしいことをしている時間はないよ。あくまでも国の政策は信用してもらわなければ何もよくならないのだから」

片桐官房長官は、今までの鮎川の説明を全く無視したような発言をした。

「しかし、地元の人たちに協力してもらうためには、彼らに信頼されなくては話が通じません。話を通じさせるための信頼関係なのです。いくら政策が正しいからそれを理解しろと押し付けても彼らには自分たちの生活があるわけですから……」

「鮎川君、君の思いはわからなくないが、私も官房長官もそのような時代ではないと言いたいのだよ。地元民が、我々が進める政策を信用しないと言い出したら何も進まないじゃないか。まずは、我々政府を信頼し、政策も信用してもらわないと」

鮎川は、話がどんどんそれていくのを感じ、もしかすると、この二人は、相手の考えを聞こうとする配慮の大切さを感じたことがないのではないかと思った。

相手との話をするときには、相手の主張や立場に配慮し、理解に努めるべきであろうが、今まで自分の実力でのし上がってきた人にとっては、まずは自分の意見を聞くべきという思いがあるのではないだろうか。

そう思うと、これ以上、この場で説明しても無意味に思えてきた。

「わかりましたが、首相には、是非、地元民の方々に配慮した対応をお願いしたいとお伝えくださいい」

「もちろんだよ。正当な補償はするよ。国のために協力してもらうんだから」

片桐官房長官は、そう言い終えると首相に説明に行くと言って席を立った。

鮎川は、湯口と官房長官の部屋を出たあと、すぐにでも一人になりたかったので、事務所に用事がありますからと言って湯口と別れようとした。

「明日の首相記者会見には、君をはじめ各プロジェクトリーダーも別室で控えてもらうように手配してあるので頼むよ。詳しい時間は、のちほど連絡するから」

「わかりました」

鮎川の返事には、もう、どうでもよいという諦めにしか聞こえないものがあった。

鮎川は、首相官邸から事務所へ帰る途中、何とも言えない無力感のなか、ふらふらと、ただ歩きたかった。

自分が利用されていたのか、少しは役に立っていたのか、それとも計画自体の必要性を信じてしてきた自分が馬鹿だったのか……。

鮎川は、そんなことを思いながらただ歩き続けた。

そして、ふと気がつくと、とある神社に来ていた。

少し高台になったその神社は、出世に関わる急な石段があることで有名で、彼自身も以前、来たことがあったはずだが、いつ来たのかも名前も思い出せなかった。

周りのビル群とは少し違った緑に囲まれた空間があり、鮎川は、少し我に返った気持ちになった。

木々を見つめながら、鮎川は、これから自分はどうすべきかと悩んでいた。

取りあえず正式な報告書を作成し、後日、湯口特別審議官に手渡すとしても、その前に明日の記者会見で全ての方向性が決まるようなものだ。

そして、その方向性は、鮎川が指摘したような地元と事業者などを信頼で繋ごうとするのではなく、単に、国の政策を信頼して従えと言うようなものがベースになるはずだ。

さらに、実際に進める事業者のトップが、同じように国の行く末を憂うだけで、そこで暮らす人たちの心情に寄り添う気がなければ、国のために原発推進に協力することを求めるだけになるかもしれない。

結果として、今までの失敗の繰り返し、あるいはそれ以上の混乱となるだけでなく、国の支援を受け強引に進めるような国策会社が力を持つならば歪《ゆが》んだ日本経済になり、再生どころか転落していくようにしか鮎川には思えなかった。

緑に包まれた神社の中で、木々を見つめながら考えていた鮎川は、突然思い立ったように急ぎ足で急な石段を下り、タクシーを拾って事務所に向かった。

事務所に戻った鮎川は部屋にこもり、一心不乱に最終報告書の取りまとめを行った。

要点とそれに至る説明の骨格は、先にまとめていた通りだが、その要点説明の随所にヒアリングからの引用として、田所たち電力マンの生の声を織り込むことで、取り組むべき内容が浮き彫りになるように仕上げた。

そして、三時間余りで報告書をまとめ上げると携帯電話で佐々木を呼び出した。

「鮎川だけれど。明日、首相の記者会見があると思うけれど、その前にどうしても会って渡したいものがあるんだ。何時でもいいから……一〇時に新橋《しんばし》で、わかった」

鮎川は、佐々木のアポを取ると出来上がった報告書のとある箇所《かしょ》に付箋《ふせん》を付けた。

そのページには、『地元民の理解を得るためには、まず、信頼関係の構築が必要であり、そのためには、地元の人たちの気持ちを踏まえ、真摯に話し合える状況をつくり出す努力をしなくてはならない』とあった。

そして、鮎川は、付箋に『最重要ポイント（回答）』と記載するとともに一枚の紙を挟み込んだ。

新橋で佐々木に会った鮎川は、報告書を手渡すとともに、これまでの経緯を説明した。

そして、国の支援を受けた会社というだけで、地元民との信頼関係を十分に築かないままに進めることは、国内での様々な分裂と計画の停滞を招く可能性があることを説明した。

佐々木は、原発自体が国民の理解を得られないなら、結果は同じではないかと反論したが、いずれにしても、強引に進められることになれば国内を混乱させ、日本にとって大きなマイナスになるだろうということには理解を示してくれた。

「それでお願いなんだが、君は社会部の記者だから、政治部の記者にお願いしてもらうことになるかもしれないけれど、この質問を明日の記者会見でして欲しいんだ」

鮎川は、報告書の付箋を貼ったページの間に挟んだ質問内容という紙を佐々木に示した。

そこには『原発をつくるには、建設予定地の地元民の合意を得る必要があるが、それには困難が伴うと思われる。それを円滑に進めるために、どのように進めようとしているのか。また、それに関して、既にプロジェクトチームをつくり、これまでに進めてきた電力会社の取り組みの反省点などを踏まえた合意形成の進め方を検討していると聞くが、首相はその内容についてどう考えているのか』と書いてあった。

「あなたの報告書を首相に読ませようということね」

「ああ、片桐官房長官や湯口特別審議官は、自分たちの思いだけで動いている。だが、箕輪首相なら、この報告書を読めばそれだけではないことに気づくかもしれない。俺がやれることはそこまでだ。だが、そのチャンスにかけてみたいと思う」

「わかったわ。原発の是非についての意見はあなたと違うけれど、この質問については同意できる。政治部のキャップに頼んでみるわ」

佐々木は、そう言うと、早速、会社に戻った。


「光輝君は、しっかりとした考えを持っていますし、何よりも批判する仲間と冷静に話をする勇気を持っているから大丈夫だと思います。もちろん、念のために、辛いことや嫌なことがあったら私に話すように言っていますし。きちんと目を行き届かせるようにしますので、ご安心ください。また、ご家庭で何か気づかれたことがありましたら、いつでもご連絡ください。それよりもお母さん方の間では色々な方がいらっしゃいますので大変だと思います。そんな影響でご家庭の内部で言い争いなどのトラブルになると逆にお子さんが不安定になりますので、そちらのほうに十分ご注意ください」

あの授業参観のあと、担任の足立先生からは、丁寧なフォローの連絡があった。

また、光輝に聞くと、先生から原発は皆で議論してから進めるものなので、光輝君のお父さんは悪いことをしているのではないと話があったということだった。

それを聞いて美佐江の気持ちも少しは和らいだ。

しかし、その後も美佐江は、クラスの母親たちと塾や町中で出会っても会話もほとんどなく、あの懇談会のときに浴びた冷たい視線が続いているような気がしてならなかった。

そして、冷たい視線が自分だけに向けられたのであれば何とか我慢もできるかもしれないが、もし、息子の光輝にも向けられたのであれば、いじめになっているのかもしれない。

そんな不安と親として子供を守らなければという焦りにも似た気持ちでいっぱいになっていた。

美佐江は、複雑な気持ちのまま光輝の様子に気をつけていたが、光輝は、それまでと変わらず元気で、自分の部屋では先生から借りたという本を熱心に読んでいた。

そんな健気《けなげ》な子供の姿を見て、美佐江は、沈黙したままでほとんど帰宅もせずに仕事に没頭する夫への不満を一層募らせていた。
そして、不満と不安が入り混じり今にも爆発しそうになっていた。

第七章　決着

新聞記者の佐々木に内部情報を漏洩したことに対する後ろめたさは、鮎川には全くなかった。

逆に、正しい判断を国民にしてもらうために必要なことをしたと信じていた。

ただ、このような複雑な立場に置かれているなかでは、自宅に戻って子供の顔を見て安心したいという思いよりも、決着がつくまで戦い続けたいという気持ちのほうが強かった。

ましてや申し訳ないとは感じていたが、美佐江と話し合う心の余裕などは生まれてこなかった。

そのため、自宅には向かわずに事務所へ戻ることとした。

佐々木に会ったあと、再び事務所に戻った鮎川は、報告書として同じものを三通作成した。

明日の朝一番に湯口特別審議官を訪問して、「特別審議官にお渡しするもののほか、官房長官、首相用としても作成しました」として手渡すつもりだが、今日の話からすると、うまくいって片桐官房長官、悪くすれば湯口特別審議官のところで報告書は止まってしまうと思われた。

しかし、佐々木に頼んだあの質問で、箕輪首相が報告書を読み、これまで真摯に取り組んできた電力マンの声が伝われば、そして、国の政策として強引に原発推進を行うのでなく、地元に寄り添う行動に舵を切ってくれることになれば……鮎川は、これまで会った人たちの思いが伝わるには、今回のやり方が成功することを祈るしかないと思っていた。


翌朝、湯口特別審議官を訪ね、宛先《あて》を記載した三通の報告書を渡すと同時に、チームは解散しますと伝えた。

「短い間によくまとめてもらったと思っているよ。実際に原発立地を進める宮島社長には、私から重要ポイントは必ず実施するように伝えておくから」

「よろしくお願いします。それと、今日の記者会見では別室で待機しますが、それが終われば、もとの中小企業振興担当に戻していただくように大臣にお願いしてもらえるでしょうか」

「その件は、早速、大臣に伝えておく。ご苦労だった」

特別審議官室から出ていく鮎川には、昨日、官邸から戻るときのような空虚な思いはなかった。

あとは、記者会見でK新聞の記者が佐々木を通して依頼した質問をしてくれるかどうか、さらには、首相自身が鮎川の報告書に目を通してくれるかどうかにかかっている。可能性は低いかもしれないが、鮎川は、一介《いっかい》の官僚にできる最大限のことをしたつもりだった。

記者会見まで時間があるため、一旦《いったん》、事務所に戻った鮎川は、ヒアリングに協力してもらったそれぞれの方に礼状を書くこととした。

それは、報告書を渡すことができない以上、最低限の礼儀と考えたからだ。

特に笹倉信造宛では、信念という言葉を教えてもらったことと田所という稀有《けう》な人材を紹介してくれたお礼、また、田所に対しては、信頼という言葉の真の意味を教えてもらったお礼を書いた。

礼状を書き終えたあと、その束を見ながら、信造や田所たちは、今日の記者会見が終わったあとにこれを受け取ることになるだろうが、どんな気持ちで読むだろうかと思った。

多分、現実は厳しいとわかるだけだろうと、言うだけかもしれないが、ただ、もし、記者会見であの質問が出て、自分たちの声が織り込まれた報告書が首相に読まれることになると思ったら、少しは、気分も和らぎ、未来へ希望を感じてくれるかもしれない。

鮎川は一人、そんな思いを持ちながら記者会見の時間を待った。


記者会見場は、首相をはじめ関係大臣が入ってくる前から記者たちの溢れんばかりの緊張感に支配されていた。

誰もが今回の記者会見は、今までとは比較にならない重要なものだという認識は持ちながらも、あまりに情報が入りにくかったこともあり、彼らの緊張感をいやがうえにも高めていた。

記者会見場に現れた箕輪首相は、いつもとは違った緊張した顔つきで会見を始めた。

まず、モルディブルールを遵守すべく取り組む我が国の対応については、原子力発電所新設の推進で対応することを明言した。

さらに、ロシアと共同で行う北方四島での放射性廃棄物処分施設計画について、アメリカの了解を得て進めることになり、それによって放射性廃棄物処分問題に目途が立ち、原発推進に大きく前進したことを説明した。

そして、これらを推進する新たな体制を検討していることを説明した。

最後に、多数の原発をつくることで低廉な電力を安定して使えるようになり、モルディブルールの厳しい制限下でも日本社会が発展できること、加えて、日本の優れた原発技術を世界に輸出することで我が国の経済発展に寄与していくことを説明した。

また、原発は、これまで多くの方々から大きな反発を受けていたが、国の未来を支える取り組みでもあり、国民の皆さんのご理解はもとより新設される地域の方々には、国の政策に協力していただくように私自身、真摯にお願いすると付け加えた。

ただ、片桐官房長官との話し合い時に言われていたような国を信頼して、その政策に協力することを求めるような強い表現は和らいだものに置き換わっていたが、本筋は変わっていないように思われた。

また、新しい国策会社の設立や社長が既に決まっていること、特に鮎川が懸念していた今回の対応策の成功を見越して、色々な国策会社が今後、産業界を引っ張っていくことを考えていることなどの説明は幸いにもなかった。

別室でモニターを見ていた鮎川は、一部表現は和らいでいたり、あるいは隠されていたのかもしれないが、やはり、片桐官房長官の思惑通りに進んでいるのかもしれないと思った。

それは、電力の安定供給の目途はもちろん、原発の廃棄物対策という不安や懸念が解消することを示し、さらには、原発輸出で経済発展が図られるということを並べることで、日本の将来が明るいことを強く印象づけ、国の政策に同意する世論を形成しやすくしたと思われたからだ。

それにより、激しい原発反対意見を押さえるだけでなく、早期に政策論議を決着させ、その先に発表を考えている国策会社の設立、さらには、その実績から自らが考える産業構造改革を実現しやすくすることを狙っているのではと思ったからだ。

この結果として想像されるのは、原発推進に当たっては国策会社が計画地点の地元に対して、国民は政策に協力する義務があるとして同意を求めるなど、まさに大義は我にありとでも言わんばかりに立地を推進していくかもしれないということだ。

首相からの説明のあと、まず幹事社の記者による質問が始まった。

質問は、ロシアとの交渉に至った経緯と原発推進を決断した理由に集中した。

首相は、モルディブルールをはじめ今後さらに規制が厳しくなる地球温暖化対策の国際的制約の下で、少子高齢化で活力が弱まる日本社会が生き残るためには、原発による低廉で安定した電気の供給が必要なことを強調し、その推進における課題を奇抜だが、ロシアとウィン・ウィンの関係になるアイデアに賭《か》けるしかないと決断したことを説明した。

また、原発の安全について、規制機関による取り組みは国民から信頼されるものとなっているが、今回のような時代の変化に対して、決して流されることなく、適正な業務遂行を維持するように指示していると説明した。

そして、これら取り組みが、未来の日本の繁栄に必要なものであることを国民の皆様にご理解をいただけるものと信じているとした。

個別社の記者の質問に移り、関連した追加質問もあったが、その場の雰囲気は、批判より画期的な対策を評価し、今後への道筋に関するものが多かった。

そのような質問がいくつか続いたあと、K新聞の記者と名乗る男が質問した。

「政府では今回、原発をつくるという新たな施策の実現のため、地元理解を進めるためのプロジェクトチームまで立ち上げて検討をされたと聞いております。しかし、原発をつくるには、建設予定地の地元民の強硬な反発も予想されます。また、これまでに原発を進めてきた電力会社の取り組みでは撤退をせざるを得なかったケースもあるなど色々と反省点・問題点もあろうかと思いますが、プロジェクトチームでは、地元理解を進めるために、どのような点を改善し、取り組まれることになったのか、お聞かせくださ い」

「その点については、地元の方々にも協力していただく必要がありますので、真摯にお願いすることになりますが、プロジェクトチームでは、今の事態を踏まえ新たな発想も加味した地元合意の進め方を検討いたしております。このようなプロジェクトチームで検討した結果を見ながら円滑に進めるようにしたいと思います」

鮎川は、首相は差し障《さわ》りのない答えをしたが、「検討した結果を見ながら」という言葉を出した以上、報告書が首相の目に触れることになるだろうと思った。

そのときに、箕輪首相がどのような反応をするかは、首相の政治家としての心に頼るしかないが、片桐官房長官と違い、長年、地元を大切にしてきた彼ならば、心の琴線《きんせん》に触れるものがあるはずだと思っていた。

そのため、鮎川は、勝算はゼロではないという気がしていた。

また、もし、色々なことを懸念して首相に提出される報告書が改竄《かいざん》されたとしても、佐々木を通じて鮎川が作成したものと同じものがK新聞に渡っている。

結果として、政権内の隠蔽《いんぺい》について追及する火種《ひだね》を生むことになるだけである。

そして、そのころには、鮎川はもとの中小企業振興の部署に戻っているので、あとは、外から行方を見守るだけだ。

K新聞の記者から質問が出たときに、湯口特別審議官が鮎川を睨んだような気がしたが、鮎川は、知らぬ存ぜぬというつもりでモニターを見続けた。


会見は、取りあえず終わった。

あとは、箕輪首相がどう判断し、それを国民がどう受け止めるかだけだと鮎川は思っていた。

鮎川は、原発建設に伴う地元での合意形成のための方法という、それまで経験したことのない難題の答えを探して行きついたのは、信頼の大切さと信念の持ち方という当たり前のことを問い直していただけだったのかもしれないと感じていた。

しかし、それは、困難な壁にぶつかりながらも真摯に自分の仕事と向き合った人間にしか見えてこないものであることもわかった。

ただ、それを教えてくれた電力マンたちは、地元民との信頼構築に身を削《けず》って取り組み、真の合意形成の進め方に近づいていたにもかかわらず、結局は、組織や原発を巡る複雑な社会環境などに影響され、振り回されてしまっていたのかもしれない。

結果として、それぞれが、自分たちができる範囲でしかその本分を全うすることはできなかったのだろう。

そこには、様々な悔しい思いもあったのだろうが、しかし、電力マンとして真摯に仕事に取り組んだという後悔のない自信だけは残ったのではないかと思う。

だからこそ、退職後の今になっても彼らは真摯な言葉で信頼や信念などについて語ることができたのだと思った。

鮎川は、今回の件を通して彼らから社会と向き合わなければならない仕事の難しさを教えられるとともに、関わる者が持つべき大切な心を教えられた気がしていた。

ただ、鮎川自身も官僚として、この国のためと信じて原発立地のための合意形成という困難な課題の解決に取り組んできたが、政治に体《てい》よく利用されていたのかもしれない。

しかし、ヒアリングした人間の真の気持ちを報告書に織り込み、政治家が正しく判断できるように伝えたつもりであり、官僚としての本分を真摯に果たしたという自信はあった。

そして、政治の世界で正しい判断がなされ、原発推進が真に社会と調和した形で進められることを心から祈っていた。

全てを終えた鮎川は、これからは自分自身のことに力を入れなくてはと思っていた。

首相記者会見のあと、久しぶりに自宅に戻った鮎川を美佐江は無視していた。

怒りは沸点《ふってん》に達していたが、それを爆発させる最初の言葉が出てこなかった。

鮎川もどのように声をかけるかと悩んでいたが、疲れはピークに達しており、言葉が出てこなかった。

二人の会話がない状態が三〇分も続いたであろうか。

「晩御飯に食べるものは何か残ってないか」

おなかが空《す》いた鮎川が美佐江に声をかけた。

「カップラーメンくらいしか残ってないわ」

「それでいいよ。作ってくれないか」

お湯を沸かして、カップに注ぐと再び二人の間には沈黙が流れた。

鮎川はカップを見ながら、まだ、今日の記者会見のことをぼーっと思い起こしていた。

そして、色々な人に出会ったハードな二週間ほどのことは遠い過去のことのように思われた。

美佐江も鮎川の姿を見て明らかに疲れているのがわかったので話しかけにくいとは思ったが、逆にまた、学校であったことなどを話すことを先のばししてしまえば、いつ家に戻ってくるのかわからない気がして怒りの堰を切った。

「あなた、光輝が学校でどんな目にあっているのか何も知らないでしょ」

「学校で何かあったのか」

「あなたが原発関係の仕事をしているって学校の作文の時間に発表したのよ。そうしたら、クラスの皆から原発は危険だと責められていたのよ。私、あの子がいじめにあったらと思うと夜も寝られないのよ」

「えっ、俺が原発に関係する仕事をしているって話したのか」

「あなたと私が喧嘩しているのをあの子も気にしていたし、あの子からも原発に関わる仕事をやめてと言って欲しかったから話したのよ」

鮎川は、しまったなと思ったが、今更仕方がないと思った。

「だから、あの子のためにも今すぐそんな仕事は変わってください」

「変わってくださいって言われたって……」

鮎川は、湯口特別審議官に異動を頼んだので、近々辞令が出てもとの中小企業振興庁に戻れると思っていたが、今は何とも言えない立場だ。

その躊躇《ちゅうちょ》している姿を見た美佐江は、仕事のことを優先していると思い込み怒りを爆発させてしまった。

「あの子と仕事どっちが大切なの。最近は、私も周りの人から白い目で見られているのよ。この町に住めなくなったらどうするのよ」

美佐江は、涙声で感情に任せて鮎川を責め立てた。

「ちょっ、ちょっと待てよ。仕事のほうは、まだ辞令は出てないが変わらせてもらうように頼んでいるよ」

「本当に変われるのね。原発と違う仕事をするようになるのね。いつ変われるの」

「それは、近々としか言えないけれど……今日の首相の記者会見で原発推進の話が出ただろう。あれで一つの仕事が終わったんだよ」

「テレビは見てなかったけれど、原発を国が進めるの。じゃ、変わっても原発に関係する仕事をすることになるんじゃないの」

「いや、直接は関係ないと思うから大丈夫だよ」

「約束できるのね」

美佐江は、少し安心したのか先ほどよりは落ち着いた声になっていた。

「でも、国が原発を推進するのなら経済産業省が中心となるんじゃないの」

「多分、そうだと思うけれど……」

「だったら、一緒じゃないの。光輝も私も周りから原発推進の仲間と思われるわ」

さすが、鮎川もそこまで言われると返す言葉がなかった。

そんな言い争いの声を聞いていたのか、光輝が自分の部屋から出て来た。

「まだ喧嘩しているの。もう、やめてよ」

「ごめん、ごめん」

鮎川はすぐに謝ったが、美佐江は心配のほうが先だった。

「光輝がお父さんの仕事のことで、学校でいじめられないようにして欲しいってお願いしているのよ」

「ぼくのこと?」

「ええ、そうよ。原発にお父さんが関わっているって言ったから周りからいじめられるかと……」

「心配ないよ。先生もちゃんと気にしてくれているし」

「だって、無視とかされるようになったら……」

「ぼく、最近、そんな友達に先生から借りた本のこと話してあげているんだ」

「先生から借りた本?」

「そう、ノーベル賞をつくったノーベルの話。ノーベルは、戦争で人を殺すことに使われるダイナマイトをつくったけれど、気持ちは平和になることを願っていたんだ。だから、平和な未来にしようと努力した人にノーベル賞を与えることにしたんだ。原発ももともとは皆のためと思ってつくったんでしょ。事故を起こしたりしたけれど。でも、安全なものにして役立てようと努力する人たちがいたら応援してあげないといけないと思うって」

「それでも事故はいつ起こるかわからないのよ。それに皆に影響を与えるかもしれないし……」

「でも、全てダメっていうのは頑張っている人にかわいそうだし、希望もなくなるんじゃない」

「確かに、光輝の言う通りだ。科学技術を信頼しなくては何もよくならない。科学技術にはリスクが付きものだが、リスクをどのように減らすかの努力が大切だ。安全に対する取り組みも完璧でなくても常に進化しなくてはならない。だが、それを信頼せずに頭から否定してしまえば何もよくならない」

「難し過ぎて私にはわからない。それはどういうことなの」

「どんな科学技術を使っても原発を完璧《かんぺき》に安全にすることはできないけれど、できる限り安全にして利用し、人の役に立つようにしたいと頑張っている人がいるなら、その人たちの努力を頭から否定してしまうのは良くない。それは、科学技術という人間の努力で人を幸せにしたいと思っていることを否定することにも繋がる。光輝の言うように、そんな人達の努力や希望をなくしてしまうことは、皆にとって良くないことだ。その努力を認め、信頼していくことが大切だということだ」

鮎川は、光輝の冷静な考えに感心するとともに、美佐江との感情的な争いを避けようとして、対話をしなかったことへの反省だけでなく、原発を推進する仕事をしながら美佐江にとって原発は怖いもの、嫌なものとだけ思い込み、少しでも正しいことを伝えようとしてこなかった自分自身に大きな反省を迫られているように思えた。

「俺が悪かったよ。光輝や美佐江に対してきちんと話をしてこなかったことは反省している。多分、仕事は原発と直接かかわらない仕事になると思うけれど、働いている経済産業省は原発推進に動くようになるだろう。でも、今後も仕事で関わることがあったら光輝の言うように、冷静に科学技術として生かされるように話をするようにするよ」

美佐江は、それでもまだ納得はできない顔をしていたが、主人と光輝の間で強い信頼関係ができている姿を見て、家族として自分自身も何とはなしに納得していきたいという気持ちに変わっていくのを感じていた。

第八章　未来に向けて

首相記者会見の翌日のK新聞の一面トップは、他紙と同じ政府が原発推進へ舵《かじ》を切ったことを伝える見出しだが、詳細記事の中では、『困難を伴う地元交渉に対して、地元に寄り添う姿勢を見せることを求める報告書が出ているにもかかわらず首相の積極的な姿勢までは示されず、今後の実行が危ぶまれる』とあった。

この記事を読んだ首相は、片桐官房長官にすぐ報告書を届けさせるように命じた。

そして、報告書の内容を読むや否や片桐官房長官を呼んで報告書の内容が記者会見に正しく織り込まれなかった理由を詰問した。

片桐官房長官は、これは助言を与えてくれた湯口特別審議官や新会社の社長になる宮島社長と相談して、あまりに地元に寄り添い過ぎると事業が進まなくなる懸念があり、また、国の再興を図る政策を信頼してもらわなければ何も進まないと考えられたから、あえてそこまで踏み込まなかったと言い訳をした。

「最も協力を得なくてはならない地元を第一にせずに信頼関係が築けなかったら、どうなるか君はわかっているのか」

箕輪首相は語気を強めた。

「それに、この報告書には、電力会社の原発を立地させるために努力した人間の生の声が生かされているが、先日の君の話では、電力会社は競争で体力が弱っており役に立たない、新しい会社で原発をはじめ全面的に電力事業を推進させなければならないという話だったが、本当にそうなのか」

「もちろん、電力会社は原発を動かしていますが、これまで原発推進で失敗続きです。日本経済の体力が弱まるなかでは、己《おのれ》を犠牲にして日本の復興を真に考える湯口君や宮島君という優れた人材を生かして主要産業を高めるようにしていかなければ……」

「それぞれは優秀と聞かされて納得していたが、思いだけが強くて人の心がわからないような人間が経済社会を動かすことが本当に日本再興に繋がると思っているのか。まさかと思うが君は、そのような人間を利用して経済社会を統制し、無理やり引っ張り上げようなどとは考えていないだろうな。そんなことをしても日本は復活しない。失敗した経験や真摯に取り組む人間を生かしてこそ国民が一つになれるんだ。君は、私の就任演説を忘れたのかね。多様性と自主性を認めることこそ日本の衰退を止める力になるはずだと言ったことを」

箕輪首相に、自分が考えていた策を見透かされ、厳しく叱責《しっせき》されたため、さすがの片桐官房長官も返す言葉がなかった。

「もういい、あとは私が何とかするから」

箕輪首相にそう言われ、片桐官房長官はすごすごと部屋を退出した。


箕輪首相は、片桐官房長官が退出したのを見届けたあと、秘書官を通して一本の電話を繋がせた。

「たぁちゃん、俺だよ、箕輪だ。元気にしていたか。急に電話して申し訳なかったが、報告書を見ていたらあんたの名前が出て来たので懐かしくて電話させてもらったんだよ」

箕輪首相が電話した相手は、あの西日本電力の田所俊之だった。

二人は、同郷の幼馴染《おさななじみ》だったのだ。

「話は聞いたかもしれないが、これから原発という厄介《やっかい》なものを進めないといけないんだよ。あんたにその経験があり、昔と変わらなく真面目に取り組んでいたと聞いて、是非、推進する委員会に入って意見を聞かせて欲しいんだが……」

箕輪首相は、報告書にあった田所の貴重な経験とともに、昔から彼が持つ独特の優しさがこのような厳しい対立の場面では必要になると思った。

「そうか、これからの世代に譲りたいということか。仕方がないな。そしたら、あとは俺が頑張るから、まあ、外野から応援してくれよ。ところで、今回の件でこうして欲しいというような何か望みはあるか」

しばらく箕輪首相は田所の話を聞いたのちに、「わかった。その二つだな。それは必ず実現させるよ」と言って電話を切った。

そのとき、箕輪首相は、幼馴染と心温まる話ができた喜びだろうか、先ほどの怒りは収まり少し笑顔になっていた。

そして、平井経済産業大臣を呼び、今後の原発推進とロシアとの連携などについて責任者として全力を挙げるように指示するとともに、推進体制については検討し直すつもりであることを伝えた。

さらに、田所から頼まれた二つのことを伝えた。

一つは、原発を推進するにあたり、電力会社にかつてのような使命感を取り戻すようにすることだ。

それは、国の将来を担わされているというような使命感ではなく、電気というエネルギー供給に関わる者としての使命感であり、また、自主的に取り組まなければ原発推進という困難な課題は乗り越えられないということを理解することだ。

そして、二つ目は、鮎川を、時期を見計らって首相秘書官に異動させて欲しいということであった。

田所から、電力マンの気持ちを素直に理解し、誠実に取り組もうとしていた彼の姿勢に、多様な才能を生かさないといけないこれからの日本社会を支えるに相応しい人材と感じたから大切にしてやって欲しいと頼まれていた。

「社長、お久しぶりです。改良型のいい製品ができたそうですね。良かったですね」

「おう、鮎川さん、あんたのお蔭ですよ。来てくれていた学生さんの紹介で会った大学の先生のアドバイスでバッチリの改良ができて、ほら、こんなに性能もアップしたんですよ」

久しぶりに鮎川が訪れたのは、異動前に関わっていたある中小企業だ。

プロジェクトチームが解散したあと、鮎川は、もとの中小企業振興庁の振興課へ戻ることができた。

ただ、前の仕事は後任が担当していたため、新たな支援策立案という特命業務を担うこととなった。

組織としてのラインからは一旦外れた形となったが特命業務でもあり、逆に、独自のアイデアを創造するチャンスを与えられたと彼自身は満足していた。

そして、今日もアイデアのヒントを探すために現場訪問を続けていた。

ただ、新たな仕事に没頭している間にも、彼の心の中では、例の報告書の行方が気になっていた。

あとは、政治家に任せるしかないと割り切ってしまおうと思っていたが、責任感の強い彼にとっては、やはり最後まで仕事をしなかったことへの後悔もあった。

しかし、この後悔は、数日後、消えてなくなる。

それは、同期の高山が異動になり、鮎川がつくった報告内容の実現に向けた仕事を担当することになるからだ。

さらに、数カ月後、彼自身も首相秘書官に抜擢されることなど夢にも思っていなかった。

第九章　エピローグ

「えっ、ここへ行くの、やったあ」

インターネットで鮎川が光輝に開いて見せたのは、科学技術学び館のホームページだ。

電車の中の広告で科学技術学び館という施設が新しくできたことを知った。

それは、子供たちに科学の原理や色々な仕組みなどをわかりやすく教える従来の施設を進化させ、実際にその科学技術を使っている技術者たちから直接話も聞けるようにしたものだ。

科学の原理などが身近な形で、あるいは驚くほど進化した形で社会に役立っていることがよくわかり、子供たちに大きな夢を与えると評判の施設だ。

多分、息子の光輝ならきっと喜んでくれると思い、家族で行こうと提案した。

「楽しそうね。私でも勉強できそう」

美佐江も喜んでくれていた。

彼女も鮎川が原発と関係ない職場に変わったことを周りの人に言ってから、冷たい視線も感じなくなったようで、もとのように落ち着きを取り戻せた。

また、鮎川が原発に関する色々な取り組みや科学技術とリスクに関することなどを美佐江に話したことで、彼女も周りの母親に冷静でない人もいたことがわかったようで、光輝とともに科学について学びたいと思いだしていた。

鮎川も美佐江が、原発のことも難しい技術でわからないということだけで恐れるのでなく、知る努力の大切さを認めてくれるようになったことを嬉しく思っていた。

「久しぶりに、どこかで早めのお昼を食べてから科学技術学び館に行くことにしようか」

鮎川が提案した。

「賛成、どこがいいかな」

「じゃあ、お母さんが、行く途中で食事ができる楽しそうなお店を探しておくわね」

科学技術学び館へ行く日の朝、新聞を見ていた鮎川は、『政権内で混乱、官房長官孤立か』という見出しを見た。

そして、記事を読みながら、もしかして自分が関わった仕事に関するものかもしれないと感じた。

ただ、その混乱の結果、何が、どうなっていくのか官僚である鮎川にはわからない。

しかし、政治家を選び、国の針路を決める国民が科学技術を信頼して冷静に判断していけば、正しい道を歩むことになるだろうと思った。

そして、ヒアリングしてきた人たちのような仕事をするであろう人たち、つまり原発を通して科学技術と人々を繋ぐ仕事をする人たちの信頼を得るための地道な努力が下支えとなっていくであろうことも。

本作品を執筆するために、「第五次エネルギー基本計画」をはじめとする政府発表資料、およびウェブサイトに掲載された各種資料などを参考にしました。また、左記の文献も参考にしました。

『人と組織の心理から読み解く　リスク・コミュニケーション　対話で進めるリスクマネジメント』
宇於崎裕美・掛札逸美共著　日本規格協会　二〇一二年
『ノーベル―人類に進歩と平和を』
大野進著　講談社（火の鳥伝記文庫41）一九八三年

この作品はフィクションであり、実在する人物・地名・団体・施設などとは一切関係ありません。

大塚千久　おおつか・せんきゅう

1956年大阪府生まれ。同志社大学経済学部卒業。大手電力会社元社員。本書で第６回エネルギーフォーラム小説賞を受賞。

総理の決断—プロジェクトX原子力

2020年3月22日第一刷発行

著者　大塚千久
発行者　志賀正利
発行所　株式会社エネルギーフォーラム
〒104-0061 東京都中央区銀座5-13-3 電話 03-5565-3500
印刷・製本　中央精版印刷株式会社
ブックデザイン　エネルギーフォーラム デザイン室

定価はカバーに表示してあります。落丁・乱丁の場合は送料小社負担でお取り替えいたします。

ISBN978－4－88555－508－4